La Crypto Rebelión

J. Lee Porter
Ed Teja

Traducido al español por
Yubisnay Sánchez

Publicado por Nomadic Giant, LLC.
www.nomadicgiant.com

ISBN: 978-1-949063-09-7

AGRADECIMIENTOS

Los autores desean agradecer a Don y Lynne Gallian, Blue Ridge, Gigi Porter y Dagny Sellorin por su ayuda y aliento mientras escribíamos y producíamos este libro.

NOTA DEL EDITOR

Este libro es una obra de ficción. Los nombres, personajes, lugares e incidentes son producto de la imaginación de los autores o se usan de manera ficticia.

"Bajo el patrón del oro, un sistema bancario libre es el protector de la estabilidad y el crecimiento equilibrado de una economía... El abandono del patrón oro hizo posible que los estatistas del bienestar utilicen el sistema bancario como un medio para una expansión ilimitada del crédito... En ausencia del estándar oro, no hay forma de proteger los ahorros del decomiso a través de la inflación".
—Alan Greenspan
Presidente de la Reserva Federal de los Estados Unidos
(1987-2006)

Prefacio

"Los mejores libros, él percibió, son los que te dicen lo que ya sabes".
—George Orwell, 1984

E l libro que está a punto de leer y disfrutar está garantizado que cumple con los criterios de Orwell para estar entre los "mejores libros". Supongo que no es un obstáculo difícil de superar. Cuéntanos lo que ya sabemos y llamaremos a tu libro el mejor. Entonces,de lo que ya sabemos ¿qué trata de decirnos que sea tan poderoso? Es iluminar aquello a lo que tememos enfrentarnos por completo.

Existe una gran cantidad de literatura que compone la lista de libros clásicos que queremos que nuestros hijos lean antes de terminar la escuela secundaria porque iluminan algunos de los aspectos básicos de la experiencia humana. Tienen una moral fácil y obvia como, "siempre sé honesto", "no juzgues a los demás", "la familia es lo primero". Pero rara vez los libros como estos se destacan y hacen historia. Los libros que dirigen los movimientos deben abordar cuestiones mucho más apremiantes y difíciles de desentrañar.

Este libro tiene el poder de impulsar el movimiento debido a las verdades singularmente relevantes que ilumina: la criptomoneda tiene el poder de derribar gobiernos. Las fuerzas oscuras están trabajando activamente para controlarlo. Como siempre, la gente está dispuesta a matar cuando hay grandes sumas de dinero en juego. Todavía vale la pena hacer lo correcto la mayor parte del tiempo.

Espero que este libro tenga éxito —y no sólo porque tengo el honor de escribir el prólogo—quiero que este libro tenga éxito porque muchas personas apenas son conscientes de estas verdades y tener confianza en ellas nos inspira a comprometernos con sus implicaciones. En cuanto a aquellos apenas conscientes de estas verdades, incluso alguien con una comprensión superficial de criptos y gobiernos tiene que saber que hay grandes sumas de dinero involucradas y las criptomonedas son una amenaza fundamental para la racha de dinero del gobierno.

En este libro, J. Lee Porter y Ed Teja pintan magistralmente la imagen de las fuerzas detrás de la manipulación de una manera siniestra, pero fácilmente creíble. Su experiencia en los aspectos técnicos y políticos del lanzamiento de una criptomoneda respaldada por el gobierno me dio un telón de fondo mucho más específico para considerar las diversas posibilidades de hacia dónde nos dirigimos con criptos.

Este tipo de narración me da confianza en las conclusiones a las que me arrinconé cuando se trata de criptos. Las implicaciones son enormes. He sido usuario y entusiasta de Bitcoin desde 2012. ¡Ojalá hubiera sido un inversionista más serio, pero gasté todos mis $ 10 Bitcoins en The Silk Road!

En el corazón de esta historia hay un conjunto de verdades envueltas en torno a la libertad, realizadas y afirmadas en acción por el protagonista, Wyatt Osgood. Escápese de la esclavitud asalariada si quiere ser feliz. Debes tomar riesgos y obtener lo que quieres de la vida. Haz lo correcto, incluso si parece arriesgado. Haz lo correcto, especialmente cuando parece arriesgado. Esté abierto a nuevas experiencias. Usted puede cambiar el mundo. Quiero que se muestren al mundo estas verdades que todos sabemos fundamentalmente.

Las tecnologías necesarias para mover la humanidad, a una sociedad voluntaria ya están aquí. Todo lo que falta es suficiente, compromiso deliberado con los nuevos sistemas para que los viejos sean ridículamente obsoletos. Este libro promete ser una poderosa inspiración para tal compromiso, y espero que te inspire a vivir mejor estas verdades, tal como me ha inspirado a mí.

Adam Kokesh, 22/4/18
Ash Fork, AZ

Adam es un libertario pragmático, candidato a la presidencia de los Estados Unidos en 2020 con el objetivo de disolver pacíficamente y con responsabilidad al gobierno federal.

adam@thefreedomline.com

Parte uno

Creando riqueza, Disminuyendo la Deuda

"Bitcoin es un intento de reemplazar la moneda fiduciaria y evadir la regulación y la intervención del gobierno. No creo que eso sea un éxito".
—Ben Shalom Bernanke
Presidente de la Reserva Federal de 2006 a 2014

Capítulo 1

Una Solución Monetaria

"Bitcoin ha dejado más instituciones obsoletas, de una manera más
rápida, que cualquier invención en la historia humana".
—Andy Hoffman
Propietario de CryptoGoldCentral.com

Oficina del Viceministro de Finanzas
Ministerio de Finanzas
Dar es Salaam, Tanzania

Mitch Childer avanzó resueltamente por el amplio pasillo de mármol, deteniéndose al final, justo al salir de la puerta de madera tallada de la oficina. Había un espejo allí, colgando sobre una pequeña mesa de mármol. Era buena su apariencia y él la examinó. Estaba revisando el nudo de su corbata de seda *Turnbull & Asser* y la actitud que se reflejaba en su rostro. Después del vuelo desde Zurich y los problemas habituales con la aerolínea, ambos estaban un tanto torcidos.

Eso no era aceptable. Mitch Childer tenía una imagen que mantener. Funcionaba bien para él. Era conocido por ser limpio y ordenado. Si intentaras capturar a Mitch Childer en una sola palabra, no podría haber otra mejor que la palabra "preciso".

Su efectividad en el trabajo se debió en parte a su buena actuación, pero también a la forma en que infundió confianza, a veces miedo, a las personas con las que trabajó. Siempre fue perfectamente congruente: su apariencia y comportamiento proyectaban exactamente el mismo mensaje, cualquiera que fuese ese mensaje.

Satisfecho porque había corregido tanto su apariencia como su actitud, los había alineado poderosamente, estaba listo para ir a trabajar. En unos pocos momentos, comenzaría un proceso que prometía influir en el mundo entero y Mitch Childer lograría eso mientras que un hombre en el poder pensara que él, Mitch Childer, estaba de acuerdo en hacerle un favor.

La idea lo complació.

Una mirada al reloj Tank Louis Cartier que su mentor le había dado cuandoalcanzó su posición actual lo tranquilizó. El reloj simple pero elegante no era el reloj más caro del mundo, ni siquiera nuevo costaría $20,000, pero este había sido propiedad del presidente John F. Kennedy y había sido regalado a su mentor. Ahora era suyo. Era una maravillosa pieza de artesanía suiza, y era infaliblemente precisa. Con una sola mirada, pudo abrir la puerta de la habitación y entrar a la oficina confiando en que llegaría exactamente tres minutos tarde a su reunión. Eso es lo suficientemente tarde como para demostrar que estaba al mando sin llegar tan tarde como para ser obviamente grosero. Era un buen equilibrio, y su dominio en él era tan impecable como su traje.

"Buenos días, viceministro Dola", dijo. Mantuvo su rostro serio, casi sereno, de modo que enmascaró sus reacciones personales a su alrededor. Nunca fue útil dejar que su disgusto por una oficina como esta, o su habitante, fuese aparente. Y ambos eran desagradables al extremo para Mitch Childer. La oficina era, en el mejor de los casos, descuidada. Él entendió el intento, la intención,más no el resultado. Esta ornamentada oficina, y su mobiliario, tenían la intención de infundir confianza o intimidar a los suplicantes, al igual que Mitch Childer utilizaba su apariencia y comportamiento. Desafortunadamente, el intento falló horriblemente. Era demasiado ostentosa para ser cómoda o impresionante.

En cuanto al hombre... el corpulento burócrata que estaba sentado detrás del escritorio de caoba, el viceministro de Finanzas Haki Dola... bueno, se parecía mucho a su despacho. La congruencia fue irónica y divertida. Childer estaba seguro de que la decoración complacía al viceministro de Finanzas, Dola, y consideraba que le convenía. Childer estuvo de acuerdo con eso.

Aunque solo se habían visto dos veces, Mitch Childer sabía todo lo que valía la pena saber sobre Haki Dola. No es que le importara el hombre, pero el viceministro de Finanzas, Dola, era una herramienta necesaria para lograr sus propios objetivos—los objetivos del grupo. Para hacer eso, Mitch Childer podría ser cortés e incluso respetuoso. Si no hubiera sido por eso, nunca hablaría con un hombre como Dola. El análisis de Childer fue que, como persona, Haki Dola era una pérdida de tiempo y espacio.

Desde un punto de vista profesional, le complacía saber que conocía a Dola mucho mejor de lo que hubiera deseado que alguien lo conociera. Su personal en Zurich, no el personal de Washington que se desempeñaba en su papel oficial, había compilado un dossier grueso, en su mayoría aburrido, sobre el hombre. Habían sido minuciosos. Después de revisar toneladas de información, algunas de las cuales podrían ser útiles si se necesitaban, habían reducido todo a un triste resumen: el viceministro de Finanzas Haki Dola tenía una mente de tercera clase y era un ladrón de segunda categoría, pero tenía conexiones de primer nivel. Así es como él había asegurado su alta posición actual. Eso, en sí mismo, era información útil.

"Este es mi asistente, Andwele Kassain", dijo Dola, indicando a un joven negro esbelto y relativamente apuesto que había estado sentado en la silla frente a él.

Mitch Childer sabía mucho menos sobre Kassain. Era un economista con experiencia en política pública... y era ambicioso. Esas cosas lo hicieron prometedor como una ventaja, y el personal de Childer estaba recopilando datos sobre él ahora.

Cuando Kassain se puso de pie y le ofreció su mano, Mitch Childer notó que el hombre tenía modales decentes. Ese fue otro punto a su favor—un gran punto. Cuando tomó la mano del hombre y la sacudió, se sintió complacido por la sonrisa sincera y el firme apretón de manos. Esas cosas eran superficiales; no significaban nada en sustancia, pero en su experiencia, prestar atención a cosas tan superficiales a menudo decidía el éxito o el fracaso en el mundo de las finanzas y la política.

Haki Dola hizo señas a Childer indicando una incómoda silla de cuero. "Por favor tome asiento. Estamos encantados de tenerlo aquí. Sus ideas sobre lo bueno y lo malo para crear nuestra propia moneda serán muy apreciadas".

Childer se sentó, notando que Kassain esperó hasta que estuvo sentado antes de volver a tomar su propia silla. "Te refieres a crear tu propia criptomoneda", dijo cortante.

Dola lo miró extrañado. "Le ruego me disculpe."

"Usted quería hablar sobre la cripto. Tiene una moneda en circulación—el *Shilingi*. Fue introducida cuando su país abandonó el chelín de África Oriental en 1966. "

"Sí, por supuesto. La Cripto. Eso es exactamente lo que quise decir ", dijo Dola.

Que Dola no se molestara en conseguir los términos molestaba a Childer. Las Finanzas, en su opinión, tenían que ser tratadas con precisión, con la terminología correcta. Este descuido resultó ser un fracaso. "Solo quería ser claro", dijo Childer.

Estudió la cara del hombre, notando la mirada pellizcada. Al ministro no le gustó que lo corrigieran. Así eran los burócratas, pero aquí y ahora, dado que Mitch Childer estaba allí en nombre del Fondo Monetario Internacional, mantuvo su ira bajo control. "Por supuesto."

"¿Y que conseguirán creando su propia moneda?", Preguntó Childer. "¿Por qué molestarse?"

Dola parecía sorprendido. "¿Qué conseguiríamos? Por qué Tanzania es un país pobre. El 34% de nuestra gente vive en la pobreza y el desempleo juvenil es abismal. A pesar de nuestra economía en auge, en comparación con otros países, los pobres siguen siendo pobres".

"Eso es, en parte, debido a una educación pobre e inadecuada. El informe de la ONU fue bastante claro. Los estudiantes aprueban si hacen o no el trabajo—no están entrenando a una fuerza de trabajo para el futuro".

"Sí, sí. Pero, como ve, carecemos de los fondos. En lugar de tener el dinero para mejorar las escuelas, gastamos demasiado en transacciones financieras... desperdiciando dinero en pagar intereses sobre antiguas deudas. Y obtener inversión extranjera, incluso con una economía en crecimiento, es difícil".

Incluso Dola sabía que el alivio de la deuda no estaba en juego, no ahora. Childer siguió con la conversación. "Dígame cómo introducir criptos reducirá los costos financieros. ¿Cuáles son sus mayores problemas, los grandes obstáculos para cambiar las cosas? ", Preguntó Childer. Él ya sabía las respuestas—tenía curiosidad de saber si el ministro lo hacía.

El hombre parecía nervioso, claramente desconocía su profundidad. "Andwele, hablas el lenguaje de este hombre—explícalo".

Childer vio al joven levantarse. Otra buena señal. Él estaba preparado y confiado. "Un factor es la mala recepción de dinero de los impuestos", dijo Andwele. "Actualmente hay una gran cantidad de desperdicio... de corrupción".

"¡Andwele!" dijo el viceministro con una voz áspera de ira.

"Me disculpo por ser tan franco, pero no ganamos nada al revestirnos de azúcar, verdad, Viceministro. Tenemos un problema serio con la corrupción en el nuevo sistema, que la plataforma puede resolver".

La cara de Dola era aún más oscura. "Sigue."

Kassain asintió. "Observen que el sistema en papel es ineficiente e invita a la corrupción. Las empresas no informan ventas. En una economía de efectivo, no hay controles y equilibrios. Incluso las grandes empresas pueden salirse con la suya haciendo trampa abiertamente".

"Entonces las empresas son parte del problema".

"Así es. Cuando el gobierno vendió las empresas estatales-que el viejo gobierno de estilo socialista creó por error, muchas pasaron a manos de personas poderosas. Debido a que estos hombres y mujeres tienen amigos en lugares altos, es difícil convencer a las autoridades fiscales para que los auditen." Un movimiento de cabeza sutil hacia Dola enfatizó el punto.

"Puede ser arriesgado para su propia carrera incluso sugerir que están haciendo algo mal. Entonces no informan todos los impuestos que deben pagar. Naturalmente, las personas más pobres siguen su ejemplo. Por lo tanto, el gobierno se ve privado de esos ingresos. Es lo mismo con el impuesto sobre la renta. Las empresas contratan trabajadores y les pagan en efectivo. Eso les ahorra impuestos sobre la nómina, y la gente ni siquiera se presenta, y mucho menos paga ningún impuesto. Sin embargo, si las transacciones se llevan a cabo a través de una *blockchain* que se implemente correctamente, tenemos la oportunidad de cobrar los impuestos en el momento en que vencen. El dinero de los impuestos fluye constantemente, lo que significa que también lo usamos durante más tiempo".

"¿Por qué?", Preguntó Childer. Quería ver cuán firme era el alcance del joven.

"Considere esto. Implementamos nuestra moneda digital, luego una venta se lleva a cabo en una pequeña tienda. El pago se realiza utilizando un teléfono celular. Si utilizamos una cadena de bloques bien diseñada para ejecutar el intercambio, el comerciante no solo obtiene el pago instantáneamente, sino que el impuesto sobre las ventas también se recauda de inmediato. El comerciante se libera de la responsabilidad de informarlo, ya que se paga como parte de la transacción, va directamente a las arcas del gobierno. No hay oportunidad de robar o un error accidental. Las recaudaciones aumentan y también lo hace el flujo de caja del gobierno".

"Eso suena bien pensado".

Kassain parecía complacido. "Y ese es sólo el comienzo."

"Ciertamente es solo el comienzo", pensó Childer. "Implementar el uso de *blockchain* también evitará embarazosos incidentes como el de 2005 cuando una auditoría de la cuenta de atrasos descubrió que el Banco de Tanzania perdió 133 mil millones de *shilingi* en pagos dudosos."

"Ese pequeño contratiempo le costó al Sr. Ballali, el gobernador del banco, su trabajo", dijo Dola.

"De modo que proporciona importantes garantías", dijo Childer. "Pero les quita el control a las empresas. ¿Crees que tus bancos y empresas lo adoptarán de buena gana y no se desalentarán con su uso? "Childer dirigió su pregunta a Kassain. Le gustaba el pensamiento cuidadoso y organizado del hombre.

"Sé que lo harán. Hemos hablado con ellos. Es una cuestión de ofrecer algunos incentivos", dijo Kassain. "Primero, si una empresa lleva sus transacciones a nuestra plataforma, se le ofrecerá una tasa impositiva más baja que refleje los ahorros para el gobierno. Si un banco trabaja con nosotros para conseguir que sus clientes adopten la plataforma, entonces actuarán como nodos completos".

"Ellosvan a verificar la transacción y aumentarán la cantidad inicial", dijo Childer.

"Exactamente. El gobierno y los bancos crearán una nueva moneda a una tasa del 5 por ciento, por lo que compartirán eso. Además, esa será la única forma de realizar transacciones comerciales con el gobierno. Todos los nuevos préstamos del gobierno, por ejemplo, se realizarán en la nueva moneda y los pagos de los préstamos se realizarán a través de la plataforma".

"¿Entonces se unen o no pueden jugar en el juego?" Preguntó Childer.

Kassain asintió. "Básicamente. Y hay muchas otras ventajas para implementar el e-Shilingi, que es el nombre propuesto para la moneda. Podemos aprovecharlas si lo desea. En definitiva, la intención es eliminar el efectivo por completo".

Childer sonrió. Puede apostar su trasero que hay otras ventajas. Y Kassain fue lo suficientemente inteligente como para dejarlos fuera de esta breve discusión. No tenía sentido ponerse demasiado profundo y confundir a su jefe. "Usted y yo deberíamos tener esa discusión más tarde, señor Kassain", dijo.

"¿Entonces lo aprueba?" Preguntó Dola.

"Viceministro Dola, confesaré que estoy impresionado. Usted y su equipo parecen haber pensado cuidadosamente este proyecto".

"Hacemos nuestro mejor esfuerzo para servir a la gente", dijo Dola, asintiendo con la cabeza en un gesto de humildad.

"Por lo que he escuchado hasta ahora, creo que el Fondo Monetario Internacional estará encantado de apoyar este proyecto. El FMI puede comenzar a trabajar bajo los auspicios de nuestro Instrumento de Soporte de Políticas existente, el ISP. Recomiendo que mi gente trabaje directamente con el Sr. Kassain y su equipo, ya que estoy seguro de que no querrán empantanarse en los detalles".

El hombre se frotó las manos. "La única pregunta restan te..."

"¿Dinero?"

El asintió. "¿Es posible que este apoyo que mencionó pueda incluir fondos? Preguntó Dola. Su rostro estaba rígido mientras trataba de ocultar su ansiedad.

Childer sonrió. Finalmente llegaron a la conclusión—el motivo por el que Dolaestaba incluso en esta reunión; la razón por la que le había pedido a Childer que viniera. Como estado soberano, Tanzania no necesitaba su permiso para crear una criptomoneda nacional—pero sí necesitaba su dinero.El país estaba profundamente endeudado.

Dola tenía razón al decir que gastaban demasiado en pagar deudas. El Instrumento de Apoyo a la Política del FMI se propuso proporcionar asesoramiento y consultas que ayudarían al país a encontrar la forma de volver a ponerse en pie. No era una forma de darles dinero. Pero siempre había maneras. "No veo por qué no podemos convencer a la junta ejecutiva de que esto merece financiación en el marco de la reducción de la pobreza y el crecimiento. Estoy seguro de que puedo convencer a esas personas de cooperar. Especialmente si mi oficina estará trabajando estrechamente con usted, por supuesto".

"Por supuesto". Dola se sentó con calma ahora. La oferta se había hecho, pero él era un político lo suficientemente inteligente como para esperar a escuchar qué ataduras se atribuían a la financiación antes de que se dejara entusiasmar por su victoria. "¿Puede decirme qué implicaría eso? Entonces podré informar al ministro de finanzas".

"Recomiendo que consideren trabajar con personas externas, expertos en tecnología financiera con experiencia en tecnología de sistemas de pago y otras tecnologías así como en blockchain".

"Tenemos buenas personas", dijo Kassain. Childer podía ver que había herido el orgullo del hombre. Esa fue otra cosa útil para saber sobre él. "Tenemos algunos que ayudaron a desarrollar el sistema *Kenyan BitPesa*".

"Estoy seguro de que lo hacen, y serán clave para esto. Traer una Consultora como Hoenig Fintech le brindará el conocimiento de la tecnología bancaria internacional. Eso hará que las cosas sean más fáciles y rápidas. Y el FMI estaría muy feliz de compartir los costos si alguien que conocemos aprobara el plan general". Él sonrió. "Si puede satisfacer esta solicitud, entonces estoy seguro de que la junta ejecutiva estará encantada de aplicar la Facilidad de Crédito Rápido para comenzar. Podemos condonar la deuda cuando el proyecto cumpla sus primeros hitos".

Dola asintió. Él entendió que esto no era opcional. "Entonces eso es lo que haremos. ¿Cómo procedemos?"

"Puedo llamarlos por usted, darles el beneficio de nuestra contribución", dijo Childer. "Puedo hacer arreglos para que Claude Hoenig hable personalmente con el señor Kassain y asesore sobre cómo proceder". Dirigió a Kassain una mirada tranquilizadora. "Tal vez podamos organizar una reunión en la que pueda sentarme con usted y su equipo".

Dola se frotó las manos. "Excelente. Me gusta que las cosas sean más fáciles y más rápidas ", dijo. "El tiempo es la esencia."

Childer sonrió. Las elecciones estaban en el horizonte. El gobierno necesitaba mostrar un progreso dramático. Dola miró a su asistente. "Kassain, esto es bueno. Sabes tan bien como yo que nunca se produce ningún daño al escuchar la opinión externa de alguien informado".

Childer sonrió por la forma en que Dola logró hacer parecer que lo de la Consultora era su propia idea. Déjalo. Kassain no parecía tan emocionado y Childer lo entendió. Los forasteros interviniendo significaba que tenían menos control. Bien, él había llegado a apreciar lo que esos forasteros en realidad proporcionarían. Por ahora, sus objeciones no importaban. Childer se había llevado esa elección.

"Sí, viceministro", dijo Kassain.

Entonces ahora estaba hecho. El acuerdo fue firmado, sellado y entregado. Childer podía escuchar a Stevie Wonder cantando las palabras. A pesar de su deseo de un mundo predecible y ordenado, la música soul, la música estridente y hermosa que surgió de Motown, era el vicio de Childer. Bueno, uno de sus vicios—el que le hizo saber a la gente. Todos tenían que tener uno, y era tonto no dejarlo ser obvio.

Dola sonrió. "Bueno, entonces, creo, Sr. Childer, que todo parece resuelto. Kassain trabajará con usted para desarrollar la estrategia, Sr. Childer. Andwele, necesitaré un libro blanco sobre esto para presentarlo a mi jefe, el ministro de finanzas. Él querrá informar al gabinete lo antes posible". El viceministro Dola se puso de pie. "Esta ha sido una reunión excepcional, señores".

"Sí lo ha sido", dijo Childer.

Cuando Dola salió de la habitación, miró a Andwele Kassain y lo examinó. El hombre se estaba revelando lentamente. Childer vio que tendría que recurrir a su orgullo patriótico. Necesitaba introducir algunas sugerencias sobre herramientas, partes de la plataforma que mejorarían el nuevo sistema. Verían cómo, juntos, podrían ayudar a las personas que, a pesar de una mejora anual del 4% en las condiciones económicas, no podrían salir de la pobreza. Aunque esa no era la suma total de los objetivos de Childer, si Tanzania lo lograra sería útil. Si nada más, agradara al FMI e hiciera que otros países utilizaran su sistema como plantilla eso sería... deliciosamente perfecto.

"Señor. Childer," llamó Kassain. "Quería informarle que mis colegas y yo ya hemos diseñado un plan bastante decente para la implementación de la blockchain. Realmente cubre todo".

"Ese es un buen punto de partida".

"¿Punto de partida?"

"Mi preocupación es que no ha considerado todos los ángulos, previó todas las posibles complicaciones. Cuandoinvolucremos a la gente de Hoenig, nos ayudarán con eso".

Su sonrisa se desvaneció. Había intentado adelantarse a los de afuera y falló. "¿Qué tan pronto podemos comenzar a trabajar?"

Childer puso una mano sobre el hombro del joven. "Andwele, ¿puedo llamarte así?" El hombre asintió. "Soy de la escuela que dice que no hay tiempo como el presente. Si puede recomendarme un restaurante decente, me gustaría comprar su almuerzo y escuchar un resumen de este plan. Y si tiene una copia enviada a mi habitación de hotel, esta noche me pondré en contacto con la gente de Hoenig para que podamos obtener algunos comentarios valiosos sobre el trabajo que ha realizado. Los encontrará maravillados por trabajar. Estarán felices de usar cada idea tuya que funcione".

"Excelente." Un súbito resurgimiento de entusiasmo brilló en los ojos del joven. Bueno. Él salió para probarse a sí mismo. Eso en sí mismo sería útil.

"He oído cosas buenas sobre el Hotel Serena", dijo Andwele. Su restaurante *Serengeti* es famoso por su cocina internacional y local. Lo mejor en Dar es Salaam".

Childer sonrió. Inspirado por el código local del hotel *'apetecible para los turistas'*. "Excelente. Si puede hacer que alguien nos haga una reserva y consiga un auto... "dijo Childer. Una vez realizada la tarea más difícil, sintió hambre.

"El viceministro tiene una mesa allí", dijo Kassain. "Él querría que Ud. la usara".

Childer sonrió. "Excelente". Estaba seguro de que el viceministro estaría encantado de compartir otros recursos locales también. Después del almuerzo, vería que Dola recibiera un mensaje privado que dijera exactamente la clase de bienvenida que le gustaría encontrar en su habitación. Tanzania tenía algunas mujeres hermosas.

Él suspiró. En general, se estaba convirtiendo en un muy buen día. Los otros miembros de su grupo, incluidos los estúpidos bastardos nacionalistas con los que tuvo que lidiar en la junta ejecutiva del FMI, estarían encantados.

Capítulo 2

Un Video Perspicaz

"Cada sociedad honra a sus conformistas en vida y a sus alboro-
tadores muertos".
—Marshall McLuhan Un futurista que predijo la World Wide Web
casi treinta años antes de que se inventara.

Crystal Towers Apartments
Crystal City, Virginia, EE. UU.

W yatt Osgood se levantó temprano. Eso era normal para él. No es que fuera un madrugador que quisiera atrapar más gusanos, solo que odiaba que lo apresuraran. Prefería ir a su propio ritmo—especialmente por la mañana. Era más fácil levantarse temprano para darse tiempo a ser perezoso. Demasiado pronto tendría que subirse a su automóvil y dirigirse al pequeño parque tecnológico donde trabajaba. Tener este momento para él se sentía bien. Era una auto-indulgencia.

El hábito de la mañana había vuelto loca a su novia Janet. Su rutina era ducharse la noche anterior, dejar todo en orden, dormir hasta el último instante, vestirse apresuradamente y tomar el café en su coche camino a la oficina.

Se levantó, se duchó, se puso la bata y fue a la cocina. Mientras el café se colaba, frió unos huevos para su desayuno. Como solía hacer, Wyatt tomó su desayuno y entró a la sala de estar y encendió la computadora. Mientras arrancaba, encendió los parlantes Bluetooth cuidadosamente ubicados en las esquinas de la habitación. Tan pronto como la gran pantalla plana cobró vida, hizo clic en su navegador, yendo a su marcador favorito, abriendo el canal de video "Sindilujo". Si Sindi estaba en el horario previsto, hoy tendría un nuevo video.

Allí estaba—publicado pocas horas antes. Tocó el botón play y recibió un disparo de Sindi. Ella llevaba un bikini y estaba sentada en una mesa junto a una piscina.

"Hola chicos, soy Sindi", dijo la pequeña mujer negra de ojos brillantes. Su distintiva música de samba brasileña se oía mientras la cámara hacía una toma panorámica alrededor de una piscina bastante opulenta. "Hoy encuentras a Sindi que busca la comodidad en la antigua capital tanzana de Dar es Salaam. Estoy aquí siendo mimada. ¿Cómo es que estás sentado sobre tu trasero en casa?" Entonces se echó a reír y Wyatt pensó que fluía como una cascada.

El agua azul de la piscina brillaba asombrosamente. Hermosas mesoneras de piel oscura que transportaban bebidas circulaban entre pálidos turistas en sus sillones, pero Wyatt esperó a ver a Sindi otra vez. Algo sobre ella lo intrigaba. Él no tenía idea de qué se trataba. Las cosas que a ella le gustaban le hicieron pensar que no tenían nada en común. Después de todo, ella siempre se hospedaba en lugares de lujo, hoteles cinco estrellas caros que no tenían ningún atractivo para él. La mayoría de sus videos derramaba la misma propaganda pro-turismo que todos estos jóvenes bloggers de viajes abandonaron. Mierda total.A menudo hablaban de la comida lujosa y cara que ofrecían los lugares y cosas así, lo que fuera... bueno, muchos de ellos lo hicieron.Aun así, Wyatt era adicto a ver sus videos. Él se rió entre dientes. La verdad es que él era adicto a Sindi.

Irónicamente, fue su novia Janet quien lo hizo ver los videos en primer lugar. Hermosa, arrogante, recientemente alejada de su vida, Janet había sido fanática. A ella legustaban los locales exclusivos, los centros turísticos con todo incluido y la elegancia que Sindi exhibía y promovía. Janet siempre estaba comentando, con un poco de celos, sobre la ropa de marca que llevaba Sindi, o lo afortunada que era.

Para Wyatt, bueno, a él le gustaban sus videos a pesar de esas cosas.

Janet y Sindi tenían más en común que él con ninguna de las dos mujeres. Entonces la ruptura con Janet había sido una de las inevitabilidades de la vida. No fue culpa de nadie, y tardó mucho tiempo en llegar. Él aceptó eso. Cuando le dijo a Janet que había rechazado la oferta de trabajo del Departamento del Tesoro, explotó. Ella no podía creerlo.

"¿Rechazaste un trabajo como ese?"

Él lo hizo. No se veía en un trabajo de circo en absoluto. ¿Quién quería pasar su vida revisando las regulaciones técnicas sobre criptomonedas para la Reserva Federal?

Janet pensó que debería hacerlo, y su negativa había empujado su relación hacia el acantilado.

"No tienes ningún interés en tener éxito", dijo ella como si eso fuera de algún modo un fracaso vil digno de algún gran tormento. "Ni siquiera estás tratando de salir adelante en el mundo".

"¿Por qué molestarse?" Le había preguntado. Eso pareció terminar con cualquier esperanza de mayor discusión. Ella pensó que la estaba decepcionando cuando él solo preguntaba.

La cuestión era que, cuando llegaba a lo básico, Janet tenía razón sobre él. Realmente no quería adelantarse más de lo que quería quedarse atrás. De hecho, rara vez se le ocurrieron esos conceptos, así que no había visto su vida en esos términos hasta que ella explotó contra él. Su acusación lo aturdió al principio, y él había estado a la defensiva. Sin embargo, era exacta y verdadera. Cada sílaba de eso. Pocas veces había hecho algo para salir adelante. Lo que hizo fue disfrutar la vida y parte de eso significaba proteger su privacidad. El trabajo que le habían ofrecido involucró (entre otras muchas tareas) hacer cosas que eliminarían su privacidad, especialmente la de las transacciones financieras. Peor aún, un trabajo federal significaba aceptar amplios controles de antecedentes y autorizar al gobierno a entrometerse en su vida. No es que tuviera mucho que ocultar—Wyatt se consideraba un tipo bastante aburrido. Él era un programador, después de todo. Un nerd.

Más al punto, sin pensarlo mucho, Wyatt se encontró a la deriva y se consideraba a sí mismo un libertario. Pero él no era tan político, así que tal vez era más un nerd en una seria hazaña anti-autoritaria. Fuera lo que fuese, regular las cosas que no podían y no debían (en su opinión) ser reguladas no era su idea de diversión. Tampoco eran tarea del gobierno. Y si no era divertido, ¿por qué hacerlo?

Janet no pensaba que los trabajos deberían ser divertidos. O las carreras. Eran una mierda muy seria, amigo. La pelea hizo que la separación entre ellos fuera demasiado evidente. Afortunadamente, el final llegó rápido. Ahora tanto Janet como la oferta de trabajo eran historia.

Pensó que era irónico que lo que lo había llevado a él (y a Janet) a esta bifurcación en su vida había sido todo por un estúpido pequeño libro blanco que él había escrito y publicado en línea. No fue un artículo especialmente perspicaz, solo uno que abordó una manera de resolver un problema que personas como Wyatt, técnicos financieros o *fintechs*, como se los llamaba, trataban. No es gran cosa. Se le ocurrió una pequeña pieza de código inteligente (para nada brillante) que llamó "*el regulador benigno*".A su juicio, resolvía todo tipo de pequeños dolores de cabeza.

Por lo poco que le contaron, el Departamento del Tesoro parecía querer militarizarlo. En realidad, querían que lo hiciera para ellos. Al menos así es como le pareció a él. Así es como él había visto la oferta de trabajo y fue por eso que no aceptó.

No tenía intención de hacerlo, incluso si era posible. No importa lo que cueste. Casi de inmediato, pagó el precio de su ética o política, o lo que fuera—Janet se fue.

Volvió su atención al video. Había terminado de hacer una panorámica a cámara lenta de la piscina y la propia Sindi volvió a aparecer. Ella mostró su maravillosa sonrisa y fue a su núcleo. Parecía ser solo para él. Eso era una mierda de juego mental... Sindi era una consumada personalidad en la cámara, pero no había duda de que incluso sabiendo que era una gilipollez, su sonrisa lo excitó. Ella era una pequeña pieza erótica. Por supuesto, desde que Janet se mudó... bueno, Wyatt se sentía bastante excéntrico.

Que Sindi fuera alegre e increíblemente sexy era parte de su suerte—por eso fue que obtuvo gran cantidad de seguidores, por lo que conseguía sus habitaciones gratuitas en estos lugares suntuosos. Pero sabía que había algo en su atractivo, más que por la atracción de ver sus videos. A veces se preguntaba si los miraba con la esperanza de descubrir qué era.

En su pantalla, Sindi levantó un vaso alto con un paraguas y saludó a su audiencia. Ella lo saludó. "Amigos, esta es mi vista desde un cómodo asiento en el Bar *Island Trader* en la terraza de la piscina. Estoy en el Hotel Dar es Salaam Serena y esto es lo que veo todas las tardes. Estoy sentada aquí con un delicioso mojito recién salido de este elegante bar."La cámara se volvió hacia una deliciosa comida. "Lo que ves aquí son algunos platos tanzanos del fabuloso restaurante *Jahazi Seafood* del hotel. Estoy almorzando un '*nyama choma*', que es una carne asada, junto con '*wali wa nazi*', un arroz de coco. También tienen '*mishkake*', que son brochetas de carne a la barbacoa. Para la cena de esta noche, me siento tentada de probar su '*patito Dar es Salaam'*—es un manjar tanzano hecho de patitos cocinados con tomates, pimientos rojos y cebollas" Tomó un sorbo de su bebida. "Ahora ésta es mi idea de probar una cultura".

Ella probó su comida, tomando delicados mordiscos, y luego sonrió. "Definitivamente estoy disfrutando la comida aquí, así como la atmósfera. Y si crees que el hotel no es más que una bonita piscina, buenas bebidas y buena comida, espera hasta que publique mi próximo video. Voy a mostrarte la habitación alocada que tengo aquí con una vista de la ciudad".

Wyatt estaba seguro de que le gustaría ver su habitación—si ella estuviera allí. Si estuvieran solos en eso. Suspiró y se libró de la idea de desnudar a la mujer y agarrar ese lindo trasero. Nunca llegaría a trabajar a tiempo si dejaba que su mente vagara por ese camino. Apagó la computadora y negó con la cabeza. Algo sobre esa mujer despertó una serie de anhelos en él, y algunos de ellos tenían poco o nada que ver con el sexo. No es que él supiera lo que eran exactamente. Ese era el problema con los anhelos. Es difícil precisar cuál era el anhelo—esencialmente.

Tomando los platos en la cocina, los puso en el lavavajillas, luego sirvió una segunda taza de café para beber mientras se vestía. No es que fuera un gran problema, este negocio de vestirse—no se necesitaban muchos jeans, sudaderas, calcetines y zapatos.

El problema era que una vez que estaba vestido, era hora de ir a la oficina.

Esa maldita oficina. Él se estaba muriendo en ese jodido agujero.

Era hora de ir a trabajar. Hoenig esperaba que terminara su proyecto hoy. Pero entonces, Claude Hoenig quería todo de inmediato. Wyatt suspiró, sabiendo el ceño fruncido que le daría sus noticias. Hoy tendría que decepcionar a Claude. Eso nunca fue divertido, así que se prometió a sí mismo que lo haría de inmediato, antes de que la oficina se acostumbrara a su rutina.

Claro que lo haría.

Capítulo 3

Una Lealtad Flexible

"Es más fácil perdonar a un enemigo que perdonar a un amigo".
—William Blake
Poeta, pintor y grabador inglés en el siglo XVIII

Bar Terraza
El Dolder Grand Hotel
Zurich, Suiza

A las tres de la tarde, hora del meridiano de Greenwich (GMT), que se ha mejorado de alguna manera mística para coordinar el tiempo universal (UTC), Peggy Anne Dory estaba sonriendo con placer. Ella se sintió como un millón de dólares. En la cima del mundo. Era un sentimiento muy bueno, y ella tenía la intención de revolcarse en él. Había tardado mucho tiempo y valía la pena saborearlo.

Ella se sentó en la terraza del salón del bar en el Dolder Grand Hotel, mirando con asombro a Zurich, Suiza. Ella estaba absorbiendo una variedad de primeros. Fue su primer viaje a Europa. Era su primera vez en un hotel de cinco estrellas y, por primera vez en su vida, sintió que estaba en la cúspideconsiguiendo la suya.

Y ella estaba esperando. Normalmente odiaba esperar, pero no... Estaba esperando una reunión que cambiaría su vida.

La vista desde la terraza la complacía, pero no tanto como la elegancia del viejo mundo del hotel. Ni tanto como el hecho de que ella estaba allí, quedándose en una maldita suite de hotel y viajando en la primera clase. "Podría acostumbrarme a esto", dijo. "Seguro que sí", estuvo de acuerdo consigo misma. "Disfrutaría estar entre la crema y nata de la sociedad".

Hundiéndose en el lujoso asiento de cuero de la cabina, Peggy estaba contenta con el conocimiento de que este era el comienzo. Ella finalmente estaba encontrando el jodido comienzo del ascenso de Peggy Anne Dory a la prominencia. Si jugaba bien sus cartas, podría disfrutar de este tipo de lujos con más frecuencia. Demonios, ella lo convertiría en la norma. El truco, lo que tenía que hacer era, como siempre, decidir la mejor manera de jugar las cartas que le habían repartido. Finalmente había encontrado el camino hacia la mesa, que era más de lo que la mayoría de la gente podía hacer. Ahora ella necesitaba intensificar su juego.

Y disfrutaba el proceso.

Observó cómo el delgado camarero que había tomado su orden caminó suavemente hacia su mesa y colocó con cuidado la bebida que había pedido en una servilleta frente a ella—y así fue. El hombre tenía manos sorprendentemente ásperas para ser un camarero. Manos fuertes. Ella lo miró, detallándolo. Tenía veintitantos años y no estaba nada mal.

"*Hier sind sie, Fräulein*", dijo, luego se contuvo y volvió a hablar, esta vez con un inglés impecable y ligeramente acentuado. "Aquí tiene, señorita. Espero que disfrute nuestro mojito de azafrán... es una bebida de autor del hotel. "Ella le sonrió, más bien le gustaba su cara delgada e incluso la cicatriz en su mejilla, cerca de la oreja. Lo hacía verse sexy.

"Gracias", dijo ella, "Franz". Su nombre estaba en una etiqueta. "Creo en probar cosas nuevas." Dejó que las palabras transmitieran cualquier significado que quisiera leer en ellas, e hizo un leve puchero al hablar. Luego tomó la pajita entre sus dedos y la metió en la bebida. Él no se apresuró, sino que la miró, posó los ojos en sus labios. Se dio cuenta de que ella los había lamido. "¿Te gustan? Estos mojitos".

Él sonrió pero no dijo nada. Ella lo miró a los ojos, haciéndole saber que esperaba una respuesta. Él parpadeó. "Verá, yo prefiero un Schnapps, o Bourbon. No soy un bebedor de cócteles".

"Sí veo. Te gusta la bebida de un hombre. Él sonrió y asintió. "¿Así que no los has probado?"

"No."

Esto era bueno. Él era fuerte, pero ella tenía el control. A Peggy le gustaban los hombres fuertes y aún más le gustaba dominarlos. Ella encontró algo delicioso en el control de un macho, incluso si en el sexo real era igual. Este camarero era delgado pero poderoso, y, ella estimó, educado. No parecía tan inteligente, porque si fuera inteligente, no sería un maldito camarero. Si él fuera inteligente y ambicioso, incluso trabajar en un hotel de cinco estrellas parecería lúgubre. De eso estaba segura. Entonces Franz tenía posibilidades. Lo que ella hiciera con esas posibilidades dependería de cómo fuera su reunión. Ella no tenía una idea real de lo que esta gente esperaba. Ella ni siquiera tenía un nombre. Entonces se mantuvo fluida, preparada para mantener sus opciones abiertas.

Ella levantó un dedo y ladeó la cabeza. Seguro de que la estaba mirando, puso sus labios en la paja y tomó un sorbo largo y sensual, luego levantó la cara y se lamió los labios. "Es bueno. Muy sabroso. Sin embargo, me parece un poco dulce".

"Tal es la naturaleza de esas bebidas", dijo. "¿Puedo traerle algo más?"

"Ahora no", dijo ella, dejando que sus ojos azules le sonrieran. Si nada más, ella quería mantener al hombre intrigado. Por si acaso. "Me reuniré con alguien en breve. Quizás más tarde. Él asintió con la cabeza y retrocedió, dirigiéndose hacia otros clientes que se habían acercado. Ella lo observó mientras se alejaba, encantada de que el hotel hiciera que sus camareros llevaran pantalones tan ajustados.

Si no hubiera estado esperando a alguien importante... bueno, dadas las circunstancias, esperaría y vería cómo iban las cosas. Ella se comprometió a hacer que esta reunión funcionara, pero si las cosas no iban bien, o si el hombre no era atractivo... bueno, estaba preparada para buscar sus opciones. Definitivamente podría merodear en la barra un rato. Es decir, hasta que el mesero estuviese fuera de servicio.

Echó un vistazo a su teléfono, que estaba junto a ella en la mesa. Todavía faltaban unos minutos para que accedieran a encontrarse—ella estaba impaciente. Lo que está en juego es alto.

Momentos después, el hombre al que estaba esperando entró al bar. Ella nunca lo había visto, pero se parecía exactamente a la foto que le había enviado—un hombre bajo y apuesto con barba de chivo. Él la vio y caminó con confianza, importante, hacia su mesa. Sus penetrantes ojos se fijaron en el costoso traje y la corbata de seda, los zapatos de cuero italianos. Se veían naturales en él, no afectados. Combinado con su caminata, estos fueron buenos signos. El poder y la opulencia fueron importantes para ella, para el resultado de esta reunión.

"Srta. Dory, "dijo mientras se deslizaba en el sillón esquinero frente a ella. Ella captó su mirada y la tomó rápidamente, analizándola, midiéndola con el mismo cuidado con que lo había medido. Inconscientemente, ella echó los hombros hacia atrás, enfatizando sus amplios pechos. En su experiencia, los hombres bajos eran especialmente aficionados a los pechos grandes. No es que tuviera sentido, pero seguro que parecía ser así. No es que este hombre fuera terriblemente bajo. Después de haberlo visto pasar junto al camarero en el camino hacia el bar, ella lo puso a cinco pies siete, tal vez ocho. El camarero debía medir seis pies.

Un parpadeo en sus ojos le dijo que este hombre bajo había notado sus pechos. Para sus propósitos, eso estuvo bien. Significaba que probablemente él no era gay. A ella le gustaban los hombres gays; su mejor amigo en la universidad había sido un hombre gay, y tal vez aún era su mejor amigo. Pero ahora jugaba en las Grandes Ligas, y en estos juegos, no tenía influencia con los hombres homosexuales. No había forma de trabajar la tensión sexual, la seducción implícita (o real). Le iba mejor con otras mujeres que con hombres gay.

Esos eran los hechos de la vida. Tuviste que rodar con los golpes.

"¿Confío en que su suite sea satisfactoria?", Preguntó.

Eso fue una subestimación increíble. "Es encantadora."

"Excelente. Y el Sr. Hoenig... "

"Mi empleador cree que me estoy divirtiendo en un centro turístico con todo incluido en Cancún", dijo. "Como lo discutimos."

"Excelente. La forma importa."Puso un sobre en la mesa.

"¿Qué es esto?"

"Recibos de su viaje a México. Le sugiero que ponga algo en los cajones del escritorio de su oficina y deje algunos en su apartamento".

"¿Por qué?"

"Corroboración."

"Cree que Claude lo haría..."

"Él es ex CIA", dijo el hombre. "Él es un hombre excepcional; Sin embargo, no creo que la confianza sea uno de sus puntos fuertes".

La idea la sobresaltó. Se había preguntado acerca de que su jefe era un ex fantasma, pero, por extraño que parezca, la idea de que la espiaría no se le había ocurrido. Ahora le hizo secarse la boca. Ella levantó una mano y llamó la atención del mesonero. "Debería tomar un trago". Él frunció los labios. Estaba segura de que él estaba a punto de decirle que era demasiado temprano en el día. "La forma importa y estamos en un bar".

"Solo así", dijo. Ella oyó la aprobación.

Cuando el mesonero se acercó, miró a su compañero y la miró desconcertado. "¿Qué puedo conseguirle, señor? La señorita está disfrutando nuestro mojito de azafrán".

El hombre miró el mojito de Peggy. "Ciertamente no será algo tan desatinado como eso. ¿Qué tal un vaso de tu mejor brandy?

"Excelente elección, señor".

"Tomaré lo mismo", dijo Peggy, alejando el mojito.

Cuando el mesonero se fue, el hombre metió la mano en el bolsillo interior de su chaqueta y sacó un sobre. "Estos son los requisitos iniciales para las modificaciones que requiero para el proyecto". Lo puso sobre la mesa y se lo acercó.

Ella lo miró, pensando que era más pequeño de lo que esperaba, y se dijo a sí misma que debía estudiarlo, no apresurarse.

"¿Puede decirme por qué todo el secreto? ¿Y por qué contactarme? Estoy seguro de que Claude, mi jefe, estaría feliz de atender las solicitudes del FMI".

"Tengo mis propios motivos, preferiría que él no supiera que justo ahora organizo esta reunión para que no interfiera".

Ella asintió. Ella sabía que este hombre, Mitch Childer, era un alto funcionario del FMI. Ella pensó que él estaba proponiendo un proyecto paralelo para el FMI. De repente, ya no estaba tan segura. "Así que él sabe acerca de su participación a través del FMI"

"Y nada más. Es por eso que estoy ofreciendo una gran cantidad de dinero—para asegurarme de que no sepa más. Esa debería ser una explicación suficiente para satisfacerla".

Ella asintió. "Por supuesto."

"Hágalo bien y le prometo muchos otros proyectos de este tipo".

"¿Qué puede decirme sobre estos requisitos?"

Él inclinó la cabeza. "No soy un programador. Apenas soy técnico, pero estas son algunas adiciones, ajustes que usted hará en la cadena lateral que desarrollará. Ellos son el núcleo. No podemos saber qué otros cambios serán necesarios hasta que tengamos la especificación completa y el trabajo comience".

"Agregar cosas, cambiar las cosas más tarde en un proyecto siempre es más difícil de disimular".

El asintió. "Así es. Por eso le estamos pagando una cantidad sustancial de dinero. Tenemos la intención de mantener los cambios al mínimo; sin embargo, debemos anticipar eventos o situaciones que nos obligarán a adaptarnos. Su trabajo, su sueldo, depende de que usted se acomode a esas cosas".

"Si fuera fácil, cualquiera podría hacerlo, ¿verdad?"

Él frunció el ceño. "No estoy seguro..."

"Es solo un dicho. Obviamente no pasa suficiente tiempo en su oficina en Estados Unidos".

Su rostro se torció en una mueca de desprecio. "Washington DC no es mi lugar favorito. Tengo una vida cómoda aquí en Zurich, donde está civilizada".

Cogió el sobre de la mesa y lo guardó en su bolso, que estaba en el asiento junto a ella. Ella lo examinaría más tarde. "Me haré cargo de ello."

"Parece confiada".

Ella sonrió. Estaba bastante segura de que el hombre sabía que ella había sido una hacker seria. Él no habría acudido a ella sin pensar que ella podría trabajar encubierta y bien. Seguro que no le pagaría una cantidad tan grande—y en un precioso Bitcoin eso nunca podría ser rastreado hasta ella. "Lo estoy. Claude, como usted, no entra en detalles con el proyecto—él tiene gente como yo para hacer eso. Si el código funciona, no pensaría en preguntar qué más podría hacer".

"Eso suena como la voz de la experiencia".

La pregunta la tomó por sorpresa y la hizo preguntarse si él sabía sobre algunas de las puertas traseras que había puesto en los proyectos recientes de Hoenig. Entonces ella decidió que no. "Sé que él no pasa tiempo revisando el código y no sabría si he cambiado las cosas. Entonces, a menos que haya algo increíblemente grande o un gran volumen de cambios que retrasen las cosas... "

"Nada de eso", dijo. "No estamos interesados en alterar los objetivos del proyecto. Simplemente deseamos agregar algunos detalles sutiles que nos permitan controlar las cosas y asegurarnos de que todo vaya bien... sin problemas".

Con la discusión cambiando a la tecnología, Peggy se alegró de poder enfrentarse cara a cara con el hombre. Él era inteligente y posiblemente peligroso. No necesitaba deletrear cosas y tampoco le importaba. Eso lo convertiría en un aliado o enemigo formidable. Fue bueno estar de su lado. Él tomaría su lugar.

Como hombre, sin embargo, ella estaba decepcionada con él. Aunque tenía el porte regio de un agente de poder, no había ninguna fuerza de vida real en él. Sin jugo personal ni entusiasmo por la vida. Tal vez él fuese calculador ysu mente fría lo hiciera grandioso en su trabajo, pero no era su taza de té. Y ella podía ver que su interés en ella se limitaba al papel que ella desempeñaría en su juego.

Él no quería follarla. Ella había esperado al más hombre de los hombres. No esta máquina.

Ahora ella lo vio estudiándola, analizando sus respuestas. Sabía que necesitaba hacerle ver que entendía lo que estaba pasando, que era una jugadora más grande e inteligente de lo que él pensaba. "mire, claramente tiene la intención de utilizar el regulador benigno de Wyatt Osgood para que esto suceda", dijo ella sonriendo. "Es por eso que quiere usar la compañía de Hoenig".

El hombre se sentó, alerta ahora. "¿Es tan obvio?"

El camarero apareció con el brandy. Puso la copa delante del hombre y observó con curiosidad mientras la levantaba, giraba el líquido y luego inhalaba el *bouquet*. El hombre miró al mesonero. "Supongo que este es un brandy razonable para el consumo diario", dijo.

"Informaré a la gerencia de su disgusto", dijo el mesonero.

Cuando el mesonero puso uno frente a ella, ella vio que sus palabras complacían al hombre, y cuando el mesonero se fue, casi sonrió. "Es cierto que el trabajo del Sr. Osgood es parte de la ecuación", dijo. "No hay nadie mejor para hacer las modificaciones. Además, Hoenig Fintech tiene las credenciales que evitarán sospechas cuando se anuncie que obtuvieron el contrato de consultoría. La última pieza es su participación—suponiendo, por supuesto, que realmente pueda ejecutar el proyecto y controlar tanto a Hoenig como a Osgood".

"Ejecutaré el proyecto. ¿Pero por qué necesitas a Wyatt? Él ya publicó sus resultados. Tengo su código".

"No necesito a Wyatt Osgood, pero es posible que sí. Según tengo entendido, su Libro Blanco describe la forma de su regulador benigno—una vía para proporcionar control central sobre una cadena lateral descentralizada. Sinembargo, obviamente él no ha considerado todas sus posibilidades, las cosas que se pueden modificar para hacer".

"Esas cosas no se le ocurrirían a él. Él no querría hacerlas".

El hombre tomó un sorbo de brandy, luego tomó la copa en sus manos. "Cuando Ud. vea nuestros requisitos, sabrá que es necesario diseñar e implementar las modificaciones que le detallaremos".

"Eso es bastante fácil. Tengo control sobre Wyatt." Su mente estaba acelerada. Ella estaba mintiendo. Wyatt era impredecible—

un comodín cuando se trataba de su actitud sobre el proyecto. Tendría que fragmentar las tareas y, de alguna manera, darle problemas que resolver y mantenerlo a oscuras sobre el proyecto en general. Luego tendría que incorporar las soluciones en el marco general y hacerlo sin interrupciones. Eso sería mucho trabajo, pero las recompensas serían increíbles. Tenía planes de que el hombre sentado frente a ella ni siquiera podía imaginarse. Trabajar para él fue solo una entrada, no la respuesta a sus oraciones. Una vez que comenzó a rodar, este vuelo de primera clase a Zurich, esta habitación de hotel... Fue un cambio tonto. Esto fue solo el comienzo.

El hombre la miró. "Mi única preocupación al usar a este Sr. Osgood es que a pesar de todo su talento, basado en una considerable investigación sobre su pasado, estoy convencido de que sería desafortunado si entendiera lo que estamos haciendo".

Ella sonrió, imaginando su indignación. "Por decirlo suavemente, se opondría enérgicamente".

"¿Y?"

"No te preocupes. Veré que no tenga una idea general".

"Esa será una parte importante de lo que le estamos pagando", dijo.

"Lo manejaré. Y Hoenig también lo querrá en el proyecto. Me aseguraré de que Hoenig sepa que necesitaremos la ayuda de Wyatt.

"Sin embargo, él no puede estar en el sitio".

"¿No?"

"Él no es un idiota y no puedes vigilarlo todo el tiempo. Él hablará con otras personas. Por lo tanto, el contrato está configurado para que usted sea la única programadora de EE. UU. en el puesto. El trabajo será realizado por personal local que sea competente pero que no esté interesado en comprender el proyecto completo. Aprovecharemos esa indiferencia".

"Es más fácil trabajar con el equipo que conozco".

"Y sería más difícil mantenerlos en la oscuridad". El hombre frunció los labios. "Quiero ser claro sobre algo. Aunque estoy seguro de que las recompensas de aceptar este trabajo se han explicado cuidadosamente para usted, también necesita conocer el costo del fracaso. Y falla si el proyecto no funciona correctamente o si estas funciones adicionales se hacen públicas".

Ella puso sus manos en su regazo y se centró en él. "Estoy escuchando."

"En el caso improbable de que se descubran estos esfuerzos, todas las pistas deberán ser eliminadas. No puede haber enlaces a... la fuente de las modificaciones".

"Sin duda, el FMI o el Banco Mundial..."

"No piense tan estrechamente. Hay fuerzas involucradas que hacen que el papel que juega el FMI sea insignificante".

Ella asintió y tragó saliva. De repente, el hombre había elevado la apuesta. Claramente, él representa las fuerzas más grandes que mencionó. Por primera vez, se preguntó si ella no estaba en sus cabales. En realidad, no había dicho nada concreto, pero sabía que había más que un sueldo en juego—su vida había sido amenazada. La forma en que lo había dicho era más escalofriante que si en verdad amenazaba con matarla. Probablemente lo sabía. Él malditamente lo sabía. Esa era la verdadera razón por la que había insistido en una reunión cara a cara. El resto podría haberse hecho a través de un teléfono seguro, pero este hombrecillo, este elfo de confianza, tan seco como él, quería impresionarla con las zanahorias que le ofrecía. Luego le mostraba el gran palo con el que la golpearía si ella se resistía.

Y tuvo que admitir que fue muy efectivo. Ella podría haber tenido la tentación de irse, pero esas malditas zanahorias estaban deliciosas y Peggy Anne Dory estaba hambrienta. Además, el proyecto se había vuelto emocionante. El golpe de adrenalina fue salvaje. Y erótico.

Él se entretuvo un poco, viendo su reacción. Las amenazas y las promesas eran reales, tangibles. Peggy Anne Dory estaba al borde de un acantilado y la idea la hizo recuperar el aliento. Sin embargo, Peggy tomó su decisión mucho antes de que ella tuviera esta oferta. Había prometido que cuando surgiera la oportunidad, cuando viera una oportunidad que le permitiera saltar por la escalera social, la tomaría. No importaba cuál.

Tomar el trabajo con Hoenig, volverse legítima o parecerlo, había sido una medida provisional, un respiro. Sabiendo quién era ella, él la rastreó y le ofreció dinero serio. Debido a sus conexiones, sus antecedentes, la idea parecía emocionante. No lo había sido. El trabajo era de rutina. Claro, él le había exigido mucho y le había pagado bien. Pero era demasiado jodido. Tan aterrador como era, ésta era la mejor oportunidad que jamás había visto. Podría hacerla más rica de lo que Hoenig jamás pensó ser y la dejaría sentir la presión de lo extralegal, sino de la absoluta ilegalidad.

El hombre tomó otro sorbo de brandy y frunció el ceño. "Este trago realmente no mejora con el calentamiento. Al menos el mesonero fue educado acerca de mi queja, incluso si estaba mintiendo." Se levantó. "Creo que nos entendemos bien, Srta. Dory. La factura del hotel está paga y hay una cantidad razonable de crédito establecida para sus comidas. Recomiendo tomarse una hora para disfrutar de un masaje en el Grand Spa. Los masajistas son excelentes. Pagaré las bebidas cuando salga. Que tenga un agradable viaje a casa. Espero verla pronto, pero cuando nos encontremos, no me conocerá. La próxima vez que nos veamos será la primera vez que me vea".

"Entendido", dijo ella.

Mientras se alejaba, Peggy pensó en todo y sintió que su corazón latía con fuerza. Realmente estaba sucediendo. Estaba a punto de convertirse en una jugadora menor dentro de un plan muy grande y sintió que, incluso si no se presentaban exactamente, estaba trabajando con algunos de los jugadores más grandes del mundo. Eso estuvo muy bueno. Tan jodidamente caliente. Merecía una celebración.

"¿Algo más, *fräulein*?" Preguntó el mesonero. Ella vio que su vaso estaba vacío. Ella no recordaba haberlo bebido.

"Me llamo Peggy, Franz", dijo.

"¿Y realmente estaba bebiendo con Mitch Childer?"

Ella contuvo el aliento.

Él sonrió. "Pagó con tarjeta de crédito. Y sé el nombre del jefe del Fondo Monetario Internacional. Y sé que vive en Zurich".

"¿Es quién es él?" Le gustaba jugar a la ignorante, especialmente sabiendo que hacía que la reunión sonara en secreto.

"¿Realmente lo conoce?" Parecía impresionado.

"Teníamos algunos asuntos que discutir". Se alegró al ver que conocer al hombre le había subido la autoestima a Franz. "¿Sabes qué? Quiero otro trago Este brandy tampoco es bueno para mí. Y como lo mencionaste, me gustaría probar un Schnapps. ¿Hay alguno que recomiendes?

Él sonrió. "*Kräuterlikör*, Peggy. Es a base de hierbas, no a base de frutas".

"Entonces probaré eso".

"Le gustará". Él se demoró y ella se sintió segura. "Algunas personas lo endulzan".

Ella vio que él no lo aprobaba. "Lo intentaré directamente".

"Excelente."

"Me gustaría algo más también." Ella le dejó ver la pregunta en sus ojos.

"¿Algo que pueda traerle? Cacahuetes, tal vez".

"Algo más personal." Ella miró su entrepierna.

Él sonrió. "Si es algo que puede esperar, me gustaría discutirlo". Mi turno termina en una hora".

"Oh, puedo esperar tanto tiempo".

Él sonrió. "Es triste ver a una mujer sentada sola".

"¿Triste?"

"Sí. Si fuera a su habitación ahora, me complacería llevarle una botella de *Kräuterlikör* cuando termine mi turno. Entonces puede explicarme qué es la otra cosa que quiere".

"Que caballeroso."

Él le dio una sonrisa malvada. "Realmente no."

"Me alegra escuchar eso", dijo. Ella escribió el número de su habitación en una servilleta y se lo entregó.

"Esa es una de las mejores suites del hotel", dijo.

"Y hasta la suite más bonita se puede mejorar con la compañía adecuada... y un Schnapps".

En el ascensor que conducía a su habitación, Peggy Anne Dory sintió una oleada que se debía en parte a la anticipación de una aventura sexual y, en parte, a inhalar el embriagador aroma de la victoria. El mundo de repente era mucho más hermoso de lo que alguna vez había esperado que fuera. ¿Y quién se lo merecía más que ella? ¿Quién estaba mejor equipada para volar tan alto?

Capítulo 4

El que Renunció

"Las renuncias estratégicas son el secreto de las organizaciones exitosas".
—Seth Godin
Autor estadounidense y ex ejecutivo de negocios punto com

Parque Industrial FinTech
Crystal City, Virginia, EE. UU.

Wyatt miró su terminal, se frotó la barba, luego miró el papel gris en la pared de su cubículo y dejó escapar un suspiro suave y gentil. No hubo ni un ápice de satisfacción en ese suspiro. Estaba lleno de desesperación. Cada vez que trataba de ver el código en su terminal, su cerebro se desviaba de él. Él simplemente no podía enfocarse. Estaba aburrido, desmotivado.

El color neutral de ese divisor parecía resumir toda su existencia en una sola emociónabla. Había pensado que el maldito papel era feo y deprimente la primera vez que lo vio, el día que instalaron las láminas que dividían el bullpen enpseudo oficinas. Lo había odiado entonces y el tiempo no había suavizado su actitud o mejorado la forma en que se veía. Incluso la imagen tranquila de una puesta de sol sobre una playa en México que élhabía pegado a ella no compensaba el embotamiento o aliviaba la monotonía. Trató de imaginarse en esa playa. Que era lo que Sindi siempre decía: "Hoy estoy en una playa en México. ¿Cómo es que estás sentado sobre tu trasero en casa?"

Se sacudió la sensación de tedio y miró el código en su pantalla de nuevo, tratando de enfocarse, enojado consigo mismo. Lo que sea que se estaba perdiendo sería inevitablemente obvio cuando lo encontrara. Todo lo que tenía que hacer era seguir la lógica, prestar atención. Su cerebro se negó a cooperar. Cogió su lata de cola pero estaba vacía. Hizo una pausa, frotándose la barba, tratando de pensar y reagruparse. La maldita pared gris inofensiva le devolvió la mirada. Miró su fotografía, trató de imaginar el aire salado en su rostro, pero se le escapó. El estado de ánimo sombrío, la red de frustración en la que estaba lo tenía atrapado.

Además, él quería un trago. Wyatt miró la lata de refresco vacía en su escritorio. Eso no era lo que él quería. Era la una de la tarde y quería un buen trago doble del *bourbon Maker's Mark*. Quería un trago en su mano—un licor fuerte; *Kentucky Bourbon*.

Quería estar sentado en esa maldita playa, no tratando de imaginarla.

En verdad, él quería estar en cualquier lugar pero estaba atascado en ese maldito cubículo con su vista gris neutra de nada.

Miró hacia arriba, dejando que sus ojos vagaran por la abertura que pasaba por una puerta a su espacio. Al otro lado de la habitación, podía ver a Claude Hoenig barajando papeles en su oficina. Claude era dueño de la compañía, era su fundador y había demostrado ser un hombre de negocios exitoso. Ex empleado de la CIA (en qué competencia, Wyatt no tenía ni idea), y antiguo miembro de una firma privada de inteligencia, estaba bien conectado... Así que calificó una oficina de la esquina con ventanas reales y una verdadera puerta si así lo deseaba. Claro, la vista era del estacionamiento y la puerta normalmente estaba abierta, pero Wyatt todavía estaba celoso. La puerta podría cerrarse y él tenía una vista.

Claude parecía ocupado, pero usualmente solía estarlo. Era un torbellino de actividad, siempre saltando a DC para las reuniones. Wyatt no estaba seguro de lo que hacía, pero contrajo negocios con grandes compañías y contratistas del gobierno. Claude era accesible, pero los empleados tenían problemas para conseguir reuniones con él. Si querías hablarle, tenías que agarrar al hombre al verlo. Era el momento, con Claude flotando en su escritorio, como colibrí a punto de lanzarse al siguiente comedero, Wyatt sabía que si no hablaba con él en ese instante, iba a volar a una junta.

Parte de él tampoco quería hablar con él. Charlar con Claude siempre le daba la oportunidad de pedirle hacer algo. Siempre había algo que quería de ti que no hubiera mencionado antes. Solo una cosa más para tu lista de cosas por hacer. Pero él tenía que decidirse. Tenía que levantar el culo y hacer cambios en su vida.

Después de un largo y ansioso minuto, Wyatt se levantó. Cruzó el estrecho pasillo y entró en la oficina. Claude levantó la vista. "Oye Ozzie, ¿qué está pasando? ¿Ya terminaste con esa rutina?".Sonó prácticamente alegre.

La pregunta lo tomó por sorpresa. No debería haberlo hecho. "¿Listo con el código? Aún no."

"¿Qué tan pronto podemos tenerlo?"

Wyatt se rió. Ese era el estilo de gestión de Claude. Pedir un presupuesto y pretender sentirse increíblemente dolido y decepcionado si no lo cumples como si hubiera una fecha límite. "Ni siquiera puedo adivinar. Tú lo sabes. Estoy persiguiendo un error y es una mierda tediosa. Lleva tanto tiempo como sea necesario. Y el plazo es... ".

"Ajusta los plazos si puedo tenerlo ahora." Al ver la mirada que Wyatt le dio, Claude se encogió de hombros. "Solo pensé en preguntar. Nunca está de más preguntar, ¿verdad? Y normalmente no entras aquí para tirar la mierda así que pensé que tenías algunas noticias".

"Tengo algunas noticias, pero no sobre el código. Entré para decirte que renuncio".

La sonrisa de Claude se desvaneció. "¿renuncias? Ey, alto allí. Odio esa palabra. ¿Es algo que dije? ¿El trabajo finalmente perdió su brillo? ¿Te cansaste de jugar con todos esos unos y ceros?"

"Nada de eso."

Claude torció la cabeza y luego sonrió. "Tienes otra oferta, ¿verdad? Escuché que recibiste una llamada de algunas personas en el Departamento del Tesoro". Eso sorprendió a Wyatt. ¿Cómo lo supo? "Y aquí pensé que era sólo que estabas haciendo trampa en tus impuestos, como todos los demás".

"No. No tomé otro trabajo, y no me insultaste más de lo normal. Y, para que conste, todavía me gusta la codificación." Estaba pensando mientras hablaba, tratando de explicarse cómo explicarlo. Si Janet hubiera estado cerca, lo habría discutido con ella, habría llegado al meollo del asunto, pero ahora estaba viniendo a él mientras lo explicaba. "Es esta oficina. Estoy escalando las paredes en ese maldito cubículo".

"Eso no es un problema."

"¿No?"

"Puedes tener mi oficina", dijo Claude. "No la uso tanto".

Wyatt miró su cara, esperando que se riera de su propia broma. La risa no vino. "¿Vas en serio?"

"Cuando se trata de hacer el trabajo, eres más importante que yo. Hago mi mejor trabajo durante el almuerzo o por teléfono. No necesito una oficina para eso. Puedo trabajar fuera en mi auto".

Wyatt jugó con la idea, mirando a su alrededor, imaginándose a sí mismo trabajando allí. "Aprecio la oferta. Es más agradable, pero básicamente sigue siendo la misma oficina. El mismo viaje diario. La misma oficina apesta".

"Hmm. Vamos a trabajar en eso".

Wyatt se tambaleó. Claude era un manipulador, pero nunca esperó este tipo de preocupación sincera por su bienestar. "No creo que el problema se pueda solucionar reorganizando los muebles. Estoy en una rutina. Toda mi vida apesta".

"No puedo ayudarte con esa parte. Me dijeron que no hay una aplicación para eso".

"Podrías despedirme". Sonrió. "Entonces obtendría el desempleo".

"¿Despedirte? ¿Entonces qué?" Él agitó un brazo. "¿Crees que estas otras personas quieren hacer toda tu codificación? ¿En qué crees que te mal pagué?

Wyatt pensó por un momento, dándose cuenta por primera vez de que este odio hacia la oficina había estado ardiendo durante años. La emoción del trabajo, especialmente cuando hicieron cosas de vanguardia, todavía estaba allí. La idea de ser cortado realmente lo hizo estremecerse. Iba a la oficina—las rutinas, los rituales, la banalidad de ser un zángano de la oficina. "Necesito salir de aquí."

Claude se volvió para mirarlo directamente, luego se hundió en su silla de cuero. "Quizás podamos hacer algo".

"¿Qué?"

"Todavía quieres trabajar, ¿verdad? Necesitas un propósito".

Sabía que Claude era cristiano: un conservador con una fuerte ética de trabajo. Esa era una de las pocas cosas en común, una de las cosas que les permite llevarse bien. "Sabes lo que hago. Incluso si no quisiera trabajar, tengo que hacerlo. Sabes que no puedo simplemente sentarme. No juegues al estúpido".

"¿Quién está jugando? Soy estúpido. Si fuera inteligente, habría aprendido a programar yo mismo. Piensa en el dinero que ahorraría." Tocó su mejilla. "Pero vamos a unirnos y pensar en esto... el resultado que deseas... solo quieres salir de aquí... este lugar, no la compañía".

"Sí", dijo Wyatt. "Eso prácticamente lo resume todo."

"Quizá tenga una idea".

El corazón de Wyatt latió con fuerza. El hombre hablaba en serio sobre esto. "¿Cómo?"

"Dos posibilidades. ¿Qué pensarías sobre mudarte a Bielorrusia?

Wyatt se rió, y luego se dio cuenta de que el hombre hablaba en serio. "No tengo idea. Primero, tendría que encontrarlo en el mapa"

"Es un país—en Europa del Este. Estoy abriendo una oficina allí. Será nuestro nuevo cuartel general".

"¿Por qué?"

Marcó sus respuestas con los dedos. "Uno, porque legalizaron la criptomoneda; dos, están ofreciendo una desgravación fiscal de cinco años sobre los ingresos obtenidos en cripto y sobre el impuesto a las ganancias de capital por invertir en él. " Él sonrió. "Y escuché que tienen playas realmente bonitas".

"Eso suena perfecto. Me imagino que durante los dos meses al año que no está congelado, sería un paraíso".

"Bien, eso era una posibilidad remota. Sé que una oficina allí todavía sería una oficina. ¿Y qué pasa si trabajas para mí como freelance?"

"¿Quieres decir que no sería un empleado?"

"No. Serías un contratista independiente. "Cogió un bolígrafo y se dio golpecitos en la mejilla, pensando. "Hagamos una tormenta de ideas, veamos cómo funcionaría eso... Haría que utilizaras una computadora portátil encriptada para hacer el trabajo". Claude le lanzó una mirada significativa. "Tenemos que pensar en la seguridad".

Eso tiene sentido. Tenía información de sus clientes, y debía asegurarse de que el código fuera seguro. "Tendría que usar nuestra plataforma cifrada para cualquier comunicación que utilice la computadora portátil—y seguirá siendo propiedad de la empresa".

"Correcto."

"Y te pagaría un poco menos y trabajarías en casa".

Como habían pasado las cosas, el dinero no era un problema. El trabajo sería maravilloso y algún flujo de efectivo sería bueno. Lo importante era el estilo de vida. Tenía que estar fuera de la oficina.

Wyatt se permitió imaginarlo, se vio en casa en su sofá con su foto de la playa en su televisor en lugar de la pared gris. Fue una gran mejora. Excepto por una cosa. "Estoy cansado de vivir aquí también. Estoy cansado de esta ciudad".

"Tu dijiste..."

"Que quiero trabajar en casa. Lo sé. Me di cuenta de que también estoy harto de mi apartamento".

Claude se encogió de hombros. "Entonces puedes mudarte a otro lugar". No necesitas venir, pero sí de vez en cuando para las reuniones. Así que no me importa dónde vivas siempre y cuando escribas el código que necesito y lo entregues a tiempo".

Wyatt sintió que se le aceleraba el pulso. Esperaba que Claude hablara en serio. "¿Qué hay de Italia? ¿Está bien?"

Él bufó. "Bien. Envíame una pizza de vez en cuando y no te vayas por completo de nuestra grilla. No me importa la cuadrícula de nadie más".

"Yo puedo hacer eso."

"Para financiar eso... bueno, hay un proyecto que haría todo esto posible. Podría llevarnos al siguiente nivel, lo que sería bueno para ti y para mí. Pero necesito tu ayuda."

"Mierda, Claude". Suspiró. "¿Qué?"

"Estoy lanzando algunos negocios grandes, realmente grandes. Está prácticamente en la bolsa".

"¿El Gobierno?"

"Trabajando en un proyecto para otro gobierno".

"¿Esto involucra a tus amigos fantasmas? No necesito eso".

"Ellos no. Esto es algo que haríamos para fortalecernos con el Fondo Monetario Internacional".

Wyatt lo consideró. Tenía sentimientos encontrados sobre las organizaciones del mundo. "Son solo otra forma de la CIA".

"Excepto que, como yo entiendo las cosas, generalmente no matan gente".

Wyatt estalló en carcajadas. "Buen punto."

"Este documento queescribiste para conseguir que la gente del Tesoro intentara reclutarlo aparentemente ha interesado a algunas personas del FMI. Peggy está trabajando en las especificaciones para nuestro lanzamiento y preparando nuestra cita".

"¿Peggy?"

Claude Hoenig miró fijamente a Wyatt. "A menos que quieras ejecutar un proyecto..."

"De ninguna manera."

"Entonces ella dirigirá el equipo. Pero te necesitamos para apoyar. Necesito que vayas con nosotros, Peggy y yo, a una reunión con los directores".

"¿A almorzar?"

"Cenar, probablemente. El caso es que está en Zurich".

"¿Suiza?"

"Cristo, ¿hay otro? Espero que hayan querido decir Suiza. Supuse que querían decir eso".

"No te preocupes. Creo que ese es el único. Pero ¿por qué Zurich? Este no es un proyecto para el gobierno suizo, ¿verdad?"

"No. Zurich es justo donde se lleva a cabo la reunión de definición del proyecto. Me dijeron que es más conveniente para todos nosotros, incluido el tipo del FMI, encontrarnos allí que en Dar es Salaam. Esa es una ciudad en Tanzania. En África, en caso de que te lo estés preguntando".

Wyatt refirió lo que sabía sobre África. No había mucha sustancia en nada de eso. Había leído Beryl Markham y otras cosas, y había visto películas. "No estoy realmente entusiasmado con la idea de ir a África en este momento".

"Solo tienes que ir a Zúrich y demostrar que el proyecto será bendecido con tu presencia. Peggy también estará allí. Cumplimos con los principios, planificamos el proyecto con una brocha amplia y, cuando Peggy te diga en qué comenzar, te vas a casa. O Italia. O donde sea. Eso depende de ti."

"¿Esperas que juegue bien con el FMI? ¿Yo?"

"Sip. Ese es el trato ", dijo Claude. "Vas a esta reunión, sé amable y prometes escribir el código que Peggy necesita". A cambio, pagaré por volar a cualquier parte del mundo. Cierra la tienda aquí y vete directamente a Zurich. Voy a buscar boletos de primera clase".

Wyatt hizo malabares con las ideas, las emociones en conflicto. Su impulso fue dirigirse a una playa en México. Incluso si eso no funcionaba, esa era la fantasía. ¿Por qué no comenzar allí? "Así que voy a esta reunión y nos ayudan a vendernos. Luego, recibo una tarea, un código para escribir y voy a donde quiera con tu moneda de diez centavos."

"Con muchos, muchos de mis diez centavos. Y donde quiera que estés, sólo escribe el código".

"¿Por qué tengo que ir a esta reunión? Nunca me has incluido antes".

Claude lo miró. "Sabes, el impulso de machacarte sobre este punto es increíblemente fuerte ahora mismo, pero esta es la historia. En cualquier caso, estaríamos en la carrera por esto, pero el artículo que publicaste convenció a algunas personas poderosas, no necesariamente inteligentes, de que tienes la habilidad para llevarlo a cabo. Creen que hacerte consultar en el proyecto es más seguro que hacer que otras personas lo hagan. Logré reforzar esa idea. Es nuestra ventaja. Y este concierto financiará tu capacidad de trabajar donde quieras".

"Entonces, ¿soy tu innovador entrenado?"

"No demasiado innovador. La verdadera innovación podría asustarlos. Necesito que seas el tipo listo pero cauteloso que será su salvación. Todo lo que quieren es usar tu idea en su proyecto. Con tu ayuda."

"¿Y después de la reunión, trabajo donde quiero?"

"Ese es el trato. Tienes unos días para prepararte. ¿Tienes pasaporte?

"Sip. ¿Puedes darle a Charlie la tarea de terminar mi rutina? Usaré el tiempo para anotar algunos pensamientos nuevos sobre mi código inteligente que estás vendiendo y envolveré las cosas aquí".

Claude sonrió. "Siempre has odiado a Charlie".

Wyatt se imaginó alegremente el rostro gordo de Charlie cuando escuche que se estará cargando de trabajo extra. "Toda la razón."

"Bien."

"Necesito pensar sobre esto".

Claude miró. "¿Qué hay que pensar?"

"Toda la cosa. Todavía me pregunto si tal vez sería mejor renunciar. Si renuncio, puedo ir a donde quiera—no ser arrastrado a una reunión aburrida en Zurich".

Claude sonrió. "Excepto que te mueres por descubrir de qué se trata este proyecto. Tengo la intención de irme el próximo miércoles. Haré que recursos humanos haga los trámites y los envíe a tu lugar para que los firmes".

"¿Y Peggy está dirigiendo el proyecto?"

"Correcto. Haré que ella te brinde la información del viaje—dónde estar y cuándo.

"Alguna información sobre el proyecto también podría ser agradable. Si se supone que debo sonar como si supiera lo que estoy haciendo en esta reunión, sería útil una idea sobre qué tipo de código escribiré".

Claude extendió su mano. "Peggy te dará una sesión informativa completa durante el vuelo. Todos estaremos amontonados en ese pequeño tubo de estaño durante mucho tiempo; también podríamos hacer que las horas sean productivas".

Wyatt suspiró. Prefería mirar las especificaciones, llegar a sus propias ideas con honestidad, pero no iba a ganar esta. Cogió la mano de Claude y la sacudió. "Bien. Probablemente tenemos un trato. Posiblemente."

Claude sonrió. "Me encanta cuando dos hombres razonables pueden reunirse y resolver las cosas". Le dio unas palmaditas en el hombro a Wyatt. "En serio, esta idea funcionará brillantemente para nosotros dos. Mantén el código y yo mantendré el dinero".

"¿Enviado directamente a mi cuenta?"

"Enviado directamente al Polo Norte si eso es lo que quieres. ¿Qué me importa a dónde va el dinero, siempre que seas feliz?

Wyatt se permitió ponerse en marcha. La verdad era que estaba emocionado. "Estoy bastante seguro de que los abordaré sobre esto, pero necesito pensar en ello. Necesito alejarme de tu arte de vender".

"Entonces hagamos esto. Aquí y ahora, voy a despedirte. Entonces te ofreceré este contrato. Cuando el contrato llegue a tu lugar mañana, lo lees. Tan pronto como lo hayas leído, llámame y dime lo que has decidido. Los detalles serán negociables, pero no la sustancia. O te reemplazo a ti, a mi empleado, como mi nuevo contratista, o tendré que contratar a un niño lleno de granos recién salido del Instituto de Tecnología de Massachusetts para que haga el trabajo".

Wyatt sonrió. No coincidía mucho con Claude, y teniendo en cuenta sus antecedentes, el hecho de que había sido un espía durante muchos años, y quién sabía qué más, hacía difícil confiar en él por completo, pero por alguna razón loca, le agradaba el hombre. Claude Hoenig no estaba de acuerdo con él, pero siempre respetó lo que dijo, y, por lo que pudo ver, el hombre era fiel a sus principios. "De acuerdo. Iré a limpiar mi cubículo".

Claude se rió. "¿De Verdad? Entonces es mejor reservar al menos diez minutos para ese proyecto. Todo lo que has puesto en él es esa imagen de la playa".

"Eso llevará una cantidad de tiempo considerable. Tiene que ser doblado con mucho cuidado".

"Si esto funciona, puedes tomar tu propia puta foto de playa".

Wyatt sonrió. Eso era verdad. Definitivamente tomaría sus propias fotos. Luego, mientras se dirigía a la puerta, de repente se vio abrumado por una oleada gigante de sospechas. "Tuviste esto planeado, ¿no?"

Claude se rió. "Te he visto llorando en la imagen. Y, sinceramente, tu enfoque ha estado apagado últimamente. Lo he visto antes. Una vez que un tipo como tú se inquieta, se irá. De esta manera, te hago trabajar por más tiempo. Por un tiempo, al menos, imagino que te encantará el nuevo trato y escribirás el código aún más rápido, incluso si es solo para que tengas más tiempo para lo que sea que quieras hacer".

"No tengo idea de lo que quiero hacer. O donde quiero hacerlo. Solo necesito salir de esta maldita oficina".

"Entonces sal de mi vista. Después de esta reunión, cuando estés en el aire, espero que inicies sesión regularmente".

Wyatt sintió un nudo en el estómago. "¿Y decirte dónde estoy?"

Él rió. "No me importa a dónde vayas. Quiero saber que estás pensando en mí y midiendo tu amor por mí en líneas de código".

"Ese es mi tipo de jefe".

"No soy tu jefe. Eres un vagabundo independiente desempleado que se aprovecha de mi caridad cristiana." Se dirigió a la puerta de su oficina y llamó la atención de una mujer que pasaba. "Karen, tengo un trabajo para ti".

Ella frunció. "¿Crees que no tengo nada que hacer?"

"Acabo de despedir a Ozballs. Hazlo oficial".

Ella asomó la cabeza por la puerta. "Felicidades, Wyatt. ¿Cómo hiciste eso? ¿Qué puedo hacer para que me despidan?"

"Tú eres la persona de recursos humanos", dijo Wyatt.

Ella sonrió. "Horrible, ¿verdad? Puse un terrible ejemplo".

Claude resopló. "Solo haz los trámites para despedirlo. Luego haz la maldita documentación que lo pone bajo contrato como un profesional independiente. No le des ningún beneficio. Él te dirá dónde enviar su salario base".

"Supongo que piensas que es un trabajo prioritario", le gritó la gordita.

"Toda la razón. Así lo quiero, así que es prioridad".

"Tiene sentido."

"Esta es mi compañía, Karen. Yo soy el jefe."

"Así que sigues dirigiéndome", ella bufó. "No estoy segura".

Wyatt todavía lo asimilaba, preguntándose si realmente estaba sucediendo.

Entró en la oficina y pidió algo... y lo consiguió. La gente de negocios era extraña y Claude estaba entre los más extraños. Vio que el hombre lo miraba. "Te voy a extrañar", dijo Wyatt.

"No si no te vas". No puedes perder a nadie si no te vas".

"¿Por qué tan ansioso por deshacerte de mí?"

"¿Por qué arrastrarlo? Si te dejo pasar el tiempo aquí, algunos de los otros querrán lo mismo. Es mejor que piensen que te despedí y ese es el final. Simplemente no hagas que sea el final de las cosas. Llámame mañana cuando leas el contrato y dime que soy demasiado amable y quieres trabajar para mí para siempre".

"Ya veremos. Voy a limpiar mi escritorio".

"Lleve el maldito escritorio contigo si lo deseas. O puedo enviártelo".

"No, solo quiero los clips que he robado a lo largo de los años. Tengo la intención de viajar ligero".

Él levantó sus manos. "No me digas nada más que eso. No quiero saber a dónde vas o con quién lo estás haciendo. Es mejor si no lo sé".

"¿Por qué?"

"Porque si supiera que estás fuera del país, en la playa, por ejemplo, podría complicar mis negocios y hacer que los clientes se pregunten si tengo control sobre ti. Así que estoy feliz de ser engañado y de pensar que estás escondido en la calle de ese sórdido departamento tuyo, codificando el código con mucha frecuencia".

"No es tan sórdido, Claude. Ni siquiera es particularmente barato. Es solo... nada en absoluto. Una caja conveniente para existir, como mi cubículo".

"Entonces, busca una caja más bonita. Una caja en un lugar más agradable. Esta ciudad apesta al Pentágono de al lado y eso te molesta".

Wyatt sintió que quitaban un peso de sus hombros. "Tienes razón. Creo que haré exactamente eso. Mientras salía de su oficina, pensó en las cosas de su escritorio. Había una taza de café con un 'No me pises' estampado en una letra cómica espantosa, un termo antiguo, una libreta con notas indescifrables, y no mucho más que algunas baterías de un reloj que se rompió el año pasado. ¿O eran de una cámara vieja? Él no podía recordar.

Él cuidadosamente tomó la foto de la playa. Era una que había arrancado de una revista de viajes. La playa era encantadora y había chicas guapas en diminutos bikinis y tangas caminando por todo el lugar. Era una bonita playa con chicas adorables. Incluso parecía que las chicas eran modelos, parecía un lugar mucho mejor para este invierno que en Virginia. Un tipo podría codificar en una playa así. Podría tomar una copa cuando quisiera una. Él sería libre.

Capítulo 5

Dudas y Recelos

"Nadie lanzó un ataque sin tener dudas previamente. Deberías tener dudas antes; pero cuando llega el momento de la acción, pasa la hora de las dudas. A menudo no es posible retroceder el curso que ha sido adoptado en la guerra. Un hombre debe responder Sí a favor o No a las grandes preguntas que se formulan, y por esa decisión debe estar obligado".
—*Winston Churchill*

Cercle de Lorraine
Bruselas, Bélgica

Mitch Childer se sentó incómodamente en una silla de cuero. En el otro lado de una gran mesa de caoba, un hombre con penetrantes ojos verdes lo miraba fijamente.

"Insistió en venir a Bruselas. Aquí estoy. ¿Hay algún problema? ", Preguntó Childer.

El hombre se burló. "Quizá. Dígame usted."

"Ninguno que yo sepa".

"No estoy tan seguro. Y otros del grupo comparten mi preocupación. Hemos estado tratando de entender el hecho de que usted haya invitado a un jodido agente de inteligencia estadounidense a trabajar con usted en nuestro proyecto".

Childer asintió. "Sí."

Los ojos verdes y la cara oscura a su alrededor eran inexpresivos. "Lo invité a sentarse y explicarme cara a cara por qué ha hecho esto. ¿Está loco? ¿Cómo comienza eso a tener sentido?

Aunque había venido seguro de sí mismo, de su plan, Childer sintió que se estremecía un poco ante la mirada fulminante que se le dirigió. "Me dijeron que hiciera lo necesario para hacer esto", dijo.

"Lo que fuera necesario. No lo que era suicida. Tan pronto como supimos que contrató a Hoenig Fintech en el proyecto, sentí que era necesario llamarlo para que lo explique. Los otros también quieren saberlo—¿qué demonios le ha poseído para incluir a Claude Hoenig en este proyecto? Usted es plenamente consciente de su asociación con la CIA y con más de una agencia privada de inteligencia corporativa. ¿Está tratando de exponer nuestros esfuerzos?"

"La respuesta simple es que el proyecto requiere las habilidades de un programador en particular que trabaja para Hoenig".

"¿Y nadie más puede hacer el trabajo? Cristo, hombre ¿Por qué comenzarías un proyecto que vive o muere en un hombre que ni siquiera tienes en tu propia nómina? ¿Por qué no contratarlo? No es que eso sería un problema".

"Otros programadores podrían hacer el trabajo", dijo Childer, obligándose a estar tranquilo. "No es nada increíblemente innovador, aunque esta persona entiende los detalles más que la mayoría".

Los ojos verdes no parpadearon. Childer sabía que tenía que sonar confiado, necesitaba confianza. Este hombre, gente como él, podía oler sangre en el agua e ir a matar. Demonios, comparar a este hombre con un tiburón ofendería a los tiburones. Este hombre disfrutaba crucificar a cualquiera que se marchitara bajo su interrogatorio. "Contratarlo significaría conseguir que el FMI o el gobierno tanzano lo contraten. Simplemente porque rechazó un trabajo en el Departamento del Tesoro de los Estados Unidos. Mis fuentes me dicen que no está tan entusiasmado con ningún gobierno o agencia transgubernamental".

"Entonces, ¿por qué iba a trabajar en el proyecto?"

"Lo hemos preparado para que se cumplan sus necesidades. Él no entiende lo que está pasando".

"¿Qué pasa si se da cuenta...?"

"En ese caso, él es reemplazable".

"Entonces, ¿por qué necesitas a Hoenig?"

"Por el bien de la elegancia y la simplicidad. Naturalmente, hay otras formas de hacerlo, y pensé mucho antes de acercarme a Hoenig. A medida que exploré las opciones, dos factores, varios en realidad, evolucionaron y hacen que esta elección no solo sea aceptable, sino una excelente idea".

"Déjeme escucharlos." El hombre se recostó en la lujosa silla de cuero. Childer lo recibió, sopesando cómo su temperamento a veces mercurial estaba cambiando. Por el momento, estaba analizando. Él escucharía. La implicación era que él estaría mejor de acuerdo con el razonamiento de Childer.

"Primero, a pesar de la participación de su empresa, sólo dos personas estarán directamente involucradas y sólo una, una persona que está en mi nómina, tiene alguna idea de nuestra participación. Inclusive, ella piensa que este es un proyecto del FMI".

El hombre asintió. "Prosiga."

"Y la participación de Hoenig tiene una gran ventaja. Destruimos totalmente cualquier sospecha de que nosotros, cualquiera de nosotros, hacemos algo que no sea del todo transparente. Hoenig sentirá que está en la mesa, que sabe lo que está pasando. Como él no sabe que su mano derecha está en mi nómina, continuará creyendo que está completamente informado. Él es codicioso y cree que esto le dará una pista interna. Y eso funciona bien para nosotros. Piénselo—incluso usted preguntó quién en su sano juicio invitaría a los agentes de inteligencia estadounidenses a la mesa si tenían intenciones de algo nefasto. Con esta maniobra, nosotros cooptaremos cualquier pregunta, cualquier sospecha de que podamos estar manipulando al gobierno tanzano".

"¿Y tus otros factores?"

"El programador clave en cuestión es la mejor persona posible para que esto suceda rápidamente. Él desarrolló la técnica en la que confiaremos. Si algo sucediera, él es reemplazable; simplemente ralentizaría el proyecto. Creo que es un riesgo razonable y que tendríamos que soportar sin importar a quién elegimos".

"¿Así que depende principalmente del personal local para hacer el trabajo?"

"Es correcto. El gobierno recibe elogios por convertirlo en un proyecto local, no algo impuesto. Están entrenando a su personal".

"Todavía me preocupa el propio Hoenig. Si las cosas van mal, es posible que tengas que cubrir tus huellas".

Childer cruzó sus manos sobre la mesa. "Señor, lo he considerado. Si eso sucediera, y no veo ninguna razón para pensar que pasará, hay tres personas involucradas en este proyecto que se considerarían cabos sueltos—los dos empleados que Hoenig ha involucrado en esto y el tanzano que ha sido nuestro enlace con el Ministerio de Finanzas.Podemos desacreditar o sobornar al tanzano sin dificultad. El programador clave sólo sabrá lo que sucedió—que el proyecto falló. Él no estará en el sitio y no tendrá conocimiento de quién hizo qué. Eso sólo deja a mi persona en compañía de Hoenig, y ya hice planes de contingencia. Si fuera necesario abortar el proyecto, he establecido protocolos que aseguran que tendrá un accidente fatal. Pero, como he dicho, esos son sólo planes de precaución. La probabilidad es que el proyecto tenga éxito".

El hombre miró fijamente a Childer. Sabía que el hombre absorbía lo que le había contado, lo asimilaba, lo volteaba y buscaba defectos. Era un hombre común e inteligente, en términos de lo que llamaban "inteligencia callejera". No tenía clases ni modales, aparte de modales amenazantes. Fue desafortunado que lo necesitaran a él y a gente como él. De alguna manera, había sido mucho mejor cuando el grupo ejercía el poder a través de la política, las conexiones. Las influencias habían sido su dominio. Ahora necesitaban datos—información sobre cosas y tendencias, no la suciedad de algunos oficiales, aunque a veces eso podría ser útil. El cambio fue desafortunado en el sentido de que los datos no requieren clase. Incluso gente como ésta podría usarlos, delegándolo a los técnicos para que lo procesen, para detectar tendencias, para definir nuevas estratagemas. La batalla se había vuelto cruda.

Pero Childer era realista y se había adaptado.Aun así, eso no significaba que a él le gustara. El hombre dejó escapar un suspiro. Estaba a punto de pronunciar su veredicto. "Sus razones parecen buenas. Actualmente trabajamos con personas extrañas." Sacudió la cabeza. "Es un mundo nuevo y este es un nuevo enfoque. Tiene que esperar dudas y recelos, especialmente de los jefes más antiguos".

Childer asintió. Sabía exactamente a quién se refería el hombre.

"Los aplacaré, diré que parece que sabe lo que está haciendo". Entonces una sonrisa perversa cruzó su rostro. "Si funciona, entonces la parte sobre el uso de Hoenig será placentera".

Childer se permitió una sonrisa de satisfacción. "Sin duda lo hará. Cree que se está subiendo al tren de la salsa, como lo llaman los estadounidenses, cuando lo conducen por un camino de primavera".

El hombre se puso de pie. "Muy bien. Mantenga al maldito hombre firmemente en ese camino". Y luego se fue. Childer vio que había sido acorralado y le dolió.

Capítulo 6

Llamada a Casa

"Mientras nuestro gobierno sea administrado para el bien de la gente, y esté regulado por su voluntad; en tanto nos garantice los derechos de las personas y de la propiedad, la libertad de conciencia y la prensa, valdrá la pena defenderlo".
—Andrew Jackson
Séptimo Presidente de los Estados Unidos
Primer discurso inaugural (4 de marzo de 1829)

Crystal Towers Apartments
Crystal City, Virginia, EE. UU.

Cuando Wyatt regresó a la tranquilidad de su departamento, entró a él a una hora inusualmente temprana sin motivos para sentirse culpable por haber perdido un trabajo, la enormidad de los cambios que se habían puesto en marcha lo golpeó con fuerza. Lo hicieron tambalear. Después de trabajar para otras personas durante diez años, casi sin interrupción, de repente él era libre. Libre y desconectado. Él estaba en caída libre. Flotando.

De repente, después de años de su vida permaneciendo en una constante mortal, ahora no tenía oficina, ni jefe, ni vínculos con su viejo mundo. Con eso se dio cuenta de que era un mundo que nunca le había importado. El trabajo había estado bien, ¿pero su vida? La emoción más poderosa que lo recorrió llegó en forma de pregunta: ¿por qué no hice esto antes?

No hubo respuesta. Estaba en una encrucijada y había elegido un tenedor. Aún tenía la opción de continuar trabajando, pero en sus propios términos. Era un mundo nuevo—su futuro era hermoso y aterrador.

Fue a la sala de estar y encontró una botella de bourbon que le habían dado en la última fiesta de Navidad en la oficina. Era algo barato, pero estaría fuera de las cosas buenas, y lo haría. Sirvió un vaso del líquido ámbar, tomó un sorbo y se desplomó en su silla. Él necesitaba pensar en las opciones.

Tomar el trabajo independiente le daría la capacidad de trabajar en cualquier lugar, durante las horas que quisiera. Sólo duraría todo el tiempo que Claude lo necesitara y estaba feliz con el arreglo. Mientras tanto, tenía obligaciones como empleado. Además, su objetivo era vivir simplemente, en lugares baratos, y tenía mucho dinero para hacer eso. Si el contrato terminaba y no quería tocar su inversión de Bitcoin, bueno, siempre tenía a otras personas pidiéndole que hiciera otro trabajo. No solía ser tan interesante como lo que hacía por Claude, pero podía hacerlo fácilmente. No quería tocar la criptografía a menos que tuviera que hacerlo. Era una red de seguridad. Eso hizo que la idea de tomar la oferta de Claude fuera atractiva. El hombre lo necesitaba por el momento, y financió la búsqueda de Wyatt de un mejor estilo de vida. A medida que las cosas cambiaban, él se ajustaba.

Los pensamientos, la comprensión de que ya había tomado una decisión, hicieron que el bourbon barato tuviera un sabor fantástico. Una carga había sido levantada de sus hombros. Incluso cuestionándose a sí mismo—no podía pensar en ningún inconveniente para firmar el contrato. Era para un proyecto, no indefinido. Que no le gustara el proyecto ni siquiera importaba. Continuaría con o sin él. Hoenig usaría su código y también lo haría el Tesoro de los Estados Unidos. Lo había puesto allí y era libre para que todos lo usaran. Eso lo hizo arrepentirse del impulso de compartirlo. Nunca había considerado la idea de que los gobiernos peinaran los foros y los sitios codificadores para ubicar exactamente tales cosas.

Entonces eso era agua debajo del puente. Tomar el trabajo lo ayudaría a impulsar su nueva existencia nómada desconectada. Si Sindi era una gitana elegante, ¿qué era él? ¿Un nómada sin un adjetivo? En cualquier caso, lo hechoestaba hecho. Ahora solo tenía que desligarse de su vida aquí. Si él iba a cortar el cordón, tenía la intención de hacerlo por completo. Él sacaría su culo, fuera de casa.

"Ya voy, Sindi. Guárdame un poco de espacio en la playa".

Él no tenía muchas cosas. El apartamento era alquilado, y a menos que lo avisara con treinta días de anticipación y esperara, tendría que renunciar a su depósito, pero no le importó. Él cancelaría los servicios públicos. Su vecino, Karl, trabajaba para la Misión del Evangelio. Aunque Wyatt no era religioso, admiraba el trabajo que hacían. El atuendo de Karl alimentó y vistió a las personas necesitadas y proporcionó comidas calientes. No se desvanecieron. Le daría todas sus cosas a Karl. Podrían vender cualquier cosa que tuviera algún valor en su tienda de segunda mano y regalar o tirar el resto. Él les daría su auto también. Él no lo necesitaría, no lo quería y no se molestaría en venderlo.

"Y eso, amigos, resume las conexiones totales de Wyatt Osgood con esta ciudad", dijo en voz alta a su departamento vacío. Oírse a sí mismo decirlo, seguro como el infierno no parecía mucho. La buena noticia es que eso hizo que dejarlo fuera más fácil.

El momento fue bueno, de una manera macabra. Su vida social había sido Janet. Ahora ella se había ido. Nadie más en la ciudad era más que un amigo casual. De hecho, con Janet fuera de su vida, solo había una persona en todo el mundo que le importaba. Ella también era la única persona en quien podía confiar como una caja de resonancia para su plan. Ella lo ayudaría a hacer un chequeo de último momento. Además, ella necesitaba saber qué estaba tramando.

Wyatt tomó su bebida y se fue al dormitorio. Se sentó en la cama, dejó el vaso, se colgó por el costado y sacó un portátil de debajo de la cama. Luego se incorporó, tomó un sorbo de bourbon y encendió la computadora. Cuando cobró vida, se conectó y pulsó una aplicación de llamada "contactar a Ellen". El software se cargó y le indicó que esperara.

Mientras esperaba, conectó el cable de una pequeña caja a un puerto USB. Cuando la computadora emitió un pitido unos minutos después, puso su dedo índice derecho en un agujero en la caja y sintió la presión de los sensores. "Wyatt confirmado", se muestra en la pantalla.

"Ponerse en contacto con Ellen." Después de unos minutos, brilló: "Ellen confirmada." Presionó un botón el botón que hizo la conexión y allí estaba ella, en la pantalla en tiempo real—su hermana menor.

"Hola, Wy. ¿Cómo están los unos y los ceros? ", Preguntó ella.

"Siempre lo mismo. Me mantienen en marcha y pagan las cuentas. ¿Cómo está la agricultura?

Ellen sonrió. "¿Cuál agricultura?"

Él sonrió. Su hermana tenía una granja orgánica en Colorado. Ella también cultivaba marihuana medicinal. Ambas eran totalmente legales. Las regulaciones gubernamentales hicieron de la agricultura orgánica una pesadilla no rentable para un pequeño productor, y fue la marihuana la que la mantuvo en el negocio.

Ese modelo de negocios enfrentaba una seria dificultad—el conflicto entre la legalización estatal y la criminalización federal dificultaba que los bancos hicieran negocios con un productor de marihuana. Wyatt había resuelto eso. Él la había preparado para que los compradores comerciales de marihuana, en su mayoría dispensarios legales, le pagaran en Bitcoin. El Bitcoin se convirtió en acciones de un fondo de cobertura extraterritorial que de alguna manera logró perder grandes cantidades de dinero cada año. Una compañía de importación/ exportación registrada en las Islas Caimán regularmente compraba grandes cantidades de productos orgánicos de ella que existían solo en las facturas de envío.

Al final del día, la granja orgánica de Ellen fue una de las más rentables del país. Pagó impuestos por cada centavo que ganaba. Si alguien alguna vez desenredara esta maraña, el único crimen del que podría ser culpable alguna vez era hacer la contabilidad demasiado compleja.

Toda la operación de Ellen estaba fuera de la red—totalmente. Ella había instalado un sistema de energía solar y eólica, y tenía un sofisticado sistema de riego por goteo controlado por computadora con monitoreo ambiental que incluso monitoreaba el suelo.

"¿Y cómo está mi granja?", Le preguntó.

"¿Crees que paso mis días cuidando tus juguetes ruidosos?" Preguntó ella. "Te di espacio en el sótano y te proporcioné electricidad. Nuestro trato no implica mantenimiento, aunque los regaría por ti si quieres".

Él rió. Hablaban de sus computadoras que funcionaban las veinticuatro horas del día extrayendo criptomonedas en el sótano de uno de sus invernaderos.

"Todavía no entiendo lo que esas bestias están haciendo allí", dijo.

Él rió. "Ellas están minando". Actualizan el blockchain cada vez que se realiza una transacción. Ellas ganan dinero asegurando la autenticidad de la información. Dejan que la cadena de bloques funcione".

"Si tú lo dices", dijo ella.

"Está bien, entonces lo que hacen es generar calor para mantener tus cultivos a la temperatura adecuada. No te pediría que los riegues. No necesitan ser verdes".

"Sin embargo, necesitan ser alimentadas". Voy a agregar una fila de paneles solares al campo oeste".

"¿Cuánto cuesta?"

"Diez grandes."

"Tómalo de la cuenta del préstamo". Parte del dinero de Ellen en Bitcoin entraba en una cuenta de depósito en garantía que fue construida en una blockchain. Es un nuevo servicio que le permitía tomar prestado contra Bitcoin en su billetera usando contratos inteligentes. Si el Bitcoin lo hacía bien, la apreciación adicional compensaba el interés que pagaría. Otro conjunto de contratos inteligentes le permitía a su operación minera pagar el préstamo automáticamente.

"No es solo para ti", dijo. "Tose la mitad y podemos decir que es parejo".

"Tómalo todo de la cuenta. Llámalo una inversión en su lugar. La cuenta gana dinero suficiente para pagarla".

"¿Así que mi hermano mayor está comprando mis afectos de nuevo?"

"Intentándolo. Vamos demándame."

"Gracioso. Por cierto, una mujer llamó hace un par de días ", dijo Ellen.

"¿Una mujer te llamó?"

"Ella no sabía quién era yo". Creo que llamó a todos los Osgood en todos los directorios que pudo encontrar buscándote. Al menos parecía que estaba repasando una lista. Ella creyó mi palabra de que nunca había oído hablar de ti".

"Alguna idea..."

"Algo sobre un papel que escribiste. Ella dijo que lo publicaste en línea. ¿De Verdad?"

"Sí. Eso fue un error, aparentemente. ¿Se llamaba Janet?

"¿Cómo tu novia?"

"Otra Janet. Pensaba que podría tratarse de Janet, la oficial del Departamento del Tesoro, buscando algún ángulo."

"¿Un ángulo?" Preguntó Ellen.

"Querían que trabajara para ellos. Dije que no. Y la otra Janet es una ex novia de todos modos".

"No creo que ese fuera el nombre. Creo que era más como un apellido. Por supuesto, ella podría haberme mentido. Horrible e impactante como la idea de que la gente pueda mentirse. Supuse que estaba vendiendo algo o un reportero tecnológico para uno de esos sitios que lees. *Bustfeed*, ¿verdad?"

"*BuzzFeed*". Eso lo desconcertó. Si no era la mujer del Departamento del Tesoro quien había querido contratarlo, no tenía idea de quién podría ser. No podía imaginar por qué alguien querría contactarlo tan mal, a menos que tuviera que ver con su libro blanco. Pero el artículo hablaba por sí mismo. "Bueno, que siga sin saber quién y dónde estoy".

"¿Quién eres otra vez?"

"Buena niña. Cambiando el tema, ¿Cómo van las cosas...? "

"Las cosas son buenas. Muy bien. Ahora dime la verdadera razón por la que llamaste. Sé que me amas, pero no chit-chat. Ni siquiera chit... en un buen día, envías un mensaje de texto o correo electrónico".

"Creo que podría desaparecer por un tiempo. Estoy bastante seguro, y solo estoy ponderando cómo. No quiero que te preocupes si me salgo del radar. Y quería asegurarme de que todo iba bien antes de despegar".

"¿Así que finalmente te alcanzaron para ese trabajo bancario en Tulsa?"

Él rió. "Sé que esta es una línea segura y todo eso, pero por favor no hagas ese tipo de bromas. Cualquiera que logre escuchar esta conversación probablemente dispare primero y verifique el tipo de persona más tarde".

"Está bien. No tengo idea de quién eres, ¿recuerdas? Entonces, ¿para qué es el acto de desaparecer? Seguramente Janet no es una amenaza".

Él suspiró. "Ser un nerd aburrido finalmente está llegando a mí, hermana. He decidido que necesito un poco de tiempo en la playa. Hoenig me va a dejar trabajar de forma independiente—seré móvil y quiero aprovechar eso. Necesito alejarme de... todo".

"¿Por qué quieres seguir trabajando para Claude Hoenig? Seguro que no necesitas el dinero".

"Me gusta el trabajo y... no sé. Claude y yo tenemos una historia. Por mucho que seamos polos opuestos, siempre ha estado cuidando de mí. Cuando yo era pobre, él intentaba hacer que invirtiera en plata y oro".

Ellen se rió. "Cosas sucias para un gran viajero como tú".

"Sí. Fue justo en el momento en que descubrí Bitcoin en 2010. La compañía hizo sistemas de TI en ese entonces. Claude y yo solíamos ir a tomar una cerveza después del trabajo y hablar sobre invertir... sobre finanzas y economía en general".

"¿Tu buen jefe cristiano bebe cerveza?"

"Sólo por gusto, como cualquier estadounidense de sangre roja. De todos modos, realmente le gustaban los metales preciosos. Hizo todos los argumentos clásicos sobre el valor intrínseco. De hecho, escuchó mis contra argumentos, y cuando los derribé, vio la lógica, el potencial de las criptomonedas. Finalmente, decidió darle una oportunidad. Ganó un millón de dólares, y fue entonces cuando decidió cambiar la empresa a Fintech y dejar de tratar con usuarios iracundos que querían conectar su iPhone al servidor de la nube y trabajar desde casa".

"Entonces es por eso que te está agradecido. ¿Por qué tu lealtad hacia él?

Wyatt se rió. "No tengo idea. Nos unimos. Somos buenos muchachos o alguna mierda. Ahora él realmente está lanzando a la compañía a las últimas y mejores cosas. El trabajo será emocionante, y él me necesita. Entonces voy a trabajar. Sin embargo, estaré recortando y trabajando desde la playa".

"Eso va a ser un ajuste", dijo. "Bien por ti por hacerlo. Te entierras demasiado en tu trabajo. Siempre lo haces. Tienes que levantar la cabeza de vez en cuando".

"Si tú lo dices."

"Ve a un lugar agradable y bebe mojitos o tu dios bourbon horrible. Búscate una conejita de playa, dulce y dispuesta, y vete a la mierda a ciegas".

"Hablando de que..."

"Harold está bien y por lo general es bastante maldito con Randy, muchas gracias. Eso es todo el detalle que obtendrás. Que se sepa ampliamente que él y yo nos llevamos bien".

"Entonces no me preocuparé por ti".

"Bueno. Preocúpate por encontrar conejitas en la playa. Ahora tengo que ir a trabajar. Mi jefa es una perra".

"La conozco y tengo que estar de acuerdo. Trata de tenerla como una hermana".

"Me refiero a la madre naturaleza, idiota." Ella resopló. "Siempre fuiste un gilipollas, hermano mayor".

"Lo sé. Oigo eso todo el tiempo. Es una maldición".

"Tal vez un poco de tiempo en la playa con las conejitas correctas te ayudará a superarlo".

"Nunca se sabe."

"Envía una carta postal."

"Por supuesto."

"Puede ser de cualquier playa. Si quieres desaparecer, entonces no tiene que ser la correcta. Lo pondré en la nevera y pretenderé saber dónde estás, pero nunca con quién. Y será fantástico si alguien viene a buscarte y lo ve allí".

"Eso es un pensamiento."

"¿Debo esperar a alguien?"

"No que yo sepa."

"Entonces ponte tu capa invisible y desvanece".

"Parece que tengo que hacer un viaje a Zurich primero".

"Pobre bebé. Sufres así por lo que sea que vivas para ti".

"Ve a cavar papas o algo de mierda, moza".

"Adiós, Wy".

Y ella colgó. Wyatt amaba a su hermana. Él no entendía su afecto por las cosas en la tierra más de lo que ella entendía por qué los contratos inteligentes eran remotamente interesantes. Entonces allí estaba. La vida era así.

"Conejitas de playa", dijo en voz alta y sonrió. Él ni siquiera había pensado en eso, pero a la mierda, sí. Bronceadas y ágiles conejitas de playa.

Capítulo 7

Reunión del Proyecto

"Por lo tanto, en muchos sentidos, las monedas virtuales podrían hacer que las monedas existentes y la política monetaria se vuelvan más competitivas. La mejor respuesta de los banqueros centrales es continuar aplicando una política monetaria eficaz, mientras se abren a nuevas ideas y nuevas demandas, a medida que las economías evolucionan".
—Christine Lagarde
Jefe del Fondo Monetario Internacional (FMI)

Dolder Grand Hotel
Zurich, Suiza

En lo que respecta a Wyatt, en términos de comodidad, el vuelo a Zurich fue una delicia absoluta. No se había dado cuenta de la diferencia entre la calidad del servicio, la comida... de todo en primera clase en comparación con la clase de ganado. Viajar de esa manera era escandalosamente caro, pero seguro que hacía volar la diversión. Casi valía la pena querer ser rico para poder viajar tan agradablemente.

El Hotel *Dolder Grand,*donde se hospedaron, era otro asunto. No le faltaba nada. Él sonrió, imaginando a Sindi haciendo un video aquí. Diciéndole a la gente que alcen sus culos y vengan a Zúrich. Se preguntó si ella habría hecho eso. Este era el tipo de lugar que a menudo elegía, por lo que era completamente plausible. Cuando tuviera la oportunidad, sería divertido buscarla. Si lo hiciera, podría comparar sus impresiones con las de ella. Eso sería divertido.

Para su gusto, el lugar era incómodo. El lugar tenía una sensación almidonada, como si estuviera en sus mejores ropas. Cada habitación en la que había estado lo hacía sentir rígido y formal. No es que su habitación fuese horrible —era elegante. Pero se sintió incómodo y dudaba que cualquiera de las 173 habitaciones del hotel fuera mejor.

Y la reunión... Desde un punto de vista práctico, fue una pérdida de tiempo. No cubrieron nada que no podría haberse discutido fácilmente en una videoconferencia. A nivel personal, conocer a Rashmi Patel y Andwele Kassain fue interesante. Rashmi era muy esbelta y hermosa. Podía ver que era de raza mixta, con piel suave y morena. "Mi padre era de Mumbai", dijo. "Él era un Sindhi.Mi madre era tanzana —una musulmana sunita".

Wyatt asintió. Obviamente, se había beneficiado de lo mejor que la combinación que esas razas tenían para ofrecer. Hizo girar la cabeza a Wyatt.

"Esa es una buena mezcla".

Ella también era inteligente como un látigo. El gobierno tanzano le había otorgado una beca para la London School of Economics. "Después de obtener mi título de programación", dijo. "A cambio, acepté volver a casa y trabajar para el gobierno durante cinco años". Sonó casi como disculpa. "Hace dos años, después de graduarme, volví. Fui a trabajar en el Ministerio de Finanzas. Y fue entonces cuando conocí a Andwele".

Desde su perspectiva, la tragedia épica en su historia fue que ella estaba comprometida. Le agradaba Andwele, pero le pareció divertido que el hombre hubiera anunciado su compromiso cuando se hicieron las presentaciones. No podía culpar a Andwele por querer poner ese pequeño bocado en la mesa de inmediato. El hombre estaba reclamando su territorio y dejando claro a todos que ella estaba allí para hablar, no coquetear.

La pregunta de siempre era qué tan en serio iban. Pero probar esas aguas requería tiempo y había poco que podía hacer en dos días de reuniones. Entonces Wyatt se centró en el negocio en cuestión. Él podría terminar con esto y salir a su playa.

Peggy le había informado sobre el proyecto durante el vuelo. Las modificaciones que necesitaba para implementar el sistema en la propuesta eran bastante obvias para él, más bien simples. Desde una perspectiva técnica, el proyecto era sencillo. Copiarían el código de la blockchain de Bitcoin y crearían una cadena lateral que funcionaría de la misma manera, pero también crearían algunos canales de pago enrutados y otro código que lo haría hacer algunos trucos nuevos.

Teniendo en cuenta para qué pensaban usarlo, en su opinión, destruiría su valor intrínseco. Pero eso era lo que querían y lo que obtendrían, de una forma u otra. Lo que podía hacer era ver que al menos se hiciera bien. Así que los guió a través de sus ideas y les mostró cómo su regulador benigno resolvería varios problemas al implementar una moneda nacional. Esa parte era genial. Lo que odiaba era que no fuese gratis—sería propiedad del gobierno y estaría bajo su control.

"No importa lo que usas para valorar los tokens", dijo. "Puedes vincularlo a una moneda fiduciaria, u oro, o un índice bursátil, o dejarlo flotar libremente".

"Entonces es versátil", dijo Andwele

"No", Dijo Rashmi. "Quiere decir que su funcionalidad no tiene nada que ver con la valoración subyacente. Solo aborda la forma en que se procesan las transacciones. Lo que una transacción pudiera ser, dinero, autos, drogas, no importa. El país podría cambiar de dólares a pesos y funcionaría de la misma manera".

"Exactamente", dijo Wyatt.

"¿Por qué un regulador benigno?", Preguntó Andwele.

Wyatt se movió en su asiento. Se sintió un poco a la defensiva. "Porque regula las transacciones en el sentido de verificar que todo sea válido, pero eso es todo lo que hace. No tiene acceso a la información sobre los participantes o la naturaleza de la transacción".

"Pero ese mismo proceso de regulación. O el enfoque para manejar la validación, podría usarse para hacer esas cosas, ¿verdad? ", preguntó Andwele.

"No de la forma en que lo escribí", explicó Wyatt. El problema lo hizo sentir incómodo. Se le ocurrió la idea de proporcionar beneficios en una aplicación limitada. Pero lo que todos, desde el Departamento del Tesoro de EE. UU. Hasta el gobierno de Tanzania, le hacían ver, era que su idea podía usarse para controlar cualquier cosa. Él no quería centrarse en eso. "Tendrían que centralizar todo. Necesitarán socavar la descentralización".

"¿Pero no es eso lo que hace tu código?" Andwele negó con la cabeza. "Estás evaluando transacciones dentro del sistema".

"Fuera de la cadena de bloques". Wyatt vio que no lo entendía. Su incapacidad para ver de qué estaba hablando, para entender su libro blanco, era enloquecedor. "Mi código es una forma de red de rayos—simplemente acelera las transacciones dentro de un marco que está fuera de la blockchain. Combina una serie de transacciones similares o relacionadas y se asegura de que cumplan los criterios de un contrato, luego envía una transacción única para ser procesada por el blockchain. En realidad, es un enfoque inteligente, en mi opinión, para usar un conjunto específico de operaciones de verificación/secuencia/verificación. No es la forma en que se registran o validan las transacciones. No es el sistema".

Pero eso también funcionaría, ¿verdad? ", Insistió Andwele.

Wyatt respiró profundamente. "El objetivo de mi regulador es proporcionar un conjunto de controles sobre las transacciones a medida que se acumulan. No las hace. Eso en realidad los centralizaría y vencería la gran ventaja de usar un blockchain".

Peggy se acercó y le tocó la mano. "Eso es probablemente tan profundo como deberíamos entrar en esto ahora", dijo. "Obtendrán una imagen más clara a medida que avanzamos". Sonrió a los dos. "Entonces, Rashmi, entiendo que tu función es escribir algunas simulaciones de transacciones y usarlas para probar el sistema antes de ponerlo en línea".

"Eso y más. Las pruebas rigurosas son importantes para garantizar que funcionen como prometemos a los bancos y las personas con las que funcionará. Mi trabajo es garantizar que cuando este sistema se ejecute será totalmente compatible con las regulaciones bancarias internacionales y, casi tan importantes, con las convenciones. Tomaré sus especificaciones y ejecutaré el código a través del escurridor".

Claude sonrió. "Entonces trabajarás en estrecha colaboración con Peggy. Ella ejecutará el proyecto para nosotros en el sitio".

"¿Y tú, Wyatt?" Preguntó Rashmi.

Claude se rió. "Wyatt quiere que creamos que no tiene idea de dónde va a estar, pero creo que eso solo para molestarme. Lo que importa es que él estará haciendo su código".

Eso pareció sorprenderla. "¿Un proyecto de esta importancia y no estarás en el sitio?"

Claude asintió. "Pregunta a Andwele sobre eso".

Wyatt vio que estaba realmente sorprendida. "Convencí al viceministro Dola de que nuestros programadores necesitan la experiencia de trabajar en el proyecto. Y eso mantiene los salarios en el departamento".

"Entonces el contrato solo nos permite tener un gerente de proyecto en el sitio con su gente haciendo el trabajo".

Rashmi miró a Wyatt. "¿Entonces estarás en la oficina de los Estados Unidos?"

Él rió. "Ni siquiera. Acepté trabajar estrechamente con el proyecto, no estar en una oficina desalmada".

Claude sonrió. "Nunca temas. Wyatt aceptó hacerlo realidad. Donde sea que esté físicamente, estará afanosamente modificando los módulos que diseñó para ejecutar las tareas que necesita, insertando las funciones de regulación y supervisión, manteniendo la naturaleza distribuida de la cadena de bloques. Tenemos su palabra".

Rashmi hizo una mueca. "Eso parece tan..."

"La palabra que estás buscando es 'incorrecto'", dijo Wyatt. "Y estoy de acuerdo. No se trata de que yo funcione mal fuera del sitio, pero usar un blockchain de esta manera definitivamente está mal".

Ella lo miró sorprendida. "Pero tú escribiste el código".

"Como dije, mi intención era encontrar una forma de regular algunas funciones específicas dentro de una base de datos de transacciones. Usarlo para centralizar el control de la blockchain da un paso gigante en una dirección que nunca se me ocurrió".

Claude aplaudió. "No tenías la intención de hacerlo, y sin embargo, para todos los demás, parece ser la solución perfecta para las necesidades de una criptomoneda nacional".

"Así parece", dijo Wyatt.

"Tengo que preguntar quién está en lo correcto. Sospecho que aprenderemos la verdad y, si funciona, la usaremos en muchas más implementaciones." Le guiñó un ojo a Peggy. "Tiene que hacer que eso suceda, señorita".

"El FMI lo monitoreará de cerca", dijo Andwele.

"Por supuesto", Claude se rió. "Después de todo, es su dinero el que está pagando, ¿no? Están felices de financiarlo investigando sobre cosas que no entienden y que ni siquiera les gustan en particular, pero que no saben cómo detener. De esta forma, si un proyecto falla, no es su falla, solo una mala inversión. Y si funciona, por qué pueden gritarle al mundo cómo lograron financiar la innovación mientras ayudaban a un país muy endeudado. Tienes que admitir que es diabólicamente inteligente".

"Eso se llama ser un diplomático", dijo una voz. Se volvieron para ver a un hombre apuesto parado allí.

"Señor. Childer, "dijo Andwele, saltando. "Este es el Sr. Mitch Childer, jefe de.... Una parte del FMI".

"Cambia con frecuencia", dijo Childer. "Actualmente estoy yendo y viniendo de un par de proyectos especiales—este es uno en el que estamos involucrados". Le tendió una mano a Claude. "Señor. Hoenig, supongo".

"La voz en el teléfono", dijo Claude. "Es un placer conocerlo. Esta es Peggy Dory, nuestra directora del proyecto, y Wyatt Osgood, un programador senior."

"El hombre que inventó el *Regulador Benigno*", dijo Childer. "El FMI le está agradecido por publicar ese poco de conocimiento para resolver algunas... dificultades".

Cuando Wyatt estrechó la mano del hombre, hizo un descubrimiento asombroso. Hasta ese momento, al tocarlo, no había pensado que sería posible que el hombre le gustara menos que él. Su opinión se había basado en su reputación, pero ahora era tangible y personal. Recordó un antiguo poema romano llamado No te amo:

"I do not like thee, Dr. Fell,
The reason why, I cannot tell;
But this alone I know full well,
I do not like thee, Dr. Fell."

Conociéndose decidió poner sus cartas sobre la mesa. Miró a Childer a los ojos. "Si los hubiera conocido a todos, es decir, a personas como usted, lo vería como una forma de eludir los sistemas distribuidos, ni siquiera habría dejado que nadie lo supiera", dijo Wyatt. "Solo para que lo entienda".

El asintió. "Sé de usted, señor, y sé que usted no es un fan del FMI. Por lo tanto, estoy muy agradecido de que no se le haya ocurrido la posibilidad de nuestra solicitud. También estoy contento de que estés trabajando en este proyecto con nosotros".

Wyatt suspiró. Al hombre ni siquiera le importaba que no le gustara, lo que hizo que su aversión por Childer fuera aún más fuerte. "Estoy aquí con la esperanza de que pueda evitar que los bastardos se jodan un código dulce".

Childer sonrió. "Una excelente razón, señor. Esperaré que haga exactamente eso".

Luego se volvió y asintió con la cabeza hacia Peggy. "Srta. Dory, de verdad es un placer conocerla. Me interesará ver cómo implementa esta plataforma. Aunque hay otras naciones soberanas con criptomonedas, debido a nuestra participación, el mundo entero estará muy interesado en ver cómo funciona".

"Pero no hay absolutamente ninguna presión sobre ti en absoluto, Peggy", se rió Claude. "Además de tener al mundo mirando".

"Señor. Childer, me gustaría que conozca a Rashmi Patel ", dijo Andwele. "Ella es mi colega y prometida".

Él sonrió. "Encantada, Srta. Patel. Leí su currículum y la tesis que escribió en la London School of Economics".

"No lo creo", dijo.

"Es inusual que una estudiante tenga una visión positiva del georgismo".

"¿Georgismo?", Preguntó Andwele.

"Deberías leer su artículo", dijo Childer. "El paradigma georgista trata de resolver problemas sociales y ecológicos usando los principios de los derechos a la tierra y las finanzas públicas".

"Estoy impresionado", dijo Rashmi. "Pero mi tesis se queda corta debido a una comprensión ingenua de la forma en que las finanzas públicas realmente funcionan".

Childer se lamió los labios. "Quizás. Me encantaría discutir esto con usted en detalle algún día".

"Bien, tome un asiento", dijo Claude.

Childer pareció sorprenderse. "No, gracias, *Herr* Hoenig. No deseo interrumpir su reunión. Me limité a pasar para darle la bienvenida a Zurich y dejarle saber que estoy disponible si creen que puedo ser de ayuda".

Wyatt agitó una mano. "No está interrumpiendo, *Herr* Childer. Yo, por mi parte, me he cansado de hablar sobre las propiedades místicas del código y la política pública. Es hora de tomar algo y creo que el FMI debería comprar la primera ronda".

"Tengo un compromiso, me temo", dijo Childer. Saludó a un camarero que se acercó a ellos. "En términos del tiempo..." echó un vistazo a su reloj. Con el rabillo del ojo, vio a Claude dándole al ornamentado reloj lo que solo podía describirse en términos bíblicos—una mirada codiciosa. "Me disculpo por no unirme, y como compensación, he organizado una ronda de bebidas. Se cargarán al FMI como nuestra forma de darle la bienvenida a este proyecto".

"Hurra por el FMI", dijo Peggy.

Mitch Childer asintió con la cabeza hacia Claude Hoenig. "¿Tendría unos momentos para una palabra o dos en privado?"

Hoenig lo miró y luego se encogió de hombros. Wyatt estaba seguro de que se encogía de hombros por ellos, haciendo que el grupo pensara que prefería estar allí con ellos. "Ciertamente. Podemos charlar en el bar".

"Bien."

Cuando los dos hombres se marcharon, Wyatt se encontró enfurruñado. No debería haberle dicho tanto a Childer, pero el hombre lo enojó. Childer fue más o menos el chico del cartel de todo lo que pensó que estaba mal con el mundo.Era una de las élites que pensaba que debería controlar a las personas; eran fascistas que pensaban que la democracia significaba que todos rindieran su independencia por el bien mayor definido por esa élite.

El viaje completo no fue su idea de un buen momento. Primero, se enteró de que estaban usando su código, cooptando sus ideas, para un proyecto que no le gustaba; luego conoció a la sexy Rashmi y descubrió que estaba comprometida; ahora hizo que este miembro del FMI entrara, se hiciera amigo de Claude y se frotara la cara en su miseria. Era casi como si el hombre lo estuviera probando, tratando de ver si podía hacerlo pisotear enfadado, como un niño de diez años. Por qué podría hacer eso era una pregunta sin respuesta, pero se sentía de esa manera y, como ese niño de diez años, Wyatt se negó a darle la satisfacción.

Andwele se inclinó hacia él. "Ése", dijo, "es un hombre muy importante".

Wyatt estaba aturdido. "¿Estás hablando de ese imbécil Childer?"

Andwele se sentó derecho. "Por supuesto. Está muy arriba en el FMI e involucrado con tantos gobiernos".

"Más al punto, Childer es una mierda auto envuelta", dijo Wyatt.

Andwele pareció sorprendido por un momento, luego se encogió de hombros. "Quizás él también es eso. Pero, ¿por qué te importa?

Era una pregunta válida y Wyatt no tenía respuesta. Odiaba no tener respuestas. Entonces, cuando el joven y prototípicamente rubio mesonero alemán, o posiblemente suizo, lo miró, Wyatt pidió un bourbon. "Marca del fabricante. Uno doble ", dijo. "Hazlo limpio".

Peggy pidió un Schnapps del que nunca había oído hablar. Bueno, ¿por qué no debería ser exótica? Estaba en la cuenta de los buitres del gobierno global.

Y luego vino un momento extraño. Wyatt se reclinó hacia atrás, anticipando el sabor del bourbon en su lengua y vio que el camarero se volvía para ir al bar. Cuando pasó junto a Peggy, él la rozó. Se detuvo y se disculpó, luego continuó. Pero en el momento del contacto, Wyatt podría haber jurado que la vio deslizar un trozo de papel, una servilleta, en el bolsillo del hombre.

Curioso. No era de su incumbencia, por supuesto, sino el desarrollo más interesante del viaje. ¿Cómo conoció Peggy al camarero?

"¿Cuándo sales de Zurich?", Le preguntó Rashmi.

Su sonrisa, que estaba interesada, envió un calor a través de él. "Pasado mañana. Supongo que ya habremos terminado de destruir el sistema para entonces".

"Estoy segura de eso. Pero ¿por qué no nos dices a dónde vas?

Él se sintió halagado por su atención, por el hecho de que ella realmente parecía interesada en sus planes. No había ninguna razón para no decirle a nadie a dónde iba. No era como si fuera a esconderse. Parte de él quería decirle y ver su respuesta. "¿Y sentir los celos de todos ustedes, o peor, correr el riesgo de que me envíen tarjetas de Navidad? De ninguna manera. Además, me prometí que sería flexible, así que incluso si te dijera a dónde me dirijo esta semana, no puedo decir cuánto tiempo estaría allí. Podrían ser días o semanas, tal vez meses".

Ella aplaudió. "Eso suena delicioso".

Ella era encantadora. Andwele no estaba tan feliz, aunque lo que le molestaba no estaba claro.

Wyatt se encogió de hombros. Dentro de dos días estaría en un vuelo de Air Portugal a Lisboa, y de allí a Miami. Él volaría en primera clase y ni siquiera tendría que escuchar a Peggy contarle sobre el proyecto.

Cuando el mesonero regresó con sus bebidas, Wyatt lo miró. El hombre definitivamente le prestó más atención a Peggy, y ella tuvo problemas para mantener sus ojos lejos de él.

Estaba feliz de ver que ella tenía una veta tan humana. "Puedes obtener un mejor polvo", pensó. Por su parte, no parecía probable que lo hiciera. Ahora no. No hasta que llegara a la playa que había escogido como su primer destino. Pero una vez que llegara allí, echar un polvo estaba en lo alto de su lista de cosas por hacer. Podría haber cosas más importantes que hacer, pero por la forma en que se sentía ahora, podrían esperar.

Capítulo 8

Una Conversación Privada

*"Porque, ¿qué aprovechará al hombre, si ganare todo el mundo, y
pierda su alma?"*
—Marcos 8:36 La Biblia (Versión King James)

**Bar del hotel
Dolder Grand
Zurich, Suiza**

Claude Hoenig siguió el paso decidido de Mitch Childer mientras el hombre pequeño salía de la sala de conferencias, bajaba por un largo pasillo alfombrado, atravesaba grandes puertas talladas y se metía en el lujoso bar del hotel. Por hábito, tanto como por modales, Claude siguió unos pasos detrás del hombre. Mantener esta distancia no tenía nada que ver con el respeto; era un vestigio de su pasado, de días más inciertos trabajando en inteligencia, tanto con la Agencia como en el trabajo privado. Era un instinto de supervivencia.

Claude no se hacía ilusiones sobre los límites de su propio patriotismo, y nunca había visto el porcentaje de ser guardaespaldas o deliberadamente recibir una bala por nadie más. Incluso peor haber sido golpeado por una bala perdida. Mantener la distancia de alguien lo suficientemente importante como para ser un objetivo, el espacio suficiente para evitar ser golpeado en el frenesí de un ataque, fue inteligente. Una estrategia como esa lo mantuvo con vida.

El hábito no le había salvado la vida, pero sabía que había funcionado para otros; algunos de sus colegas que no lo adquirieron ya no estaban allí. Ahora, a pesar de que aparentemente estaba fuera de ese negocio, y cuando se sorprendió haciéndolo, sonrió. Hubo algunos reflejos que no vio razón para perder. Solo porque estaba en el mundo de las finanzas ahora, solo porque no esperaba un golpe, no significaba que la gente, los importantes como Mitch Childer, no tuvieran enemigos mortales. Estos podrían ser tiempos menos peligrosos en términos de peligro físico, pero tal vez no. No había ninguna razón para suponer cosas así.

Con esa distancia también llegó una perspectiva valiosa, incluso una idea. Una persona se veía diferente de espaldas. No había expresiones faciales, ni señales de ese tipo útiles para evaluar al hombre. También significaba que no podían usarlos para engañarte. Desde este punto de vista, su paso, la forma en que se comportaba a sí mismo, ofrecía mucha información si sabías qué buscar. Afortunadamente, Claude Hoenig era hábil en tales asuntos.

En este caso, él no recolectó más de lo que él sabía ya, y eso lo hizo gruñir. Desde el punto de vista de Claude Hoenig, él no sabía lo suficiente sobre este hombre. Él nunca podría saber demasiado sobre él. Quería entenderlo, comprender lo que lo impulsaba. Debido a que hacía negocios con personas, quería saber esas cosas. Aquí, parecía estar atando su futuro a corto plazo a la estrella de ese hombre y a los de sus misteriosos colegas. Para un agente de inteligencia, lo desconocido era peligroso. El grupo al que Childer pertenecía era definitivamente peligroso y poderoso.

Hubiera sido útil incluso saber dónde encajaba Mitch Childer en la organización—si era un excelente perro o simplemente un agente clave. Dirigía su sección del FMI, pero ese no era el grupo que a Hoenig le importaba. El FMI era un grupo funcional. Una entidad visible y razonablemente transparente. Pero no eran ellos los que empujaban las cuerdas, quienes empujaron al mundo en una dirección que les convenía. El grupo que hacía eso era del que quería saber y con quien colaborar. Ellos fueron los que ofrecieron el gran día de pago y tomaron las grandes decisiones.

No eran invisibles, pero el grupo era sutil. La mayoría de la gente no sabía que existía. Desde el exterior, trabajar con el FMI y el Banco Mundial significaba que había llegado. Para Claude, era simplemente una forma de conocer a las personas que contaban, para poner un pie en la puerta. Las personas que prestaron atención a cómo funcionaba el mundo, aquellos con recursos de inteligencia, al menos, sabían que algunas de sus personas se encontraban entre ese grupo misterioso. Su investigación no fue concluyente, pero Hoenig estaba bastante seguro de que Childer estaba entre la élite no mencionada—las que rara vez aparecen en las noticias más allá de pronunciar discursos aburridos en la ONU o de hacer declaraciones que decían poco. Caras en las noticias, pero nunca personalidades.

Claude había conseguido este trabajo porque había trabajado para Childer una vez antes. Entonces solo había sido un pequeño contratista, contratado para hacer una tarea específica. Su empresa había escrito un código de transacción en un proyecto complejo. Él nunca había tenido conocimiento de lo que el sistema realmente hizo. Aun así, había sido buen dinero y algo para agregar a su cartera. Durante el proyecto, Hoenig había absorbido a Childer; se aseguró de que supiera que Claude Hoenig era competente y de confianza—para hacer su trabajo y ser invisible. Ahora ese esfuerzo estaba pagando dividendos.

Esta vez, para este proyecto de alto perfil, su empresa llevaría la carga y sería visible. El mundo sabría que su firma había sido seleccionada, personalmente por Childer, para actuar como contratista principal en este esfuerzo avalado por el FMI. Eso tenía tanto promesa como peligro. Pero Hoenig era, en el fondo, un tomador de riesgos, al menos hasta cierto punto, y solo hasta cuando no podía manejar los riesgos.

El proyecto no era nada difícil. El truco sería manejar la relación con Mitch Childer, lo que demuestra el valor de su empresa. Públicamente, Childer era todo negocios y totalmente pragmático. Parte del trabajo que había hecho era impresionante, al menos en papel. Pero luego, él era la cara pública de esos proyectos. ¿Quién sabía quién realmente hacía el trabajo? La información que tenía sobre el hombre en sí era escasa—era un adicto al trabajo con un apartamento en Washington, donde se encontraba la oficina del FMI, y otra en Zúrich. Tenía muchos colegas y ningún amigo visible o vida social fuera de su trabajo.

Basado en lo que sabía, lo que veía, a Claude no le gustaba el hombre. Si bien apreciaba la elegancia, descubrió que Childer podía ser remilgado y un snob. Trabajar para él, podría ser un dolor en el culo. Y como cristiano fundamentalista devoto, Ralen reveló que Childer, como la mayoría de los miembros de este grupo misterioso que él y sus amigos habían identificado, eran judíos. Un prejuicio religioso para los grupos de poder no era inusual. Al igual que la llamada Mafia Mormón en Salt Lake City, las generaciones de sociedades secretas católicas, incluidos los francmasones, los *Yakuza* japoneses, la *Cosa Nostra* y los intelectuales judíos liberales, las personas de los grupos se apoyaban mutuamente contra las fuerzas externas. A diferencia de los otros, este se había convertido en una potente fuerza contemporánea—empujando hacia su objetivo de un súper gobierno del mundo.

Hoenig y sus colegas de inteligencia sabían tanto. Sabían algunas cosas y sospechaban mucho más, pero el grupo era una camarilla poderosa y muy unida, lo que significaba que era difícil obtener más información, detalles concretos. Los miembros asociados con los suyos y las conexiones se basaban en aspectos comunes entre ellos—cultura y herencia compartida. Eso los hizo difíciles, si no imposible, de infiltrarse.

A pesar de ser parte de la élite del poder en los EE. UU. Y de tener un gran poder, a pesar de cenar con presidentes y reyes, Hoenig estaba afuera. Ninguno de su grupo fue invitado a ese baile como algo más que un invitado con muchos chaperones.

Hoenig estaba decidido a cambiar eso. Después de recorrer los pasillos del poder en los EE. UU.,tuvo hambre de moverse más allá de ellos. El trabajo del misterioso grupo de Childer estaba mucho más allá de las cartas del Banco Mundial, el FMI y la Corte Internacional. Estaba seguro de que eran mucho más de lo que su agenda liberal admitía. La pregunta era ¿cuánto? Y él quería entrar.

Así que Mitch Childer había estado en su radar por mucho tiempo. Él lo cultivó. Él le pidió su consejo cuando comenzó la empresa. Tan distante como era el hombre, por más inhumano que actuara a veces, Childer parecía respetar lo que estaba haciendo, convirtiendo su experiencia en inteligencia y aplicándola a la tecnología financiera. Aunque nunca fue cálido, Childer lo había apoyado. Eso le trajo ese primer trabajo, y ahora estaban en Zurich, compartiendo una bebida y hablando cara a cara.

Se instalaron en una cabina y pidieron bebidas. "¿Necesitaba una conversación en privado?", Preguntó Hoenig. "¿Hay algo que el grupo no debería saber?"

"Hay mucho que el grupo no debería saber. Pero esta charla es porque quiero algunas garantías ", dijo Childer. "¿Puedo asumir que su equipo está listo para partir?"

Hoenig resopló. "Nacieron listos".

"Qué manera más americana de expresar su confianza", dijo Childer con una sonrisa burlona.

Hoenig hizo una mueca. Saber que Childer era un snob no quitaba el aguijón de la púa. Era un recordatorio de que Mitch Childer tenía la visión europea aristocrática de los estadounidenses—que eran toscos, violentos y, a veces, útiles, pero que no tenían lugar en la mesa con los adultos civilizados. Esa actitud hizo que su tarea pareciera un gran desafío. Pero, como siempre, lo sacudió y devolvió el golpe. Sería leal y eficiente, pero no un niño de latigazos. Al tratar con hombres como Childer, Claude hizo un punto para usar extensamente los americanismos. Los irritaba y eso le daba una ventaja. Su esnobismo hacía imposible evitar subestimarlo. Compensó el conocimiento de su formación y lo hizo parecer menos amenazante. Lo verían como un peón que podría ser usado, y parecía una buena idea fomentar esa actitud. "Soy un hombre muy estadounidense, Sr. Childer".

"En efecto."

"En cualquier caso, sí, el equipo tiene su misión y está bien preparado. Entendemos lo que el FMI quiere de este proyecto".

Childer levantó una ceja. "¿Usted lo hace? Más allá de ayudar a un país endeudado a levantarse, ¿qué cree que sería? "

La actitud condescendiente del hombre lo irritó. Hizo que Claude quisiera golpearlo. En los viejos tiempos, él podría haber hecho exactamente eso, pero a lo largo de los años había aprendido mejores formas de tratar con hombres como este. Él tenía que hacerlo. Si bien podría ser un agente eficaz y dejar un cierto número de cuerpos por ahí, subir de categoría en inteligencia requería diferentes tácticas y mucha restricción. Por ejemplo, en ese momento Claude quiso decirle a Childer que sabía lo que había hecho a sus espaldas y que estaba haciendo tratos paralelos con Peggy

Dory. Quería ver la expresión de su cara cuando le dijera que lo sabía que la había llevado a Zurich, primera clase en KLM. Deseó poder decirle que sabía que no era la primera vez que Peggy estaba en el Hotel *Dolder Grand*.

Que ella se había colado y estaba emplumando su propio nido no lo sorprendió para nada. Ciertamente no lo decepcionó. Había contratado a la perra porque era una hacker increíble y una pensadora innovadora.Desafortunadamente, las mismas cosas que la hicieron buena en eso, las habilidades que ella había desarrollado, significaban que su moral y lealtad eran cuestionables. A pesar del gran salario que le pagaba, disfrutaba trabajar en el lado oscuro. Ella no pudo resistirse. Childer debe haberlo determinado también.

Como buen cristiano, odiaba la necesidad de desconfiar y espiar a su propia gente. Sin embargo, como hombre de negocios, gente como Peggy, personas indignas de confianza, eran oro puro, si se administraban adecuadamente. Y él era un hábil administrador de agentes deshonestos. Tratar con alguien así, alguien valioso pero no leal, fue donde sus antecedentes en operaciones encubiertas de inteligencia pagaron dividendos. Había tratado con cientos como ella, personas reclutadas en el campo, personas de dudosa lealtad. Para extraer el máximo valor, tenías que darles rienda suelta, pero luego observarlos sin que ellos lo supieran. Necesitabas hacerles sentir que eran de confianza, sin importar lo que sintieras acerca de ellos.

Nada de eso era particularmente cristiano y eso a menudo hacía que Hoenig se preguntara sobre sí mismo. Aun así, cuando todo estuvo dicho y hecho, las cosas que hizo fueron por el bien del mundo. A través de su trabajo, ayudó a mantener el orden y la prosperidad y evitó el caos. Entonces fue necesario. Si tenía que romper algunos mandamientos para garantizar que el mundo fuera seguro para los hijos de Dios, entonces estaba dispuesto a soportar esa carga. Lo había hecho por su país, después de todo.

Este trabajo, para ser efectivo, requirió otros operativos también. Necesitaba miembros del equipo que Childer nunca conocería—ojos y oídos en miles de lugares. Y él los tenía. A pesar de dejar el negocio de la inteligencia, Claude Hoenig nunca dejó que sus conexiones, su red, caducaran. Tenía una pequeña banda de operativos leales, entrenados y despiadados, y cada uno de ellos tenía recursos. Debido a que no podía pagarles directamente sin levantar las cejas, fueron técnicamente empleados por la firma de inteligencia que había comenzado en conjunto con algunos ex amigos de la CIA. Técnicamente, se los vendió cuando comenzó este negocio, pero estaba en la junta directiva y compartieron información y recursos. Era una relación acogedora.

Una razón para los ojos y oídos era simplemente hacer un seguimiento de las personas realmente buenas—a dónde iban y con quién se encontraban. Las personas como Peggy y Wyatt no solían seguir las reglas. Ni siquiera reconocieron las reglas. Por ejemplo, porque no era razonable tomar la palabra de Peggy Anne Dory para nada, cuando ella pidió permiso para irse de vacaciones a México, la hizo seguir. Su gente se enteró de que había comprado un boleto para Suiza y él le puso la cola encima. La habían seguido hasta aquí, a este mismo hotel, donde se había encontrado con Mitch Childer.

Esas cosas eran, en el mundo de Claude, no cuestiones de confianza, sino artesanía básica. No esperaba lealtad, pero la recompensó cuando la encontró.Él no sabía lo que Childer le había ofrecido para hacer este pequeño trabajo y no le importó. Lo importante era saber que Childer tenía una agenda en la que dejaba fuera a Hoenig Fintech—oficialmente. Eso no era tanto traición como buenos negocios. La pregunta era¿de quién era la agenda? Si se trataba de asuntos del FMI, entonces ir directo a él habría tenido más sentido. Claude era una persona pragmática y entendió que la organización de financiamiento tenía una agenda que no quería que el cliente supiera. Y ciertamente Childer sabía que Claude podía ser discreto. Esa era su profesión. Eso significaba que no era un asunto del FMI. Era más grande. Y, para él, era una abertura, una grieta en la pared levantada por la élite para protegerse de la manada común.

No estaba seguro de lo que estaba pasando todavía, pero seguiría esa pista. La información era poder. Usar esa influencia de manera efectiva, ejercer presión, le daría poder. Con ese poder en sus manos, no necesitaba ejércitos para obtener lo que quisiera. Ya no. Hoy, importantes batallas eran ganadas lejos del campo de batalla.

Por ahora, él no diría nada. No a Peggy y no a Childer. En lo que respecta a Peggy, él todavía confiaba en que ella produjera el código. Lo que sea que estaba haciendo para Childer no comprometería eso. Siendo ese el caso, lo que fuera, los problemas técnicos, o incluso el aspecto funcional, no importaba. No, lo que importaba era saber que tramaban algo. Él decidiría cómo tratar con ella más tarde. Quizás él la promoviera. Todo dependía de cómo resultara esto. Miraba cómo evolucionaban las cosas y, al hacerlo, aprendía todo lo que necesitaba saber sobre su verdadera fiabilidad y utilidad, o incluso el riesgo de dejarla en libertad.

Mientras tanto, no tenía intención de decirle a Childer que lo sabía. Si bien sabía que eso impresionaría al hombre, ver su expresión de sorpresa no haría más que hacer que Hoenig se sintiera bien por un momento fugaz; esta información, su inteligencia, no era algo que estuviera dispuesto a desperdiciar en el pecado del orgullo. El Buen Libro le dijo a dónde llevaba ese camino. El orgullo era el mayor de los pecados; era la cima del amor propio y directamente opuesto a la sumisión a Dios.

Hoenig amaba a Dios. Dios lo perdonó por sus pecados, incluso el asesinato. Los crímenes fueron, después de todo, en su nombre, para su país, su gente.

Saber que Childer estaba ejecutando un juego que parecía estar fuera del alcance de su papel con el FMI era exactamente lo que esperaba. De alguna manera, Peggy merecía un aumento por llevarlo a este oro. Era algo para el final del juego. En Islandia, en 1972, el niño prodigio americano Bobby Fischer derrotó al campeón mundial de ajedrez, el ruso Boris Spassky, principalmente a través de su espectacular juego final. Había una lección en eso. Claude dejaría que este sonriente bastardo judío disfrutara de su sentimiento de superioridad—por ahora. "Hice que mi gente revisara los requisitos de su trabajo y notaron un par de cosas que no están en la especificación que obtuvimos de Andwele Kassain. Eso me llevó a suponer que ustedes, el FMI, tenían algunos puntos menores en su agenda que no están en el radar del gobierno de Tanzania".

Childer se movió en su asiento. Claramente, no le gustó ver a un hombre poner las cartas boca arriba sobre la mesa. Fue abrupto. Crudo. Probablemente demasiado abierto, demasiado estadounidense, para su gusto. "Para nada", dijo. Lo dijo rápidamente y luego se detuvo para pensar en su respuesta. "Es cierto que hemos agregado algunas características que nos darán retroalimentación. Es importante poder aprender del sistema y optimizar el enfoque para otros países. Si su gente hace bien su trabajo, estará trabajando en eso también. Está en su interés asegurarse de que funcionen de manera efectiva".

Ahí estaba—la zanahoria que esperaba que el hombre sacara. El mensaje fue simple: seguir el juego y era posible que le permitieran permanecer a bordo durante todo el viaje. Hoenig decidió presionar un poco al hombre. "¿De qué tipo de retroalimentación está hablando?"

Childer inclinó la cabeza. "Bueno, dado que hay cuatro bancos nacionales, más el Banco de Tanzania, el banco central, involucrados en esto, nos gustaría saber cómo reaccionan realmente—si lo adoptan y lo usan como está previsto".

"Pero su plan usurpará efectivamente el único trabajo que el Banco de Tanzania ha tenido desde la Ley de 1995 del Banco de Tanzania. ¿Por qué estarían ansiosos de ayudar?".

"Es cierto que los socava", dijo Childer. "Y sí, el gobierno inició este acto porque el banco tenía demasiadas responsabilidades; utilizaron el acto para reducirlas a nada más que establecer la política monetaria".

"Así que no puedo imaginar que el banco sea solidario".

Los labios de Mitch Childer se torcieron. "Son pequeños burócratas que hacen lo que se les dice en algo tan importante como ésto. Estar involucrado es su única posibilidad de aferrarse a cualquier poder. Y los otros bancos son bancos reales; Me interesarán sus reacciones. Quiero ver si son totalmente compatibles con la criptografía. La implementación del proyecto nos ha dado acceso a sus computadoras para que podamos obtener el *feed* de datos en tiempo real para su análisis. Hemos agregado un módulo que nos permitirá ver qué otras transacciones procesan—las que no tienen nada que ver con la criptografía." Le dio a Hoenig una mirada cómplice. "Naturalmente, no haremos nada más que recopilar algunos datos en bruto. Nunca interferiríamos con transacciones privadas".

"Por supuesto". Como si recopilar datos sobre transacciones privadas no fuera nada. Como si no fuera más allá de ilegal. "¿Supongo, sin embargo, que preferiría que seamos discretos sobre la existencia de esas funciones? Es vigilancia, después de todo".

Childer agitó su mano, descartando una mosca invisible. "Realmente no me importa. No es nada secreto, pero algunos de sus empleados bancarios tienen puntos de vista bastante parroquiales sobre cuestiones de privacidad. Si no supieran sobre eso, sería más conveniente. Estarían menos dispuestos a plantear objeciones problemáticas".

Hoenig asintió. Uno pensaría que el hombre lo deletrearía. Después de todo, estaban del mismo lado, al menos hasta cierto punto. Bebió un sorbo de su bebida y no dijo nada. Bien. Déjalo pensar que no se puede esperar que el estúpido bárbaro cristiano americano aprecie los matices de la política. Bueno, habría muchos asuntos por venir al tratar con este hombre y sus amigos en el Banco Mundial si les dejaba pensar que era solo un subordinado. Más importante aún, se ganaría su confianza, aunque solo fuera porque pensaran que era estúpido. Eso equivaldría a que él llegara a conocer los cambios en la política internacional antes de que sucedieran. Eso significaba dinero en su bolsillo y probablemente mucho trabajo para sus asociados. Como beneficio adicional, le daría inteligencia para alimentar a sus viejos colegas. Cuando bailas con gente de esta multitud, nunca estará mal tener a gente poderosa de tu lado. Las personas que se beneficiaran de la información le darían de comer regularmente.

Hace mucho tiempo, cuando vio a sus amigos en la compañía militar privada, *Xe Services*, remodelar la compañía, convertirla en Academia y reiniciar una imagen empañada, Hoenig ya había visto el cambio. La inteligencia política era buena y buena, pero él había visto el futuro. Fue en finanzas. Había dejado atrás el ejército y la industria, en gran medida. Entrar en finanzas, con *fintech*, había sido su forma de conseguir una participación, un punto de apoyo en este nuevo mundo. Y maldita sea si no estaba dando sus frutos. Incluso si no hubiera comprado Bitcoin cuando era barato y ganado millones, estaría construyendo la plataforma para una agencia de inteligencia de la nueva era. Una agencia que se aprovechó de lo que estaba sucediendo a nivel mundial y, lo que es más importante, cómo se financiaba.

Childer, tan desagradable como él, brindó una oportunidad increíble; tenía una puerta abierta para que Hoenig entrara en ese mundo. Abierto de par en par Claude Hoenig respiró hondo y entró.

"Creo que mi equipo puede acomodar cualquier cosa que el FMI necesite incorporar al proyecto sin alterar significativamente las especificaciones o el flujo de trabajo".

"Excelente", dijo Childer. El hombre sabía que había sido entendido. Aun así, no ofreció información voluntaria sobre el trabajo que le había pedido a Peggy que hiciera. Eso fue revelador.

Hoenig asintió. "Me alegra trabajar estrechamente con usted. Como dijo, este trabajo sienta las bases para el futuro".

"De muchas maneras", dijo Childer. Él bebió su coñac. "Somos el futuro, mi amigo".

A veces, como este momento, Claude Hoenig pensó que los viejos tiempos habían sido de alguna manera más limpios. Interrumpiendo un partido político, tal vez. Tal vez arruinando a un candidato, enmarcándolo a él o ella por algo. Y eliminando los que necesitaban eso. Después de todo, lo que está en juego es global.

Ahora, sin embargo, eran los países los chantajeados y destruidos financieramente. Y lo que está en juego es lo mismo. Debería preguntarse si eso constituía un progreso.

"Es posible que tenga algunas solicitudes menores en el futuro", dijo Childer. "Pero ahora, tengo otra cita".

La audiencia había terminado y cuando Childer se fue, Hoenig se sentó allí terminando su bebida e imaginando esa pequeña mierda apática que yacía en un callejón oscuro y húmedo que se desangraba hasta la muerte. La visión lo hizo sentir más en paz. Luego llegó el momento de reunirse con la tripulación para la cena.

Sin Childer, repentinamente tuvo gran apetito.

Capítulo 9

Cena Grupal

"La tecnología impone su realidad económica en el mundo. El oro reemplazó a las conchas marinas como dinero, independientemente de los sentimientos de los titulares de las conchas marinas".
—Sadamdean Ammous
Autor de The Bitcoin Standard

El Hotel Dolder Grand
Zurich, Suiza

Rashmi Patel se alegró de ver que cuando Claude Hoenig se fue para hablar con Mitch Childer, y las bebidas llegaron, la conversación se alejó de los negocios. La gente comenzó a hacer preguntas, a querer conocerse y a hablar sobre sus diversos intereses. Ella estaba interesada en esta selección diversa de personas y tuvo que preguntarse cómo interactuarían las personalidades a lo largo del proyecto. Ella aprendió que Peggy era una gran aficionada al cine, por ejemplo, y parecía compartir su fascinación con algunos de los viejos clásicos—las películas protagonizadas por Bogart y Bacall eran una pasión de ella.

Cuando Claude regresó para unirse a ellos, estaba sonriendo ampliamente.

"¿Todo bien?", Preguntó Wyatt.

"Dios bendice este proyecto", dijo. "Y Washington DC también lo aprueba. ¿Qué podría ser mejor?" Entonces Claude retomó el hilo de la conversación que había interrumpido, sorprendiendo a Rashmi expresando animadamente el amor por Londres. "Adoro Cambridge", dijo mientras compartían algunos de sus lugares favoritos en esa ciudad. "Estuve en Londres durante un año y solía pasar mucho tiempo allí".

"Desearía haberme quedado allí, en Londres", admitió Rashmi.

"¿Por qué no lo hiciste? Estoy seguro de que podrías haber encontrado un trabajo bien pagado en la ciudad".

Ella sonrió. "Porque tenía que volver a casa para cumplir con mi obligación".

"Oh sí, el gobierno pagó por tu educación".

"Tenía la intención de irme después de eso, pero luego me encontré con Andwele".

Ella extendió la mano y unió su brazo con el de Andwele y él le sonrió. El gesto fue sincero, pero reflexivo. Ahora sintió una punzada de culpa, de preocupación. Su relación no se desarrollaba de la manera que ella esperaba, como la había soñado. Al principio, como con la mayoría de las relaciones, fueron atrapados en los encantos de cada uno. Pero a medida que se conocían, se dio cuenta de que había demasiadas cosas que la inquietaban.

El viceministro Haki Dola puso felizmente a Andwele a cargo del proyecto y se lo informó. Ese fue un gran paso adelante para su futuro esposo. Una vez retirado de esto garantizaría su futuro en el gobierno. Él quería mucho eso.

Y ese era precisamente el problema. Mientras que Andwele había tomado el giro político con entusiasmo, a ella la cansaba. Cuanto más exitoso era, más parecía su trabajo poco más que político. Rashmi había visto sus sueños vencidos por las agendas personales que corrompían los proyectos del gobierno. La tesis de ella se había basado en la premisa de que el buen gobierno era algo real, que algunas buenas personas trabajaban por el bien del país y su gente. Pero después de dos años, su alentadora esperanza se había evaporado. Todo lo que parecía importar era la apariencia de las cosas, y en su pequeño papel, en el mejor de los casos, podría implementar políticas mal pensadas.

No era un juego que ella estaba dispuesta a jugar, sin embargo, Andwele estaba prosperando. Que él estaba entrando en su propio mundo y que a ella cada vez le disgustaba más, los arrastraba en diferentes direcciones. Y ahora, eso le dio un vínculo inesperado con Wyatt que obviamente no estaba satisfecho con los objetivos del proyecto.

Ella lo presionó sobre sus objeciones, curiosa. "Obviamente piensas que todo este proyecto es erróneo. Sin embargo, trabajas en el campo y desarrollaste este código que lo hará posible. ¿Cómo es eso?"

Él fue cortante. "Objeto en dos niveles. El primero es filosófico —dar a un pequeño grupo de personas el control sobre el resto nunca funciona bien. ¿Cuál es el punto de reemplazar la moneda fiduciaria con las criptos más allá de hacer las mismas cosas más rápido?

"Y más barato", dijo Andwele.

Wyatt se burló. "Entonces es un esfuerzo de ahorro de costos. Realmente no estás creando una cripto o un *blockchain*".

"Por supuesto que lo hacemos."

"Andreas Antonopoulos llamó tontería a esa idea hace un tiempo".

"¿Quién?", Preguntó Andwele.

"Es un experto del dinero en Internet—de eso es de lo que habla".

"¿Y no cree que nuestra moneda nacional sea una criptomoneda? ¿Incluso si lo basamos en la blockchain de Bitcoin?

"No. En la Blockchain África Conference en 2017, señaló que si se centraliza una cadena de bloques, si un sistema de pago depende de que los usuarios confíen en los mismos bancos y el mismo gobierno que dan valor percibido a las monedas normales, es solo una base de datos. No estás creando nada nuevo. Todo lo que está haciendo es reducir los costos de transacción".

"Estuve en esa conferencia", dijo Rashmi. "Recuerdo su charla. Es un excelente orador y me impresionó, aunque su charla fue bastante general".

"Haz que él critique su propuesta y te garantizo que obtendrás información específica rápidamente", dijo Wyatt sonriendo.

"Dijiste que objetabas en dos niveles", dijo Rashmi. "¿Cuál es el segundo?"

"Bueno, como el primero fue filosófico, para mantener el equilibrio, este es pragmático. Se basa en principios básicos de ingeniería. Un sistema es tan robusto como lo es su eslabón más débil." Ella sonrió. Incluso lo dijo como un técnico. "Si tomas un sistema distribuido y lo fuerzas a operar a través de cualquier mecanismo centralizado, realmente creará un punto de falla.

Habrás disminuido el valor que el sistema puede ofrecer". Él resopló. "No es que esos argumentos influyan en cualquiera que crea que no se debe confiar en la gente".

"Sin embargo, la persona promedio necesita ayuda y necesita protección", dijo Claude. "Es por eso que existen los gobiernos. Considera la tasa de alfabetización en Tanzania. Piensa en eso y luego explícame cómo esas personas pueden hacer uso de un sistema tecnológico por su cuenta. Si no fuera por los desarrolladores que proporcionan interfaces de usuario sofisticadas, no podrían usar sus teléfonos celulares".

Wyatt miró al hombre por un momento. "En realidad, Claude, acabas de exponer mi punto. Obviamente, este sistema no está destinado a ser para las personas o lo dejaríamos centralizado y el trabajo que el FMI quería que hiciéramos sería desarrollar interfaces de usuario para las aplicaciones. Podríamos hacerlo al mismo nivel que las terminales de punto de venta para niños en los restaurantes de comida rápida si es necesario. Limitan lo que el usuario puede hacer con un sistema, pero no de manera supervisora. Eso no requeriría centralización".

Rashmi sonrió. En Wyatt, ella vio un tipo de persona refrescante y diferente. Por supuesto, él no encajaba... no con el personal del proyecto o el hotel en el que se encontraban. No, en absoluto. Él no quería estar en la reunión y estaba incómodo. Obviamente fue una orden superior. Su traje no le quedaba bien... probablemente era uno viejo que había sacado de un armario para este viaje. Su actitud, dejaba en claro que a pesar de su desagrado por el proyecto, iba a insistir en que la implementación era lo mejor que podía ser... que le complacía. Ella no se había encontrado con su tipo antes, excepto en las películas. No es que Wyatt fuera alguien con quien ella se sintiera completamente cómoda. Él desafiaba a la gente, lo cual ella encontró inquietante. Pero incluso eso fue refrescante a su manera.

Por la conversación que había escuchado, y debido al enfoque de la aparición abrupta y breve de Mitch Childer, Rashmi sospechó que Wyatt estaba presente por una sola razón—se había visto obligado a hacerlo. Claude Hoenig lo había hecho venir a Zurich para demostrarle al FMI que él podía producir al hombre detrás de la pieza clave del código. Por implicación, podía hacerlo caminar, hablar y bailar en el agua.

Había otras razones por las que Childer podría haber insistido en que la compañía de Hoenig estuviera involucrada. Childer y Hoenig parecían tener algunas conexiones. Por lo que Andwele le había dicho, fue Childer quien requirió que estos americanos en particular fueran parte del equipo. El conocimiento y la comprensión de Wyatt, pero principalmente su capacidad para ver las cosas desde todos los ángulos, serían cruciales para hacer que el proyecto fluya.

Peggy Dory parecía competente y conocedora, pero no llamó la atención de Rashmi como el tipo de persona que podía proponer soluciones verdaderamente innovadoras cuando surgieran los problemas inevitables. Sin lugar a dudas, ella sería capaz de avasallar al equipo y ser una buena líder, pero tendría que recurrir a Wyatt para las cosas importantes.

Esa fue su opinión.

Ahora, con esa dinámica en mente, observó la interacción entre Wyatt y su jefe con mayor interés. ¿Qué tan lejos irían los hombres en su duelo?

Decepcionante, Claude decidió jugar su carta de triunfo. "Independientemente de lo que pensemos o de lo que haríamos en su lugar, el FMI y el gobierno de Tanzania han determinado lo que quieren que creemos", dijo Claude. "Estamos aquí para que ocurra". Miró al grupo. "Sugiero que terminemos nuestras bebidas y nos acerquemos al restaurante para la cena".

Rashmi pensó que era una forma inteligente de cambiar el tema de la conversación de un territorio peligroso. Wyatt se estaba poniendo un poco nervioso.

El restaurante, como todo en el hotel, era elegante hasta el punto de ser casi exagerado. Durante la comida, Rashmi se movió incómoda en su silla. Ella estaba emocionada de hacer el viaje. No había estado fuera de Tanzania desde que regresó de Londres para cumplir con su contrato con el gobierno. Este viaje, entonces, fue un regalo inesperado.

O ella había pensado que así sería, pero no estaba saliendo como ella esperaba. La conversación forzada, la comida demasiado rica... esas eran cosas que ella había esperado. Lo que ella no había previsto era su creciente malestar. Había cosas, corrientes subterráneas arremolinándose a su alrededor, que dificultaban la relajación.

Ninguno de ellos estaba en su tierra natal, y fue algo entretenido ver a Claude Hoenig y Andwele compitiendo por ser el anfitrión, guiando la conversación. Ambos parecían estar en su elemento, aunque el viejo Hoenig tenía la confianza de la experiencia para recurrir. Sin embargo, Andwele se mantuvo firme, y le sorprendió ver el cambio continuo de su personalidad. Siempre había sido encantador, pero ahora, sin proponérselo, le mostraba su ambición.

Había notado que Andwele le había tomado aversión instantánea a Wyatt, casi como si estuviera celoso. Eso la hizo preguntarse si se había perdido el momento en que Andwele había visto a Wyatt mirarla con admiración. Lo más probable era que Wyatt fuese tan seguro de sí mismo y estuviera seguro de su propia manera extraña—una forma que Andwele no entendería. Andwele logró sus objetivos promocionando los de sus jefes, mientras que Wyatt era orgullosamente rebelde.

A menudo descubrió que los hombres podían ser competitivos de esa manera, con el orgullo surgido de sus diferencias, cada uno seguro de la validez de su punto de vista. Eso hacía que Claude Hoenig y Wyatt parecieran llevarse tan bien y era aún más sorprendente. Discutieron y se pegaron el uno al otro, pero a pesar de sus puntos de vista increíblemente divergentes, había un nivel obvio de respeto entre ellos. Sus temas eran políticos, económicos, e incluso apuntaban a los afectos o el estilo de vida de los demás, sin embargo, se reían de sus diferencias. Eso hablaba mucho sobre la competencia de Wyatt. No podía imaginar ninguna otra razón por la que un hombre como Hoenig tolerara al descuidado, franco y anarquista que parecía ser Wyatt. Por parte de Wyatt, parecía que realmente no le diera mucha importancia que otros estuvieran de acuerdo con él, siempre y cuando le permitieran expresar sus opiniones, lo cual hacía Hoenig.

Aburrida, inquieta y casi olvidada en la conversación, Rashmi observó a los demás, escuchó y pensó en los protagonistas con los que trabajaría en el proyecto. Después de su breve presentación, ella sabía que no le importaba a Mitch Childer. La trató frío y distante—indudablemente era un manipulador. Afortunadamente, él no estaría presente todo el tiempo y sería más un problema de Andwele que de ella.

A pesar de la tolerancia de Wyatt hacia el hombre, tampoco se había sentido cómoda con Claude Hoenig. Ella respetaba sus logros y estaba segura de que él sabía lo que estaba haciendo, pero tenía un aire de importancia personal, como si fuera la luz que guiaba y la voz de la verdad, lo que la disuadió. A menudo era brusco y desdeñoso. Era difícil decir que él supiera relacionarse de esa manera. Pero no le importaba su forma de ser....ruda. Si ese era el caso, definitivamente no le importaba.

Ella podría llevarse bien con Peggy. A menos que se enfrentaran por algo, ambas se centrarían en hacer el trabajo de forma rápida y adecuada. O eso parecía. Al igual que Rashmi, Peggy pasó la mayor parte de las conversaciones sentada, estudiando a la gente. Una de las diferencias era que, aunque se mantuvo al margen de las discusiones correspondientes a lo que debería ser, cuando recurrieron a lo que se necesitaba para que el sistema funcionara, Peggy se apresuró a hablar.

Sí, era probable que funcionaran bien juntas.

Irónicamente, una de sus mayores preocupaciones fue Andwele. Con su confianza recién adquirida, él no parecía tomar sus preocupaciones, sus preguntas en serio. Estaba empezando a ver que debajo del hombre africano moderno que admiraba acechaba una persona más tradicional, una que no creía que las esposas, incluso las futuras esposas, fueran serias. Inconscientemente, quizás, despidió a las mujeres. Peggy era estadounidense y miembro del equipo senior, por lo que la trató de manera diferente ... como había tratado a Rashmi cuando era una estrella en ascenso en el Ministerio de Finanzas antes de que ella comenzara a dejar que su pesimismo sobre la forma en que trabajaba el departamento le enfriara el entusiasmo.

Los cambios en él necesitaban una cuidadosa consideración. Cuando él se le propuso por primera vez, ella no había querido un compromiso largo; ahora parecía que el que tenían podría no ser suficiente para que ella determinara si Andwele era el hombre con el que quería pasar su vida.

Últimamente, junto con su admisión reacia de los fracasos del sistema establecido, comenzó a cuestionar la idea completa del matrimonio en sí. Básicamente, para alguien que no era religioso, como ella, era un contrato económico y nada más. Podría decir que fue una declaración de amor, pero ella no creía que el amor necesitara pronunciarse. Y si lo hiciera, ciertamente había mejores formas de celebrar la felicidad con alguien, formas que no involucraban al gobierno.

Cuando terminaron la comida, el grupo comenzó a separarse. "Tengo que hacer un poco de trabajo", dijo Claude. "Cuando estás definiendo un nuevo proyecto, los viejos todavía necesitan atención". Asintió a Wyatt. "Como te irás temprano pasado mañana y mañana estarás ocupado, ¿podrías venir a mi habitación y hablar sobre algunas ideas sobre la aplicación de punto de venta en la que Charles ha estado trabajando?"

Wyatt se puso de pie. "Haz que se te envíen una botella de bourbon marca Maker's Mark y tienes un trato".

Claude asintió y llamó al camarero. Le dio una factura al hombre y le dio instrucciones. "Rápido por favor. No quiero que mi colega muera de sed." Sonriendo, el camarero se alejó y los hombres se dirigieron a la habitación. Peggy se levantó. "Lo estoy haciendo temprano", le dijo a Rashmi y a Andwele. "Probablemente mire la mitad de una película antes de quedarme dormida".

Rashmi notó que Peggy miró alrededor de la habitación como si esperara que alguien desafiara su declaración. Luego agarró su bolso y se fue.

Finalmente, ella se quedó sola con Andwele. Sostuvo su silla para ella mientras ella se levantaba. Cuando él le puso la mano en el brazo, ella le sonrió. "Andwele, tenemos que hablar".

"¿Tu habitación o la mía?", Dijo.

El guiño y la sonrisa que le mostró le dijeron que esperaba algo más que sexo. Habían estado durmiendo juntos regularmente. Solo la conveniencia de su posición, su deseo de subir la cima, le había impedido mudarse con ella. Ahora, ella estaba contenta. Y por primera vez, estaba contenta de que hubieran reservado habitaciones separadas. Andwele había señalado que el equipo de ética estaría revisando sus gastos cuando regresaran y se esperaría que mantuvieran el decoro. Ahora descubrió que funcionó bien para ella, que haría las cosas más fáciles. "Tu habitación", dijo ella. Si se enojaba, sería más fácil salir de su habitación que lograr que abandonara la suya.

Levantó la tarjeta de pase de su habitación. "Entonces nos vamos".

Capítulo 10

Posponiendo el futuro

"Existe un gran riesgo por el uso de la moneda virtual, por lo que esperamos que los proveedores de Fintech no participen [en el negocio]".
—Vicegobernador Sugeng
Banco Central de Indonesia
8 de diciembre de 2017

El Dolder Grand Hotel
Zurich, Suiza

Mientras caminaban hacia su habitación en el hotel, Andwele puso su brazo alrededor de Rashmi, tirando de ella contra él. La repentina cercanía de su cuerpo la puso tensa. Eso la sorprendió. Por primera vez desde que lo conoció, no quería estar cerca de él, tener su brazo alrededor de ella. Hacer que la abrazara, la misma intimidad, la puso nerviosa. Estar cerca de él en ese momento, con su cabeza zumbando con preguntas sin respuesta, se sintió sofocada.

No importaba lo que pasara, tendría que resolver sus preguntas.

"Estos son tiempos emocionantes", dijo.

"¿Te refieres a este proyecto?"

"Oh, es mucho más que eso." Estaba radiante, desbordante. "Estamos a punto de irrumpir en los rangos superiores. Estamos medio adentro, medio afuera ya".

"¿Porque nuestro gobierno nos envió a otro país? ¿Porque Mitch Childer sabe tu nombre?" Eso le pareció patético.

"Este es el comienzo del sueño. Estoy pensando en el futuro, en todas las cosas que llevará a este proyecto".

"¿Ves todo eso?" La idea la entristeció.

Él era ajeno a la preocupación en su voz. "La progresión natural desde aquí es obvia, ¿no? Cuando el proyecto esté en su lugar, se celebrará y el FMI lo utilizará como modelo. Seremos celebrados. Eso sentará las bases para los próximos cambios".

"¿Qué tipo de cambios?"

"Demasiados para contemplar." Él estaba feliz. Eso hizo que fuera más difícil decir lo que ella tenía la intención de decirle. Aun así, tenía que hacerlo. Esperaría el momento adecuado y luego lo escupiría. "Eso me suena caótico. ¿Por qué disfrutas tanto de eso?"

"No será caótico en absoluto. El control estará en mis manos y los cambios fluirán en una dirección—hacia arriba. Con la finalización de este proyecto, los bancos estarán más dispuestos a seguir las instrucciones y directrices del ministro de finanzas. Serán parte del nuevo sistema más completamente de lo que podrían manejar las simples regulaciones. Con el dinero de los impuestos como una corriente entrante continua, el gobierno tendrá más dinero para resolver los problemas del país. Y todos nos alzaremos en la marea del éxito".

"¿Nosotros?"

"Haki Dola está bien conectado y creciendo en poder. Es probable que se convierta en nuestro próximo ministro de finanzas. He trabajado para apoyar su nuevo poder, para mejorarlo. A cambio, prometió crear un nuevo trabajo para mí. Dirigiré el Departamento de Tecnología Financiera. Estaré a cargo y asumiré todas las funciones de TI relacionadas con el Ministerio de Finanzas".

"Ya veo."

Sin darse cuenta de su falta de entusiasmo, Andwele la soltó y caminó hacia el minibar. "¿Una bebida?"

"¿Hay whisky?"

"De lo contrario, pediremos una botella al servicio de habitaciones. El Sr. Childer lo pagará".

De repente, ella reconoció lo que oyó en su voz. Fue codicia, lujuria... el puro deleite de tener acceso a la buena vida. "Lo que sea que esté allí servirá", le dijo ella. "Cualquier cosa fuerte. No quiero que llames al servicio de habitaciones." De alguna manera, cargarle sus bebidas a Childer parecía aceptar un soborno. No lo era, por supuesto. Fue una práctica común. Y sin embargo...

Ella lo miró mientras él abría dos botellas pequeñas y las vaciaba en vasos, entregándole uno. Pensó en cómo lo había visto cuando se conocieron. Él parecía apuesto comparado con los otros hombres que ella conocía. Le había recordado a Londres, de una manera extraña... posiblemente solo porque era excitante y estaba lleno de vida, no un zángano. Pero ahora...

"Un brindis", dijo, levantando su vaso. "Por nuestro proyecto".

Un extraño estremecimiento hizo que su mano temblara mientras tocaba su vaso con el suyo. "Que el trabajo que hacemos mejore las cosas para la gente", dijo.

Él la miró extrañado. "Sí, por supuesto, la gente". Sabía que la gente no estaba en absoluto en su mente. Luego bebieron y él le dirigió una mirada mesurada. "Los cambios..." comenzó. "Requieren un poco de sacrificio".

"Vamos a trabajar duro en el proyecto, largas horas. Ya lo hemos hecho antes".

"Lo que quiero decir es que antes de ir más allá, deberíamos discutir un par de cosas. Sobre nuestro futuro".

Ella suspiró con alivio. Él había movido la conversación en la dirección en que ella lo necesitaba. "Por supuesto. Siempre hay cosas personales de las que hablar. Y frente a un proyecto a gran escala... "

"Exactamente." Él asintió y le dio una mirada seria que era casi una mueca. "Así que he estado pensando. He visto los horarios posibles para este proyecto. Parece que la carga máxima de trabajo será justo cuando nuestra boda está programada".

Ella lo miró, aturdida. Ese era exactamente el punto que quería plantear. "Yo también estaba pensando eso, Andwele. Es una preocupación".

"Bueno. Entonces estoy seguro de que aceptarás que debemos posponer nuestra boda".

La boda era una preocupación para ella, pero estaba segura de que el problemade él y sus motivos eran bastante diferentes a los de ella. Esto iba a ser interesante. "¿Y por qué es eso?"

"Por tu rol en el proyecto. Eres vital para su éxito, pero tu mayor esfuerzo vendrá hacia el final, cuando estemos probando el código. Tú trabajo principal es verificar que el código, el sistema, cumpla con las especificaciones. Tendrá que interactuar con los bancos y será importante que estés allí para supervisar cualquier solución a los problemas y diseñar nuevas pruebas. Su personal no tiene el conocimiento completo de lo que hace".

El razonamiento fue curioso. "Eso es verdad, pero ¿por qué no estaría yo allí? ¿Dónde estaría?"

Andwele tomó otro sorbo de su bebida. "En casa, por supuesto. Nos casaríamos".

"Nos casaríamos, pero ¿por qué estaría en casa?"

Ahora era el turno de Andwele de mostrar la sorpresa. "Porque nos casaremos".

Rashmi negó con la cabeza. "No tiene sentido. No voy a caer con la peste. Yo solo seré tu esposa. ¿Por qué eso significa que estaré en casa?"

Andwele se quedó allí de pie con cara de asombro. "Porque un hombre en mi posición no puede tener a su esposa trabajando".

"¿Un hombre en tu posición?"

"Sí. Así que, por supuesto, cuando estemos casados, te quedarás en casa".

"Imposible. Eso es una tontería".

"Un hombre de recursos, de posición, no puede permitir que su esposa trabaje. Parecería que no tendría ningún ingreso real, ninguna influencia. No, no podría permitir eso".

Ella rió. "¿Permitir? Crees que podrías evitar que trabaje".

"Por supuesto. El esposo es el dueño de la casa".

Sorbió su bebida, dándose tiempo para pensar. De repente, sabía agrio. "Pensé que te conocía".

"Tú lo haces. Por supuesto que sí. Nadie me conoce mejor".

"Pensé que eras un hombre moderno, un hombre que adoptaba las formas del mundo industrializado".

"Sin sacrificar lo que es bueno de nuestra cultura".

"¿Y crees que veré a un hombre tomando decisiones por mí como algo bueno? ¿Cualquier hombre?"

"Seré tu esposo". Ese será mi derecho".

Ella lo vio moviendo los pies nerviosamente. Él había hecho suposiciones. Ella también, y ahora que él los estaba diciendo y ella estaba retrocediendo, eso lo perturbó. Sus planes, su visión del futuro, eran claros—y no estaban sujetos a la realidad. Pensó que podría trazar un mapa y otras personas se alinearían. "¿Has razonado? ¿Me estás diciendo que todo este tiempo pensaste que estaría dispuesta a ser tu esclava? Después de conocerme, de lo independiente que soy, ¿de verdad crees que permitiría que cualquier hombre me controle?"

"Pero esa eres tú como una mujer soltera. Después de que nos casemos, serías mi esposa, parte de mi hogar, parte de mi vida".

"¿Y renunciar a mis sueños?"

"Ya acordamos renunciar a cosas para nuestro futuro. Dijiste que casarse conmigo era importante. Incluso si eso significara que te quedarías en Tanzania, a pesar de tu insensato deseo de regresar a Londres, lo harías".

"¿Tonto?" Eso dolió y demostró que no la entendía. "¿De verdad crees que abandonaría mi carrera cuando trabajé tanto para lograr el poco éxito que tengo? Andwele, estaba dispuesta a renunciar a mi sueño de volver a Londres, pero eso no significa que estuviera lista para apagar mi cerebro. Esperaba que trabajáramos juntos para mejorar este país. Y ahora, me entero que eso no es verdad".

"Es verdad."

"No. Lamentablemente, no lo es. Pensé que sí, pero ahora parece que tu dedicación al trabajo es un fraude".

"Eso es absurdo. Sabes que trabajo largas horas".

"En su mayoría chupando al viceministro Dola. No haces mucho trabajo real".

"Yo...."

"Te obsesionaste con la trayectoria de tu carrera en el gobierno, no con hacer cosas buenas, innovadoras. Y tu afecto por mí resulta ser con la idea de que una vez que la ceremonia se complete, me poseerías, harías que me quede en casa—convertirme en una ama de casa dócil que te espera con un trago al final de tu atareado día de trabajo y reuniones con personas importantes".

"¿Y qué está mal con eso? Cuanto más alto sea mi posición en el gobierno, mayor bien puedo hacer. ¿Y por qué un hombre no debería querer a su esposa en casa? Odio la forma en que otros hombres te miran con esas provocativas ropas occidentales".

Ella dejó el vaso vacío y caminó hacia la ventana. Las luces de Zurich estaban encendidas, proporcionando una pantalla colorida y vibrante. Era maravilloso. Andwele se paró rígidamente, esperando que ella respondiera sus preguntas. Oyó el golpe de la puerta del minibar y el sonido de él llenando su vaso. Él no preguntó si ella quería otro.

Todo estaba cambiando tan rápido. Las revelaciones fueron repentinas y dolorosas. Su trabajo no era lo que ella quería que fuera, pero cuando terminara su contrato ella podría cambiar de trabajo. No había muchas vacantes en Tanzania, pero sí en otros lugares. Quizás incluso Childer le daría una referencia.

"Tienes razón, Andwele".

"Claro que la tengo."

"Tenemos que posponer la boda".

"Sí. Le diré a mi madre. ¿Qué fecha crees que deberíamos elegir? El proyecto podría durar un año, después de todo".

"Bueno, entonces, tal vez podamos basar la fecha en los eventos".

"Ciertamente". Pareció aliviado. "Podríamos decir que tendremos la ceremonia tres meses después del lanzamiento del proyecto. Eso le daría tiempo para preparar las cosas".

"Tengo una idea mejor".

"¿Y cuál es?"

"Creo que deberíamos esperar hasta tres meses después de que el infierno se congele".

Luego se volvió y caminó hacia la puerta, casi disfrutando la expresión de él con los ojos abiertos e inmóvil.

La pesada puerta de la habitación del hotel se cerró detrás de ella, y se dirigió hacia su propia habitación con pasos decididos.

"¡Maldito sea este hombre! Maldita toda su cultura".

Segunda Parte

Un Trabajo en Progreso

"Bitcoin es mejor que la moneda, ya que no tiene que estar física-
mente en el mismo lugar y, por supuesto, para transacciones
grandes, la moneda puede ser bastante inconveniente".
—Bill Gates
Una entrevista con Erik Schatzker en el programa Smart Street de
Bloomberg TV, 3 de marzo de 2014

Capítulo 11

La Atención Del Mundo

"La privacidad es necesaria para una sociedad abierta en la era electrónica. La privacidad no es secreta. Un asunto privado es algo que uno no quiere que todo el mundo sepa, pero un asunto secreto es algo que uno no quiere que nadie sepa. La privacidad es el poder de revelarse de manera selectiva al mundo".
—Eric Hughes
"Un manifiesto de Cypherpunk" 1993

Una Villa Privada
Isla de Praslin
La República de las Seychelles

Aproximadamente a mil quinientas millas al este de Mozambique se encuentra la Isla de Mahé, hogar de Victoria, la capital del Archipiélago de las Seychelles, oficialmente la República de Seychelles. El país consta de 115 islas. Otras veintisiete millas al noreste, se encuentra la Isla de Praslin. Fue nombrado Isle de Palmes por el explorador Lazare Picault en 1744. En 1768, pasó a llamarse Praslin en honor a César Gabriel de Choiseul, duque de Praslin.

Un grupo pequeño y distinguido se reunió en una villa privada. Habían volado desde su cuartel general en todo el mundo, volaron al aeropuerto de Victoria en Mahé y luego abordaron los vuelos de Air Seychelles hasta el aeropuerto de la isla de Praslin. Todos eran líderes corporativos y gubernamentales y todos ellos habían sido convocados para una reunión del círculo interno del grupo. No fue una convocatoria para ser ignorada.

Ahora se reunieron en una villa privada en esta hermosa isla, famosa por las *coco-de-mer* y las orquídeas de vainilla, así como por el loro negro de Seychelles. Ninguna de esas cosas, ni la belleza tropical de las islas, justificaban un solo pensamiento. Cada uno del grupo estaba enfocado única y solamente en una cosa.

"Cuéntenos más sobre el proyecto, Sr. Childer", dijo un anciano. "Me temo que pone nuestros esfuerzos en gran riesgo".

Mitch Childer lo miró. El viejo era dueño de la villa. Había convocado esta reunión y ahora se encontraba en la corte. Estaba sentado a la cabecera de la larga mesa de caoba, con una corbata de regimiento aburrida y un arcaico traje negro que probablemente alguna vez había sido perfectamente confeccionado, antes de que su cuerpo se marchitara. A pesar de sus años avanzados, su voz tenía la misma autoridad que tenía durante su mejor momento, cuando había estado entre los escalones más altos en el MI6.

"Pude haber respondido esta pregunta fácilmente por teléfono o video conferencia sin agregar la inconveniencia y el riesgo de reunirnos a todos", dijo, mirando la cara del anciano.

Además de Childer y el viejo, otras nueve personas se sentaron alrededor de la mesa en la habitación, pero para los propósitos de Mitch Childer, solo tres de ellos importaban. El viejo hombre era uno. La sala de conferencias estaba en su oficina y él había llamado a la reunión. El grupo se reunió erráticamente, para no llamar la atención sobre ellos mismos. Se conocieron en secreto, y los nombres nunca se usaron. Childer dudaba que alguien se atreviera a grabar sus reuniones, pero el viejo había establecido esa regla cuando era un agente mucho más joven y prometedor. Y ahora era sacrosanto.

"Estás dejando que las cosas se vuelvan una mierda", dijo el anciano. "Hay aspectos de esto que están fuera de control".

"Ese no es un resumen razonable de la situación en absoluto", dijo Childer con calma.

"Eres demasiado joven para darte cuenta", dijo el anciano. "Este grupo se formó cuando yo era solo un muchacho... pero el punto es que nuestra carta, nuestra misión, es usar nuestra influencia política para llevar al mundo a un camino más seguro. Para protegerlo de la guerra y el caos. Esta mierda de moneda artificial e invisible socava lo que hacemos. ¿Por qué no lo detienes en lugar de involucrarnos en un proyecto piloto para hacerlo viable? "

Childer asintió. "Existe el riesgo de hacer cualquier cosa, por supuesto, e incluso el riesgo de no hacer nada". La evolución de las criptomonedas es inevitable en este punto. Si hubo una posibilidad de detenerlo, entonces la perdimos. Y, después de todo, usted mismo ha invertido en criptomonedas, señor."

El hombre frunció el ceño. "El hecho de que haya aprovechado las oportunidades que se me presentaron para obtener un beneficio personal tiene poco o nada que ver con nuestros objetivos como grupo. Pero promocionar, o al menos no detener, la expansión de las criptomonedas controladas por las naciones no parece estar en línea con lo que estamos haciendo. Entiendo que nuestros objetivos no están amenazados por el uso del dinero digital, pero debemos preocuparnos por el control descentralizado. Si bien debemos asegurarnos de que las monedas del gobierno sigan siendo viables por el momento y de que la tecnología se desarrolle más, no podemos permitir que las personas recurran a monedas digitales soberanas o, lo que es peor, a Bitcoin, y que abandonen el euro. Eso deshace mucho de nuestro trabajo. Y ahora, con este proyecto, parece que el FMI respalda lo que tememos ", dijo el hombre, sacudiendo la cabeza. "Y si lo comprende estamos involucrados..."

Childer resopló. Él quería mostrar su burla. "En este caso, cualquier riesgo de que nuestro plan sea descubierto es mínimo; Además, el potencial de crecimiento justifica mucho más que el riesgo de lo que incurrimos".

"Podrías por favor explicar, en términos simples, este potencial, este aspecto positivo que ves". Esta orden, y no había duda de que era eso, vino de una mujer alta, de pelo oscuro con una expresión dura, desagradable que siempre parecía dominar su rostro. Mitch pensó que parecía haber comido algo desagradable veinte años antes y nunca lo hubiera sacado de su boca. La verdad era que ella era solo una perra desagradable. Ella también era la segunda de las tres personas que importaba. Ella estaba acostumbrada a ser obedecida.

Mitch Childer miró alrededor de la habitación, mirando las caras de las personas que lo rodeaban, evaluándolas inconscientemente, clasificándolas. La mayoría eran miembros subalternos que seguían participando. Poniendo eso en contexto, una mujer era la jefa de la división de fraude en la Interpol. En un grupo normal, ella sería una fuerza poderosa. Aquí, todavía estaba arañando su camino hacia arriba.

Otro era un asistente personal, enviado por su jefe, que estaba en el hospital. Ese hombre había estado ansioso por ponerse en los zapatos de su jefe. Había una rubia delgada que parecía más una secretaria que un agente de poder. Childer pensó que habría sido hermosa excepto por su mirada constante de concentración intensa. Ella era la asistente del viejo y cada vez más su mano derecha. La había estado llevando a reuniones regularmente. Mitch siempre hizo un punto de incluirla cuando hizo contacto visual o se dirigió al grupo. No tenía sentido crear enemigos que pudieran estar subiendo.

Y finalmente, estaba el hombre de cara oscura con penetrantes ojos verdes que habían venido de Bruselas. Un hombre callado que solía decir poco y era el tercero de este grupo de personas poderosas que ejercía el verdadero poder. Él representaba una vasta empresa criminal, no es que muchos gobiernos no fueran también grandes empresas criminales. Por qué se los había incluido en lo que era un grupo político era un misterio. Los ojos verdes eran intimidantes y había estado intimidando a las personas dentro del grupo durante años antes de que Childer entrara en el círculo.

Sabía que no debía preguntar o desafiar el lugar de los tres superiores en el consejo.

Y ahora lo llamaron para justificar sus acciones, como era de suponerse. "Lo bueno que veo, el aspecto positivo que expliqué cuando discutimos esto antes de participar en él, es lo que aprenderemos de este proyecto".

"Suponiendo que tenga éxito", dijo el anciano.

"Lo tendrá."

"Has traído a extraños. Eso trae otro grupo de interés en lo que ya es un proyecto complejo y complicado. Incluso tendrás que admitir que hay un cincuenta por ciento de probabilidades de que estas tetas caigan. "

Por el rabillo del ojo, vio a la mujer de cabello oscuro encogerse ante la vulgaridad, que era exactamente la razón por la que el viejo la había usado.

"No lo admito en absoluto. Llevar a una fiesta externa nos da recursos adicionales".

"Recursos en manos de nuestros enemigos", dijo la mujer.

Childer negó con la cabeza. A veces parecían niños. "Involucrar a un grupo que está conectado con las operaciones de inteligencia de los Estados Unidos nos da a alguien a quien culpar por cualquier cosa que pueda salir mal. Si explota, entonces es porque la CIA lo quiso. Y no pueden reclamar una negación plausible, no con las conexiones obvias de Hoenig".

El anciano gruñó. "Entonces cubriremos nuestros traseros. Pero el proyecto podría esfumarse porque si tu pequeña farsa resulta ser cierta. ¿Qué pasa si Hoenig apuesta por el proyecto para sabotearlo?"

"Él quiere que tenga éxito. Él quiere tener nuestro agradecimiento".

La mujer se puso de pie. "¿Me estás diciendo que él sabe sobre este grupo? ¿Qué lo está haciendo para trabajar para nosotros y no para el FMI?"

"Precisamente. Aunque mucho de este grupo es secreto, su existencia no lo es. Cualquier persona con Wikipedia puede leer sobre el Grupo Bilderberg. Ellos saben lo que estamos haciendo, al menos en general".

"Lo hicieron, o pensaron que lo hicieron", dijo el anciano. "Por supuesto, es exactamente por eso que dividimos las funciones vitales de nuestra operación en Retinger Oculística. Permita que rastreen al Grupo Bilderberg todo lo que quieran. Opere de manera bastante abierta mientras hacemos el trabajo que pretendían los fundadores".

"Naturalmente, la comunidad internacional de inteligencia se dio cuenta de la estratagema. Porque saben mejor que nadie, que pueden deducir nuestra existencia por la influencia que ejercemos. Mi membresía en una organización de este tipo sería obvia para ellos. Esto les obliga a infiltrar personas. Nosotros les abrimos nuestros brazos".

El viejo hizo una mueca y se mordió el labio. "Sí, sí, pero no es bueno venir y traerlos a nuestros proyectos".

"Estoy en desacuerdo. Como dije, proporcionan recursos y son excelentes chivos expiatorios ", dijo Childer. No podía soportar ninguna duda. "Y antes de que se preocupe por el fracaso, debe definirlo con precisión. Una criptomoneda tanzana efectiva podría ser el objetivo aparente para el gobierno y el FMI, pero no es un problema para nosotros. Todos estamos de acuerdo en que esta manía para que cada país tenga su propia criptomoneda no es sostenible, sin embargo, es casi una moda pasajera. Todos lo quieren por diferentes razones, ya sea para evitar sanciones internacionales, ser capaces de atraer inversión extranjera, o simplemente controlar sus propias economías, pero introduce un nuevo caos. Incluso el Banco Mundial ha estado emitiendo advertencias en ese sentido. Tuve que decir que la participación del FMI ayudaría a mantener las cosas manejables. Y lo hará."

"Pero finalmente este proyecto, esta criptomoneda y otras similares, van a impedir nuestro trabajo", dijo la mujer de pelo oscuro. "No entiendo por qué de toda la tierra usted está aprovechando el poder del FMI para que esto suceda".

"Esto no nos impedirá si nos apegamos a nuestro plan. La moneda de Fiat va a morir. Esta es una fase de esa muerte—su agonía. Las monedas digitales regionales y nacionales son algo a corto plazo, y debemos usarla. Este proyecto servirá como banco de pruebas, un campo de pruebas para nuestras ideas y tecnologías. No podemos detener la manía; no hay forma de convencer a los gobiernos de que no lo utilicen en su beneficio, pero podemos usarlo trabajando con ellos. Si este experimento fracasa o prospera, el FMI podrá decir que hizo su parte. Para nuestros propósitos, los datos que recopilamos y lo que aprendemos sobre cómo pueden funcionar esos datos, cómo se pueden usar, son invaluables. Encontrará aplicación en el próximo proyecto. Espero que esta no sea nuestra última incursión en la creación de criptomonedas nacionales, y si esta falla, mejoraremos las cosas para el próximo intento".

"¿Y a qué nos lleva esto?", Preguntó el hombre de ojos verdes, "¿además de la atención del mundo, la notoriedad de tratar de hacer que las naciones endeudadas derrochen dinero y esfuerzo en esta tonta criptomoneda?"

Childer reprimió una sonrisa ante el comentario desdeñoso. Según sus fuentes, el viejo ya había ganado cientos de millones en el nuevo mundo financiero digital. No solo había puesto dinero en *Litecoin*, sino que había respaldado una oferta inicial de monedas, es decir una ICO, que lo convirtió en un gran paquete. Había sido una estafa y no valía nada ahora, pero había saltado a la cima. Quizás honestamente pensó que todo era una estafa. Con el tiempo, vería su error. "Lo que obtenemos de esto es principalmente datos y tecnología", dijo Mitch Childer. "La tecnología financiera es nueva. Antes de que se establezca, espere ver muchos grandes éxitos y fracasos. Con cada uno de los que estamos involucrados, estaremos más atrincherados, mejor posicionados para avanzar en nuestra agenda. Necesitamos tomar las riendas ahora, temprano, si vamos a utilizar una tecnología que es tan inevitable como Internet para lograr nuestros objetivos. Podemos ayudar a las personas, pero solo si tenemos las herramientas adecuadas".

La rubia sonrió. "Veo esa sonrisa. ¿Tienes algo que aportar? ", Le preguntó la mujer de cabello oscuro. Obviamente, ella vio a la mujer como lo hizo Childer y había decidido que un poco de respeto ahora podría ayudar mucho después.

Ella asintió. "Estaba pensando en una cita. '¡Nuestra Era de Ansiedad es, en gran parte, el resultado de intentar hacer los trabajos de hoy con las herramientas de ayer!' "

"Eso es perfecto", dijo Childer. "¿Quién dijo eso?"

"Marshall McLuhan".

"Viejo, pero increíblemente apropiado", dijo la mujer de pelo oscuro.

La rubia casi sonrió.

Childer no podía creer su suerte. Su pequeño comentario, su cita, hizo su punto perfectamente. "Convenido. Obtención y desarrollo de herramientas: ese es precisamente el punto. Con este proyecto, con las tácticas que hemos desarrollado para éste y futuros proyectos, tenemos la intención de garantizar que nosotros, y sólo nosotros, tengamos las herramientas del mañana y podamos hacer los trabajos de mañana ", dijo Childer.

"Te refieres a las tácticas que has desarrollado y nos has vendido", dijo el anciano. "La mitad del tiempo no sé de qué demonios estás hablando con *blockchains, ledgers* distribuidos, *nodos* maestros y prueba de participación, y todo eso".

"Lo que importa es que yo, y mi equipo, sepamos de lo que estamos hablando. Y esas tácticas, señor, están diseñadas específicamente para implementar su estrategia—la estrategia del grupo, que garantizará que cumplamos nuestra misión. Ayudaremos a la gente del mundo. Cuando controlemos la economía global, podremos protegerlos y garantizarles una vida decente".

La mujer de cabello oscuro golpeó sus manos sobre la mesa. "Entonces debe mantenernos informados de su progreso o de cualquier retroceso. Aparte de eso, parece que ya estamos comprometidos con este proyecto y todos entendemos la situación ahora. Parece que no queda nada por discutir".

"Excepto la cantidad de dinero que necesita para ejecutar este juego suyo", dijo el anciano.

"Podrían pagar mucho de sus fondos de sobornos", dijo, burlándose. "No es importante".

El viejo jadeó. "¿Cientos de millones de dólares no es importante?"

"Mantenga las cosas en perspectiva", dijo Childer. "En primer lugar, son sólo unos pocos millones de euros. Y estamos comenzando la fase económica final. Esto nos lleva rápidamente al final del juego". Hizo una pausa para lograr el efecto. "Con la economía global estimada en más de 70 billones de dólares, sí, yo diría que incluso unos pocos cientos de millones no son importantes... una pequeña inversión".

Había silencio alrededor de la mesa.

La mujer de cabello oscuro suspiró. "Bien entonces. Has empujado tu autoridad en este asunto más allá de los límites, pero me inclino a pensar que funcionará".

"Lo hará."

Ella le dirigió una fría mirada. "Por su bien más que el mío, eso espero. Ha sido un largo día. ¿Qué tiene que hacer una persona para tomar una copa en este lugar? "

La rubia sonrió. "He alertado a los sirvientes para que se preparen. ¿Por qué no nos reunimos en una habitación más cómoda donde pueden conseguir sus bebidas? Y la cena estará lista en una hora".

"Ahora me parece satisfactorio", dijo el anciano.

"Como ella señaló", dijo él, indicando a la mujer de cabello oscuro, "no todos estamos encantados con este negocio. Recae sobre su cabeza".

Childer sintió un escalofrío. Él estaba siendo amenazado o advertido. En este caso, estaba claro que esas dos cosas no eran muy diferentes. Su destino estaba ligado al éxito o fracaso del proyecto; le habían mostrado la zanahoria y el palo. "Por supuesto", dijo.

"Camina conmigo", dijo la mujer de pelo oscuro, viniendo a su lado y poniendo su brazo en el suyo. "Estoy tratando de decidir si eres perspicaz, casi profético en tu visión del futuro, o un aventurero increíblemente ingenuo".

"Me parece claro", dijo. "El futuro tiene un impulso que es fácil de ver".

"Como dije, increíblemente inteligente o estúpido, y es tan difícil notar la diferencia a veces. Pero todos llegaremos a descubrir cuánto es lo suficientemente pronto. ¿No será eso divertido?" Su repentina sonrisa casi conmocionó a Mitch Childer. Él nunca la había visto sonreír antes. Fue un presagio o portento. ¿Pero de qué?

Capítulo 12

La Búsqueda de la Felicidad

"Sostenemos que estas verdades son evidentes por sí mismas, que to-
dos los hombres son creados iguales, que están dotados por su Crea-
dor de ciertos derechos inalienables, que entre ellos están la Vida, la
Libertad y la búsqueda de la Felicidad. -Que para asegurar estos de-
rechos, los gobiernos se instituyen entre los hombres, derivando sus
justos poderes del consentimiento de los gobernados—, —que cada
vez que cualquier forma de gobierno se vuelve destructiva de estos
fines, es el derecho del pueblo a alterar o abolir y para instituir un
nuevo Gobierno, sentando su base en tales principios y organizando
sus poderes en tal forma, que les parezca más probable que afecten
su Seguridad y Felicidad".

La Declaración De Independencia
La Voluntad, La Voluntad Y Las Esperanzas De Las Personas

Zurich, Suiza a
Hotel Princess Mundo Imperial
Acapulco, México

Wyatt pensó que podría estallar de alegría—al menos suponía que era alegría. Fuera lo que fuese, lo tenía lleno
hasta el borde. Se sentía más vivo que en toda su vida.
Él estaba sobrecargado. Delirante. A pesar de los largos y arduos
vuelos, dos cosas hicieron su viaje, y por lo tanto su actitud, mágica. El primero fue el simple hecho de viajar en primera clase; descubrió que estaba disfrutando de cómodos salones VIP con comida
y bebida gratis, incluso duchas de agua caliente. Eso fue una ventaja además del espacio adicional y la comodidad de la sección de

primera clase en el avión. El otro factor, el más importante, era saber que se dirigía a algo completamente nuevo—una nueva vida, una nueva forma de vida. Nadie lo conocería allí, o estaría esperándolo. Ni siquiera sabía adónde iría hasta la última mañana en Zurich.

Mientras estaba sentado en las reuniones, su mente corría hacia donde iría, lo que haría una vez que esta tediosa mierda terminara. Con tantas opciones increíbles, lugares de los que sabía poco o nada para elegir, había decidido que iría al aeropuerto y tomaría el primer avión en dirección a una playa tropical. Si iba a tirar la precaución al viento, ¿por qué no dejar que su destino lo elija?

Antes de irse de Zurich, antes de decidir dónde comenzaría su búsqueda de su paraíso tropical, recibió un correo electrónico de Ellen. "Comienza tu nueva vida aquí", decía. "Contacta con tu gente y ve a dónde te lleva". Adjunto al correo electrónico había una reserva confirmada para la conferencia de *Anarchapulco*, dirigida por The Dollar Vigilante. Estaría comenzando en unos días. Él miró el sitio. "Hacer que la anarquía vuelva a ser grandiosa" fue la línea de venta. El programa incluyó varios días de conversaciones sobre gobierno, libertad y criptomoneda. También le había reservado una habitación en el hotel de la conferencia—La Princesa Mundo Imperial.

"Mocosa", le respondió. "Dándome un regalo que no puedo rechazar es sucio".

"Este me pareció un comienzo en la dirección correcta para ti, Wyatt. Suena como tu tipo de cosas. Así que ve y diviértete".

"No hay ninguna posibilidad en el infierno que no lo haga", dijo. "No puedo recordar haber recibido un regalo que me haya sorprendido o complacido más".

Ella rió. "Como lo recuerdo, parecía gustarte el campamento y el viaje de pesca en el que papá te contrató cuando entraron en áreas silvestres en Wyoming".

"Sí, pero yo tenía doce años entonces".

"Pensaste que era genial. Y yo estaba celosa".

"Lo disfruté. Y fue genial. Pero esto... mi pequeña hermana seguro me conoces bien".

"Sí. Tu mala suerte".

El momento parecía perfecto, casi como si lo hubieran planeado para él. Él ya podía sentir cómo cambiaba, este revuelo total que sacudía la tierra que había iniciado, lo estaba vigorizando. Seguir con la corriente le mostró un lado de sí mismo que nunca había explorado antes y estaba descubriendo que disfrutaba yendo en caída libre—¿quién hubiera pensado que eso estaba dentro de él? Había algo estimulante al no tener que estar en ninguna parte, sabiendo que nadie esperaba que estuviera en ningún lugar en particular en el planeta por ningún motivo. Eso hizo que fuera más fácil respirar. Él no estaba en ninguna parte y a la vez en todas partes.

Y qué viaje lo estuvo. Desde Zurich, había volado en Air Portugal a Miami, por Lisboa. Durante la larga escala en Miami, antes de abordar un vuelo de Aeroméxico a la Ciudad de México, se conectó en línea y estudió el programa, viendo los nombres de las personas que había seguido durante años, viendo sus videos y aprendiendo nuevas ideas.

Un empujón en la dirección correcta de Ellen. Maldita sea. Iba a ser un explorador de nuevas ideas y nuevos lugares. Dios, cómo exploraría.

Después de un breve vuelo en Aeroméxico hacia Acapulco, Wyatt bajó de un taxi y salió a la brillante luz del sol tropical—había llegado a un nuevo y salvaje mundo. Su chaqueta, pantalones y zapatos pesados, la ropa que se había puesto antes de irse al aeropuerto de Zurich, eran ridículamente inapropiados. A su alrededor había personas en pantalones cortos, camisetas sin mangas y camisetas. Esto, decidió, iba a ser bueno.

El hotel estaba abierto a los elementos y al vestíbulo en un corredor. Su habitación estaba en el séptimo piso del edificio más nuevo, la número tres. "Una vista al mar", había dicho, y de hecho, tenía un balcón que daba a una hermosa playa que estaba siendo golpeada por los rodillos del Pacífico. Las laderas estaban salpicadas de edificios, todos tratando de capturar esa vista.

Logró llegar justo a tiempo para la conferencia, que comenzó a la mañana siguiente. Se duchó, se cambió y bajó a cenar al Beach Club Restaurant. Entonces el agotamiento lo atrapó. Firmó el cheque y regresó a su habitación, colapsó en su cama y durmió hasta la mañana.

El desayuno en el restaurante Chula Vista junto a la piscina era un buffet de comida mexicana y americana, aunque también vio una bandeja de sushi. Luego se dirigió al salón principal donde se llevaban a cabo las charlas. Cogió su tarjeta de identificación de un escritorio y luego se dirigió al vestíbulo, saludando con la cabeza a la gente y preguntándose cómo demonios podría comenzar una conversación.

"¿Primera vez aquí?"

Se giró para ver a una mujer delgada de veintitantos años con cabello rubio cenizo que le caía hasta los hombros. Tenía ojos brillantes y vibrantes que chispeaban con curiosidad. Llevaba una camiseta roja que decía 'El socialismo apesta' y era lo suficientemente apretada como para mostrar que no usaba sujetador. Sus pantalones cortos daban una hermosa vista de piernas largas y bronceadas. "¿Mi novatada es tan obvia? ¿Algo así como Hayseed Billy Bob va a Nueva York?"

"No está tan mal, pero se nota", dijo sonriendo. "Pero incluso si estuviera adivinando... He estado aquí todos los años y la conferencia está creciendo tan rápido que la mayoría de la gente es nueva. Tenía buenas probabilidades de estar en lo correcto".

Él extendió una mano. "Wyatt Osgood", dijo.

"Rebecca", dijo ella. "¿De dónde eres?"

"Eso está por determinarse", dijo.

"Como algunos de los discursos", dijo. "El gobierno aparentemente impidió que algunos de los oradores vinieran a la conferencia. Los agarraron en el aeropuerto y los enviaron a casa. Por lo tanto, algunas de las conversaciones no serán las previstas".

"Es una pena. ¿De qué tienen miedo?"

Su risa era música. "De las cosas equivocadas, por supuesto. Y sobre todo, las personas equivocadas. Creen que tener a esta gente cantando al coro es una amenaza de algún tipo, pero eso se debe a que no entienden para nada".

"Entonces, ¿a quién deberían temer?"

Ella sonrió. "A mí, por mi parte", dijo rotundamente. "Y tal vez a ti, Wyatt Osgood".

"¿Yo?"

Ella se encogió de hombros. "Eso está por verse, pero lo califi-caría como bastante probable".

"¿Alguien te dijo que encuentro sexy a las mujeres enigmáti-cas, o siempre eres así?"

"Siempre. ¿Y por qué alguien me hablaría de ti?"

"¿Por qué los gobiernos se preocupan por los anarquistas que hablan entre sí?"

"Touché." Ella tocó su brazo y envió una chispa que corría a través de él. "Wyatt Osgood, creo que seremos amigos".

Esa idea fue atractiva. Muy atractiva. "¿De dónde eres?"

Ella sacudió la cabeza. "Por qué.... del mismo lugar de donde eres".

"Qué casualidad."

"De hecho", dijo ella.

El personal que estaba parado junto a las puertas las abrió y la gente comenzó a fluir hacia la sala de conferencias. "¿Debo?", Dijo.

"Deberíamos."

Rebecca se quedó con él, presentándolo a la gente, muchos de ellos oradores, todos interesantes.

A la hora del almuerzo regresaron al restaurante junto a la pis-cina. Mientras comían, notó a dos mujeres al lado de la piscina. Estaba a cierta distancia, pero pudo ver que una de ellas, una mu-jer asiática, sostenía una cámara de video. La otra, frente a la cá-mara, era una pequeña mujer negra en bikini. "¿No es esa Sindi?", Dijo, tratando de no señalar.

"¿Quién es Sindi?", Preguntó Rebecca.

"Una blogger de viajes en línea".

Rebecca negó con la cabeza. "No una que yo sepa. Pero este es un complejo de cinco estrellas... creo que es perfecto para un blo-guero de viajes. Normalmente no me quedo en lugares como éste".

Eso tiene sentido. "Supongo que tiene sentido. Sin embargo, hay un cierto elemento de coincidencia".

"¿Coincidencia?"

"El caso es que hizo un segmento en un lujoso hotel en Dar es Salaam justo antes de que la empresa para la que trabajo tomara un trabajo allí".

"¿Eso te parece irracional? ¿No es eso lo que hace?"

"Ahora ella está aquí. Es el momento en que hace que parezca una serie de circunstancias incómodamente coincidentes".

"¿Lo es?" Ella se acercó y le tocó la mano. "Podría ser otra cosa, ¿sabes?"

"¿Además de la verdadera coincidencia?"

"Aparte de eso. Quizás estás entrando en un nuevo río de posibilidades. Lo que estás sintiendo es el flujo del correcto funcionamiento de las cosas".

Él la miró. "¿Qué significa eso?"

"Sé lo suficientemente amable para dejarme ser enigmática. Lo conseguirás pero necesitas absorber más antes de que tenga sentido. Sólo quise decir que quizás tu conciencia está cambiando".

Él pensó que había algo de verdad en eso. "Eso te hizo sonar como algunos de los anarquistas de la nueva era".

"Oh, hay algo nuevo en mis ideas, Wyatt".

Se giró y observó a Sindi, seguro ahora que era ella. Sus movimientos, el cuerpo...

"Ella es linda", dijo Rebecca. "¿Ella está en tu lista de cosas por hacer?"

Él se atragantó con una risa que se abrió paso a la fuerza. "¿Mi lista de cosas por hacer?"

"La mayoría de la gente sabe de celebridades con las que fantasean sobre tener sexo. ¿Es ella una de las tuyas?

La idea de dormir con Sindi era más que atractiva, y se le había ocurrido a él, pero no era un deseo real. "Soy un fan de ella. Así que tal vez sería justo decir que ella es alguien en mi lista de fantasía, aunque nunca he pensado en ella de esa manera ", dijo. Eso, al menos, fue honesto. "No tengo ninguna expectativa de que sea más que eso, pero nunca negaría que me encanta ver a mujeres hermosas, o que rechazaría a alguien como Sindi si mostrara un destello de interés en mí".

"Me gusta que no niegues sentirte atraído por ella", dijo Rebecca. "La honestidad es buena".

La idea pareció divertirla más que molestarla y eso lo complació. Parecía que le gustaba sin sentir la necesidad de competir con otras mujeres. De repente, se le ocurrió que una de las cosas que lo atraía a esta mujer era su feliz confianza en sí misma. Incluso sin saber cómo se sentía por él, aparte de que parecía disfrutar de su compañía, le pareció inusual que no se sintiera desacreditada cuando su atención se dirigió a otra mujer. Eso fue refrescante y atractivo. "Cuéntame de ti. ¿Vienes todos los años? ¿Qué haces?"

Ella rió de nuevo como si su ingenuidad e interés la deleitaran. "Soy una inversionista de criptos y una bitpat rampante".

"¿Un bitpat?"

Ella se rió entre dientes. "Sí."

"¿Es algo así como una expatriada?"

"Más o menos; en términos generales, lo es.Sabes acerca de los nómadas digitales, ¿verdad?

"¿Las personas que viajan para ganarse la vida en línea?"

Ella asintió. "Más o menos. Entonces, piensan en nosotros de esta manera—los bitpats son un grupo de nómadas digitales, un subconjunto, que trabajan juntos. Es casi tan incongruente como esta conferencia ya que ninguno de nosotros se une realmente. Somos en su mayoría tipos independientes que se unen para proyectos específicos".

"¿Proyectos?"

"Proyectos de pasión o para ganar dinero. Cosas de alto nivel en las que creemos que podemos marcar la diferencia".

"Entonces, ¿trabajas para los gobiernos?"

Ella miró hacia otro lado. "Apenas. Eso es lo que tú haces."

"¿Cómo....?"

"Leí tu artículo. Entonces te busqué. Así que cuando te vi aquí, mi curiosidad fue, digamos, multilínea, multifacética".

"¿Mi artículo?"

"Eres un programador y uno perspicaz. ¿Cómo encajas aquí con estos anarquistas, Wyatt Osgood?

Wyatt miró a la pareja en la mesa contigua. Ellos eran jóvenes. Él tenía una barba incipiente, una cabeza rapada, y llevaba una camiseta sin mangas verde oliva y pantalones cortos. Ella era demasiado delgada, tenía el pelo verde y muchos piercings, lo que le hizo preguntarse dónde más podría tenerlos. Ambos estaban tatuados y chupando porros, vaporizando. Captó un olor a cannabis mezclado con algo afrutado. Una gordita vestida de negro que caminaba junto a la mesa colgaba un cigarrillo encendido de sus dedos. Obviamente, si había reglas contra fumar en el complejo, el personal con exceso de trabajo parecía haber renunciado a cualquier idea de hacerla cumplir.

En otra mesa, un hombre mayor en una corbata de moño estaba sentado con una mujer rubia, ambos luciendo elegantemente fuera de lugar en un bar junto a la piscina.

Wyatt miró los límpidos ojos azules de Rebecca y suspiró. "Creo que encajo de la misma manera que todos los que nos rodean—al no encajar en absoluto".

El comentario obtuvo una risa profunda. "Muy bien. ¿Y qué ganas al venir aquí?"

"Perspectiva". Cruzó las manos, esperando. Sin preguntar, estaba buscando detalles, y de repente quería compartir. Entonces él le contó acerca de su decisión en Virginia, de cómo su universo estaba cambiando. Él habló sobre su trato con Hoenig y el regalo de Ellen. "No tengo idea de a dónde me lleva", dijo, "pero todo se siente bien".

"Eso es simplemente encantador", dijo. "Puede ser inquietante, pero todos debemos cambiar nuestros mundos de vez en cuando".

"¿Deberíamos?"

"Es realmente la única forma de obtener algo de claridad".

"Buena palabra, claridad".

"Es una forma tangible de ser objetivista, verificar realmente tus premisas".

"Ayn Rand", dijo.

"Correcto."

"Aunque al observar a la gente en esta conferencia, lo único que queda claro es que hay tantas facciones diferentes; la gente se mueve en todas direcciones a la vez".

"Es cierto, pero están dispuestos a moverse en otras direcciones, algunos de ellos. La búsqueda de la verdad puede parecer caótica a veces. ¿Es verdad lo que quieres?"

"Esa es una pregunta justa", dijo. "Creo que sí."

Se inclinó hacia adelante, apoyando los codos sobre la mesa. No pudo resistirse a mirar sus pechos. "¿Y qué más estás interesado en descubrir?"

Tragó saliva, dudando antes de decidirse a salir con eso. "Estoy interesado en saber si te gustaría tener sexo conmigo".

Ella sonrió. "Directo.... Me gusta ese enfoque y admito que estoy interesada. Si realmente me gustaría tener sexo contigo es una pregunta más bien empírica, ¿no crees?"

"Supongo que es así".

"Y, dado que no habrá mucho de especial en las charlas de la tarde, ¿por qué no vamos a tu habitación y vemos si podemos determinar la respuesta a esa pregunta apremiante?"

"Sí", dijo, llamando a la camarera.

Mientras pagaba la factura, vio a Rebecca mirándolo y comenzó a darse cuenta de que la pregunta tenía algunas dimensiones muy apremiantes.

Capítulo 13

Considerando las Alianzas

"Cuando era joven, pensé que el dinero era lo más importante en la vida; ahora que soy viejo, sé que lo es".
—Oscar Wilde
Poeta y dramaturgo irlandés

Hotel Golden Tulip Dar Es Salaam City Center
City Plaza, Jamhuri Street
Dar es Salaam, Tanzania

Peggy tomó un vuelo suizo de *Swiss International Air Lines* de Zurich a Nairobi, realizó una escala de una hora en la sala VIP del aeropuerto y luego se fue a Dar es Salaam. El viaje total fue de alrededor de doce horas, y la dejó agotada y desorientada. Afortunadamente, el gobierno tanzano tenía todo arreglado para su objetivo. Un hombre sonriente con un traje negro sostenía un letrero con su nombre mientras salía del equipaje. Tomó sus maletas y las llevó a una limusina que la trasladó al Hotel *Golden Tulip* en el centro de Dar es Salaam.

Ella sonrió, recordando cómo la gente comparó el auge de Bitcoin con la manía de los tulipanes que se extendió por Europa en el siglo XVII. Había cierta ironía involuntaria en la elección de los hoteles. Al menos esperaba que fuera involuntario. Dentro, el personal la estaba esperando.

"Bienvenida a Dar es Salaam", dijo un hombre sonriente con la piel más oscura que había visto nunca mientras le entregaba las llaves. Un sonriente joven con uniforme tomó sus maletas y la llevó a su habitación.

Si todos eran como estas dos primeras personas, a Peggy le preocupaba que ella tuviera que sonreír hasta la muerte. Esta ciudad parecía ser exactamente lo contrario de Nueva York. Sonríen en lugar de fruncir el ceño. Gentileza en lugar de groserías. Hasta ahora, al menos.

El hotel en sí era un lugar exclusivo. Parte de una cadena y obviamente dirigida a gente de negocios. Andwele le había dicho que la pondrían convenientemente cerca de la oficina donde estaría trabajando—con él y Rashmi, y un puñado de codificadores que trabajaban para él.

Cuando el botones se fue, ella miró a su alrededor. Al principio, la sencillez del *Golden Tulip* la decepcionó. Después del *Dolder Grand*, fue una decepción, pero esa fue una comparación injusta. El lugar estaba limpio y atractivo, y tenía todo lo que realmente necesitaba. La elegancia no importaba mucho ahora. Ella no pasaría mucho tiempo allí de todos modos. Tenía trabajo que hacer, un trabajo que la entusiasmaba—tenía la oportunidad de cambiar su propio mundo para mejor. Teniendo en cuenta todo eso, sabiendo que era un refugio temporal hasta que ella se librara, estaba bien. Más que bien.

Y era agradable, tal y como ese tipo de lugares. Ella tenía una vista de la ciudad desde un balcón encantador. Su habitación tenía todas las comodidades modernas, incluido un bar con fregadero. Andwele incluso hizo que la administración le dejara una botella de coñac. Fue un gesto agradable y acogedor. Ciertamente mejor que las flores, y bebió un trago del licor suave mientras desempacaba sus bolsas.

Ella puso todo sobre la cama... toda su ropa, sus cosas, antes de guardarlas. Ella había traído toda su ropa de negocios y algunos vestidos bonitos para ocasiones elegantes. No podría saber cuánta pompa y ceremonia encontraría trabajando en un ente gubernamental—tal vez ninguna.

Ella la miró y suspiró. Todo lo que poseía, más allá de algunos muebles en su departamento en Virginia, estaba en esa cama tamaño king. No era mucho. Su vida de vagabunda no se había prestado para acumular mucho. Compró computadoras y software, pero esas cosas eran sustituibles. Una vez que esto estuviera completo, una vez que el dinero fluyera en las cuentas que había establecido cuidadosamente a través de las sociedades inactivas que había adquirido en el mercado negro de la *Dark Web,* se daría un capricho para sí misma... con ropa bonita, centros turísticos lujosos, sexo ardiente... lo que quisiera. Así que el hotel, su ropa, toda su existencia actual, lo haría por ahora.

Y, con un centro de negocios bien equipado, piscina y gimnasio, el hotel no carecía de nada importante. En verdad, el *Dolder Grand* en Zurich solo tenía un servicio que realmente extrañaba—a cierto camarero. El recuerdo de las noches con Franz envió un agradable escalofrío recorriéndola. Los encuentros con él habían sido sexo puro. Él no le dijo casi nada y ella no preguntó por nada de él. Él podría estar casado o ser un criminal buscado. Todo lo que importaba era que la había desnudado y la había devorado. Lo que la hizo estremecerse fue su cuerpo fuerte y masculino y que había sido un bárbaro entre las sábanas. Había tenido relaciones antes, pero nunca tan intensas, tan puramente físicas, y nunca con un hombre que tomó el control de ella e hiciera bailar su cuerpo. Cada noche que vino con ella, se quedaba toda la noche, despertándola en repetidas ocasiones para follarla de nuevo. Por la mañana, cuando se levantaba sin decir palabra y se vestía para regresar al lugar del que había salido, la dejaba débil y satisfecha.

No tenía ninguna duda de que los huéspedes femeninos de cama era algo habitual para él. A ella no le importaba nada. Ella lo había querido así y él la había follado mejor que nadie. Y cuando regresó al hotel lo encontró tan pronto, casi parecía como si hubiera estado esperando que ella llegara. Había tomado tan sutilmente la nota con el número de su habitación, y se sintió malvada al hacerlo justo debajo de la nariz cristiana y virtuosa de Claude. El maldito mojigato.

Esa noche en Zurich, justo después de la cena, ella había ido a su habitación. Franz apareció momentos después, para desnudarla, extenderla sobre esa enorme cama, y la folló. Nadie la había hecho acabar tantas veces, era difícil. Él fue increíble. Ella se permitió fantasear. Quizás, cuando ella fuera rica...

Pero ahora ella estaba aquí. Tenía que olvidarlo y hacer el trabajo. Si lo hacía bien, podría encontrar muchos hombres como

Franz. Se sentirían atraídos por ella, estarían a su entera disposición. La sola idea la hizo estremecer.

Ella volvió su mente al proyecto. Estar a cargo de un proyecto tan importante era una experiencia embriagadora y ella alternó entre estar emocionada y nerviosa. El alcance del proyecto fue desalentador. Nadie había creado un sistema como el que estaba a punto de implementar. La oportunidad de mejorar el destino económico de un país entero estaba en sus manos.

Si quedaba bien, nadie sabría sobre algunas de sus mejores partes. Ese fue un pensamiento agridulce. Otra forma de verlo era que las mejores partes, las piezas más complicadas, las innovaciones más inteligentes serían solo para su beneficio.

Pero tenía que funcionar. Desde su perspectiva, ella tendría que superar un par de obstáculos. Uno de ellos era la insistencia de Childer en que ella implementara el nuevo sistema, cumpliera con la fecha límite, y de alguna manera lograra evitar que los nerds residentes, así como Wyatt, alteraran todas las cosas que ella hiciera, especialmente las 'características' que le solicitaban. Estar a cargo ayudó. Ella podría decirle a los codificadores que se ocupasen de sus propios asuntos y trabajen en módulos. Demonios, eran empleados del gobierno y harían lo que se les dijera—poco a poco, tal vez de forma incompetente, pero ella podría lidiar con eso.

Rashmi Patel era un peligro mayor. Era el trabajo de Rashmi comprender el sistema y luego asegurarse de que hiciera lo que le dijeran que debía hacer. Era el trabajo de Peggy asegurarse de que Rashmi hiciera algunas cosas sin que se enterara. En cierto sentido, eso funcionaba a su favor. Mientras ella estaba escondiendo cosas, no sería gran trabajo esconder las funciones adicionales que incluso el jodido Childer no sabría. Sus propias adiciones fueron la razón por la que había aceptado el trabajo. Ella había visto que el futuro estaba en los sistemas financieros. Ella cortejó a Hoenig, haciéndole creer que era él quien estaba detrás de ella, porque era más fácil hackear desde adentro que desde fuera. Ella presionó para obtener este proyecto y fue una apuesta. El fracaso significaría que tendría problemas para encontrar trabajo de nuevo. Por lo tanto, hacerlo por un salario habría sido un comienzo inesperado.

No, si ella iba a apostar su carrera, quería más que una recompensa de lo que él había puesto sobre la mesa.

"Algunos lo llaman avaricia; yo lo llamo una garantía de satisfacción en el trabajo ", le dijo a la mujer atractiva y medio desnuda en el espejo de su dormitorio. "La satisfacción es importante", dijo ella, luego miró alrededor de la habitación. Tenía un recuerdo táctil momentáneo de Franz que entraba en su habitación, le subía el vestido, bajaba sus bragas y se obligaba a entrar. Maldita sea, pero eso fue rico.

Ella suspiró y volvió a enfocarse. Hacer el trabajo significaría conseguir algunos aliados. Peggy se llevaba bien con los codificadores y encontraría algunos entre los lugareños de los que podría ganarse la lealtad. Algunos expresarían una vaga esperanza de que ella estaría impresionada con ellos y les ofrecería un trabajo en los Estados Unidos o una mamada. Estadísticamente, las probabilidades eran que el 90 por ciento serían jóvenes, después de todo. Ella les permitiría tener sus esperanzas en cualquiera de los casos si eso la ayudara a la causa.

Eso le permitiría ocultar el negocio divertido y aún hacer el trabajo, pero ella necesitaba un aliado que le avisara. Necesitaba ayuda para darle a Rashmi información engañosa y, lo que es más importante, alguien que supiera, que la alertara si olía la rata.Su mejor apuesta allí era Andwele Kassain. Él podría estar comprometido, pero él era un hombre. Y era ambicioso. Si tenía suerte, tenía una voluntad débil y una racha de codicia. Eso lo haría perfecto para sus necesidades.

Con parte del día para matar y trabajar al día siguiente, ella aprovechó el momento. Levantó su teléfono y lo llamó. "Peggy", dijo. Parecía complacido de que ella hubiera llamado. "¿Te estás acomodando bien?"

"Muy bien. Me preguntaba si llegaré a la oficina mañana..."

"Un auto te recogerá a las nueve. El conductor estará en el lobby esperando ". "Excelente. Me preguntaba..."

"¿Qué?"

"Me siento un poco desorientada y, bueno... estoy sola. No soy una viajera experimentada y estoy abrumada. Me preguntaba si sería posible que cenáramos juntos esta noche. Nos daría la oportunidad de conocernos mejor. Realmente necesitamos comenzar a fondo si vamos a hacer nuestros hitos y eso es más fácil si desarrollamos una relación".

"Estaría encantado", dijo. "Desafortunadamente, Rashmi no se siente bien".

"Pobrecita", dijo Peggy, sintiéndose como si estuviera en racha. "Entiendo si necesitas estar con ella".

Él rió. "Lo último que quiere esa mujer es que la mire cuando se siente mal. Todas mis sugerencias bien intencionadas la vuelven loca. Ella es muy independiente. Casi como una mujer estadounidense".

"¿Y eso te molesta?"

"No", dijo. Ella podía escuchar su respiración. Ella sabía que él se estaba forzando a sí mismo a estar tranquilo.

"De ningún modo."

Él ya estaba emocionado. Ella se lamió los labios. "Entonces, ¿puedes venir al hotel?"

"¿Quieres comer allí?"

"Estamos en tu territorio, Andwele. Tú elige un lugar".

Nuevamente lo escuchó inhalar. "Entonces estaré allí en, digamos, ¿una hora?"

"Hazlo en dos", dijo. Darle tiempo para anticipar la cena lo pondría más nervioso. Él estaba respondiendo amablemente. Ella comenzó a sentir que las cosas iban a avanzar sin problemas.

Capítulo 14

Un Nuevo Destino

"Cuantas más personas tienes que pedir permiso, más peligroso se vuelve un proyecto".
—Alain de Botton
La arquitectura de la felicidad

Hotel Princess Mundo Imperial
Acapulco, México

Con la brillante luz de la mañana del sur de México entrando por las puertas de vidrio que conducían hacia su balcón, Wyatt se despertó solo. Una nota estaba reposando en la mesita de noche. "Nos vemos en el desayuno", dijo. "Envíame un mensaje de texto antes de ir abajo".

Él sonrió, recordando la noche que pasó con Rebecca. Hicieron clic de la mejor manera posible. La encontró una mujer increíblemente sensual y emocionante. Lo estimulaba sexualy mentalmente.

Mientras se duchaba y se vestía, pensó en su vida anterior. Era casi divertido pensar en eso—parecía haber sucedido hace décadas, y debe haber sido una persona completamente distinta. No parecía posible que alguna vez pensara que la pasión tibia que había compartido con Janet era significativa. El sexo con ella había sido divertido y una liberación, no amor, y ciertamente nunca alcanzó las alturas que había experimentado con Rebecca en sus brazos.

La pregunta es si este era un momento pasajero de su vida, un despertar salvaje o el comienzo de algo. Él no sabía. Dudaba que ella lo hiciera tampoco y se negó a esperar demasiado, a pensar demasiado lejos. Estaba empezando a vivir en el aquí y ahora y preocuparse por lo que podría pasar lo arruinaría a ambos.

Demonios, ni siquiera sabía a dónde iría cuando terminara la conferencia. Él rió. Eso sería en una semana. Toda una vida. Él quería celebrar el ahora. Después de enviarle un mensaje rápido para que lo viera en el Chula Vista, sirvió un vaso alto de Jack Daniels y se dirigió al ascensor pensando en el desayuno buffet.

Pidió una mesa para dos. "¿Café?" preguntó el camarero mientras lo sentaba en una mesa al borde del restaurante. Pájaros negros con llamativos ojos amarillos, pájaros que parecían pequeños cuervos, bailaban en los paraguas, hacían locas carreras para robar pan de los platos.

"¿Le gustaría un jugo de naranja o un jugo verde?"

Levantó su vaso. "Bourbon antes del desayuno me sienta bien", dijo.

Una risa desde la mesa de al lado lo hizo volverse para ver a un hombre con un traje azul y una corbata de moño meneando la cabeza. "¿Puedo ayudarte de alguna manera? ¿Encuentras mi bebida por la mañana divertida?"

"No como tal", dijo el hombre.

"Estamos en una conferencia anarquista, después de todo..."

"Oh, sí, es divertido, pero en el buen sentido, pensé que la forma en que lo dijiste, haciendo la declaración al camarero, era para mi beneficio".

Wyatt se rió. "¿Tu beneficio? ¿Cómo es eso? Yo soy el que bebe".

"Buenos días, Wyatt", dijo Rebecca, llegando a la mesa. Llevaba un ligero vestido de verano que acentuaba su figura. "Veo que has conocido a Jeffrey".

"¿Jeffrey?" Le sorprendió que conociera a este hombre.

"Buenos días, Rebecca", dijo. "Sí, mi nombre es Jeffrey. Soy Jeffrey A. Tucker ", dijo el hombre.

El nombre sonaba familiar. "¿Y?"

"Y no estaba juzgando tu consumo de alcohol. Pero cuando te oí decir que preferías el bourbon antes del desayuno, supuse que sabías quién era yo."

"No lo entiendo".

"Ese es el título de un libro que escribí hace casi una década".

Vino a él entonces. Incluso recordó el libro. "¿No acabas de escribir algo sobre la debacle cripto venezolana? Lo vi en línea, usted destrozó el Petro. Eso fue genial."

Él sonrió y asintió. "Me alegro que lo hayas disfrutado."

"Dios mío, qué idiotas habrán planeado esa mierda." Wyatt tendió una mano. "Tengo el placer de conocerte; mi nombre es Wyatt Osgood".

Ellos se estrecharon. "En ese caso, espero verte en mi charla de hoy. Es bueno tener admiradores en la audiencia".

"Estaremos allí", dijo Rebecca.

Jeffrey Tucker estaba parado. "Ahora te dejaré con tu bourbon y te ofreceré mis felicitaciones por tu capacidad de vivir fuera del *statist quo*. Continua así.".

"Lo intentaré", dijo Wyatt, pensando que 'vivir fuera del *statist quo*' tenía un sonido encantador.

"Cuando volvamos a la conferencia, te presentaré a Jeff Berwick", dijo. "Quiero que ustedes dos se encuentren".

"¿Conoces a todos aquí?"

Ella le hizo un guiño cómplice. "Conozco los que importan". Gente como tú." De nuevo, la idea de que ella lo considerara especial inquietó a Wyatt. No era que no se sintiera halagado, pero la sensación de que ella había sabido quién era antes de llegar lo hizo temblar. De acuerdo, ella leyó su artículo, pero una vez que se conectó con él, casi parecía que había ido allí para encontrarse con él.

Eso era absurdo, por supuesto.

"¿A dónde vas después de aquí?", Le preguntó a ella, permaneciendo muy quieto mientras pensaba.

"Aquí y allá", dijo. "Tengo que hacer un trabajo de limpieza en un par de programas. Un contrato inteligente que no parece estar a la altura de su reputación y es bastante estúpido; Me han pedido echar un vistazo. ¿Qué hay de ti?"

"A una playa", dijo él.

"Bueno, eso reduce las cosas mucho".

"La verdad es que aún no lo he decidido". "

Ya veo."

"¿Alguna idea o recomendación que te interese hacer?"

Ella se lamió los labios. "Normalmente no me gusta hacer recomendaciones. Los gustos de las personas varían demasiado".

"Estoy buscando un lugar tranquilo, la mayoría de las veces, donde pueda vivir de forma sencilla y hacer mi trabajo".

Ella hizo una mueca. "¿Por este trabajo del gobierno?"

"Lo prometí. Es como me libero".

"Si tú lo dices"

"Lo Hago."

"Y sé que lo crees. Bueno, en mi experiencia, uno de esos lugares que no está tan lejos está en Yucatán. Progreso es un pueblo costero no muy lejos de la ciudad de Mérida. Si necesitas algo, es útil tener una ciudad cerca. ¿Y quién sabe? Tal vez el encanto de la playa se desvanecerá".

"Eso es puro sacrilegio, Rebecca".

"No es que la playa envejezca demasiado, pero piensa en los cruceros y aves canadienses. Pueden intervenir de manera regular. De todos modos, si la idea te atrae, incluso puedo sugerirte que hables con Charlie y Maya. Poseen el Milk Bar y tienen dos apartamentos en el piso de arriba que son aceptables y tienen la mejor vista de la playa en el malecón—esa es la playa principal".

"¿De Verdad?"

"Ciertamente disfruté mi tiempo allí".

"Eso suena ideal. Cómo puedo...."

"Los llamaré y veré lo que tienen. Está llegando la temporada baja, por lo que podrían tener algo".

Eso sería genial". Sentimientos encontrados lo inundaron. Obviamente, se irían por caminos separados después de la conferencia y esa era una píldora un poco amarga. Aquí y ahora, se recordó a sí mismo. Disfrutar el tiempo juntos.

"Incluso podría pasar un día y ver cómo te va", dijo. "Suponiendo que quieras compañía".

El corazón de Wyatt saltó. "Eso sería estupendo."

Miró hacia la piscina, hacia donde varias mujeres jugaban con un grupo de niños ruidosos que parecían encontrar en la piscina el país de las maravillas. "Todo depende de mi carga de trabajo, por supuesto. He dado mi palabra a algunas personas, así que no puedo hacer promesas... No haré nada que no pueda cumplir. Muy a menudo mi tiempo no es mío".

"Entiendo".

Ella tocó su brazo otra vez. "No, no lo haces; no hay forma de que puedas, todavía no"

"¿Todavía?"

"Estás haciendo un gran esfuerzo para resolverlo todo y creo que lo harás. Así obtienes puntos". Saludó con la mano para llamar la atención del camarero. "Ahora necesito café y desayuno antes de ir a escuchar la charla de Jeffrey". Sacó un programa y lo revisó. "Parece, sin embargo, que las charlas posteriores a las suyas no me interesan demasiado. A menos que haya una que realmente necesites escuchar, tal vez podríamos encontrar la forma de entretenernos tiempo después de su charla".

Wyatt encontró su boca seca. "Creo que sería genial", dijo, odiando lo trivial que la palabra "genial" hizo sonar sus sentimientos.

Ella se levantó. "Entonces vamos a ver si tienen algunas buenas tortillas de desayuno en el buffet".

Wyatt se levantó, sintiéndose hambriento de repente. Después de todo, si las cosas iban bien, iba a necesitar su fuerza. Mientras se dirigía hacia el buffet, echó un vistazo a los exuberantes jardines del hotel y se preguntó si Sindi todavía estaba haciendo videos. Tendría que acordarse de mirar el de este hotel. Sería extraño ver uno que se hizo mientras estaba allí.

Hubo una extraña rareza en esta conferencia, en conocer a Rebecca, ver a Sindi... a todo lo que le estaba pasando a él. Extraño y maravilloso.

Mientras miraba a Rebecca levantar la tapa de acero inoxidable sobre el arroz y ponerla en su plato, su mirada trazó las líneas de su cuerpo, pensando cuán notable era conocer a alguien que parecía tan congruente, cuyo cuerpo y mente estaban en tan hermosa armonía. Y, sin embargo, estaba seguro de que este delicioso paquete contenía secretos. Ella había aludido a ellos. Esperaba tener la oportunidad de descubrir cuáles eran.

Capítulo 15

Interpol y Política

"Quienes pueden renunciar a la libertad esencial para obtener un poco de seguridad temporal no merecen ni libertad ni seguridad".
—Benjamin Franklin
Memorias de la vida y escritos de Benjamin Franklin

La oficina de Haki Dola
Ministerio de Finanzas
Dar es Salaam, Tanzania

Mitch Childer se sentó en una silla de cuero costosa, nueva, elegante, pero increíblemente incómoda, y cruzó las manos sobre su regazo. Luego sonrió al viceministro de Finanzas, Haki Dola, quien se sentó detrás de su escritorio antes de girar la cabeza, solo la mínima cantidad, para reconocer la presencia de Andwele Kassain.

"Señor. Childer, es realmente excelente verlo de nuevo... tan pronto. Se ve bien".

Childer asintió. "Y usted, Viceministro. Me gustaría agradecerle por aceptar esta reunión".

"Y esta encantadora dama es..."

"Ella es el objetivo de la reunión. Pedí esta reunión para presentarte a Osk Barstad," dijo, indicando a la mujer grande, rubia y pálida que estaba sentada a su lado. "Ella está en el grupo de fraudes informáticos de la Interpol—dirige esa división". Tenía unos treinta y un años, era una mujer profesional con una actitud firme y tranquila y una sonrisa dispuesta. Childer sabía que el exterior escondía un interior agresivo y duro. La mujer tenía nervios de acero.

El viceministro Dola logró sonreír. "¿Y a qué le debemos el placer de su visita, señorita Barstad?", Preguntó.

"Estoy aquí para examinar las ramificaciones de su nuevo proyecto de transacción financiera. Su proyecto ha atraído nuestra atención. Debido a que está recurriendo a transacciones distribuidas, criptomonedas, y debido a que sus bancos están vinculados a bancos internacionales, estamos muy interesados en seguir lo que está haciendo. Estás exponiendo la banca internacional a alguna tecnología nueva, posiblemente disruptiva, y estoy aquí para revisarla".

La cara de Haki Dola se puso tensa. "Es un asunto soberano".

Osk negó con la cabeza. "La Red de Banca Sostenible (SBN) estaría en desacuerdo con esa evaluación. Y la Red Internacional de Investigación Bancaria ya está pidiendo información también. Además, varios de los bancos involucrados son sucursales de bancos internacionales con sede en los países de la Unión Europea (UE) y sujetos a las regulaciones de la UE. Como cuestión de conveniencia, han acordado permitir que mi grupo controle la situación. Por supuesto, si desea desconectar sus bancos de la comunidad internacional, aislarlos, entonces sería totalmente un asunto soberano. Es perfectamente libre de decirles a todos que se vayan al infierno".

"No, eso no es lo que quise decir en absoluto", dijo Dola.

Childer sacó una mano tranquilizadora. "No hay necesidad de entrar en pánico". En cualquier caso, espero que acepte las aportaciones y el interés de la Interpol, viceministro ", señaló Childer. "El FMI está apoyando este proyecto para garantizar que cumpla con las estrategias que fomentarán los mercados financieros mundiales. La Srta. Barstad desea ver que sus enfoques no se puedan comprometer fácilmente, que haya salvaguardas en su lugar".

"¿Nuestros enfoques?" Childer sonrió, viendo que los pelos del hombre se levantaban. "Gran parte del diseño del sistema, su propia inspiración, viene directamente de usted en el FMI y los contratistas que ha recomendado".

"Si bien eso es totalmente cierto, no subestime la necesidad de hacer todo lo posible para demostrar nuestra apertura sobre lo que estamos haciendo. La supervisión de la Interpol verá que todos obtengamos lo que queremos. Piensan en el factor de seguro".

"No entiendo", dijo Dola. "

"Si abre sus registros a la Srta. Barstad, déjela ver el funcionamiento interno, hable con los bancos y otras partes involucradas, entonces, si algo saliera mal, nadie podría culparlo a usted ni a su gobierno. Habrá hecho todo lo posible para utilizar las auditorías internas y externas, combinando los esfuerzos de la Srta. Patel, el FMI y la Interpol, para garantizar que todo sea transparente".

De repente, Mitch Childer vio la caída en los hombros de Dola que le dijo que había entendido su punto. Había estado seguro de que Dola estaba trabajando en una estafa con la ayuda de amigos en los mercados financieros. Negar el acceso a Barstad equivaldría a admitir que estaba tramando algún plan para beneficiarse directamente del nuevo sistema. Ahora se le estaba quitando la oportunidad. "Supongo que es todo lo correcto", dijo. "Es solo que da la impresión de que estamos siendo controlados por agencias extranjeras".

"Lo está," dijo Osk felizmente. "El precio de jugar en las finanzas internacionales, de pedir dinero prestado al Banco Mundial, de dejar que el FMI lo ayude, es que se conviertan en partes interesadas en su país. Así es como es."

 Es política", agregó Childer.

Andwele tosió. "El verdadero problema que veo..."

Todos se volvieron hacia él y vaciló. "Continúe", dijo Childer. Esto fue bueno. Podrían intimidar a Dola, pero él quería que Andwele estuviera a bordo voluntariamente. "Agregar otra capa al proyecto ralentizará el progreso. Nos ha dado plazos bastante ambiciosos para cumplir ya." Miró a Dola. "El requisito de usar solo un programador externo para ejecutar el proyecto ha gravado nuestros recursos". Sacudió la cabeza. "Las cosas parecen estar constantemente agregadas al trabajo".

"¿Qué tipo de cosas se están agregando?", Preguntó Osk. "Tenía la impresión de que todo estaba claramente especificado desde el principio. Añadiendo nuevas funciones... "

Andwele Kassain se frotó la nariz. "No me refiero a nuevas funciones, Srta. Barstad. Estoy hablando de cosas que hemos encontrado que son necesarias para que el sistema haga lo que prometimos que hará. La funcionalidad es más completa de lo que inicialmente entendimos y nuestra infraestructura, menor".

"¿Cómo puede ser eso?", Preguntó ella.

"Hasta que comenzamos a trabajar, no sabíamos que los bancos no habían integrado completamente algunos aspectos del sistema financiero. Se estaban ejecutando casi como esfuerzos separados. Por ejemplo, nuestro sistema usa contratos inteligentes para custodiar varias transacciones, eliminando el tiempo y los gastos, y el potencial de error o corrupción que proviene de la interacción humana. Pero descubrimos que el sistema de calificación crediticia era algo que los bancos locales habían estado haciendo con una base de datos totalmente separada—un departamento completamente separado, con su propio sistema informático, evalúa los factores de riesgo de crédito y luego genera un puntaje crediticio simple. Pasan el puntaje, pero los datos se guardan en sus computadoras. Para nuestros propósitos, la calificación crediticia debe ser una parte integral del sistema distribuido, por lo que los contratos se ejecutarán de forma segura sin la posibilidad de que alguien altere una calificación o cualquier otro factor. Eso ha significado construir nuevas bases de datos con todos los datos personales del prestatario y el prestamista en nuestro sistema. No habíamos contado con la necesidad de ese esfuerzo".

"Obviamente es una gran tarea", dijo Osk. "Pero su breve explicación es exactamente el tipo de cosa que estoy evaluando. No tengo intención de profundizar en los detalles de cómo lo hacen, pero saber que están haciendo eso para preservar la integridad del sistema nos resulta útil en Interpol. No acosaré a sus técnicos".

Childer vio el alivio en la cara de Andwele y decidió que él no estaba ocultando nada. No tuvo problemas con la transparencia. "Ya ve, todos podemos trabajar juntos".

"¿Pero cómo aprenderá estas cosas sin pasar por alto el código o sin que los programadores le expliquen todo?", Preguntó Andwele.

Osk miró a Dola. "Él piensa como una persona de tecnología financiera", dijo, y luego se volvió hacia Andwele, "Y así es como deberías pensar. Lo que no se ve, y estoy segura de que el Sr. Dola lo hace, es que estoy más interesada en la teoría de la operación y las contribuciones de las diversas instituciones financieras. Entonces, con el permiso del Vice Ministro Dola, exigiré a los banqueros que expliquen cómo interactúan con el sistema, la naturaleza de la información a la que brindan acceso... En este caso, si entiendo correctamente, parece que una vez que este sistema esté funcionando, los bancos no necesitarán bases de datos individuales para los clientes. ¿Es eso correcto?"

Andwele asintió. "Exactamente. El sistema ejecutará los puntajes de crédito futuros y el banco simplemente preguntará en función del número de identificación de la persona y aprenderá que podrían prestarles una cierta cantidad y un cierto nivel de riesgo — lo convierten en una tasa de interés".

"Entonces los bancos ya no necesitarán toda esta información y el sistema garantizará la privacidad. Eso, a su vez, protege el sistema internacional ", dijo Osk.

A Childer le encantaba el giro que le daba a los hechos. Todo parecía seguro y acogedor, incluso para él.

Osk le sonrió a Andwele. "Entonces digo bien hecho. Eso es un paso adelante. Ya no se permitirá que múltiples bancos, compañías de préstamos y corredurías almacenen datos personales. Son pirateados con demasiada facilidad".

"Eso es muy cierto", dijo Andwele.

"Ya ve, así es como voy a trabajar. En general, solo tengo que aprender cómo cambiarán las funciones financieras para poder asegurar a mi gente, la industria bancaria y los reguladores de la Unión Europea, que se están tomando las precauciones adecuadas. Eso significa hacer preguntas como ésta... lo suficiente para que descubra cómo maneja las cosas, pero nada más. Desde la perspectiva de su trabajo diario, el trabajo que sus programadores están haciendo, simplemente seré una mosca en la pared".

Childer vio que Andwele todavía no estaba seguro, pero se iba a adaptar. "Entonces estoy encantado de que esté aquí", dijo Andwele. Childer notó que Dola, por otro lado, parecía preocupado. Obviamente estaba pensando en formas de cubrir sus huellas. Fue una apuesta tonta ir en contra de la idea de que tan pronto como salieran de su oficina, estaría hablando por teléfono con quien estuviera trabajando en una estafa dentro del sector bancario o financiero.

"Caballeros, deberíamos permitirles volver al trabajo", dijo Childer, de pie. "Guiaré a la Srta. Barstad, la presentaré al personal. Entonces, viceministro, si sólo hace algunas llamadas y le hace saber a la gente clave que se unirá a ellos y que su oficina les está pidiendo que cooperen por completo..."

"Por supuesto, por supuesto", dijo Dola. "Estamos encantados de tener la bendición de Interpol sobre el proyecto".

"Eso estuvo bien", dijo Osk mientras salían de la reunión.

Mitch Childer aceptó con una sonrisa. "Así es. Te dije que alertarlos no haría las cosas más suaves. De esta forma, es un hecho consumado antes de que Dola tenga la oportunidad de defenderse. Ahora, por supuesto, ocultará la evidencia de lo que sea que estaba haciendo".

"No parece tan listo. ¿Qué quieres que haga si descubro que tramaba algo?

Childer sonrió. "Cuando lo hagas, obtén pruebas claras y consérvalas en caso de que necesitemos algo de él más adelante. Será mucho más útil si consigue ascender en el gobierno".

Ella sacudió su cabeza. "Eso parece poco probable. Un hombre como ese..."

"Los burócratas pueden sorprenderte con su habilidad para escalar la cadena alimentaria a pesar de la falta total de calificaciones", le dijo Childer. "Me asombra y simplemente he aprendido a aceptarlo".

"Hasta que los hagamos obsoletos", dijo.

"Hasta entonces."

La condujo a los ascensores y al sótano donde Peggy Anne Dory trabajaba con sus programadores. Era un espacio de oficina desordenado y caótico, donde los programadores trabajaban sus terminales en cubículos. Las dos esquinas más alejadas eran oficinas acristaladas—una era una sala de conferencias con pizarras cubiertas con códigos y comentarios. La otra era la oficina de Peggy.

"Señor. Childer ", dijo Peggy cuando entraron.

Una vez más disfrutando de la ventaja que obtuvo del elemento de sorpresa, Childer sonrió mientras hacía las presentaciones.

"La Srta. Barstad trabaja estrechamente con el FMI ", dijo. "Ella está completamente informada sobre nuestras adiciones al proyecto".

"A Andwele no le entusiasmó la integración del puntaje crediticio", dijo Peggy. "Y no poder decirle por qué era tan crítico lo hizo difícil de vender".

"Obviamente compró el escenario en el que lo alimentaste", dijo Osk. "Simplemente nos lo leyó muy bien, como si lo creyera".

"Y hacer eso es por lo que se te pagan bien", dijo Childer. Era un punto importante y necesitaba reforzarse. Le molestaba que Peggy no pareciera tan agradecida por la adición a su salario como él esperaba. Eso lo hizo parecer poco importante para ella y cuestionó su lealtad. No confiaba en las personas que había comprado que estaban demasiado confiadas. Pero este no era el momento ni el lugar para sondear. Además, tener a Osk en el lugar limitaría la capacidad de Peggy para hacer cualquier cosa que no le gustara. Ella necesitaba saber que él la estaba mirando.

"Es difícil", repitió Peggy.

"Bueno, Osk, la Srta. Barstad facilitará esa parte. Si alguien cuestiona una característica o un cambio, dígales que es a pedido de la Interpol, como un medio para combatir el fraude, pero que sólo vemos una parte y no están autorizados para saber exactamente cómo funciona".

Peggy sonrió. "Sabes, me gusta eso. Eso tiene piernas".

"¿Piernas?", Preguntó Childer.

"Una expresión estadounidense", dijo Osk. "Ella quiere decir que lo hará bien".

Childer miró a Peggy y la vio asentir. "Sí." Otra expresión que detestaba de los estadounidenses, si ya no había motivos más que suficientes. Un día... "Bien. Me alegra ver que ustedes dos trabajarán bien juntas".

Peggy estaba pensando, calculando, él lo vio en sus ojos. "Sí, creo que Osk y yo trabajaremos bien juntas." Ella levantó un dedo. "Estoy sorprendida de que la Interpol y el FMI trabajen tan de cerca".

Osk le tocó el brazo. "Muchas alianzas en este mundo funcionan más suavemente si no se examinan demasiado de cerca, querida. Este podría ser uno de esos".

Childer se permitió una leve sonrisa. Osk era, como siempre, capaz de decir la verdad sin revelar demasiado. Es por eso que el consejo de administración la valoró, es por eso que lo aprobaron haciéndole conocer esto. En el lado negativo, su lealtad no era directamente hacia él. Osk tenía sus propios seguidores en el tablero y su propia base de poder dentro y fuera de Interpol. Ella era un poder. En este caso, uno útil.

No podía leer la cara de Peggy. Ella había entendido claramente el valor que tenía para ella que Osk estuviera allí, de la influencia que la mujer le daba. Pero había algo más. Lo sintió en su intestino como Dola—ella tenía su propia agenda. A diferencia de Dola, Peggy vio a Osk Barstad como un medio para su propio fin.

Estaba aburrido de verlo.

Capítulo 16

Llegada al Paraíso

"Para cada vez más de nosotros, el hogar tiene realmente menos que ver con un trozo de tierra, de lo que se podría decir, con una porción de alma".
—*Pico Iyer*

Malecón de Progreso
Yucatán, México

Después de un viaje de 45 minutos desde el aeropuerto, el taxi dejó a Wyatt Osgood en una calle bañada por el sol. El calor de la tarde era intenso. Se sentó en el taxi para orientarse. Sobre el nivel de la calle, un cartel decía: "*Milk Bar*".

"Progreso", dijo el conductor. "Mi ciudad natal. ¿Se quedara mucho tiempo?

"No tengo idea."

El hombre devolvió una tarjeta con el nombre de Raúl y un número de teléfono. "Si necesita cosas, yo ayudo".

Por un precio, pensó Wyatt. "Gracias hombre. Me quedaré con esto".

"Le muestro los mejores lugares", dijo.

"Bueno, comenzaré con este", dijo Wyatt mirando por la ventana. Este era el lugar que a Rebecca le había gustado, lo había recomendado. Ella había dicho que las habitaciones estaban arriba y levantó la vista hacia el segundo piso. Había un extraño y curiosamente curvo balcón que le recordaba la curva de la tapa de un piano.

Se sentó en el taxi por un momento, asimilando todo. Estaba abrumado, pero sabía que se había enamorado instantáneamente del lugar. Le pagó al conductor la tarifa que habían acordado y una propina pequeña, luego salió con su bolsa de lona. El conductor saludó con la mano y, cuando el taxi se alejó, Wyatt se volvió hacia la puerta del hotel. Junto a él, vio una pequeña tienda—una de esas pequeñas tiendas que vendían un poco de todas las cosas cotidianas que una persona necesitaba para la vida diaria. Tenía una nevera alta, con frentes de cristal, llena de latas heladas y botellas de cerveza. Encantador. Eso fue justo lo que ordenó el doctor y una auspiciosa bienvenida a un nuevo hogar.

Una señora de piel oscura con una sonrisa brillante le tintineó algo en español cuando le vendió una botella de Corona Extra por algunos de los pesos que había cambiado en el aeropuerto durante su escala en la Ciudad de México camino a Acapulco. En el complejo, todo se había cargado a su tarjeta de crédito y no había gastado más de 500 pesos en taxis hacia y desde el aeropuerto. Él abrió la cerveza y tomó un sorbo. El labio desigual de la botella era áspero contra sus labios y sabía a herrumbre—la botella se reciclaba pero no con algún cuidado particular al parecer. Pero la cerveza sabía como lo mejor que había probado, y bebió.

Al otro lado de la calle estaba la amplia extensión de playa blanca, llamándolo. Acalorado y cansado, pero ya no estaba seco, era hora de encontrar su habitación. Antes de entrar, compró otra cerveza, una lata esta vez, y una botella de tequila (estaba en México, después de todo) y la llevó al hotel. Un hombre levantó la vista cuando entró, un gringo, estaba seguro.

"¿Eres Charlie?"

"Si usted es el tipo que Rebecca dijo esperar, entonces lo seré", dijo, sonriendo.

"¿De lo contrario, necesito correr?"

La bienvenida, la sensación del lugar, hicieron que Wyatt se sintiera cómodo. "Soy el hombre, Charlie; ¿Entiendo que tienes una habitación con una bonita vista de la playa?", Preguntó.

"Las mejores vistas que puedes encontrar. Nuestros dos lugares tienen vistas fantásticas—es la misma vista, de hecho", se rió. "Rebecca pensó que querrías la más grande".

"¿Ella lo hizo?"

"Bueno, espero que haya acertado, teniendo en cuenta que es el que está disponible", dijo el hombre, sonando satisfecho de sí mismo. "El otro no está ocupado pero se alquila".

"Me gustaría verlo antes de decir que sí", dijo Wyatt.

"Ahora eso es razonable".

Cuando Charlie lo condujo a las escaleras del costado del edificio y al balcón, vio que las habitaciones eran en realidad apartamentos y compartían el balcón. Charlie abrió la puerta corredera de cristal y lo condujo adentro. El sonido del océano era débil, pero una brisa constante en tierra hacía que todo pareciera fresco. La cocina era pequeña, pero estaba bien para los momentos en que quería comer adentro, suponiendo que eso sucediera.

"Lo intentaré durante un mes, si está bien", dijo.

Charlie extendió una mano. "Bien por mí. Si lo quieres por un período de tiempo más largo, podría haber un descuento por eso, y otro pequeño si pagas en Bitcoin".

"¿De Verdad?"

"Oye, amigo, estás visitando una civilización antigua pero avanzada; el *Milk Bar* es a menudo el hogar de los expatriados de vanguardia que pasan por allí." Inclinó la cabeza. "Y algunos que no son tan innovadores también." Le entregó las llaves a Wyatt. Dio media vuelta para salir, luego se detuvo y se volvió. "Hay una cocina en este lugar, pero me gustaría mencionar que tenemos un excelente restaurante en la planta baja, y puedes pagar al final por una cantidad razonable. Está abierto seis días a la semana, tres comidas al día".

"Eso es conveniente".

Charlie se rió. "¿No es así? Y la conveniencia estimula a la gente a gastar más dinero con nosotros, lo cual es algo bueno".

"Negocio inteligente".

"En un lugar como éste, necesitas toda la influencia que se pueda obtener. Cuando te instales, si necesitas algo, dímelo ", dijo.

"¿Cómo qué?"

El hombre se encogió de hombros. "Eres nuevo en la ciudad y es posible que necesites cosas. ¿Cómo puedo saber? Pero Maya, mi esposa y yo podemos ser un recurso".

"Gracias", dijo Wyatt. "Estoy bastante agotado después del viaje". Y eso era cierto. El cansancio empezaba a pesarle fuertemente.

"Toma una siesta y baja a cenar", dijo el hombre. "Para un amigo de Rebecca, la primera comida va por la casa. Sin embargo, pagas por tu licor".

"Lo suficientemente justo."

Charlie sonrió y se fue. Sin él, Wyatt se sentó y escuchó la brisa marina que entraba por la puerta y algunos ruidos de la calle. Seguro que ya no estaba en el Dolder Grand. Para bien o para mal, vivía en un apartamento frente a la playa—un tipo de elegancia totalmente diferente. Agarró su bolsa de lona y la llevó al dormitorio, donde la arrojó sobre la cama. Mi lugar, pensó.

El día era cálido y la puerta estaba abierta. Sirvió un trago, caminó hacia la barandilla y miró su dominio. Debajo de él había una calle; al otro lado de la calle estaban las palapas con techo de paja donde los restaurantes preparaban mesas para que los comensales comieran en la playa. Más allá de ellos, el mar Caribe azul lamía suavemente la arena blanca como una escena de un documental de viaje. Y era su punto de vista.

Todo lo que faltaba era Rebecca. Trató de no esperar demasiado que ella viniera a verlo. Incluso si lo hiciera, no tenía idea de cuánto tiempo sería.

"No dejes de vivir y no esperes a nadie", le había dicho ella cuando se separaron. "Sigue adelante siguiendo tu sueño, descifrándolo sobre la marcha. Nunca esperes nada de otras personas".

Él comenzó a quitarse su camisa hawaiana y luego sus pantalones cortos; la sensual caricia de la brisa marina era maravillosa en su cuerpo desnudo. Dejó sus ropas esparcidas en el piso. Mi lugar, dijo, pensando en lo extraño que podría llegar a sentir una verdadera propiedad en un alquiler a corto plazo.

Recogió la botella de tequila y fue a sentarse en el sofá para disfrutar de la fresca brisa marina que entraba por las puertas abiertas. Echó un gran chorro del líquido ámbar en un vaso y lo bebió mientras contemplaba la playa casi vacía. En la distancia, un crucero se dirigió al mar; tenía una pequeña columna de humo saliendo de su pila en forma de aleta, parecía un gran pájaro azul y rojo que se adentraba en el horizonte.

La realidad fue lenta en llegar a él. Las transiciones de las reuniones mal ventiladas en un hotel de cinco estrellas en Zurich a una aventura apasionante en Acapulco en otro resort, a estar solo en un tranquilo pueblo de playa habían sido abruptas. Alucinante. Pero ahora, Wyatt sintió que se relajaba... la tensión pareció filtrarse de él.

Cuando su mente se calmó, comenzó a hacer un balance de lo que lo rodeaba. Irónicamente, decidió que no había nada especial en este lugar. Era un lindo departamento con una gran vista. Lo que era especial era que esta situación era exactamente lo que había soñado. Este lugar, este sentimiento, era exactamente el tipo de sentimiento que había estado buscando. Eso no lo emocionó. En lugar de entusiasmarse con estos primeros pasos en un mundo nuevo y desconocido, se sintió satisfecho por primera vez en mucho tiempo. Las advertencias de Rebecca sobre disfrutar los momentos, sobre dejar que el futuro se desarrolle, proporcionaron el rock, la base para todo.

Sí, Wyatt Osgood había llegado.

Dejó escapar un largo suspiro, dejó que las últimas incertidumbres sobre lo que estaba haciendo, la última duda de que él llegara hasta allí, se perdiera de vista. Sirvió un segundo trago, y se sintió indulgente consigo mismo al sorber lentamente mientras veía desaparecer el crucero en el horizonte.

Se hizo cada vez más pequeño, y finalmente desapareció del borde de la tierra plana, llevando consigo las incertidumbres y dudas que su suspiro había enviado en la misma dirección. Todos se fueron juntos para ser comidos por monstruos voraces de las profundidades.

Luego se estiró en el sofá y se sumió en un sueño profundo y pacífico.

Se despertó refrescado. El sol se estaba poniendo cuando se sentó y miró hacia el Mar Caribe. Su estómago gruñó, recordándole que no había comido, así que se vistió y bajó las escaleras, donde descubrió que la playa estaba empezando a cobrar vida... la noche se estaba despertando.

Se dirigía al restaurante, pero justo al pie de las escaleras de su departamento, encontró un lugar donde vendían deliciosos tacos olorosos. ¿Por qué caminar más?

Una mujer gordita con una hermosa sonrisa se acercó a él. "Bienvenido", dijo, señalando una silla de plástico en una mesa. "Te sientas y comes".

Así que se sentó y comió una deliciosa comida que ella le trajo. Cuando terminó, sintiéndose más enérgico que completo, se preguntó sobre las posibilidades de la aventura. ¿Cuál sería una forma interesante de pasar su primera noche en el paraíso?

"Oye, amigo". Se volvió y vio a Raúl, el taxista que lo había traído del aeropuerto, que venía hacia él. "¿Te gusta mi ciudad, amigo?"

"Hasta ahora todo bien", dijo. "Todo lo que he hecho hasta ahora es dormir". Inseguro del protocolo, ordenó una cerveza para cada uno. Raúl asintió y chocaron botellas. "Es un pueblo agradable, Progreso". Le guiñó un ojo. "Aquí hay muchas chicas bonitas que saben cómo complacer a un hombre".

"¿Es eso así? No lo sabría todavía. Acabo de salir por la puerta".

"Bueno, necesitas una chica. Tal vez te encuentre una jovencita adorable para ayudarte a disfrutar de tu estadía ", dijo. "No es necesario que te molesten las chicas de la calle".

El bullicio entretenía a Wyatt y admiraba la habilidad de vendedor de ese hombre. La verdad era que se sentía un poco solo y algo Randy. Eso lo sorprendió. La ausencia de Rebecca parecía haber dejado un vacío que exigía ser llenado. Sin embargo, eso lo hizo sentir culpable.

"No quiero a una anciana, Raúl".

Raúl se rió y saludó con la mano. Una joven mujer vino hacia ellos. Llevaba pantalones cortos, una camiseta ajustada, sandalias y una sonrisa incierta. Wyatt observó su cuerpo suave y curvilíneo, y cuando ella se sentó, él decidió que le gustaban sus ojos. Él no la llamaría hermosa, pero era atractiva. "Yo María. No hablo inglés bien," le dijo, tirando de sus hombros hacia atrás para asegurarse de que notara sus pechos. Podía ver sus pezones a través del fino y húmedo algodón de su camiseta.

Raúl tomó un sorbo de cerveza y María acercó una silla al lado de Wyatt. "María acaba de llegar del país, de una familia pobre. Ella necesita ganar dinero. Ella es nueva en la ciudad... fresca, no como algunas de las putas que trabajan en la playa. Ella es especial".

"No estoy seguro", le dijo Wyatt. Esta fue la primera vez para él. Nunca había estado con una prostituta, así que, aunque no tenía nada en contra de las trabajadoras sexuales, no estaba seguro de si era un juego que quería jugar. Luego, también, él todavía tenía a Rebecca acechándolo en lo más recóndito de su cerebro y sentía que ella podría estar mirando, que ella sabría lo que él hizo.

"Obtienes un mejor precio tan temprano en la noche", dijo Raúl. "Y porque esta es la temporada lenta".

En ese momento, María puso su mano en el regazo de Wyatt. Se sintió maravilloso y lo puso duro. "Te gusta María", dijo, indicando lo obvio. "Seré muy amable".

"No esperes a nadie", dijo Rebecca de nuevo en su cabeza. Pensó que estaba racionalizando su lujuria, pero había dejado de preocuparse tanto.

Miró los suaves ojos marrones de María; su cara aún no estaba marcada por ver demasiado de lo malo que la vida podía ofrecer. Sin embargo, ella no era una niña. Supuso que ella tenía al menos veinte años. Mientras la miraba, ella sonrió seductoramente, luego comenzó a lamer sus labios lentamente, sugestivamente.

"María, es posible que no hables inglés, pero sabes cómo cerrar un trato".

Raúl se puso de pie. "Hablas con ella, a ver si te gusta follarla. Solo 2000 pesos por la noche. "Luego recogió su cerveza y se alejó como si no le importara lo que sucediera después. No quería distraer la atención de Wyatt de la chica y lo que ella le estaba haciendo.

Por un momento, Wyatt luchó con el desafío de convertir pesos en dólares en su cabeza. Hubiera sido fácil, pero no con María frotándole la entrepierna y dándole esa sonrisa tentadora. "Por favor", dijo ella. "Te haré feliz. ¿De acuerdo? ¿Te gusto?"

Él suspiró. "Me gustas."

"Entonces vamos a follar", dijo ella como si fuera todo lo que necesitaba decir.

Wyatt se rió—de sí mismo. Al diablo con la tasa de conversión. Tenía la corazonada de que, fuera lo que fuese, atornillar a María lo valdría.

Se levantó y tendió una mano. Ella sonrió y la tomó y presionó su cálido cuerpo contra el de él mientras la conducía hacia adentro y subía las escaleras hacia su habitación y hacia cualquier aventura que viniera después.

Capítulo 17

Sin Meter las Narices

"Bitcoin ha dejado más instituciones obsoletas, de una manera más rápida, que cualquier invención en la historia humana".
—Andy Hoffman
Propietario de CryptoGoldCentral.com

Departamento de TI
Ministerio de Finanzas
Dar es Salaam, Tanzania

Una vez que comenzó a trabajar en el departamento de Telecomunicaciones e Informática del Ministerio de Finanzas en Dar es Salaam, Peggy se adaptó rápidamente. Ella tenía un cubículo y una computadora que no eran diferentes de lo que serían en cualquier otro lugar. Eso hizo que fuera fácil establecer una rutina productiva. Sus días pasaron principalmente en la oficina de su terminal, a menos que ella estuviera en reuniones. Después de un largo día trabajando sola, o dando instrucciones a los programadores locales asignados a ella, ella regresaba al hotel.

Por la mañana y por la noche, una furgoneta la transportaba entre los dos lugares. Fue aburrido. Una noche trató de involucrarse más con la tripulación. Ella salió a tomar una cerveza con su equipo después del trabajo. Eran lo suficientemente agradables, pero ella sintió la distancia entre ellos. Ella era estadounidense, su jefa y mujer, no una de ellos. Se prometió a sí misma que no se forzaría por ellos otra vez. Era jodidamente incómodo.

Se preguntó si alguna vez vería algo de la ciudad antes de irse. No había ido a hacer turismo y el horario que tenían que conocer no dejaba mucho tiempo para hacer otra cosa que no fuera el trabajo, pero desde que estaba allí, parte de ella quería mirar a su alrededor. Pero no había muchas posibilidades. El trabajo era más estresante y estaba más sola de lo que había esperado. Aprendió rápidamente que los programadores que trabajaban para el gobierno no eran los más motivados. Estuvieron allí para hacer lo que se les dijo y cobrar un sueldo. Cuando se las arregló para generar entusiasmo entre ellos, encontró que sus soluciones a problemas no estaban inspirados y, a menudo, eran demasiado complicados.

"¿Qué pasa con ustedes chicos?", Le preguntó a uno de los miembros más abiertos de su equipo. "¿Dónde está su creatividad?"

Él sonrió. "¿Creatividad? Oiga, los muchachos que saben cómo hacer cosas inteligentes se van a trabajar para los hackers y los lugares de fraude ", le dijo, sorprendiéndola con su sincero análisis. "Este lugar no paga tan bien, y los programadores no son promovidos".

"¿Qué pasa con Andwele?", Preguntó ella.

El hombre resopló. "Él no sabe programación. El Sr. Kassain es un chico universitario muy importante que contrata programadores para hacer el trabajo. Él es un político".

Informó todo eso a Hoenig, quien le dijo que no lo usara como excusa. Entonces se mordió la lengua cuando Childer o Andwele se quejaban de que el progreso era lento. Tenían razón. En su tiempo con Hoenig, Peggy se había acostumbrado a trabajar con personas inteligentes, brillantes y, a menudo, escandalosas... gente como Wyatt. Incluso los tontos de la oficina de Virginia tendían a mostrar más entusiasmo que este grupo. Ella había esperado cabalgar sobre algunos programadores expertos. En cambio, tenía que mostrar a un grupo reacio de jóvenes sorprendentemente poco calificados como para resolver problemas.

Parte de la dificultad era que no habían trabajado con blockchains o hecho mucho con cualquier tecnología nueva. No tenían experiencia con la codificación de solidez, el lenguaje de alto nivel para implementar contratos inteligentes en Ethereum, por ejemplo, y ni siquiera entendían los conceptos básicos de las redes de iluminación. Eran decentes en la redacción de programas de contabilidad y banca tradicional, pero la tecnología de contabilidad distribuida era nueva para ellos.

No ayudó que ella supiera que debería haber visto esa posibilidad, pero no lo hizo. Todo lo que había visto era la oportunidad de insertar su código en este proyecto y hacer que su futuro brillara. Si era más trabajo de lo que había planeado, tendría que lidiar con eso. Desafortunadamente, eso significó hacer la mayor parte del trabajo, el trabajo creativo por sí misma—trazando la lógica y asegurándose de que los monos del código lo implementaran.

Eso llevó más tiempo del que ella había previsto y casi extrañó los viejos tiempos. Era mucho más fácil analizar el código de otra persona, encontrar los puntos débiles, los agujeros y las rutinas de escritura para explotarlos. Debido a su pasado de hacker, ella solía pensar en términos de rutinas. Un poco de código para hacer esto o aquello. Ella era buena en eso. Hacer que un sistema funcione en armonía era otra cosa. La sincronización de los módulos que pasaban los datos hacia adelante y hacia atrás tenía que sincronizarse o las cosas se iban al sur. El software de contabilidad, el software de transacciones financieras, era el peor, el más exigente, porque también tenía que ajustarse a los protocolos bancarios que a veces carecían de sentido.

Ella había aceptado el trabajo con Hoenig para aprender sobre estos sistemas y había aprendido mucho. Pero su objetivo, su enfoque, había sido aprender de sus debilidades, no construirlos. Estaba interesada en cómo accedería subrepticiamente a ellos una vez que volviera a ser independiente. Por una vez, entendió cómo los programadores inteligentes podían escribir programas que eran fáciles de piratear. Ella tenía que pensar en cada maldita cosa.

Wyatt era otro dolor en el culo. Desafortunadamente, ella lo necesitaba. Él era su mejor recurso de codificación y su código siempre funcionó. Pero también la acosaba, quería saber más detalles, más acerca de cómo interactuaban los módulos del sistema.

"El código que estás enviando funciona muy bien", le dijo ella. "Hace todo lo que se supone que debe hacer".

"Pero es crudo, una mierda de fuerza bruta", dijo. "Si me mostraras lo que hacen los otros módulos, cómo lo hacen, entonces podría simplificar todo. Sería más rápido, más fácil de mantener..."

"Está bien. Lo necesitamos funcional ahora. Podemos optimizarlo más adelante, Wyatt".

Ella sabía que el hombre era jodidamente perfeccionista y totalmente paranoico que su código no sería menos que el mejor. Esa mañana le había enviado por correo electrónico una perra clásica que se acercaba demasiado al hueso: "¿Para qué coño estás usando un enrutador de cebolla?" Le había enviado un correo electrónico.

"Maldita sea", dijo, dejando escapar un largo suspiro y tratando de pensar con claridad.

El enrutador de cebolla que mencionó fue lo que llamaron una serie de enlaces anónimos en la pila de protocolos de comunicación que estaban en capas como una cebolla. De allí venía el nombre y Wyatt tenía razón al cuestionar su utilidad. Peggy solo lo había instalado por una razón—para pasar las tasas de transacción que había agregado a su propia billetera privada y hacer que las transferencias fueran imposibles de rastrear.

Ella solo podía hacer tanto para ocultar su código. Esa parte tenía que ser parte integral del sistema, por lo que Wyatt al encontrarla tan rápido era un problema grave. Era una pista que lo guiaría a sus añadiduras y descubriría que planeaba que el sistema extrajera dinero, tomando pequeñas cantidades de cada transacción y se las enviara.

Fue desafortunado que él pareciera captar su propio código y no la mierda que ella había puesto para el FMI. Si él se estaba acercando a sus travesuras, ella simplemente le diría a Childer o haría que Osk Barstad le molestara. No podía decirles que Wyatt estaba descubriendo su plan. Si ella los conseguía después de Wyatt y él explicaba lo que había encontrado, la vida podría ponerse difícil. Ella tendría que pensar en algo. Mientras tanto, no quería que persiguiera esto más.

La experiencia le había enseñado que cuando la atrapaban con su mano en el tarro de las galletas, lo mejor que podía hacer era resistir. Entonces, ella respondió de la manera habitual. "Joder, Wyatt. Estamos usando un enrutador de cebolla porque eso era lo que se requería en la especificación. Trata con él. Ponte a trabajar sobre el por qué las transferencias de tarjetas de crédito son tan lentas".

No estaría contento, pero ser la gerente del proyecto tenía que contar para algo. Wyatt probablemente le haría una zurra a Hoenig; ella necesitaba descubrir alguna historia para él, y darle una tarea a Wyatt que lo distraería. Por el momento.

Rashmi fue otro dolor de cabeza. A pesar de que ella solo estaba tratando de hacer su trabajo, que era asegurar que el sistema funcionaría correctamente cuando lo lanzaran, la maldita mujer seguía cavando para obtener más detalles también. Peggy no se atrevió a darle todo lo que quería y no le permitió ver el conjunto completo de diagramas de flujo, no a nivel granular. Demonios, incluso olvidándose de lo que Peggy estaba agregando, que era muy pequeño, si echaba un vistazo a las especificaciones completas, la mujer era lo suficientemente inteligente como para ver exactamente lo que el FMI estaba haciendo que ella hiciera por ellos.

Mitch Childer había sido muy claro sobre la necesidad de evitar que eso suceda. "Rashmi, por nombrar solo una persona, podría objetar algunos de los aspectos políticos y sociales de los datos que estamos recopilando y la forma en que lo estamos usando. No quiero que comience una confrontación pública por problemas secundarios ", dijo. "Debe asegurarse de que ella piense que el sistema sólo hace lo que le hemos dicho que hace".

Peggy estuvo de acuerdo con eso, aunque no le importaba lo que el FMI estaba haciendo con los datos ella misma. "Entonces tendré que desconcertarla con gilipolleces", dijo.

"Haces lo que sea necesario para mantenerla a oscuras sobre nuestras mejoras", dijo Childer con rigidez. "Si sospechas que ella, o cualquier otra persona, sospecha o aprende algo, avísame de inmediato". Frunció el ceño. "Espero que no sea necesario para mí tomar medidas, pero esto es vital y lo haré".

Eso no sonaba bien para quien descubriera la verdad, ni para Peggy, así que trabajó tan duro cubriendo sus pistas como lo hizo con el proyecto.

Rashmi, sin embargo, estaba tan decidida a aprender todo. "La perra debe ser descendiente de un puto pit bull", se dijo a sí misma.

Después de una serie de acaloradas discusiones en la oficina con Rashmi que rayaban en los enfrentamientos, Peggy decidió tomar una actitud más conciliatoria. "¿Por qué tú y yo no salimos a cenar?"

"¿A cenar?" Rashmi parecía asombrada.

"Mira, somos dos mujeres en un mundo de hombres—es realmente su mundo. Y aquí estamos peleando entre nosotras. Eso no tiene sentido. Somos las personas más inteligentes en la oficina".

"Andwele es inteligente", se aventuró Rashmi.

"No es tan inteligente como piensa", dijo Peggy. "No es que yo crea que podemos o debemos convertirnos en las mejores amigas, pero cenar en un lugar agradable nos daría la oportunidad de hablar un poco. Me gustaría resolver nuestros conflictos lejos de este lugar estéril. Y no he visto mucho nada de Dar es Salaam. Incluso si tuviera el tiempo y la energía para salir y mirar a mi alrededor, todos los hombres me dicen que no debo ir sola a la ciudad".

Ella vio que la idea atraía a Rashmi. "Eso podría ser una buena idea. Hace mucho tiempo que no salgo".

"Entonces vamos a tener una noche de chicas. Tú eliges el lugar y yo pagaré ", le dijo Peggy.

Rashmi estuvo de acuerdo y la noche siguiente fueron a un pequeño restaurante en una parte antigua de la ciudad. Finalmente, vio un lugar que ofrecía comida tradicional de Tanzania. Era muy parecido a la comida del hotel, pero el ambiente era menos corporativo. "Es agradable comer en un lugar diferente y con algo de compañía", dijo.

Rashmi la miró con sorpresa. "Sabes, estaba celosa de que vivieras aquí y no tengas que preocuparte por lavar la ropa o limpiarla. No había pensado en el hecho de que tienes que comer sola en un restaurante todos los días. No puedo imaginar que sea muy divertido".

"Te desgasta después de un tiempo. Y aquí..."

"¿No te gusta la ciudad o el país?"

"Simplemente no me había dado cuenta de lo mucho que a los hombres de aquí no les gusta ver a una mujer sola en público. A veces es incómodo, pero no me rendiré si voy a comer en mi habitación todas las noches sola porque no hay ningún hombre cerca".

Rashmi sonrió. "Esa fue ciertamente una de las cosas que disfruté de vivir en Londres. La libertad. La única razón por la que podía aceptar quedarme aquí era porque esperaba casarme pronto".

"¿Lo estabas esperando? ¿Ha cambiado algo?

La sonrisa de Rashmi era delgada y forzada. "Las cosas están en espera. Todavía no estoy segura de si es una pausa en el compromiso o si se acabó".

"Lamento escuchar eso", dijo Peggy. "¿Ustedes dos tuvieron una discusión?"

Ella sonrió con nostalgia. "Se supone que debes entender las cosas, ¿no? Eso es lo que dicen. Entonces, en Zurich, con el proyecto en aumento, hablamos sobre posponer la boda. Nuestra fecha iba a ser bastante inconveniente. Una vez que abrimos esa lata de gusanos, aprendí por primera vez que Andwele tiene la opinión anticuada de que las esposas no funcionan. Especialmente las esposas de hombres importantes; específicamente su esposa. También aprendí que él tiene su corazón puesto en ser un hombre importante. Ese objetivo podría ser más importante para él que casarse conmigo. Tan sorprendente como esas cosas fueron para mí, vi que estaba tan sorprendido por mi suposición de que continuaría trabajando. Entonces decidimos que necesitábamos tiempo para llegar a un acuerdo. Él parece creer que voy a volver".

"Y tu..."

"Creo que podríamos terminar por estar en desacuerdo".

"Eso es rudo. ¿Estás bien?"

"¿Bien? Estoy conmocionada por todo, supongo, pero prefiero saber todo eso ahora. La ruptura no es tan sorprendente como el hecho de que no conocía a Andwele, al parecer".

La mente de Peggy corría con las posibilidades. Las palabras de condolencia que pronunció fueron exactamente lo que le dirías a alguien. A ella no le importaba si se casaban o no. A ella no le importaba si estaban felices. Ninguno de ellos tenía consecuencias fuera de su rol en el proyecto. Pero la noticia en sí misma era interesante y potencialmente útil. Explicaba por qué Andwele había estado distante últimamente. Ella pensó que tal vez él la estaba evitando, que él podría ser un hombre a quien no le gustaba trabajar con mujeres. Pero aparentemente, se estaba alejando del sitio de trabajo por sus propios motivos. Si se estaba tomando un tiempo lejos de Rashmi, o ella le había dicho que se mantuviera alejado, eso se adecuaba a su propósito. Significaba que ambos estaban distraídos, y era más fácil ocultar su código.

Ahora entendía por qué Andwele había estado ausente, excepto cuando necesitaba actualizaciones para poder presentar sus informes de progreso al ministerio. Eso facilitó su trabajo y le dio la oportunidad de trabajar más de cerca con los programadores de lo que lo hubiera hecho si hubiese actuado como intermediario. Eso había sido bueno, pero esto podría ser incluso mejor. Un hombre así, alguien que había perdido a su mujer, era mucho más fácil de manipular, especialmente un hombre que no valoraba demasiado a las mujeres. Irónicamente, una mujer fuerte podría aprovecharse de su estupidez.

"¿Así que te entierras en tu trabajo?", Preguntó ella.

Rashmi asintió. "Algo como eso. Me parece mejor que beber".

"Eso depende de con quién estés bebiendo, ¿no es así?"

Rashmi sonrió. "Y dónde. En Londres, es más viable para una mujer que aquí. Más agradable."

Peggy asintió. "No me gustaría quedarme aquí por mucho tiempo, no creo. Nunca me acostumbraría a esto. Pero, es por el bien de este proyecto".

"Ya que tú y yo parecemos colisionar en una gran oferta. ¿Tengo curiosidad de por qué te resistes a compartir información conmigo? Nunca me he encontrado con eso antes. Me he encontrado con gerentes de proyecto que no tenían la información, pero ¿por qué no me dejas ver todos los documentos?"

Peggy había decidido un enfoque que implicaba una verdad parcial inteligente.

El distanciamiento de Rashmi de Andwele ayudaba con eso. "Tanto el FMI como el Ministerio de Finanzas revisan el trabajo que estamos haciendo regularmente. Ambos nos envían un flujo de cambios o alteraciones requeridas. Parecen enfurecidos por el hecho de que no somos lectores de la mente".

Rashmi sonrió. "Pueden ser de esa manera".

"Andwele tiene su propia visión de las cosas". Peggy le tendió las manos. "No puedo pedirle que escriba pruebas para funciones que están en constante cambio", dijo Peggy. "Algo de lo que hemos hecho es solo un trozo de cosas. Desafortunadamente, no creo que tengamos una especificación final que sea precisa hasta que ambos grupos vean que el cronograma que demandan significa que tienen que dejar de exigir cambios. Están volviendo loco a mi jefe. Ya le están gritando a Mitch Childer sobre los excesos de costos que está creando con todos los ajustes menores".

"Eso es codificar como de costumbre, ¿no?", Preguntó Rashmi. "Todavía podría escribir funciones de prueba y simuladores para la forma en que los escribe y cambiarlos a medida que avanzamos".

"Pero el objetivo de lo que haces es encontrar defectos. No tengo suficientes horas en mi día para acomodar las cosas que me arrojan sin arreglar las funciones que van a cambiar de todos modos".

Rashmi estudió la cara de Peggy. Deseó poder descubrirla y decidir en qué estaba realmente. Todo lo que vio fue una máscara, la mirada de una líder frustrada dedicada a un proyecto con la burocracia. "Puedo entender."

"Recuerdo lo que dijiste sobre desilusionarse cuando aprendiste cómo funciona realmente la política pública. Me siento de la misma manera. Tenía grandes esperanzas de un sistema simple que redujera los costos de transacción de las políticas fiscales. Pero cada vez que encuentro una manera de hacerlo, un banco o un contador gubernamental de frijoles, o el FMI, me dice que no puedo hacerlo de esa manera. Creo que se quedan despiertos por la noche inventando nuevos protocolos".

"Es por miedo", dijo Rashmi.

"¿Miedo? ¿De qué tienen miedo?"

"A fallar. No entienden lo que estás haciendo, y como no entienden, tienen que ver todo a través del lente de las viejas formas. No tiene sentido, así que implementan nuevos controles que los hacen sentir mejor, literalmente más en control de lo que están haciendo".

"Y termino con un sistema de dinero digital inflado que es de poco beneficio".

"Ahora suenas como Wyatt", se rió Rashmi.

Peggy se unió a ella. Eso era cierto. "El hombre es inteligente. Su queja es que estamos destruyendo lo que él ve como el bien en blockchain; él piensa que solo lo estamos haciendo porque podemos. Él no es tan pragmático como nosotras".

"¿Es eso lo que somos?", Preguntó Rashmi. "Me gustaría pensar que somos pragmáticas, pero a veces me cuestiono. Jugar a la larga tiene sentido hasta que no lo haces. Odiaría darme cuenta de repente de que hemos seguido a un gaitero ciego hacia un acantilado."

"No vale la pena pensar de esa manera", dijo Peggy. "Mira, voy a darte toda la información que pueda".Ve a la oficina mañana y te daré lo que creo que son las especificaciones finales en un bloque grande del banco para las funciones de transferencia bancaria y el módulo que recauda los ingresos fiscales de las ventas de una tienda y la tienda. Todavía estamos luchando con la definición de los ingresos de negocio a negocio, ya que tienden a ser transacciones mayoristas y necesitan una tabla de impuestos completamente diferente".

"Eso sería genial. Podría meter mis dientes en eso". Su comida llegó y la comida era buena. Peggy masticó con cuidado y escuchó mientras Rashmi hablaba sobre los tipos de pruebas que imaginaba. Peggy se alegraba de haberse tomado el tiempo de aislar grandes fragmentos de código que eran exactamente lo que le había dicho a Rashmi que eran. Había poco que esconder en ese código y obviamente proporcionar una prueba rigurosa mantendría a la mujer ocupada y apartada de su espalda.

"Este es un restaurante maravilloso", le dijo Peggy.

"Estoy encantada de que pienses así, y estoy contenta de haber hecho esto", dijo Rashmi. "Es mejor trabajar juntas".

O al menos crear la ilusión de trabajar juntas, pensó Peggy. En general, la cena había ido bien, y ella no había mentido acerca de disfrutar comiendo en un lugar nuevo y con alguien.

Mañana era el comienzo de una nueva fase de su trabajo y había encontrado su pasión nuevamente.

Capítulo 18

Algo Fuera de Lugar

"El hombre que puede sonreír cuando las cosas van mal ha pensado en alguien más a quien puede culpar".
—Robert Bloch
Autor de Psicosis: una novela

Departamento de TI
Ministerio de Finanzas
Dar es Salaam, Tanzania

Cuando la oficina se despejó por la noche con el personal que se dirigía cada hora a casa, Rashmi estiró los brazos y luego entró en la sala de descanso para tomar otra taza de té. Tenía una larga noche por delante, y si no tenía la cabeza clara, solo estaría perdiendo el tiempo.

Ella envió a una secretaria a comprar unos bocadillos que servirían de cena. Se suponía que esta sería la noche en que cenaría con Andwele. Estuvieron de acuerdo en que necesitaban hablar sobre los temas que los dividían y ver si había un futuro para ellos. Cuanto más pensaba en sus diferencias, menos esperanza tenía de poder resolver las cosas. Sus inesperadamente tradicionales creencias patriarcales la habían sorprendido a ella... sus puntos de vista modernos y progresistas lo habían sorprendido a él. A menos que uno de ellos cambiara su forma de pensar, no podía imaginar un camino que les permitiera reconciliarse.

Por su parte, Rashmi no tenía interés en convertirse en una esposa tradicional, a renunciar a su vida, a la carrera que había comenzado. La cultura y la ley todavía permitían a los hombres tener múltiples esposas. Por supuesto, eso requería el permiso de la primera esposa, pero aún mostraba un sesgo pro masculino.

Cuando Andwele llamó y le dijo que se estaba reuniendo con el viceministro para cenar, para darle un informe de estado y que no podía ir a cenar, Rashmi se sintió aliviada. Ella no veía de qué podían hablar, y no tenía estómago para una discusión con él. Los artefactos del pasado, las costumbres tribales, no eran algo que ella quisiera para dictar el curso de su vida. Ella era una innovadora, una persona creativa. No podía aceptar que su universo fuera limitado debido a algún sistema de creencias primordiales sobre la superioridad de los hombres—o cualquier otra cosa.

Debido a esos pensamientos, ella estaba bastante segura de que la relación había terminado por completo; A Rashmi le pareció curioso que sintiera un nuevo optimismo. Ahora podría completar su contrato con el gobierno y luego mudarse a otro lugar, tal vez a Inglaterra, o posiblemente a algún otro lugar de Europa. Se sentía más en casa allí y las oportunidades eran fantásticas, incluso para una mujer. En algunos casos, especialmente para una mujer con sus habilidades. Algunas de las organizaciones transnacionales de alto perfil, como el Banco Mundial, promovían a las mujeres como parte de su mandato. Y, con un proyecto que incluía al FMI en su currículum, ella tenía su propio futuro de nuevo, no uno vinculado a un hombre retrograda. Se sintió bien.

Mientras tanto, ella estaba luchando con el desarrollo de un conjunto de pruebas para el proyecto. Con la noche libre, era un momento perfecto para revisar la información que tenía y el trabajo que ella y su gente habían hecho. Escribir un código para simular transacciones para probar el programa significó primero aprender cómo funcionaba el sistema. Aunque las pautas generales se explicaron en las especificaciones del sistema, siempre hubo cambios o modificaciones. A veces las cosas no funcionaron de la manera que pensaba que lo harían durante la fase de diseño; a veces los programadores encontraban formas más simples o más elegantes de implementar un proceso que cambiaba el curso en que sucedían las cosas.

Como resultado, Rashmi y su equipo siempre estaban en condiciones de ponerse al día. Tuvieron que esperar hasta que el código fuera escrito, depurado y, al menos, documentado de manera aproximada antes de que pudieran comenzar a escribir el código de prueba. Por lo general, se les daban módulos completos—secciones de código que realizaban funciones—para que pudieran establecer que trabajaba correctamente... por ejemplo, un módulo de recaudación de impuestos tenía que usar las tablas de impuestos correctas y aplicarlas correctamente. Eso no siempre era algo trivial.

La parte más complicada, el verdadero desafío, era ponerlo todo junto para demostrar que el sistema total funcionaba como se específica. Dado que los proyectos siempre llegaban tarde, siempre había una loca carrera por cumplir los plazos.

Para reducir la presión, Rashmi normalmente trabajaba estrechamente con los desarrolladores. Comenzaba con un concepto general de lo que tenía que hacer el sistema y desarrollaba su comprensión de cómo lo haría, manteniéndose al tanto de los cambios. Eso hacía posible que su gente comenzara a escribir procedimientos de prueba y crear datos ficticios para usar en pruebas y simulaciones. Eso la ayudó a trabajar con los desarrolladores. Esta vez, sin embargo, todos parecían querer mantenerla en la oscuridad.

Cuando volvió a su escritorio, miró los diagramas de flujo que había hecho por su cuenta. Ellos describieron gráficamente la forma en que funcionaba el sistema—una vista de todo el sistema. Pero había una serie de bloques que la desconcertaron. No parecían encajar dentro de la estructura de un sistema de pago o transacción. Pero entonces, se suponía que este sistema iba a abrir nuevos caminos, según Mitch Childer y Osk Barstad. Incluso si no lo explicaban, era fácil hacer algunas conjeturas—y le resultó imposible no especular.

Una sección confusa del sistema fue la que proporcionó a los posibles prestamistas puntuaciones de crédito. La intención era trasladar a los bancos individuales, donde no había estandarización o supervisión gubernamental, a este nuevo sistema, donde se automatizaría para producir puntajes de crédito. Esto no tenía nada que ver directamente con la nueva criptomoneda o las transacciones financieras, sino que era un proyecto piloto del FMI. Y, en teoría, tenía sentido. Estaban usando aplicaciones distribuidas basadas en Ethereum—lo que se denominaba *árbitros confiables*. Si un módulo cumple con ciertas condiciones que otorgaban la autorización, podrían leer, agregar, modificar y leer los datos sin que nadie otorgue otro permiso. Esto eliminaba la corrupción. No sería posible piratear los datos porque estaban almacenados en una cadena de bloques segura, y no podría pagarle a una persona para que los obtenga, porque las personas, los seres humanos, no tenían acceso directo a los datos. Fue integrado en el sistema para el beneficio del sistema. Usando ciertos protocolos, la información puede ser leída pero no modificada. Eso mantenía todo seguro pero aún así conveniente y utilizable.

La falla en eso era que algunos módulos podrían estar escritos para proporcionar los datos. Los *hacks* serían construidos en el sistema. Tenía pocas dudas de que parte de la participación del FMI y la Interpol en el desarrollo era asegurar que esos trucos estuvieran en su lugar.

La información almacenada era crítica. Para satisfacer la creciente demanda internacional para prevenir el lavado de dinero y controlar el flujo de efectivo de organizaciones ilegales y terroristas, el sistema bancario implementó requisitos como "conocer a su cliente" (KYC) cada vez más complejos, lo que significaba que los bancos tenían que recopilar información detallada sobre las identidades de todos los titulares de cuentas. La mayoría de las compañías y organizaciones que operan a nivel mundial tenían cuentas en diferentes bancos en múltiples países, lo que significaba que esta información privada se almacenaba en múltiples lugares, lo que aumentaba la posibilidad de que un pirata informático obtuviera acceso a ella. Además, significaba abrir nuevas cuentas; volver a introducir los datos en una nueva base de datos consumía mucho tiempo y era inútil. El FMI, aparentemente, en conjunto con el Banco Mundial, quería hacer eso innecesario. Los bancos serían liberados de la responsabilidad de recopilar y almacenar la información. Cualquier persona autorizada por el el sistema podría abrir una cuenta y realizar transacciones comerciales.

"Este es el primer paso en un registro de cuentas global", había dicho Mitch Childer. "Y antes de que discutas en contra de ella o celebres su evolución, tenemos que probar su factibilidad". Si funcionaba, haría de Tanzania un niño del póster para la banca internacional. Naturalmente, el gobierno estaba totalmente a favor.

Realmente la publicidad era buena, pero cuando Rashmi revisó lo que sabía sobre el sistema, un escalofrío la recorrió. De repente, vio lo que significaba—el gobierno centralizaría el control de esa información. No parecía haber ninguna garantía seria contra una parte en el poder que utiliza el sistema para rastrear los gastos de una parte opuesta. Si ella entendía el sistema, no solo se podía acceder a los datos a través de las rutinas de solicitud de préstamos u otros procedimientos bancarios de rutina—sino que estaba disponible de varias maneras a través de otros módulos. No sería necesario que una persona muy inteligente supiera cómo extraer esa información.

Decidió que esa era la razón por la que Interpol estaba tan interesado en el proyecto. No les importaba lo que hacía el sistema para prevenir el fraude, sino que estaban interesados en saber cómo podrían obtener acceso a ese tipo de información.

Wyatt tenía razón. Estaban pervirtiendo el concepto mismo de la seguridad ofrecida por los sistemas distribuidos. Hace mucho tiempo atrás, Rashmi creyó que las personas buenas podían usar sus habilidades para ayudar y proteger a las personas. Cada vez más, ella se preguntaba si eso era cierto. Incluso con buenas intenciones, necesariamente les quitaban su libertad para garantizar su seguridad. Era "para el bien de todos" y, por lo tanto, parecía, para el bien de ninguno.

"El deseo de privacidad, cuando no está satisfecho, lleva a una necesidad de secreto", le había dicho Wyatt. En ese momento, ella había pensado que era un comentario ligero de un cínico, un *flip*. Pero lo que estaba mirando era un plan para eliminar la privacidad a escala global. Y, si eso se supiera, empujaría a mucha gente a tratar de encontrar formas de pervertirlo, de derribar el sistema. La tiranía inevitablemente hace los revolucionarios de las buenas personas.

La idea de esto como una fuerza de tiranía la preocupaba. Ella no tenía idea de si esa era la intención, pero eso le parecía a ella. Lo peor era que estaba comprometida a ayudar a hacerlo realidad.

Ella había dado su palabra de que haría que este proyecto fuera exitoso.

Mientras pensaba en el sistema, la necesidad de sistemas bancarios internacionales y las demandas que imponían, consideraba la dirección del mundo, este sistema, o uno similar, una versión más amplia y completa del mismo, parecía inevitable. También parecía oscuro... muy oscuro ciertamente.

Capítulo 19

Sueños en el Paraíso

"Es mejor tener tu cabeza en las nubes, y saber dónde estás.... que respirar la atmósfera más clara debajo de ellas, y pensar que estás en el paraíso".
—Henry David Thoreau

Malecón de Progreso
Yucatán, México

A veces, Wyatt tenía problemas para creer su suerte. Durante las semanas que estuvo en el paraíso, descubrió que su nueva vida parecía estar jugando en la línea de sus fantasías más salvajes. Claro, no se había imaginado lo húmedo que podía ser a veces o que tendría que lidiar con bichos, pero eran cosas tan pequeñas cuando considerabas que no tenía que lidiar con ser dueño de un auto y todo lo que estaba involucrado con ello. Podía elegir entre una variedad de modos de transporte y todos eran baratos. Tenía una habitación decente y, si decidía quedarse en la playa por un período de tiempo, Charlie le daría una mejor tarifa.

Se resistió a dar ese paso sólo porque una vez que decidiera quedarse, bueno, sería fácil comenzar a acumular cosas. Avanzaba y se volvía más complicado. Compraría algunos artículos para la cocina para poder preparar su comida favorita, o tener un mejor televisor... pero él no necesitaba nada de eso. Así que evitó comprometerse, aunque tarde o temprano tendría que tomar una decisión. Por ahora, le gustaba mantenerlo simple. Desayunar en la playa, trabajar en su balcón o sentarse debajo de una palapa a tomar una cerveza.

Y por las noches podía caminar por la playa, ir a un bar o llamar a María. Era una chica entusiasta y bastante encantadora. Su español estaba mejorando y también el inglés de ella. No tenían nada en común excepto el comercio, pero él estaba feliz de ser un cliente estable y ella parecía divertirse. Algunas noches incluso la llevaba a cenar.

Una noche se encontró con un humor pensativo y melancólico. Era uno que exigía la reflexión. Llenó un vaso de whisky y se fue a dar un paseo por la playa. Era una noche tranquila y no había turistas, así que estaba solo. Muchos de los vendedores se habían tomado la noche libre.

Caminó descalzo en la arena húmeda, luego en el agua, dejando que le lavara las piernas. Los pensamientos cayeron. Estaba haciendo el trabajo que envió Peggy y debería haber sido un desafío. Hubo algunos aspectos que podrían haber sido realmente excelentes, pero sin mucha información, información que ella no le daría, tenía que hacer un trabajo básico, mínimo e insatisfactorio. Hubo una desconexión que no había anticipado y fue frustrante su sueño.

El sueño no era claro, ni siquiera consistente. Hubo una discrepancia entre Wyatt Osgood, el vago de la playa, y el hombre que estaba ayudando a Tanzania a implementar una pseudo criptomoneda. Eso era un bocado, pensó. Pero muy exacto. Le dolía cooptar en la criptomoneda con un sistema de pago digital de control gubernamental.

Así que le encantó la programación y detestó el proyecto con todo su ser. Las cosas que se estaban haciendo, que él estaba haciendo, para controlar el sistema de pago en lugar de liberarlo, estaban mal. Lo había sabido cuando aceptó el trato de Claude Hoenig. Asistir a Anarchapulco había aclarado el problema. Las conversaciones con la gente y las conferencias ayudaron a alimentar su pasión por la libertad, y no sólo su propia libertad. Ansiaba la de la gente que su trabajo esclavizaría.

Y Rebecca le había señalado que de alguna manera no siempre podría elegir vivir de acuerdo con sus propios valores. "Aunque", le dijo ella, "creo que huir es un buen comienzo. Y tú aprenderás.- Viviendo de esa manera, no podrás evitar aprender la verdad".

Ella nunca le diría cuál era esa "verdad".

"Lo mío no es tuyo", le dijo ella. Eso no ayudó.

Sabía que ella lo estaba conduciendo a un camino, insinuando un horizonte en el que debería mirar hacia una idea o un ideal más grande que no había aceptado del todo, o al menos no se había dado cuenta. Y eso lo dejó caminando solo en una playa con el horizonte acuoso resaltado por un pedazo de luna plateada.

La luna era la ideal —una delgada hoja de papel parecida al papel que representaba una realidad lejana. Y Rebecca insinuó que ya lo sabía, pero él no se había comprometido a hacerlo. Sin embargo, sin saber cuál era ese ideal, no tenía idea de lo que significaba comprometerse con la idea, o cómo resolvería su dilema. El trabajo que lo alimentó provino de grandes corporaciones y gobiernos. El jugo real se encontraba en proyectos nacionales o internacionales a gran escala. Si él no trabajará para ellos, ¿qué haría?

Y, sin embargo, mientras eligiera vivir en los márgenes, en una playa tropical, nunca sería parte integral de ninguno de esos proyectos. La mayoría de los gerentes de proyectos deseaban un tiempo de frente, una oportunidad de revisar su trabajo y controlar el flujo de información. Peggy podría ser extrema en su control, pero no era única. Cuando hizo otros proyectos, se enfrentó a la misma situación. Los trabajadores en el lugar rara vez se llevaban bien con los de la oficina en casa. Un trabajador en una playa tropical no podía esperar comunicarse y llevarse mejor.

Wyatt sacudió la arena de su pie y aceptó que enfrentaba lo que parecía ser un problema sin solución. Sin alejarse del trabajo de su vida como ya lo había hecho en su existencia cotidiana anterior, la dicotomía no podía desaparecer. Con la persistente, casi crónica angustia que él sufría, se preguntaba si eventualmente lo quebrantaría.

"Joder, no", le dijo al mar. El mar no respondió. Le estaba dejando a él encontrar la manera de seguir adelante.

Cuando sus pensamientos se desarrollaron sin producir nuevas ideas o respuestas, y su vaso estaba vacío, se dio la vuelta para regresar a su apartamento.

Las luces estaban apagadas abajo. Era la única noche a la semana en que el restaurante estaba cerrado y la persona que había alquilado el apartamento de al lado todavía no había aparecido. Al subir las escaleras, tenía la sensación creciente de que las cosas estaban un poco fuera de lugar. Algo era diferente, pero no podía precisarlo.

Cruzando el balcón, entró en el apartamento y volvió a llenar su vaso. Algo se movió en el balcón. Era su hamaca. Volvió a salir. La luz de las farolas iluminaba un cuerpo delgado, desnudo y muy femenino que yacía en ella. "Oye, marinero, ¿nuevo en la ciudad?"

Él no podía hablar, era Rebecca. "¿Qué? Cuándo viniste...."

"Acabo de llegar hace un rato. No quería interrumpir nada, pero vi que estabas solo caminando por la playa".

"¿Me viste?"

"Desde mi apartamento." Ella sonrió. "Soy tu vecina. ¿Cómo has estado, vecino?" Luego salió de la hamaca. Él la miró por un momento antes de correr hacia ella, besarla y tomarla en sus brazos. "No sabía si vendrías".

"Yo tampoco", dijo ella. "¿Pero eso no hace que el hecho de que ahora esté aquí sea aún más especial?"

Lo hizo.

Capítulo 20

Cuando las Cosas Salen Mal

"La seguridad y el bienestar fueron la recompensa de la opacidad".
—Hanif Kureishi
Dramaturgo, guionista, cineasta y novelista británico.

Departamento de TI
Ministerio de Finanzas
Dar es Salaam, Tanzania

Mitch Childer estaba frunciendo el ceño. Aunque rara vez veía al hombre luciendo feliz, Peggy nunca había visto que su rostro se oscureciera así. Se veía poco saludable y siniestro. No es que ella pudiera culparlo.

"La puta cosa no está funcionando", dijo Andwele. Él estaba detrás de Childer con cara de piedra.

"Eso es afirmar lo obvio", dijo Childer con tristeza.

Peggy volvió su atención a la pantalla plana y miró con incredulidad. Echando un vistazo a sus notas y luego la pantalla de nuevo no hizo nada. El maldito sistema estaba funcionando pero las transacciones estaban retrocediendo. Y algo más estaba terriblemente mal.

"Los números están equivocados".

Rashmi pasó su dedo por una columna de figuras. "Los puntos de referencia y los resultados están fuera de lugar. Nada está como lo que deberíamos estar recibiendo" dijo con calma.

El corazón de Peggy se aceleró. Esto era solo una prueba, pero no había ninguna razón para que no funcionara bien. Ella había sembrado el programa con un conjunto de valores para simular un conjunto de condiciones y luego ejecutaron el programa para ver cómo funcionaba. Nada se estaba procesando. Las solicitudes de transferencia solo se acumulan, al parecer, a menos que el dinero vaya a los lugares equivocados.

"Puedo ayudarte a solucionarlo", dijo Rashmi.

Eso era lo último que Peggy necesitaba. "Encontraré el problema yo misma, de lo contrario, no entenderé realmente qué salió mal. Si lo soluciono, será más fácil ejecutarlo".

Childer se ajustó el nudo de la corbata. "No tenemos mucho tiempo. Si la señorita Patel quiere ayudar..."

"Lo sé. Tenemos prisa, pero necesito ser metódica, no quiero manos extras que se metan con esto".

"Si estás seguro de que es lo mejor", dijo Childer. "Encontrar la solución está en tí".

Rashmi recogió su taza de té. "Eso está bien por mí". Peggy pudo ver que la mujer no estaba comprando la explicación. Ella no la culpó—era muy sencilla.

"Aprecio la oferta. Si no puedo solucionarlo yo misma, pediré ayuda".

"Estaré en mi oficina. Llámame si cambias de opinión.

"Encontraré el error", dijo Peggy.

Rashmi se rió. "No es un error, Peggy. Esa no es la manera de ver lo que está pasando".

"¿Qué quieres decir?", Preguntó Childer.

Rashmi suspiró. "Un error es un error en el código. Esto es más fundamental. Por lo que veo, los módulos no están interactuando como deberían".

"Explícalo", dijo Childer.

"Cada módulo proporciona una función. Algunos son simples, otros complejos. Los contratos inteligentes, por ejemplo, dependen de varios módulos para operar durante tres fases, tal vez incluso más".

Childer parecía confundido. "¿Fases?"

"Sí. Primero, el contrato debe redactarse y aprobarse, luego el sistema realiza pruebas continuas para ver si se cumplen las condiciones del contrato. Una vez que verifica eso, ejecuta el contrato. Esa parte sola puede ser para múltiples operaciones".

"Lo entiendo muy bien", dijo Childer.

"Eso no está sucediendo aquí", dijo Rashmi. "Estamos creando contratos, pero cuando ingresamos variables ficticias para el contrato, no lo vemos ejecutarse correctamente. Eso debería obligarlo a ejecutarse, pero eso no está sucediendo".

"Una serie de cosas pueden causar eso", dijo Peggy.

Rashmi asintió. "En este momento, no sabemos si el contrato se está construyendo correctamente en primer lugar, o si el sistema reconoce que se cumplen sus condiciones. Hasta que no entres en las entrañas de la cosa, no sabremos qué está pasando".

"Hemos probado todos los malditos módulos", dijo Peggy, odiando que sonara tan a la defensiva. La verdad era que cuando se trataba del funcionamiento general del sistema, para ella eso estaba fuera de su alcance.

Rashmi seguía asintiendo. "Lo sé. Todos funcionan correctamente de acuerdo con las especificaciones que me diste. Por eso dije que debe tratarse de un problema de lógica o estructura del sistema. Podría ser algo tan simple como un desacuerdo sobre qué registro se está utilizando para pasar datos".

"¿Desacuerdo?" Preguntó Andwele. "¿No estás de acuerdo?"

"Ella no se refiere a nosotros", dijo Peggy. "Quiere decir que podríamos haber utilizado un registro para un módulo y otro para el módulo con el que está trabajando. Eso puede suceder cuando diferentes programadores escriben los distintos módulos".

"Y cuando la especificación total no está disponible para que todos la vean", dijo Rashmi deliberadamente.

"Bueno, repasaré todo de nuevo y lo resolveré".

"Es extraño tener un problema", dijo Rashmi.

"¿Por qué es eso?" Childer preguntó.

"No esperaba un problema con esta sección—los contratos inteligentes. Y, tampoco, en las transacciones de pago. Los contratos de fideicomiso si funcionan bien".

Childer parecía desconcertado. "¿Por qué es extraño, señorita Patel?"

"Porque acabamos de copiar mucho. Gran parte del código fue tomado al por mayor de otros sistemas de pago digital. Todos ellos trabajan. Eso sugiere que algunas de nuestras modificaciones son culpables". A Peggy no le gustó la forma en que la mujer la miraba cuando dijo eso.

Childer se paseaba por el suelo. "Necesitamos esto arreglado de inmediato. ¿Está seguro de que puede hacerlo, señorita Dory?

"Nada es seguro, Childer, pero debería poder ponerlo en funcionamiento".

Rashmi se quedó mirando el monitor. "Si tengo razón, cuando se encuentre el problema, la solución no tardará en implementarse. No debería implicar mucho más que reescribir unas pocas líneas de código. Por supuesto, el truco está en saber qué líneas reescribir para que otra cosa no se arruine. Es una bestia compleja, este sistema".

"Usted parece estar bastante bien informada, Srta. Patel. ¿Y si insistiera en que la Srta. Dory te deje ayudarla?

"Mi oferta fue sincera, pero Peggy probablemente tenga razón. Estoy haciendo muchas declaraciones generales. No estoy al día con el flujo del sistema..." ella miró a Peggy. "... y tengo poca experiencia con la codificación *blockchain* o *sidechain*".

"¿Qué pasa con ese otro codificador?" Childer preguntó. "El que desarrolló la idea básica".

A Peggy no le gustaba a dónde iba esto. Childer nunca había mostrado mucha fe en ella, y ahora estaba hablando de manera que podrían alterar sus planes por completo. "¿Wyatt? Entiendo que él está sentado en una playa en algún lugar escribiendo módulos."

"¿No sería él la persona lógica para resolver esto?" Childer no estaba realmente preguntándoles. "Debería tener una idea clara de cómo debería funcionar, lo que es más de lo que parece que haya aquí".

"Eso tiene sentido", dijo Rashmi. "Ciertamente, Wyatt tendría mejores ideas sobre dónde comenzar a buscar los problemas más que nosotros. Él tiene la experiencia".

Peggy sintió una rabia creciendo dentro. La situación había sido tan dulce y de alguna manera ella la había jodido. Tener a Wyatt allí, capaz de ver el código, podría arruinar todo. "Su contrato con la compañía dice que se va a trabajar fuera del lugar". Ella asintió con la cabeza en dirección a Andwele. "Y, según tengo entendido, el gobierno aquí no quiere que haya otros programadores, más extranjeros, en el sitio. Insistieron en que lo hicieran los programadores locales".

Childer se tocó la barbilla. "Si es necesario para lograr nuestros objetivos, el gobierno doblegará las reglas. ¿Qué está mal con eso?"

"¿Podemos tener unas palabras en privado?". Le preguntó ella.

"Necesito más té de todos modos", dijo Rashmi girando para irse.

Andwele vaciló, mirando a Childer con nerviosismo por un largo momento, obviamente preocupado de que lo dejaran fuera del circuito. Luego se dio la vuelta y siguió a Rashmi fuera de la oficina. Después de que se fueron, Peggy se sentó, escuchando el zumbido de los ventiladores y sabiendo que Childer esperaba pacientemente a que ella hablara. Quería que se lo preguntara, pero él no parecía en absoluto nervioso. "¿Por qué demonios traerías a Wyatt Osgood aquí?"

"Aparentemente es la mejor persona para encontrar los problemas".

"También es un alborotador. Me dijiste que no querías que él supiera sobre tu código, las funciones que hemos presentado. Si está en el sitio, si le pides que solucione el problema del código, entonces será muy bueno que se le informe sobre los módulos que me agregaste o los encontrará él mismo".

"Ese es tú problema y confío en que tu ingenio pueda manejarlo", dijo Childer. "Necesitamos que el sistema funcione sin problemas y pronto. Si no puedes evitar que vea todas las funciones, una vez que el sistema esté funcionando, podemos controlar los daños".

Las palabras *control de daños* adoptaron una connotación bastante siniestra en la forma en que el hombre las dijo. Se dijo a sí misma que no era como si él le estuviera ofreciendo una oportunidad para opinar sobre el asunto, pero no parecía bueno para el pobre Wyatt. No es que a ella le importara mucho.

Mitch Childer enderezó su corbata perfectamente recta. "Le diré al Sr. Hoenig que necesitamos al hombre aquí inmediatamente. Y en cuanto al límite para los programadores, le haré saber al viceministro Dola que tendrá que aguantar a otro estadounidense por un tiempo. Él no se opondrá".

"¿Por qué no me das la oportunidad de arreglarlo primero? Podría ser algo muy simple. Podría descubrir qué está mal de inmediato".

"Adelante, pero si Rashmi Patel tiene razón, hay algo estructural que no estás viendo. Aun así, si puedes hacerlo funcionar antes de que llegue, tanto mejor. Lo enviaremos de regreso. No habrá daño si lo traemos aquí innecesariamente".

Peggy dejó que su mente pasara por las posibilidades. Su propio módulo era bastante pequeño e insignificante. Ella podría enmascararlo. Pero no parecía probable que Wyatt extrañara los procesos de recopilación de datos y centralización que Childer había agregado al sistema ... demonios, el código inflado solo le diría que alguien había agregado cosas, pero podía pasar por alto su pequeña modificación con bastante facilidad .

Existe la posibilidad de que Wyatt se niegue rotundamente a irse de donde sea que esté. Ella no tenía idea de qué tipo de influencia podría tener Childer sobre el hombre, pero las cosas serían mucho mejores si Wyatt se negara a venir. Ella podría esperar que él no quisiera trabajar allí, o encontrar el problema antes de que él llegara. Esa opción era la única sobre la que ella tenía control, desafortunadamente.

"Bien. Haz lo que necesites y me pondré a trabajar para encontrar el problema".

"Déjame saber de cualquier progreso".

"Claro". Cuando se fue, Peggy se dio permiso para sentirse como una mierda por un rato. Ella estuvo tan cerca. Childer tenía razón en que Wyatt probablemente podría solucionarlo en un instante, pero eso era lo último que quería. La última cosa.

Hizo una copia de seguridad de la última versión del código y copió la fuente en su computadora portátil para llevarla al hotel. Si trabajara en su habitación, sin todos esos idiotas a su alrededor... solicitaría servicio de habitación para obtener comida y algo de alcohol. Tal vez el camarero sea un tipo caliente, como el de Suiza. Ella había tenido suerte con Franz.

Ella se lamió los labios, recordando sus noches juntos. "Primero, arregla el maldito código, Dory", se dijo a sí misma.

Capítulo 21

Bitpats

"La marca del hombre inmaduro es que quiere morir noblemente por una causa, mientras que la marca del hombre maduro es que quiere vivir humildemente por una".
—Wilhelm Stekel
El Cazador en el Centeno de J.D. Salinger

Malecón de Progreso
Yucatán, México

C on Rebecca a su lado otra vez, Wyatt felizmente pasaba las mañanas después del desayuno haciendo su trabajo para el proyecto y el resto del día con ella. No importaba que el trabajo todavía estuviera viciado; era fácil motivarse, escribir la basura básica que exigía Peggy, porque sabía que tan pronto como terminara, estaría con ella. Ella hacía lo mismo. Se sentaban juntos en el balcón tecleando en sus computadoras portátiles y compartiendo una taza de café. Tal como había imaginado, la aventura era más divertida compartida. La vida en el sol mexicano brillaba como diamantes. El tiempo fluía como un río tranquilo.

"Parece que sabes sobre mi proyecto", dijo él un día. "¿En qué estás trabajando tú?"

Ella rió. "Estoy tratando de destruir tu trabajo", dijo.

Ella no explicaría más. Sonaba extraño, pero él le creyó. Dado lo que sentía por el proyecto, no le importaba si era cierto. Pero él quería saber más sobre ella. Y, aunque ansiaba que ella le dijera si se quedaría con él, o incluso cuánto tiempo estaría allí, se negó a preguntar. Ella le decía lo que quería. Mientras tanto, trabajaba para saber quién era esta maravillosa mujer.

Esa noche caminaron por la playa, simplemente disfrutando de estar juntos. Por primera vez, Wyatt entendió a qué se refería la gente cuando decían que disfrutaban estar vivos. Al lado de Rebecca, él podía sentir eso, ella era un factor enorme en ese sentido de estar vivo.

"¿Cuál es tu historia?", Le preguntó.

"¿Mi historia?" Preguntó ella. Ella se detuvo y lo enfrentó. La arena estaba caliente bajo sus pies. "¿Qué te hace pensar que tengo una historia?", Preguntó. "¿Por qué mencionas esto? ¿Por qué aquí y ahora?

"Curiosidad", dijo en voz alta, solo sonaba insolente. "Creo que todos tienen una. Algunas son dramáticas, otras no, pero todos la tenemos. Estaba pensando en ti, en que estuviéramos aquí juntos, y se me ocurrió que no conozco tu historia". Atrapó el brillo de algo en sus ojos. ¿Preocupación? ¿Miedo? ¿Alarma? Él no sabía "No es que necesite saber todo sobre ti. No es como si yo fuera un policía".

"¿Qué dirías?" Ahora vio que ella había estado bromeando. Sus ojos brillaban de alegría por haberlo hecho retroceder.

Él ya lo había pensado y no había razón para no decírselo a ella. "Creo que te estás esforzando por actuar como si no te importaran las cosas. Creo que estás merodeando por las playas tropicales para no involucrarte".

"¿No involucrarme? No estoy segura de a dónde vas con eso".

"No eres una mochilera típica y eres demasiado grande para ser una niña de un año sabático para ver el mundo. Estás preparada y confiada".

"Puedo ver por qué eso te hace sospechar".

"No sospecho... solo tengo curiosidad porque me gustas. Eres brillante y bien educada, pero parece que no estás preocupada por el mundo".

"Estoy tratando de estar de vacaciones". Ella hizo una mueca amarga. "Y ahora parece que estás intentando estropearlo todo para mí".

"Estoy de buen humor", dijo él.

"¿Lo estás?"

"Sí".

Ella volvió la cabeza y miró hacia el agua, poniendo una mano sobre sus ojos para protegerlos. "Cómprame una cerveza y te lo contaré todo".

"Extorsionadora."

El viento atrapó mechones de su pelo rubio pálido, largo hasta los hombros y la luz del sol lo iluminó como reflejos. Ella le lanzó una sonrisa encantadora. "Oye, las ideas no son gratis, ya sabes. No son buenas de todos modos. No son mías. Tampoco es una empresa inteligente.

"¿Tengo que pagar por la empresa?"

"Por ser buena compañía. Pero los pensamientos te costarán una cerveza. Dos si realmente nos metemos en las cosas".

"¿En las cosas?"

"Me siento seria. Si realmente quieres escuchar mi historia, te costará una cerveza".

"¿Tal vez dos?"

"Correcto."

Así que se sentaron a una mesa, bajo un techo de paja, y pidieron dos botellas frías de cerveza. El aire era cálido, incluso en la sombra, pero algo en la mirada intensa de Rebecca le dio un escalofrío. De repente, escuchar su historia, extraviarla de ella, no parecía ser una gran broma. Las cosas se pusieron serias.

Ella esperó hasta que cada uno tomara un largo trago de las frías Coronas. "Tienes toda la razón de que no soy una nómada o mochilera digital típica. No soy una mochilera en absoluto".

"Y tampoco una expatriada. Dijiste que eras un bitpat."

Ella sonrió. "Está bien. Y te dije que yo también era una luchadora por la libertad".

"Lo recuerdo. En el contexto de la conferencia, pensé que era algo curioso, pero nada más".

"Eso podría ser la definición de algo. Esta era digital está cambiando las cosas. Nuestras innovaciones están cambiando las cosas para bien o para mal. Algunas cosas que no entendemos ahora parecían terribles. Más adelante, cuando tengamos un control sobre ellas, podrían ser nuestra gracia salvadora. Otras cosas que parecen convenientes y maravillosas pueden convertirse en una pesadilla. Las herramientas de la libertad pueden ser utilizadas para la opresión. Se adaptan a cualquier objetivo".

"¿Pero no eres parte de alguna célula revolucionaria?"

"No somos revolucionarios en absoluto. Estamos implementando la tecnología en la causa de la libertad. Levantan los muros y los bajamos. Intentan seguirnos y usamos sus esfuerzos contra ellos. Pero quedarnos quietos les dejaría encontrarnos. Entonces, por elección, por mi vocación, si lo prefieres, soy una viajera perpetua que trabaja en el ciberespacio. Lo que el blogger de viajes Andy Graham piensa que es la versión moderna de un viajero vagabundo. Más importante aún, para mí, puedo trabajar para las personas que merecen mis mejores esfuerzos".

"Suena ideal".

Ella dejó escapar un largo suspiro. "Retrocedamos un poco porque vine aquí para contarte toda la verdad y no empecé bien".

"¿La verdad? Eso suena serio".

"Mi nombre real es el mejor punto de partida. Es Megan Philips".

"Me suena familiar".

"Estaba trabajando para el Departamento de Seguridad Nacional cuando decidí hacer una caminata".

"Recuerdo. Desapareciste. Pero esa no eras tú".

Sus ojos se rieron. "¿No? Estabas seguro de que era yo".

"Vi las fotos que publicaron de esa mujer... incluso había algunas imágenes del Circuito Cerrado de Televisión, CCTV. Ella no se parece en nada a ti.

Ella esbozó una sonrisa delgada. "Es curioso cómo funciona eso y no es mágico. Estaba escribiendo un código para el sistema de identificación biométrica. El gobierno recopila todos los datos interesantes sobre cada persona que puede para que puedan rastrearlos. Pero todo está almacenado en bases de datos. Pretenden que se descentraliza cuando "dispersa" es un término más preciso. Y eso es sólo físico. Descubrí que no es tan difícil, básicamente, reasignar un conjunto de datos a una nueva identidad. Una vez que está en la base de datos de Seguridad Nacional, se extiende por todo el mundo. Así que están buscando a una mujer que murió un año antes de que me fuera".

"¿Por qué? ¿Por qué dejar eso?

"Porque yo, y la gente como yo, les estaba dando poder sobre todos los demás. No merecían mi ayuda, así que la eliminé. Había desarrollado un código y lo estaba probando. Me desperté una mañana y supe que no quería que lo tuvieran".

"¿Lo supiste?"

"Hice una nueva amiga. Me desperté un sábado por la mañana y ella llamó a mi puerta. Parece que había estado monitoreando mi trabajo y quería que entendiera lo que les estaba dando—como nos oprimirían a todos por nuestro propio bien. Los folladores."

"¿Qué quería ella que hicieras?"

"Seguir mi propia conciencia y hacer lo que pensaba que era correcto. Ella me llevó a desayunar y hablamos. Habló sobre cómo las personas creativas como yo, como tú, le permiten a los que son pequeños tiranos y ladrones... nada más. Hablamos todo el día y hasta altas horas de la noche. Compramos vino y nos sentamos alrededor de mi apartamento mientras ella me lo ofrecía todo, cómo había poderes invisibles que manipulaban a los gobiernos visibles para sus propios fines. Ella me dejó ver que no podían hacerlo solos. Ella explicó que el código que estaba escribiendo sería un paso gigante para esas fuerzas".

¿Así que esta mujer te convenció para que abandonases tu vida por completo? ¿Y llevaste tu código contigo?

Ella sacudió su cabeza. "No, ella no me convenció de nada, me dijo cómo funcionaba realmente el mundo. Ella me dijo que tenía opciones y una de ellas era convertirme en un bitpat, una persona libre. Como grupo que no debe su lealtad a nadie, se ayudan mutuamente. Como un blockchain humano, estamos distribuidos. No tenemos agenda sino libertad".

"Y elegiste irte".

"Sabía que vendrían tras de mí".

"¿Por qué? No pueden hacer que escribas un código para ellos si no quieres".

"Podrían tomar el código y luego darme un ejemplo. Los cargos de traición no son inusuales en un caso como ese".

"¿Porque te uniste a los bitpats?"

"No me uní a ellos... me dijeron la verdad y decidí ser uno".

"Eso es increíble. La gente como tú desaparece y ni siquiera aparece en las noticias".

"Eso es porque no quieren que el mundo sepa cuántas personas creativas y productivas les dicen que no. Si lo dejan salir, tantos se estarán retirando, simplemente cayéndose de la red, la gente se asustaría. La idea de que el gobierno tiene a los mejores y más brillantes de su lado es parte de su posicionamiento, su marca. Si el mejor y más brillante trabajo para ellos, entonces lo que sea que hagan debe ser correcto y bueno".

"Así que cambiaste tu identidad..."

"Al final me convertí en Rebecca, con un pasaporte oficial, legal, licencia de conducir, las obras. Y tengo suerte. Rebecca es una persona mucho más sensata de lo que fue Megan".

"¿Y nadie con quien trabajaste notó que no eras la mujer con la que habían compartido un cubículo?"

"No estaba allí, pero piénsalo. Ellos construyeron el sistema. ¿Crees que iban a señalar una falla tan fatal del sistema? Ni por todo el dinero del mundo. No, mucho mejor dejar que la policía persiga a un fantasma. Además, incluso si lo informaran, todo lo que sabrían es que la imagen, los datos biométricos que tienen, no son míos. No sabrían de quién fue. Y he cambiado mi identidad dos veces desde entonces".

Wyatt sintió que su mundo se tambaleaba. Todas sus dudas sobre el trabajo que estaba haciendo para el FMI, la forma en que la gente estaba usando su código, pervirtiéndolo... él entendía exactamente lo que ella hubo sentido. ¿Dijiste que habías venido para decirme la verdad? ¿Cómo supiste que estaba aquí? ¿Por qué yo?"

"Mi amiga, su nombre es Boone, por cierto, apareció con tu artículo. Le tomó un tiempo rastrearte pero ella lo hizo. Tu hermana no fue de ninguna ayuda, sólo para que lo sepas. Luego pirateé los sistemas de reserva de la aerolínea y te localicé aquí."

"¿Por qué?"

Ella saludó a la camarera y levantó dos dedos. "Además del cálido sol y la cerveza fría, vine aquí para contarte todo esto. Para recordarte que tú vales más que los agentes de poder, pero los estás habilitando. Sé que empezaste a separarte, a crear cierta distancia, pero el mal gusto persiste, ¿no es así? La forma en que están utilizando las ideas... El trabajo de la *blockchain* de Satoshi, tu regulador benigno... y manipulándolos hasta que no sean más que herramientas de control. Usan tecnología que debería ser perjudicial y hacer que refuerce las cadenas existentes, las líneas de poder. No pueden hacerlo sin tu ayuda. Y tú quieres hacer la mejor implementación posible. Te dices a tí mismo que si trabajas en el proyecto será lo mejor posible, y vine aquí para llamar a eso una tontería. Los estás sosteniendo. Tienes que dejarlos caer.

"No es sólo que... hago que el sistema funcione correctamente", dijo Wyatt.

"¿Y qué es eso?"

Se sintió tonto. "Di mi palabra".

"¿A quién?"

"Claude Hoenig. Él es mi jefe Cuando esto comenzó, le dije que lo haría. Sé que eso suena estúpido, pero..."

Ella se acercó y tocó su mano, su suave caricia lo tranquilizó. "De ningún modo. Eso tiene más sentido que cualquier otra cosa. Nuestra palabra tiene que significar algo. Pero piensa en esto... ¿qué pasaría si algo inesperado sucediera y mantener tu palabra inesperadamente significaría que tengas que hacer algo horrible, digamos que matar a alguien? ¿Podrías hacer eso?"

Wyatt sintió que un lazo se apretaba alrededor de su cuello. "No."

"Después de que te involucraste, después de que hiciste la promesa, aprendiste la verdadera naturaleza del trabajo, ¿verdad?"

"Sí, aunque debí haberlo adivinado desde el principio".

"Bien. Pero en algún momento, estás absuelto de esa promesa. Cuando las circunstancias son tales que no puedas continuar, considera hacer lo que hice. Alejarte."

Él rió. "Si pudiera presionar un botón y obtener una nueva identidad..."

"Bitpats", dijo ella. "Si decides convertirte en un nómada digital, o incluso hablar más sobre lo que eso significaría, envía un correo electrónico a Boone en bitpats punto com. Una vez que le haya hablado de ti, que realmente eres el tipo de persona que ella sospechaba que eras, estará encantada de ayudarte".

"Me da la impresión de que estás diciendo adiós", dijo. Una tristeza se apoderó de él.

"Tengo cosas que hacer y lugares para estar. Los bitpats no solo se sientan todo el día bebiendo cerveza y hablando de filosofía política con los chicos calientes, ya sabes. Necesito recuperar mi culo para trabajar en un proyecto".

"¿Te veré de nuevo?"

"La comunidad de bitpat no es tan grande. Si decides convertirte en uno, podríamos reunirnos".

La camarera vino con la cerveza y Wyatt tomó una, sintiendo la fría botella húmeda en su mano. El sol brillaba, la brisa salada soplaba mechones del cabello rubio ceniza de Rebecca, y la vida era hermosa. "Tengo que cumplir mi promesa... por ahora", dijo. "No me odies".

Su risa flotó sobre él. "No puedo odiarte, Wyatt. Eres una persona honesta. Desde mi perspectiva, tu lealtad está fuera de lugar, pero eso no es una transgresión contra mí. Va en contra de tus propias creencias, en todo caso. Creo que vendrás a ver eso".

"Tal vez". Él empujó la botella de cerveza alrededor de la mesa. "Ahora que has dicho tu parte, ¿es todo? ¿Te vas? "

"Sí, señor Osgood, ese es el final de mi conferencia", dijo. "Estoy contenta de dejar que mis ideas y sugerencias radicales fermenten, hiervan en la parte de atrás de tu cabeza y confío en que darán frutos. Y no me iré de inmediato ", dijo. "Tenemos hoy y esta noche. Me iré mañana".

"Eres una pésima verdadera creyente, sabes".

"Gracias por ese cumplido", dijo ella. "Ahora paga por la cerveza y volvamos a la habitación. Toda esta charla teórica me encendió".

"Por esa sugerencia valió la pena aguantar la clase, profesora".

Hizo una broma al respecto, pero tuvo que admitir que lo que ella dijo ya lo estaba mordiendo. Era todo lo que sabía que era verdad. La mayor parte de lo que ella dijo le había estado molestando durante algún tiempo, era una parte inherente de su malestar. Era algo de lo que hablar con Claude. Luego.

Capítulo 22

El Largo Brazo De La Ley

Ya hemos visto, que si un hombre tiene poder sobre otros puestos en sus manos, lo usará para un propósito maligno; con el propósito de convertir a esos otros hombres en los instrumentos abyectos de su voluntad.
—James Mill
Enciclopedia Británica

Cercle de Lorraine
Bruselas, Bélgica

Osk Barstad generalmente no pensaba mucho en su trabajo. Pagaban bien y su título sonaba importante, pero la Interpol era una organización bastante desdentada. Se suponía que debían combatir el crimen, pero necesitaban que la policía local realizara los arrestos. Luego, una vez que obtenían al agresor, habría una tonelada de papeles para deportarlos o extraditarlos... lo que fuera apropiado para devolverlos a la jurisdicción donde se consideraba que se cometió el delito.

Con los delitos informáticos, especialmente el fraude bancario internacional, podría ser un desafío determinar la jurisdicción adecuada. A veces, especialmente en casos de alto perfil, varios países querían participar, otras veces nadie quería el dolor de cabeza de tratar con eso.

No se sentía como estar en la aplicación de la ley.

Y las computadoras, tan útiles como eran, la molestaban. Osk no era una programadora. Ella había escrito un código durante sus años en la universidad, pero eso era todo.Había tomado entrenamiento de la policía, pero debido a que tenía algunas clases de finanzas, la integraron en el Equipo de Delitos Económicos de la policía de Oslo. Lo había hecho bien y había sido prestada a Scotland Yard por un año. Se suponía que eso fomentaría la cooperación interinstitucional y le permitió aprender cómo el Yard hacía las cosas. Tuvo un romance con el detective con el que estaba entrenando y terminó siendo reclutada por el grupo de delitos financieros de la Interpol.

Aunque parecía que se estaba uniendo a un grupo de élite, aprendió que el trabajo era el mismo. Pero la Interpol tenía mejores recursos y capacitación, y también tuvo la oportunidad de codearse con la mejor gente económica y financiera. Su prestigio fue novedoso por un tiempo. Ella hizo un buen trabajo y se promovió.

Cuando dio una charla sobre los esfuerzos de la Interpol para detectar el lavado de dinero en el Foro Económico Mundial en Davos, recibió una inesperada invitación a cenar. Era de algunos de los principales actores... jefes de departamento en el FMI y el Banco Mundial. Se convirtió en una cita de ensueño. La abordaron, cenaron en un lugar lujoso y la cortejaron—la estaban reclutando.

"Tenemos nuestro propio grupo de trabajo", le dijo Mitch Childer. "Es un grupo informal que trabaja en conjunto para alcanzar objetivos comunes. Funciona de manera que nuestras propias organizaciones no puedan o no quieran cooperar".

"No entiendo."

"Por supuesto no. ¿Conoce el Grupo Bilderberg?

"Solo que se formó para fortalecer la alianza de Estados Unidos con Europa y evitar otra guerra mundial".

Childer asintió. "Y se basa en el capitalismo de libre mercado... a nivel mundial. Ese grupo continúa, pero algunos de sus miembros clave se sintieron descontentos con los esfuerzos tibios y, en última instancia, sus objetivos mundanos. Como respuesta, crearon Retinger Oculística, llamada así por Józef Retinger, un político polaco. En la actualidad, Oculística representa el verdadero esfuerzo por crear un poder global supranigubernamental para ayudar al mundo, a fin de garantizar la seguridad y la protección financiera y física en todo el mundo. Naturalmente, la aplicación de la ley es una parte importante de eso".

Ella estaba halagada y curiosa. "¿Por qué me habla de esto a mí? Dirijo un departamento, no la agencia".

"Porque sería útil tener a alguien bien colocado en Interpol", le dijo una mujer de cabello oscuro. "Alguien que esté enfocado en delitos financieros y económicos. Usted no dirige la agencia, pero dirige ese departamento. Y entendemos que lo hace bien."

Le había divertido que la hubieran investigado tan a fondo, pero su ego era acariciado por ser el centro de su atención. Era un negocio embriagador. En la cena acordaron mantenerse en contacto, para perseguir su posible participación. Y así continuaron con este torbellino de asuntos, conociéndose unos a otros, durante unos meses antes de que se le ofreciera oficialmente un lugar entre ellos. Incluso antes de que hicieran la oferta, ella sabía que lo harían y sabía cuál sería su respuesta.

En última instancia, el dinero y el encanto de trabajar con ellos, siendo parte de un grupo increíblemente poderoso y secreto, eran irresistibles.

Diariamente, le pedían un poco a ella. Querían saber antes de cualquier caso importante que Interpol estaba investigando y, a menudo, le pedían que empujara las cosas en la dirección que ellos prefirieran. Principalmente, ella solo hizo el trabajo que Interpol le pagó bien por hacer; Sólo que ahora ella hizo mucho más. Fue más interesante cuando le pidieron que interrogara. El grupo reuniría a algunos de los miembros y les haría responder preguntas, crear escenarios y, a veces, como estaba ahora, evaluar los riesgos potenciales y las opciones de control de daños.

La habían convocado a Bélgica y un automóvil la llevó a una reunión en el *Cercle de Lorraine*. Era un club privado de alto nivel en Bruselas, donde los jefes de industrias, de la realeza y los influenciadores económicos más poderosos de Europa se reunían para establecer contactos. El sólo hecho de caminar la hizo temblar de alegría. El aire era suave a esta altitud.

El personal la conoció y la acompañó a una sala de reuniones privada. Mientras pasaba por el comedor, vio a Johnny Depp comiendo en una pequeña fiesta. En la sala, dos personas, dos miembros de las filas superiores de la Retinger Oculística, la esperaron.

Mientras se sentaba, un camarero le trajo un vaso de vino blanco frío y luego retrocedió. Cuando desapareció, la reunión comenzó sin ceremonia. "Por lo que hemos escuchado, el sistema, este proyecto de Tanzania, se ha convertido en un desastre", dijo el hombre de ojos verdes.

"Acabo de ver los informes. Han encontrado algunos problemas, pero es un sistema complejo y ésta fue solo una primera prueba".

"Una prueba funcional. No hizo nada".

Ella se encogió de hombros. "Está en sus inicios".

"Estamos pensando en desconectarlo", dijo, volviéndose hacia la mujer de cabello oscuro que estaba a su lado. "Ella no está de acuerdo, pero mi percepción del estado del proyecto en este momento sugiere que estamos en serios problemas". Luego se concentró en Osk. "Antes de tomar una decisión, me gustaría su opinión".

Osk no sabía el nombre del hombre o si era un hombre de negocios, político o qué. Ella sabía que él gozaba del respeto de todos en el grupo. Desde el principio supo que muchos de los miembros privados no ofrecían sus nombres. Ambos la miraron, esperando. Sabía que esperaban su opinión sin adornos y se preparó para darla.

"Creo que sería prudente dejar que el programa se desarrolle exactamente de la manera que Childer lo ha establecido", les dijo. Vio un destello de emoción cruzar la cara de la mujer. En un instante se había ido, dejando a Osk segura de que había golpeado un nervio de algún tipo. Si eso era bueno o malo, solo el tiempo lo diría. Al igual que con el hombre de ojos verdes, nunca le habían dicho el nombre de la mujer ni a quién representaba, pero quedó claro que ella era otro miembro del círculo íntimo: los directores del grupo secreto.

La mujer aspiró. "¿De Verdad? No todos piensan que es seguro dejar que continúe. Ciertamente parece que el proyecto podría fallar espectacularmente. Eso podría llamar la atención sobre... otras cosas".

"¿Qué encontrarían en un código erróneo?" Preguntó Osk.

"El peligro no está en el código ni en el contenido", dijo el hombre. "No creo que sea prudente hacer algo que pueda terminar en manos de los entrometidos reporteros que buscan algo en la historia".

Osk consideró eso. "Creo que tendrían más interés por parte de los medios si el proyecto fuera abortado. Olerían un encubrimiento o un intento fallido de algo. Si falla... bueno, los proyectos y programas mucho menos ambiciosos que éste fracasan todo el tiempo. Y el FMI sería visto como los tontos detrás de él, no el grupo".

"Todavía..."

"Con este proyecto, están aislados de la culpa o incluso de la asociación. Naturalmente, los aficionados a la conspiración, los que ven su mano invisible en el trabajo en cada elección, cada evento internacional, continuarán reclamando que estuvieron involucrados. Verán su obra en docenas de lugares donde ni siquiera han operado. No hay evidencia más creíble de su existencia en este proyecto que en esos lugares imaginados. El FMI y el Banco Mundial están periféricamente involucrados, pero sería sospechoso si no lo estuvieran. La mayoría de las personas verán que no se necesita un grupo secreto y poderoso que funcione entre bastidores para crear este proyecto o para que falle. Mire a Venezuela... estos países que hacen intentos a medias para obtener los beneficios de la criptografía y que intentan regularla al mismo tiempo son tan numerosos. La mayoría de ellos, como tantas ofrendas iniciales de monedas, son basura. Aparte de la participación del FMI y del Banco Mundial en este caso, no hay razón para pensar que se destaque de todos los demás".

"Usted construye un caso poderoso", dijo la mujer.

"Me pidió que supervisara, investigara esto, construyera escenarios... soy muy buena en lo que hago".

El hombre de ojos verdes se puso de pie. "Muy bien, Barstad. Confiamos en que nos avise de inmediato si ese análisis cambiara por cualquier motivo".

Ella asintió. "Por supuesto."

El hombre se dirigió hacia la puerta, luego se detuvo y se dio la vuelta. "¿Supongo que está haciendo un seguimiento de todos los involucrados en el proyecto? ¿Todas las personas que sepan los detalles?"

Ella asintió. "Sí. Una vez que me asignó la seguridad, comencé de inmediato. He estado acumulando nombres de todas las personas involucradas, incluidos los locales y los extranjeros que trabajan en el proyecto, o cualquier persona que pudiera estar expuesta a la información sobre el mismo. He hecho que mi personal investigue sobre ellos más allá de lo que ya sabemos".

"Sobre todo, necesitaremos saber dónde encontrarlos si hay alguna necesidad de interrogarlos".

Osk sonrió. Incluso sin saber nada sobre este hombre, estaba bastante segura de que sabía cómo interrogaría a la gente. Estaba en esos ojos, el conjunto de su barbilla. Él no era de los que dejaba cabos sueltos. En cierto modo, eso la molestaba. La mayoría de las personas involucradas eran inocentes, pero luego entendió que este grupo estaba dispuesto a llegar a esos extremos cuando se unió a ellos. Este no era el momento de tomar el alto nivel moral. "Sabemos dónde están todos".

"¿Incluso este programador que está trabajando fuera del sitio?"

Ella asintió. Podemos contactarlo en cualquier momento. La compañía, Hoenig Fintech, pagó sus boletos cuando salió de Zurich. Está todo en el sistema. He enviado un agente para vigilarlo. Le he ordenado a mi agente que averigüe su paradero exacto".

El hombre parecía que podía sonreír, entonces el momento pasó. "Manténgame al tanto", pensó. "Le enviaré mi número privado, encriptado. Cualquier cosa extraña o molesta debe ser reportada directamente a mí inmediatamente. Esta mujer Dory me parece poco convencional. Childer cree que la tiene controlada, pero no lo creo".

"Yo haré eso."

"Y mantenga un ojo en el Sr. Childer".

"¿Cree que podría hacer algo? ¿Qué debo vigilarlo?"

"Creo que está tratando de probar algo con este proyecto. Él está mucho más involucrado emocionalmente de lo que debería estar".

"Es más o menos el trabajo de su vida".

"Y mientras que la dedicación y la lealtad son cualidades buenas, la obsesión no lo es. Alcanzar nuestros objetivos significa ser adaptable y no insistir en un camino en particular. Me preocupo por él".

"Ya veo."

"Si bien el proyecto es importante para nosotros, mantener nuestra invisibilidad es mucho más importante que el éxito de este proyecto".

"Eso es bueno de entender".

"Es por eso que no le hemos preocupado con la posibilidad de que podamos cerrarle el paso. Creo que él podría objetar y que las cosas podrían complicarse. Así que vamos a enviarla a Dar es Salaam para que pueda seguir de cerca... todo".

"Si me envían allí para revisar el proyecto, ¿Childer no sospechará algo?"

"En realidad, estamos aprovechando una conveniencia. Mitch Childer acaba de solicitar que le pidamos que esté usted allí. Piensa que puede ayudarlo con su pequeño juego. Los jugadores necesitan un poco de insistencia y tranquilidad de vez en cuando".

"Para que él esté feliz, yo estaré allí". Una delgada sonrisa curvó sus labios. A ella nunca le gustó Childer, ni siquiera un poco. Fue bueno saber que el escalón superior no lo amaba, ni siquiera confiaban totalmente en él. "Necesito escribir un informe a la Interpol que justifique mi ausencia para cubrir el trabajo. De esa manera todos habrán contado la misma historia. Puedo estar en Tanzania en dos días".

"Perfecto."

Entonces el hombre se fue.

La mujer de pelo oscuro levantó su vaso. "Lo hizo bien".

"¿Qué hice?"

"Usted lo logró. Usted expresó su desacuerdo con él de una manera sinconfrontarlo. Bien jugado. Creo que va a ser un activo cada vez más importante para el grupo". Ella se puso de pie. "Enviaré al camarero cuando salga. Pida otro vino y tómese su tiempo bebiéndolo. Me iré por la parte de atrás. Ser vistos juntos, o irse juntos, nunca es una buena idea".

Osk asintió. Pasar un poco de tiempo en un hotel de lujo sin duda no era una dificultad. Se conseguiría una elegante suite en un bonito hotel en Dar es Salaam. Recordó haber oído cosas buenas sobre el Hotel Serena. Ella lo buscaría. Y luego, mientras ella estaba haciendo todo lo que este grupo le pedía, también podía hacer algunas conexiones con las personas encargadas de hacer cumplir la ley—conexiones personales. Consideró la posibilidad bastante deliciosa de que algunos políticos quisieran ganarse su favor. Habría hombres y mujeres en el grupo que se pusieran nerviosos por una presencia visible de Interpol. Ella les ofrecería su protección por un precio y haría el mejor uso posible de su tiempo.

Mientras tanto, ella viviría diariamente e invertiría su salario e ingresos adicionales en la moneda de criptomoneda llamada *Monero*. Los *nerds* sabelotodo en Scotland Yard habían estado hablando mucho sobre lo anónimo que era—quejándose de ello en realidad—porque frustró sus esfuerzos. Eso le atraía, como lo haría cualquier persona razonable que pudiera necesitar disfrazar su riqueza real y dónde estaba almacenada.

Osk Barstad estaba construyendo su propio pequeño capullo, sus propias reservas y su propia base de poder. Entonces, incluso si este grupo no sobreviviera, ella lo haría. Y tendría los medios para seguir viviendo en el estilo al que se estaba acostumbrando rápidamente. La vida continuaría siendo buena incluso si lo político estuviera en crisis. Si el grupo fallaba, ella persistiría y eso la haría sentir bien.

Capítulo 23

Con Apoyo Policial

"Mi más profundo agradecimiento al gobierno de los EE. UU., Al senador McCain y al senador Lieberman por presionar a Visa, MasterCard, PayPal, Amex, Mooneybookers, y otros, a erigir un bloqueo bancario ilegal contra @WikiLeaks a partir de 2010. Esto nos llevó a invertir en Bitcoin—con > 50000% de retorno".
—Julian Assange
Twitter @JulianAssange, 14/10/2017

Hotel Golden Tulip Dar Es Salaam City Center
Plaza de la ciudad, calle Jamhuri
Dar es Salaam, Tanzania

Los domingos eran lentos. Los domingos, toda mierda sucedía. El domingo, Peggy Anne Dory decidió ir al gimnasio del hotel y hacer ejercicio. Necesitaba sacar la mierda de su sistema, limpiarla con sudor. Pasaba demasiado tiempo sentada y comiendo comida basura y estaba perdiendo energía. Además, un entrenamiento duro le permitiría pensar y evaluar dónde estaba.

Esta evaluación, lo que necesitaba para pensar y entender, giraba principalmente en torno a algunos cambios recientes. Necesitaba saber cómo la afectaban a ella y sus planes. Cambios como la llegada de Osk Barstad, la policía extraordinaria, tuvieron que alterar las cosas. La mujer estaba husmeando y no estaba claro lo que estaba buscando.

Por otro lado, Peggy tuvo que admitir que, si bien sus instintos le decían que tuviera cuidado con Osk, o cualquier otro policía, en estas circunstancias estaba funcionando. Trabajó con Childer y estaba felizmente confirmando casi todo lo que Peggy dijo sobre el código. Eso hizo su vida, ocultando el trabajo que estaba haciendo para Childer, más fácil. A la tonta mujer no pareció importarle el tipo de tontería que alimentaba al gobierno de Tanzania, ni a nadie más; ella simplemente asentiría.

Apenas prestó atención al código. Ella no tenía ningún interés en ello y pasaba la mayor parte del tiempo conversando con los banqueros y los tipos financieros que venían para estar seguros de que el sistema sería la bendición que se les había dicho que sería.

Cualquier otra cosa que ella estuviera haciendo, y Peggy estaba segura de que tenía su propia agenda, ella era buena en eso.

Infeliz por mantenerse en el frío, un banco quería que Peggy incluyera a uno de sus programadores en el proyecto, que lo hiciera parte del equipo. "Nos gustaría tenerlo involucrado. Tenerlo allí, salvaguardando nuestros datos, tranquilizará a nuestra junta directiva", dijo el gobernador del banco.

Barstad se mantuvo firme. "No. Eso crearía un lío absoluto. Necesitaríamos conseguirle una autorización, y luego tendríamos que autorizar a cada banco, a cada firma de corretaje, a cada cadena de tiendas con datos de propiedad en el sistema a hacer lo mismo. Ya sabe cómo sería eso. Resultaría en tantas peleas mezquinas y el proyecto nunca se completaría".

El banquero intentó pasar por encima de su cabeza, llevando la queja a Andwele Kassain y luego al viceministro Dola, pero no llegó a ninguna parte. Finalmente, Mitch Childer voló para tomar a los banqueros nerviosos de la mano. Uno por uno, invitó a cenar a todos los financieros involucrados y les dio charlas de ánimo, o lo que sea que la pinche gente así hiciera para retorcer los brazos y lograr que se hicieran las malditas cosas.

No es que lo hubiera hecho por ella, pero Peggy estaba agradecida. Mitch Childer, como buen mojigato culo trabado, seguro que sabía cómo manejar a las personas así.

Ella sabía por qué él estaba tan ansioso por ayudar también. Había notado mucho sobre los cambios en el sistema que Childer había pedido que no tenían mucho sentido para Peggy, quien estaba desarrollando el código. Algo era contraintuitivo. La premisa era que un sistema descentralizado y distribuido sería más rápido, más rentable y todo eso. Pero este sistema centralizó todos los datos sobre personas, empresas y organizaciones. Y aunque era un sistema financiero, la mayoría de los datos carecían de sentido desde el punto de vista financiero.

En un momento dado, Andwele echó un vistazo al diagrama de flujo que Peggy estaba creando y se rascó la cabeza. Si esa visión general y perpleja lo desconcertaba, ella pensó que realmente se desconcertaría al saber que la base de datos nacional de delitos, todos los registros judiciales del país, incluidos los que fueron suprimidos, fueron recogidos en esa masa de información. Todo, desde multas de tráfico hasta fraudes, fue registrado.

Mientras que los datos de esa naturaleza se consideraban algo curioso para el FMI, podía ver por qué le gustaría a Osk —le daba a la Interpol, al menos a su grupo, acceso a datos que normalmente requerían solicitudes especiales y tiempo dedicado a trabajar. Canales diplomáticos de vuelta para conseguir. Cuando este sistema estuviera funcionando, podían verlo en un instante—sin que nadie lo supiera.

Nada de eso hizo nada para acelerar las transacciones financieras o proporcionar información financiera—el monitoreo que Childer afirmó que estaban haciendo, la razón para construir el sistema. Por supuesto, tampoco lo retrasó; se acababa de agregar al costo de la construcción del sistema. Eso significaba que tenía que ser algo que la Interpol, u Osk, al menos, deseaban. ¿Quién sabía si hablaba por la organización?

La pregunta era ¿por qué el FMI quería lanzar a la Interpol ese hermoso hueso?

Peggy no estaba dispuesta a preguntar. Sin importar los pequeños trucos adicionales que pusieron en el sistema, con su módulo instalado, su objetivo era verlo funcionando sin problemas. Y cuanto antes mejor. Mientras tanto, cuando Childer u Osk le decían que saltara, ella les preguntaba a qué altura.

Hoenig no se había sorprendido cuando Peggy le dijo que la Interpol estaba en el sitio. "El mundo está cambiando."

"Eso no es noticia", ella se rió entre dientes. "En este caso, creo que la Interpol está metiendo sus dedos en el pastel". Luego ella explicó sobre el acceso.

"Todo se trata de los grandes datos", dijo Claude Hoenig. "Van a raspar todo, aunque probablemente no puedan manejarlo todo. No me sorprendería si sus analistas no se sienten abrumados por la cantidad de basura generada por el nuevo mundo de cámaras de la CCTV que funcionan constantemente y la capacidad de captar todo tipo de conversaciones. Sin embargo, la Interpol no va a dejar pasar la oportunidad de aprovechar más. Asumiría que tienen la intención de hacer eso con cada país que ayudan. Es una nave espía moderna. Usan datos financieros para rastrear a los criminales".

A Peggy no le importó. "Solo pensé que deberías saberlo", dijo ella.

"Aprecio eso. Saberlo podría ser útil. De hecho, envíame información sobre cómo podrían acceder a esos datos".

Peggy se echó a reír. "¿Tratando contigo?"

"Algo como eso. ¿Por qué no? ¿Y cómo va el proyecto?"

"Se está armando. Habrá mucha más codificación de la que anticipamos para hacer todo lo que se necesita hacer. Eso es un montón de datos para joderse con ellos".

"¿Y Wyatt?"

"Él está bien. Está quejándose de que lo mantengan en la oscuridad, pero está cumpliendo a tiempo".

"¿Mantenido en la oscuridad?"

"Quiere ver la especificación completa en lugar de simplemente trabajar en módulos".

"¿Por qué no le das la especificación? Cuanto más sepa, mejor trabajo hará".

"No se me permite compartirlo. Ese es el protocolo que Childer estableció aquí, y una vez que incorporaron a la Interpol al juego, duplicaron en la seguridad. No quieren que nadie esté fuera del sitio y conozca todo el sistema. Piensan que incluso la información que alguien podría obtener de un diagrama de bloques o de un diagrama de flujo completo es compartir demasiado. Ni siquiera me dejan llevar las cosas a mi habitación de hotel para trabajar en eso".

Hoenig parecía desconcertado. "Sé que la información en este sistema será útil para la Interpol, pero es solo un sistema de transacciones financieras. ¿Por qué tratarlo como si contuviera secretos militares? ¿O hay algo que no sé qué debería saber? "

Lo último que necesitaba Peggy era que Hoenig se entrometiera en los detalles del sistema. "Porque es un banco de pruebas. Childer dice que el FMI espera usar esto para ver cómo funcionan ciertas características, de modo que puedan conectar los sistemas desde muchos países. Les aporta datos útiles. Pero eso significa que es un objetivo primordial para los hackers o cualquier otra persona que quiera interrumpir las cosas. Así que es cauteloso".

"Queremos un conjunto completo de especificaciones para nuestros archivos cuando esté completo", dijo Hoenig. "Eso es parte del trato".

"Entonces será mejor que hables con Mitch Childer y con esta mujer Barstad y te asegures de que aún esté sobre la mesa".

"¿Quién?"

"La dama de la Interpol. Ella está tan loca por mantener la tapa sobre las cosas así como lo hace Childer".

"Tal vez por lo que está en juego para ella".

"Bueno, con mi grado de pago, todo lo que puedo hacer es especular. Los detalles están cerrados con llave. Así que, en términos de trabajar con Wyatt, lo mejor que puedo hacer es describirle los nuevos módulos y dejar que los haga. Y no solo Wyatt. Hemos dividido todos los códigos aquí en grupos aislados".

"Eso no es un buen enfoque. Puedo ver por qué se está quejando Wyatt".

"Bueno, me temo que es lo mejor que puedo hacer, lo mejor que cualquiera puede hacer. Todo lo que este equipo me permitirá es explicar sus funciones y proporcionar gráficos de tiempo para las interfaces a las que se conectan. No sólo no puedo decirle a nadie lo que hace el sistema completo y cómo lo hace, en algunos casos, no está claro para mí. Este dato criminal es un buen ejemplo. Desde mi perspectiva, no hace nada".

"Eso es una mierda", dijo Hoenig.

Peggy casi se echó a reír. El hombre tenía razón, era una mierda total, pero había suficiente verdad en eso de que cualquiera a quien llamara estaría de acuerdo con lo que ella le había dicho. "Están siendo cautelosos. De hecho, cada una de esas facciones está haciendo sus propios esfuerzos para controlar el flujo de información—tenemos seguridad competitiva. Se siente como una misión de paz para la ONU, donde todas las tropas tienen órdenes diferentes. Childer y la dama de la Interpol están haciendo lo suyo para evitar que alguien sepa algo. Creo que incluso mantienen el ministerio en la oscuridad. Estoy bastante seguro de que revisan todos los correos electrónicos que envío. Andwele, que realmente está realmente fuera de lugar, parece estar muy bien informado acerca de algunas cosas que solo he mencionado en los correos electrónicos a ti o a Wyatt".

"Bueno, el correo electrónico está en su servidor. El interés propio en los esteroides, supongo, pero he trabajado con agencias de inteligencia que no eran tan paranoicas. Entonces, ¿es por eso que me llamaste usando un programa de encriptación? "

"Sí, y es por eso que llamo desde mi habitación de hotel usando mi celular. Cualquier cosa en la oficina está sujeta a orejas indiscretas de un tipo u otro".

"¿No te han recibido con los brazos abiertos?"

"La presencia del contingente estadounidense es tolerada, como una necesidad, pero eso es todo. Andwele quiere el proyecto debajo de él, por lo que él se resiente que yo lo maneje. A Childer le molesta que yo tenga que saber algo. La dama de la Interpol es jodidamente aburrida, creo. Pero ella busca fugas, y no estoy dispuesta a probar lo que puedo hacer sin que me golpeen la mano. Creo que ella se abofetearía. Ella me parece una perra despiadada".

Hoenig suspiró. "A ellos realmente no les gusta dejar que los nuevos niños participen en todo el juego, ¿verdad?"

"¿Ellos?"

"Childer y su multitud".

"Te refieres al FMI y al Banco Mundial".

"Hasta cierto punto, sí, pero no del todo".

"Hoenig, ¿se supone que debo saber de qué estás hablando?"

"Realmente no. Es solo que obviamente hay más de lo que se ve a simple vista. Algunas agendas conflictivas. Llamaré a Childer y explicaré los hechos de la vida.Si él espera que obtengamos mucho beneficio al tener a Wyatt trabajando con nosotros, necesitamos poder ponerlo al día".

"Te lo dejo a ti", le dijo Peggy. "Mantenme fuera de esto".

"Yo puedo hacer eso. No te gusta él, ¿verdad?"

"¿Childer? Es un pez frío. No le importa mucho lo que es humano".

"Me refería a Wyatt". Ella lo pensó. "No me desagrada. Él y yo somos dos bichos raros con sabores totalmente diferentes. Él es todo idealismo y mierda".

"¿Y tú toda cinismo?"

"No toda. Pero soy pragmática. Solo quiero terminar este trabajo y salir. Wyatt quiere que el código sea muy elegante. Él lo toma personalmente si un módulo no se ejecuta".

"Eso lo hace una persona valiosa".

"Lo hace un dolor en el culo cuando no se conforma con saber que el código funciona. Él siempre quiere saber más".

"Como dije, eso es una cosa que respeto de él. Y que su análisis de código es generalmente correcto".

"Es un buen programador, pero su corazón no está en este proyecto y no lo está totalmente porque también prefiere mantenerse en la oscuridad. Lo escuchaste escupir cuando estábamos en Zurich. A pesar de que la idea central es suya, creo que preferiría hacer casi cualquier otro proyecto que este. Eso no es pragmático".

"Es una mala situación. Pensé que la distancia lo dejaría relajarse cuando se trataba de sus opiniones políticas. Sé que no aceptará la necesidad de que un gobierno sea una figura de confianza para la criptomoneda".

"La sola idea de configurarlo de esa manera lo pone enfermo".

"¿Pero dices que está haciendo un buen trabajo?"

Peggy odiaba admitirlo. "Él sonríe y y se resuelve. El proyecto quedaría muy atrás sin él. Y ahora... bueno, hay algunos problemas. Creo que están relacionados con el tiempo, pero no estoy segura. Estoy depurando, resolviéndolo, podría usar su versión. Pero dados los protocolos, y el maldito secreto, tendría que venir aquí para hacer el trabajo".

"Sabes que eso es imposible".

"Sólo por unos días", dijo Peggy. "Un par de semanas a lo sumo. Envolveríamos esto tan fácilmente".

"Su contrato dice que no tiene que hacerlo", dijo Hoenig. "Hicimos un trato."

Peggy negó con la cabeza. "Pero podría hacerlo si así lo desearas. Él es tu amigo. De algún modo. No tengo idea de cómo ustedes dos se las arreglan para no matarse entre sí, y aun así son amigos. Si le preguntas amablemente."

Hoenig estuvo tranquilo. "Childer me habló de eso también".

"Sí", dijo Peggy. "Él es bueno para traer a Wyatt desde donde esté".

"Yo hablé con él."

"¿Y?"

"Él dijo no. De ninguna manera. Ese es un paso más allá de lo que él está dispuesto a ir".

Peggy suspiró. "Mierda. Childer es realmente inflexible."

"Tal vez si lo llamaras."

"¿Yo?"

"Tú eres la jefa del proyecto. Si le preguntas amablemente..."

"Tendría que rogar".

Hoenig tosió. "Dijiste que lo querías envuelto. Dijiste que si él estuviera allí llevaría un par de semanas".

"¡A la mierda! Bien. Te lo ruego".

"Buena niña. Habrá una bonificación por esto para ti cuando el proyecto esté avanzando".

Claro que sí, la habrá, pensó Peggy. Una ventaja más grande de la que nadie imaginó. El mundo era un lugar de dinero gratis si tenías la oportunidad de acceder a él. Y esta era su oportunidad.

Por lo tanto, si la mendicidad era lo que se necesitaba para envolver a este imbécil, le rogaría a Wyatt que los rescatara. Dale la oportunidad de jugar al héroe rescatador.

Lo haría peor que eso si tuviera que hacerlo. Estaba tan cerca que saboreó el éxito, y sería dulce.

Capítulo 24

Asistencia Obligatoria

"Algo bueno de la música, cuando te toca, no sientes dolor".
—Bob Marley

Malecón de Progreso
Yucatán, México

Wyatt Osgood estaba sentado en una mesa en la playa tomando una cerveza fría y contemplando la vista. Estaba solo de nuevo. Rebecca se había ido a Asia. Indonesia, había dicho ella, aunque él no estaba seguro de cuánta credibilidad dar a esa historia. No después de todo lo que había aprendido sobre ella. Si ella fuera inteligente, mentiría sobre eso. No importaba... independientemente de a dónde se había ido, ella se había ido.

Ella se había ido, pero el hermoso Mar Caribe estaba allí frente a él, brillando a la luz de la mañana. De mayor interés, dos chicas delgadas, vestidas en bikini o casi vestidas, que probablemente habían bajado de un crucero, pasaron junto a él. Llevaban el pelo recogido en una cola de caballo y con gafas de sol se enmascaraban los ojos mientras caminaban lado a lado al borde del agua. Cuando estaban directamente frente a él, una lo miró y sonrió.

Él le devolvió la sonrisa y dejó que sus ojos se deleitaran con sus hermosas piernas bronceadas y corrieran por sus culos y pechos. Ambas eran delgadas, pero no súper flacas. Le gustó eso. Wyatt pensó que las mujeres deben tener curvas.

Continuaron alejándose y cuando habían ido lo suficientemente lejos por la playa hasta que él ya no pudo ver cómo se movían los músculos de sus culos, suspiró y volvió su atención a la pantalla de la computadora portátil que estaba sobre la mesa frente a él.

Después de que Rebecca se fue, había recibido dos llamadas. Primero Hoenig y luego Peggy lo llamaron para pedirle que fuera a Tanzania. El proyecto estaba en problemas. "Estoy haciendo mi parte, Claude", le dijo a Hoenig. "No intentes cambiar el trato conmigo ahora".

"No lo hago", dijo Claude. "Estoy pidiendo un favor".

"Eso funciona de la misma manera".

Cuando colgaron, pensó que el aire había sido despejado. Hoenig dijo que entendía. Entonces Peggy llamó, diciéndole cuánto necesitaba su ayuda. "Es tu código", dijo ella. "Sé que quieres que se implemente correctamente".

"Eso es chantaje emocional", dijo. "No estoy jugando ese juego. Puedo seguir el camino que llevo, o puedes terminarlo sin mí. Esas son las únicas opciones".

Ella colgó sonando amarga e infeliz, pero a él no le importó. No se iba a preocupar por un proyecto que realmente no debería haberse iniciado sin un diseño más directo y parámetros más prácticos. Si ahora estaban en problemas, incluso si él iba allí, lo más que podía esperar era mantener las cosas juntas. La presión del tiempo, las limitaciones del proyecto, la mayoría de las cuales ni siquiera le gustaban, no permitirían una buena solución a los problemas que Peggy mencionó.

Finalmente, ella se rindió y él dejó a un lado todos los pensamientos sobre Tanzania y se enfocó en el problema en cuestión. Estaba trabajando en una idea que había tenido esa mañana, justo cuando veía a Rebecca subir a un taxi y dirigirse al aeropuerto. Había pensado en una pequeña modificación de su código que podría significar que podría simplificar el procesamiento de transacciones, eliminando un nivel más de sobrecarga. Si funcionaba. En una red distribuida, los beneficios de eso se multiplicarían varias veces, por lo que valía la pena explorar. Puede que no sea oportuno para el proyecto de Tanzania, pero podría ayudarlo a comprender mejor las interacciones y sería útil en el futuro.

Se lo imaginó funcionando, jugueteando en su cabeza. Ese hilo conduce a éste, pasando parámetros, y luego esperando un tiempo de espera o continuar dependiendo de la entrada de... de repente, se dio cuenta de que había creado otro problema por sí mismo. Este fue un problema de tiempo y resolverlo requeriría otra modificación. Como Peggy no lo dejaba ver el módulo en el que estaba pensando, solo tenía que escribir el suyo. No importaba cómo funcionaba el de ella.

Como de costumbre, una vez que metió la cabeza en lo que estaba haciendo, el proceso de codificación lo absorbió, haciéndolo inconsciente de su entorno. Ahora nada lo haría mirar hacia arriba... no hasta que tuviera hambre o fuera interrumpido por algún evento externo. Los eventos externos podrían ser un vendedor ambulante molesto o alguien sentándose en su mesa. En este caso, el evento que rompió su concentración fue darse cuenta de que alguien acababa de poner una mano firmemente en su hombro.

"Hola, Wyatt".

La voz era de un hombre. El acento era alemán y su inglés estaba claramente articulado, casi forzado. Cuando se volvió, el hombre abrió el abrigo de lino que llevaba, mostrándole un arma. Aunque Wyatt no estaba familiarizado con las armas en gran medida, era claramente una verdadera pistola automática. Lo que más preocupaba aún era que la persona con el arma supiera su nombre. Lo que fuera que estuviera pasando, no era una buena señal. Esto no fue un robo al azar.

Se congeló en su lugar. "Mi billetera está en mi bolsillo trasero".

"No tengo ningún interés en tu billetera", dijo el hombre. "Me pagaron mucho para venir aquí, para hablar contigo".

"¿Conmigo? Estás seguro..."

"Sí, Wyatt Osgood".

"No necesitas un arma para hablar".

"Pero tenerla asegura que escucharás".

El hombre tenía un punto. Algo en él parecía extrañamente familiar pero fuera de lugar. Conocía a este hombre de alguna parte. "Así que habla y yo te escucho".

"Se trata de tu itinerario. Me informaron que se supone que no debes estar aquí ", dijo.

"¿No debo estar? ¿Por qué no?"

"No puedo decirlo con certeza, pero asumo que tus habilidades son necesarias en otro lugar. Me dieron a entender que sabes dónde se supone que debes estar".

"¿Dar es Salaam?"

"Posiblemente. Lo sabes mejor que yo. En cualquier caso, tu presencia allí es bastante importante para mi empleador actual".

"¿Quién es ese?"

Él rió. "La persona que quiere que estés donde sea que te pidieron que fueras".

"¿No tienes la intención de matarme?"

El hombre se acercó para enfrentarlo. Era joven, delgado, en forma, y vestido como un joven ejecutivo de vacaciones, con pantalón caqui, mocasines sin calcetines, una camisa de polo y una cazadora. Wyatt lo miró a los ojos y vio una dureza allí, una frialdad. Tenía los ojos de un asesino. Él no estaba bromeando.

El hombre le devolvió la mirada mientras ponía el arma en su cinturón, dejando que su cazadora la cubriera, y se sentó. Wyatt lo miró. "Por supuesto, no voy a matarte. Eso te haría imposible ir a donde te pidieron que vayas y hagas lo que se supone que debes hacer".

"¿Así que apuntar el arma a mi cabeza es tu forma de hacer un punto?"

Él sonrió. "En realidad, lo fue. Me parece que es bastante rompehielos. ¿Ves como tengo tu atención?

Wyatt negó con la cabeza. "Dile a Hoenig que se vaya a la mierda. Recuérdele que ir al sitio no es lo que acordamos".

El hombre sonrió. "Me encantaría; desafortunadamente, no tengo idea de quién es esta persona Hoenig. Mejor si se lo dices tú mismo."

"¿Claude Hoenig no te envió?"

El hombre sacudió su cabeza. "Honestamente puedo decir que nunca he oído hablar de él". Luego levantó una mano, llamando a una chica que había vagado desde el restaurante y estaba limpiando otra mesa. *Señorita, mi amor, dos cervezas, por favor*". Luego se volvió hacia Wyatt. "Dada la forma en que funcionan las cosas en este amplio y maravilloso mundo, y el hecho de que no sepa quién es, no significa que no me haya enviado. Esa es una declaración incómoda, ¿no? Quiero decir que la persona que me envió podría ser tu presidente o la mafia italiana o rusa. Se encogió de hombros. "No lo sabría".

"¿Ni siquiera sabes quién te envió?"

Esa es la formulación equivocada de una pregunta. Ciertamente no es una que haría a mis empleadores. Eso los molestaría. Además, quien me envió es realmente lo menos importante de mi viaje aquí", dijo.

La chica trajo la cerveza y el alemán le pagó en crujientes pesos.

"Es importante para mí", dijo Wyatt.

"No." El hombre tomó un largo sorbo de su cerveza. "Esto si es una cerveza satisfactoria. Pero como decía, para quién trabajo no es relevante en absoluto. Lo importante es estar en un avión donde sea que se supone que debes estar dentro de tres días. Me dijeron que te informara que tu asistencia es obligatoria".

"Obligatoria. Eso significa que no tienes otra opción".

"Definitivamente no la hay".

"¿Cómo harás eso?"

"Me alegra que hayas preguntado. Tuve que tomarme la molestia de memorizar ese escenario. Qué desperdicio de mi tiempo y esfuerzo sería si usted aceptara dócilmente hacer lo que se le pide después de todo esto. En cualquier caso, el escenario es el siguiente: si no te presentas en el lugar designado dentro de los siguientes tres días, listo para trabajar, entonces sabrás que me vi obligado a hacer un viaje a Colorado ".

"¿Colorado?"

"Sí. Y eso me haría irritable porque no me gusta Colorado. Aunque realmente no puedo decir por qué. Sin duda es un prejuicio irracional. Después de todo, es un estado encantador ese. Probablemente sea un lugar maravilloso para acampar y esas cosas tristes. Me han dicho que la granja de tu hermana es encantadora".

"¿Mi hermana?" Wyatt sintió un escalofrío. Este hombre sabía demasiado.

"Ellen, creo".

"Ella no está involucrada en esto".

"Me temo que ella sí lo está. Mis instrucciones fueron explicarte las elecciones y ser convincente. Veré si puedo hacer eso. Aquí está la realidad: si no te subes a un avión inmediatamente y vas a hacer tu trabajo, entonces mataré a tu hermana. Mi empleador no la necesita y sospecha que la amenaza te motivará".

El cerebro de Wyatt se aceleró. "No puedes lastimarla". Sonaba estúpido incluso como él lo dijo.

El hombre se rió. "No te puedo decir con qué frecuencia las personas dicen cosas así. No tienes ni idea. Creo que viene de la mala escritura en la televisión. Le dicen a alguien que tiene una enfermedad terminal y le dices: 'todo estará bien'. ¿Qué absurdo es eso? Por supuesto que las cosas no estarán bien. Esto es lo mismo. Me estás diciendo que no puedo lastimar a tu hermana cuando ambos sabemos que no hay ninguna razón para no hacerle mucho daño a ella.Soy bueno en lo que hago".

"Si tu..."

"¿Ellen es bonita? Si lo es, y no hay apuro por eso, entonces me entretendré con ella unos días antes de terminar el trabajo".

"¡Hijo de puta!"

"¿No crees que una persona debería disfrutar de su trabajo? Confesaré que un trabajo como el mío no ofrece vida privada, así que tengo que encontrar placer donde y cuando pueda encontrarlo". Él vació su cerveza. "Bueno, he dicho mi parte y eso es todo por lo que vine".

Wyatt consideró agarrarlo, pero el hombre parecía que sabía cómo luchar y su mano se cernió cerca del bolsillo que sostenía el arma. "Deja a mi hermana en paz".

"Eso es patético, Wyatt. Todo se reduce a esto: si te subes a un avión y haces lo que se te pidió que hicieras, no tendré ninguna razón para ir a Colorado, y mucho menos molestar a tu hermana".

"Si algo le sucede a ella, derribaré el maldito sistema".

El hombre sacudió la cabeza. "Te diré que es una amenaza bastante vacía, Wyatt. Verás, tengo el placer de no tener idea de lo que estás hablando. Cualquiera que sea el sistema al que te refieres... ciertamente no me importa de una manera u otra". El alemán se puso de pie. "Dos consejos: no dejes que tu cerveza se caliente y no me hagas ir a Colorado".

Y luego se alejó de la playa, dejando a Wyatt preguntándose quién, además de Hoenig, lo querría en el lugar de Dar es Salaam. No tenía ninguna duda de que, si no aparecía, ese hombre mataría a Ellen. Tampoco le cabía la menor duda de que advertirla no serviría de nada.

Pero enviar a alguien más para que lo amenazara no era la forma en que Claude Hoenig operaba. Wyatt conocía su pasado. Si estuviera tan desesperado, habría intentado convencerlo de ir a África. Pero él no lo había hecho. Podría haber dicho que si Wyatt se negara, su gente lastimaría a Ellen. Wyatt le creería. Claude nunca bromearía sobre algo así, incluso con un arma en la cabeza.

Y si enviara a alguien, algún mensajero sediento de sangre, no sería un alemán. No, incluso si Claude enviara a alguien, sería un estadounidense pulcro. Trabajos estadounidenses para los estadounidenses era uno de sus mantras. Tenía que haber muchos asesinos desagradables con pasaportes estadounidenses disponibles.

Cogió su teléfono y llamó a Hoenig. Mientras esperaba que lo recogiera, se preguntó si era así como lo habían rastreado, a través de su teléfono celular. En realidad, Rebecca había seguido el camino más obvio. Cualquiera de las partes involucradas en este alboroto de un proyecto fue capaz de piratear un sistema de reservación de una aerolínea, o simplemente verificar los manifiestos de vuelo desde Zúrich. La pregunta era ¿por qué les interesaba tanto? Quienquiera que fuera tenía interés en hacer funcionar este sistema, y ahora estaba seguro de que Peggy debía haberlo jodido malamente.

Por primera vez, Wyatt se dio cuenta de que había más jugadores en el juego de los que él sabía. En ese contexto, algo de lo que él sospechaba que estaban haciendo tenía sentido.

Por el momento, necesitaba hacer lo que le habían dicho. Luego, cuando terminara el trabajo, se enfrentaría a Claude, lo hacía admitir que lo había amenazado o le hacía saber quién lo había hecho. El tipo era un maldito fantasma después de todo, no debería tener ningún problema para hacer eso. Pero eso esperaría. Por ahora, solo necesitaba proteger a Ellen.

"Wyatt", dijo Claude cuando respondió.

"Voy a ir al grano", dijo. "Volaré en primera clase y esperaré un reembolso total".

"No hay problema. Pero pensé..."

"Tuve un cambio de corazón".

"Me alegra escucharlo. Le daré a Peggy un mano a mano. Ella estará feliz de verte. "

"Explícame todo esto, Claude. ¿Qué demonios estabas pensando con este proyecto? ¿Por qué una hacker dirige un grupo de programadores en primer lugar? Ella es inteligente y sabe el código, pero sobre todo en términos de cómo desarmarlo".

"Ella es una hacedora y agresiva. Los líderes necesitan eso más que habilidades de codificación".

"¿De Verdad? ¿Cómo te está yendo?

"No es tan bueno en este momento. Childer está al lado de sí mismo. El sistema estaba por todas partes. Los módulos no parecen querer jugar bien juntos".

Wyatt suspiró. Hoenig pensó que todos los técnicos fueron creados iguales, intercambiables e insondables. "Bien, me mostraré en la maldita África y descubriré lo que ella jodió. Tan pronto como esté implementado, me iré de nuevo, ¿verdad? "

"Por supuesto. Te alojaremos en una encantadora suite en el hotel Serena. Toma un taxi y tu habitación te estará esperando.

Algo parecía familiar con el nombre del hotel, pero no pudo ubicarlo. A continuación, llamó a Ellen. "Vaya", dijo ella. "¿Llamándome en una línea no segura?"

"Tengo prisa y quería ver que estabas bien".

"Estoy bien. Harold está bien. Los cultivos están más o menos y el resto del país está loco. Agradable de tu parte preguntar ¿Porque lo preguntas?"

"¿Alguien ha estado husmeando alrededor?"

"No que hayamos visto. ¿Por qué?"

"¿No más de esas llamadas extrañas?"

"No. Pero me acordé del nombre de la mujer. Boone, dijo ella. 'Boone?"

"Como en Richard Boone, el actor. ¿Recuerdas haber visto a *Paladín*?"

"Por supuesto". Más allá de eso, Wyatt pensó que el nombre de Boone tenía un tono familiar. ¿Qué pasaba con estos lugares y personas con nombres que hacían eco de algo? Wyatt sintió como si algo se apretara a su alrededor... ¿una red? Si lo era, ¿quién estaba haciendo la pesca?

"Está atenta", dijo.

"¿De cualquier cosa en particular?"

"De cualquiera que no pertenezca allí".

Ella rió. "Nadie pertenece por aquí. Ni siquiera nosotros."

"No es gracioso. Ten cuidado con los extraños."

"Vas en serio. ¿Estamos en peligro?"

"No tengo idea", dijo. "Es posible."

"Eso no es útil".

"Algo está pasando. Como señalaste, esta no es una línea segura, así que no me siento bien al decir más. No sé nada que pueda serte útil de todos modos".

"Naturalmente. Bien, le daré a Harold un aviso por... cualquier cosa extraña, supongo. "

"Eso es lo más claro que puedo ser".

"Ten cuidado también".

"Lo intentaré. Es complicado."

Después de que terminaron la llamada, Wyatt tomó el consejo del alemán y bebió la cerveza. Mientras la bebía, guardó el archivo en el que había estado trabajando, hizo clic en su navegador y reservó un vuelo a Dar es Salaam. Se iría de Progresso a la ciudad de México esa tarde.

Pidió otra cerveza y abrió un archivo de documentos. Como necesitaba ayuda, apoyo y hacer una solicitud, lo mejor que pudo hacer era contarles todo lo posible acerca del problema y sus antecedentes. Así que se quedó mirando la pantalla y se concentró en su cerebro para obtener detalles, obligándose a seguir un orden cronológico. Luego dejó la cerveza y comenzó a componer una historia del proyecto que incluía todo lo que sabía sobre él. Explicó cómo había escuchado sobre esto, su participación, su acuerdo, y luego describió la visita del alemán y su preocupación por el bienestar de su hermana. Después de leerlo varias veces, lo adjuntó a un correo electrónico y lo dirigió a Boone@bitpats.com y, en el campo del asunto, escribió simplemente: AYUDA.

Después de que pulsó Enviar, volvió a tomar su cerveza y miró la pantalla. Como una forma de contraatacar, no parecía mucho, pero sus opciones eran limitadas. Creía cada palabra que había dicho el alemán y no podía pensar en nadie más a quien contactar. Sintiéndose indefenso, fue a su habitación a empacar, preguntándose sobre el clima en Tanzania. Cualquiera que fuera el código de vestimenta en la oficina, tendrían que aguantar pantalones cortos y camisetas. A la mierda con ellos si no podían tomar una broma.

Parte tres

Parche de software y Amenazas en Informáticas

"Las autoridades odian a quienes aprenden a pensar, porque entonces no pueden ser entrenados para odiar".
—Stefan Molyneux
Podcaster Canadiense De Origen Irlandés Que Habla Sobre Temas,
Incluido El Anarcocapitalismo (Ancap)

Capítulo 25

Solucionador de Problemas en el Edificio

"La diferencia entre un mal sistema de efectivo electrónico y un efectivo digital bien desarrollado determinará si tendremos una dictadura o una democracia real".
—David Chaum
Científico informático y criptógrafo estadounidense que desarrolló ecash

Llegada
Dar es Salaam, Tanzania

Cuando Wyatt aterrizó en el Aeropuerto Internacional Julius Nyerere en Dar es Salaam, encontró a un conductor uniformado esperándolo. El hombre se encontraba fuera del área de reclamo de equipaje con un cartel con su nombre.

Sonrió, sabiendo que Hoenig estaba haciendo todo lo posible para que se sintiera como un rey. Estaba funcionando también. Le gustaba que lo mimaran, que lo trataran como al bateador pesado que fue llamado a golpear en la última entrada de un juego de béisbol. Aún mejor, sugería que Claude no estaba detrás de la amenaza en la vida de Ellen. La persona que empuñaba ese palo no necesitaba hacerle feliz. Él o ella sabían que Wyatt no necesitaría ningún engaño adicional, así que tal vez Claude no sabía de la amenaza. Él quería creer eso. Sería horrible pensar que había juzgado mal a Hoenig tan completamente. El hombre podía ser frío pero era humano. El que amenazó a su hermana, el que envió al alemán, no lo era.

El conductor tomó la bolsa de Wyatt y lo llevó a una limusina. Después de un viaje de treinta minutos hacia el océano, llegaron al

Hotel Serena. "Hay una suite reservada para usted", dijo el conductor mientras le entregaba la maleta de Wyatt a un botones uniformado. "Le están esperando en la oficina, pero tiene tiempo para refrescarse. Lo esperare aquí."

El recepcionista lo saludó por su nombre y lo llevaron a una lujosa suite con vista a la ciudad. Casi se sintió culpable de que al conductor se le enfriaran sus talones mientras él se duchaba y cambiaba. Una bebida alta y fresca de una botella de whisky de malta que tenía una etiqueta que decía: "Bienvenido a Dar es Salaam... Claude", la despegó del borde.

Abajo, entró en la limusina que lo llevó a la oficina donde se estaba codificando el proyecto. Conduciendo por las calles, no veía realmente las calles, los edificios, ningún detalle. Todos sus pensamientos fueron internos, una combinación de sus preocupaciones por Ellen y pensamientos sobre lo que podría estar mal con el programa. Después de todo, esta era simplemente otra ciudad. Y este era un maldito viaje de negocios.

Fue un rudo despertar. A pesar de estar seguro de que había terminado de tener que ir a donde otras personas querían que él estuviera, trabajando de acuerdo con sus reglas, todavía tenía la correa. Alguien con poder y dinero tenía otras ideas para su futuro.

Luego descubrió una nota metida en el bolsillo del mapa del asiento frente a él.La sacó cautelosamente. Esta no sería de Claude. La nota que habían dejado debajo con la bebida contaba su historia. La desdobló. Como había esperado, esta fue menos agradable. "Está siendo inteligente ahora. Este coche se hará cargo de sus desplazamientos. Usted se enfocará nada más que en poner en marcha el sistema. Simplemente haga eso y tenga la seguridad de que todo, y todas las personas que le importan, estarán bien".

No estaba firmado, pero el lenguaje, su tono, le aseguró que había venido de alguien que no era Claude Hoenig.

De hecho, cuando llamó para decirle a Claude que iría a África, parecía sinceramente sorprendido y complacido. "¿Tú, en el sitio? Eso es más de lo que podría pedir".

"Y desapareceré de nuevo tan pronto como se solucione", había dicho Wyatt.

"Por supuesto. Estoy feliz de tomar lo que estás dispuesto a dar. El contrato que tenemos es claro".

Quiso decir lo que dijo, pero eso no significó mucho. Si Hoenig no era la persona que amenazaba a Ellen, Wyatt tenía incluso menos fe en esa promesa. Si no era Claude, entonces él estaba siendo presionado por alguien más. Sin saber quién era, o qué pretendían, no podía estar seguro de que la amenaza terminaría cuando concluyera el proyecto.

Consideró decirle a Hoenig lo que estaba pasando, por qué había venido. Eso parecía prematuro. Es mejor tener una idea de las cosas primero, averiguar quién estaba de qué lado, porque estaba claro que este proyecto, como la mayoría, tenía personas alineadas en varios campos. En este punto, ni siquiera conocía realmente a los jugadores.

Pero la persona misteriosa detrás de la amenaza lo molestó. Por todo lo que sabía, esto sería sólo el comienzo de una serie de trabajos. Una persona inteligente y siniestra podría fácilmente insistir en que haga otro trabajo para ellos. Podría ser interminable. Si las cosas no cambiaban, tendría que hacer lo que fuera que exigieran. Se chupó

La amenaza para Ellen no era algo que pudiera eliminar o mitigar fácilmente. Mientras tanto, él haría lo que le dijeran para mantenerla a salvo. Juró averiguar quién estaba detrás de la amenaza. No podía tratar con el alemán, pero si cortaba la cabeza de la bestia, o convencía a quien fuera para que lo dejara en paz, eso no importaría. No era algo personal para ese asesino.

El auto se detuvo frente a un moderno edificio de oficinas de varios pisos, vidrio y acero. "Esta es su oficina. El edificio alberga el Ministerio de Finanzas y Planificación, señor", dijo el conductor cuando abrió la puerta y la sostuvo para él. Si lo mantenían prisionero, lo hacían con estilo. Quien lo haya amenazado podría no querer que otros sepan que Wyatt no estaba allí por su propia voluntad, solo un feliz programador.

Entró por las puertas electrónicas, pasando por un guardia uniformado con una pistola UZI 9mm. Una recepcionista detrás de un escritorio de mármol lo saludó con una sonrisa brillante. Ella le entregó una tarjeta de identidad laminada con su foto en ella, pero sin nombre. "Contiene un chip de identificación por radiofrecuencia (RFID) que opera el elevador y le dará acceso a todos los espacios que su trabajo requiere", dijo.

Él le dio las gracias, más por su carisma que por la información, y caminó hasta el banco de ascensores. Entró en una caja estéril de acero inoxidable. Agitar su tarjeta sobre el sensor lo activó, y el ascensor lo llevó al sexto piso—obviamente, la oficina donde trabajaba Peggy y ahora él. Cuando se abrió la puerta, entró en una gran oficina que estaba zumbando con el sonido de gente escribiendo, impresoras y copiadoras en funcionamiento, el murmullo de las conversaciones telefónicas. Era una habitación bien iluminada de color gris azulado pálido. Una pared tenía ventanas de piso a techo. El espacio abierto estaba dividido en cubículos con particiones familiares de color azul pálido-gris. Él suspiró.

Después de todo lo que había sucedido, a Wyatt le resultaba increíblemente extraño volver a estar en un cubículo. La distancia del cubículo a la playa era larga y también era demasiado pequeño para estar cómodo.

Por supuesto, estos cubículos estaban en una oficina en el centro de Dar es Salaam, y él se hospedaba en la suite de un hotel que había visto en el video de Sindi, pero aún estaría trabajando en un cubículo. El hecho de que el cubículo estuviera en África puede parecer exótico, pero no lo convirtió en un lugar mejor para estar. Y seguro que no era una playa donde una ola de su mano hacía que las chicas encantadoras le trajeran cerveza fría. Se había acostumbrado a codificar con sus pies desnudos moviéndose en la arena cálida.

"Bienvenido al África más profunda y oscura", dijo alegremente Peggy. "Me alegro de verte." Ociosamente, se preguntó si ella podría saber quién había amenazado a Ellen. No parecía tan probable. De hecho, por lo que él sabía, Peggy no conocía nada de su vida personal. Aun así, ella era una jugadora; Ella lo había querido allí. Lo único que no era razonable era que Peggy Anne Dory tuviera acceso a asesinos para enviar tal asignación. No es que ella fuera demasiado ética para eso... no, simplemente no operaba a través de las organizaciones.

Sin embargo, él no iba a jugar juegos y fingir. "No puedo decir que estoy contento de estar aquí".

Ella le dirigió una mirada extraña. "¿No? ¿Entonces, porque estás aquí?"

"Realmente no tenía tantas opciones en el asunto como pensé".

"¿Por qué no?" Preguntó Peggy. "Por lo que he oído, compraste Bitcoin desde el principio. No puedo imaginar que estés haciendo esto por el dinero".

"No. El dinero significa poco".

"Y no te gusta el proyecto. Así que, oficialmente, no entiendo qué influencia tendría alguien sobre ti".

Eso aclaró el aire. Ahora estaba seguro de que podía eliminarla de la lista. "No importa. Mis razones no importan Vine a trabajar".

"He limpiado un espacio para ti", dijo.

Su estómago se apretó mientras la seguía hasta el cubículo que ella le había asignado, su nueva celda. Se veía exactamente como la de Virginia, careciendo sólo de su foto de la playa. Él imprimiría una de Progreso y la pondría. Sería un pequeño consuelo tener una imagen del lugar que había disfrutado.

"He hecho que los chicos impriman copias de la documentación del sistema", dijo. "Hoenig dijo que te gusta mirar las impresiones cuando trabajas".

"Sí, el código se ve diferente en el papel". Ella se encogió de hombros y señaló una caja de archivos. "Bueno, me imagino que las cosas están un poco desorganizadas".

Se resistió a gemir. Sería demasiado teatral. "Entonces supongo que será mejor que me vaya a trabajar. Cuanto antes comencemos, antes se pondrá en marcha y podremos irnos".

"Ese es el espíritu", se rió.

Había una tonelada de papel para clasificar. Sabía, por experiencia, que algunos serían redundantes, pero tendría que pasar por todo eso. Así que, sin ningún entusiasmo real, comenzó la tarea de clasificar los papeles, colocándolos en pilas que consideraban útiles por la forma en que abordaba un problema de codificación. Cuando encontró diagramas de flujo, los pegó a las paredes con alfileres que encontró en el escritorio.

Cuando estaban allí, se sentó y repasó los resultados de las pruebas que Rashmi había recopilado. Tenían poco sentido para él. Aunque parecía que ella había sido exhaustiva con sus pruebas, los resultados no parecían ser correctos en absoluto. Lo único que estaba claro era que el sistema había sufrido algunas fallas graves. Bueno, presumiblemente, por eso estaba allí.

Cuando recurrió al código real, inicialmente sólo se desplazó por las líneas del código y trató de obtener una idea de las cosas, lo que vio le revolvió el estómago. Fue una pesadilla—era mucho peor de lo que había esperado. Peggy fue brillante, pero no bien organizada. Ella planeó inteligentemente y probablemente lo hizo bien trabajando en solitario, pero no le estaba dando a la gente buena información sobre los módulos ni los estaba manteniendo en un estándar para escribirlo. E incluso a simple vista, pudo ver que, en algunos casos, la información parecía cambiar a mitad de la sesión—un registro estaba siendo utilizado por dos, o probablemente más módulos. Nadie estaba siguiendo eso. Muchos de los problemas surgieron de los cambios que se estaban realizando sobre la marcha. Ella no había instituido un sistema integral para rastrear los cambios. Hubo un registro de revisión, pero también fue un desastre.

Cuanto más profundo cavaba, peor se ponía. Como estaba estructurado, muchas de las funciones se enturaron a través de una parte del código que ni siquiera pudo encontrar. "¿Qué diablos?", Dijo.

El hombre en el siguiente cubículo lo miró. "¿Qué está mal?"

"Todo. Casi todo. ¿Dónde están los módulos de transacciones bancarias?

El hombre inclinó la cabeza hacia el cubículo donde trabajaba Peggy. "Pregúntale a la jefa."

El tono de la voz del hombre decía mucho. El liderazgo de Peggy no lo había inspirado. Wyatt tampoco tuvo un buen presentimiento al respecto. Se levantó y caminó hacia el escritorio de Peggy. Ella era la líder, pero se afanaba en un maldito cubículo idéntico al suyo.

Ella lo miró a él. "Me faltan los módulos de transacciones bancarias", dijo. "No los necesitas. Funcionan bien".

"No creo que lo hagan. Me da la sensación de que están en el centro de este desastre".

"No estoy de acuerdo y es mi decisión".

"Claro, puedo pasar una semana asegurándome de que el otro código sea impecable, pero eso no significará que un simple error en los módulos de transacciones no impida que el sistema funcione".

"Comienza con lo que tienes", dijo Peggy. "Conozco este proyecto, Wyatt. Lo he estado ejecutando mientras estabas dondequiera que hayas estado".

"Si puedo trabajar de arriba hacia abajo, primero la solución de problemas desde un nivel macro, las cosas irán más rápido. Podré ver que ciertas cosas ni siquiera son necesarias. No perderé el tiempo reparándolos cuando necesiten ser eliminados. Otras cosas pueden necesitar ser abordadas de manera diferente".

"Me llevaría incluso más tiempo explicar la visión general".

"Esa maldita idea de visión ha sido la muerte de más de un proyecto, Peggy".

"Todavía hay algunas cosas que no puedo decirte". Una mirada a su rostro severo le dijo que no estaba contenta con el estado de cosas. Si eso era cierto, el hecho de que ella quisiera compartir información pero no se le permitiera asegurarse no ayudaba en nada. "Mira, estoy tratando de ayudar. Estos idiotas insistieron en que viniera aquí y hiciera mi parte".

"Realmente tampoco te quería aquí", dijo enfáticamente. "Otras personas decidieron que te necesitábamos aquí para que esto sucediera a tiempo".

Wyatt había adivinado eso, pero se preguntaba quiénes podrían ser las "otras personas", alguien además de Claude, al parecer. "¿Puedes al menos darme una lista de las variables del sistema que procesan y la forma en que las pasa entre los procedimientos que las necesitan?"

Ella cogió una taza de mango negro con café y la sostuvo frente a su cara. En letras grandes y caricaturescas, decía: "Dios quiere que sepas que ella es negra". Era divertido, pero bastante inútil, pensó. Estaba seguro de que ella la había comprado sólo para molestar a Claude Hoenig. Era una forma de llegar a él sin decir una palabra. Pero tal vez significó más para ella que eso, quizás algún vínculo tenue con un pasado religioso. Encontró curioso que tantos programadores no fueran religiosos en ningún sentido convencional, pero muchos eran supersticiosos. Convirtieron sus esfuerzos de codificación en grandes búsquedas mitológicas en las que se enfrentaron a toda clase de demonios. O bien porque muchos de ellos también eran jugadores, o quizás muchos de ellos eran jugadores porque estaban intrigados por los mundos de fantasía y las metáforas que proporcionaron a la vida real.

"¿Por qué quieres eso?"

Su pregunta lo alejó de preguntarse acerca de los dioses y las mitologías... especulaciones de todo tipo. Él rió. "Porque una cosa que sí sé sobre tu sistema es que dentro de ese dominio todo es caos. Tus programadores están aprovechando las ubicaciones donde están almacenando. Es gratis para todos... el primero que llegue, que se sirva primero. Ya he encontrado dos módulos que sobrescriben con bastante alegría los datos utilizados por los otros módulos".

"Eso es simplemente estúpido", dijo. "¿Por qué harían eso?"

"Debido a tu técnica de manejo de hongos, que parece ser simplemente mantenerlos en la oscuridad y alimentarlos con tonterías. ¿Cómo se supone que deben saber? No es su culpa si no controlan el paso de los parámetros del sistema. Es un maldito error de novato no publicar una lista actualizada de algo que es básico para la operación del sistema".

Ella lo consideró. "Bien. Dame una hora. Publicaré una lista maestra y la enviaré a todos".

"No puedo creer que no hayas empezado con eso".

"Bien, Wyatt. Sí, cometí un error. Pensé que los programadores no solo tomarían los registros y asumirían que estaban disponibles. Esperaba un pequeño incentivo de parte de ellos para tratar de trabajar juntos".

La admisión casi derribó a Wyatt. Peggy no tenía ni idea. "Creo que las direcciones de algunos de los registros pueden estar incluso en un espacio nulo... direcciones no válidas. Esa es una pequeña razón por la que el programa no se ejecuta. Envías datos importantes a ninguna parte".

Ella se encogió de hombros. "Tu sarcasmo a un lado, qué bueno que viste eso. Sigue siendo el chico inteligente que encuentra la mierda y podemos envolver esto. Luego puedes volver a cualquier agujero en el que te hayas metido más temprano que tarde. "

Él la miró fijamente. "Llamaste y pediste mi ayuda".

"Sí, pero no porque quisiera. Estoy ejecutando el proyecto, pero hay otras personas involucradas y decidieron que te necesitábamos".

"¿Pero por qué yo? ¿Por qué es tan importante que yo sea el que venga aquí y arregle tu desastre? No estás especializada... en realidad no. Y no te gusta trabajar conmigo... nunca lo has hecho. Podrías contratar algunos programadores estrella que quisieran estar aquí y harían tanto por ti como yo pueda. Podrían ser incluso mejores porque no odiarían lo que hace el sistema".

Ella hizo un puchero. "Mira, Wyatt, sí, te llamé y le pedí a Hoenig que te hiciera venir aquí, pero fue porque los chicos grandes involucrados en este proyecto creen que eres un tipo especial. Por la razón que sea, piensan que sólo un asno inteligente que publica artículos de código abierto es lo suficientemente inteligente como para que esto suceda. También pensaron que estabas al tanto del proyecto. Están apurados y en pánico, lo que no es una combinación brillante. Y, por supuesto, con el gobierno, el FMI, el Banco Mundial y la Interpol involucrados, cada gestión por comité".

"Pero no estoy al día", dijo. "No has mantenido a nadie totalmente informado".

Ella sonrió. "Porque los poderes me informaron que difundir los detalles a las tropas, lo cual te incluye a ti, no eran del todo necesarios ni deseables".

"Bien", dijo. "Entonces haremos esto a pesar de ellos. Quiero arreglarlo, y rápido. Mi playa me está llamando. "

Cuando Wyatt regresó a su escritorio, se preguntó qué estaba pasando. Los chicos grandes, los llamaba ella. Eso significaba que el viceministro de Finanzas, o su subordinado Kassain, al menos. Por lo que él podía decir, el propio ministro de finanzas ni siquiera sabía que él existía. La lista corta también debe incluir a Hoenig y tal vez al tipo del FMI que había conocido en Zurich. Childer, ese era su nombre. Y habría otros que no había conocido todavía. Ella mencionó a la Interpol y al Banco Mundial. Eran signos de interrogación.

Childer fue otro cifrado desagradable en la mezcla. Cuando se habían reunido brevemente en Zurich, Wyatt quedó desanimado por la forma en que el hombre parecía darle demasiada importancia a ese pinche libro blanco. Eso no significaba que estuviera dispuesto a amenazar a Wyatt para obtener su cooperación, pero lo mantuvo en la lista de sospechosos.

El proyecto era gubernamental, incluso global, y eso significaba que era inherentemente político. Además de los que montan los caprichos de las personas que realizan el trabajo, imbéciles como Andwele Kassain y Haki Dola, hubo otros niveles de intriga política que Wyatt ni siquiera quería saber. Sin embargo, sintió que estaban afectando el trabajo, tal vez incluso eran la causa de sus problemas.

Cada vez más, estaba aprendiendo que nunca debió haber publicado su artículo. Estaba haciendo daño y nada bueno, hasta donde él sabía. Fue una experiencia de primera mano en la verdad detrás del adagio de que ninguna buena acción queda impune. Querer compartir lo que sabía había conseguido que toda la gente pensara que sabía mucho más de lo que decía, o que tenían alguna vara mágica retenida. Y utilizaron la creatividad que poseían al tratar de encontrar una manera de usarla en cosas para las que no fue diseñada.

La idea de publicar para hacerse importante no se le había ocurrido. Tal vez eso es lo que ellos habrían hecho. Por lo que él podía decir, pasaban mucho tiempo y esfuerzo haciéndose más poderosos, o al menos más comercializables. No les importaba que sus motivos hubieran sido simplemente transmitir algunas ideas y generar un diálogo. A nadie le importaba. No sería sorprendente saber que su afirmación de que no tenía ningún motivo oculto lo hacía más sospechoso en sus mentes. Y todos querían que su sudor y sus lágrimas se aplicaran a sus propios fines.

Bueno, a la mierda con ellos.

No estaba más cerca de saber quién había amenazado a Ellen y ese parecía ser el precursor necesario para encontrar una salida. Tanto publicar el libro blanco como hacer el trato con Claude había sido un error colosal. Desde donde estaba sentado, el arreglo no estaba funcionando.

Una vez que tuviera un plan, una vez que estuviera en el claro, se lo explicaría a Claude, asumiendo que estaba seguro de que no era su viejo amigo quien en realidad apuntaba con un arma a la cabeza de Ellen.

Cuando regresó a su estación de trabajo, miró su teléfono. Lo había dejado en las impresiones que había estado leyendo y ahora su aplicación de mensaje indicaba que había recibido un mensaje de texto. Él se dedicó a eso.

"Bueno, leímos tu misiva. Todo tipo de cosas son posibles, W. Entonces dime... ¿a dónde quieres llevar esto? Con amor, B.

Su pulso se aceleró. Su primer pensamiento fue que era de Rebecca, pero luego se dio cuenta de que era Boone. Por lo que sabía, Rebecca estaría con Boone. Era buena para cambiar identidades y apreciaba el valor de ser parte camaleón. Quien la envió, esta fue una respuesta a su mensaje, una respuesta del grupo de bitpats que Rebecca le había contado.

Escribió una breve respuesta: "En la oficina ahora. Responderé en unas pocas horas". No quería entrar en detalles mientras estaba aquí, rodeado de enemigos potenciales. Además, necesitaba tiempo para pensar. Esto exigía una respuesta reflexiva.

A pesar de ser un indicador, cuando tecleó enviar sintió una sensación de alivio. Le tomó un momento comprender que el alivio provino del conocimiento de que había una posibilidad de que tuviera a alguien que estaba de su lado. Rebecca le había dicho que Boone era una programadora inteligente y que las personas más inteligentes que había conocido se asociaban con bitpats. El mensaje mostraba un hilo de esperanza para que pudieran ayudarlo. Y ciertamente necesitaba ayuda. Ni siquiera estaba seguro de su respuesta a esa primera pregunta. ¿A dónde quería llevar esto? La verdad era que quería hacer frente a la amenaza que le había hecho el alemán, para acabar con el sistema. El truco era hacerlo sin poner en peligro a Ellen y Harold. Eso no era algo que él supiera hacer solo.

Esta red, bitpats, era una incógnita, pero si había más como Rebecca, era una fuerza para tener en cuenta. Pero por lo que Re-

becca le había dicho, eran un grupo de todo o nada. En última instancia, si no quisiera lidiar con esta situación solo, tendría que su-
marse a la tripulación de Boone. Él había dado el primer paso por
ese camino al decirles lo que estaba pasando. Estaba seguro de que
esperarían que tomara una decisión antes de actuar.

Respiró hondo, soltó el aire lentamente y se sentó a esperar la
lista de ubicaciones y variables del sistema de Peggy. No tenía la
esperanza de que estuviera completo, pero comenzaría las cosas en
el camino hacia la recuperación—volver al trabajo.

Capítulo 26

Las Depuraciones de Rashmi

"Bitcoin no se adoptará como el iPhone porque es genial. Será adoptado como pólvora: si no lo posees, serás su víctima".
—Saifedean Ammous
Autor de The Bitcoin Standard: La Alternativa Descentralizada a la Banca Central

Departamento de TI
Ministerio de Finanzas
Dar es Salaam, Tanzania

Rashmi Patel apartó la vista de su terminal, frustrada dejó escapar una breve bocanada de aire y cerró los ojos. Apoyando los codos en el escritorio, dejó caer la cabeza entre sus manos, escuchándola zumbar como si estuviera llena de un enjambre de abejas furiosas. El largo día de examinar el código, revisarlo y evaluarlo en la medida en que podía hacerlo con información limitada, estaba cobrando peaje.

Después de desentrañar una parte sustancial de ésto, ella había llegado a ese estado de limbo donde no estaba segura de lo que no sabía. Fue enloquecedor. Un programa como éste debería ser lógico, comprensible. Si algunas cosas fueran oscuras, bueno, todavía tenía que seguir un camino, usar patrones que alguien con inteligencia razonable y la capacitación adecuada deberían poder descubrir. Sabía que era inteligente y que tenía las habilidades adecuadas, pero estaba perpleja. Había demasiadas cosas que no tenían sentido. Claramente tenían un propósito, pero cuáles eran esos propósitos... ese era el problema. Ella conocía el sistema bancario, el antiguo, así como cualquiera. Los procesos, los pasos que tenían que darse para que el sistema funcionara, le eran familiares. Ciertamente, diferentes bancos tuvieron variaciones en los procesos. Podrían manejar las transacciones de manera diferente, pero en el nivel central, eran similares. Cómo estos procesos particulares encajaban en el sistema era un misterio para ella. Era como si existiera el sistema de transacciones, lo que ella entendía, y alguien había insertado otro sistema en él, como un argumento secundario en una novela.

Peggy le había dicho a Rashmi con bastante firmeza que no quería que ella la ayudara a encontrar los problemas. De hecho, le había dicho que no se metiera con eso, que se ocupara de sus propios asuntos. Ahora se preguntaba si su renuencia a explicar las cosas, a mostrar las especificaciones generales, tenía alguna razón siniestra detrás. ¿Había algún tipo de hack en el sistema? ¿O era esto algo que el FMI o el Banco Mundial habían pedido pero que no querían que se hiciera público? ¿O estaba su propio gobierno detrás de esto? Desde que regresó para pagar su deuda, descubrió que algunos funcionarios electos estaban dispuestos a abusar de su poder para sus propios fines. Era posible que el viceministro Dola estuviera trabajando con alguien. Tal vez fue una combinación de fuerzas en el trabajo. Ciertamente, esa señora de la Interpol no parecía querer que nadie se entrometiera en el código.

Ella ignoró las instrucciones para dejar el código solo. Eso era mucho pedirle a ella. Especialmente ahora. El sistema no funcionó como estaba previsto y trabajaba una manera que, por lo que ella sabía, no debería. Eso la molestaba y tenía que ver qué estaba pasando.

Su investigación se había estancado. El problema era que las transacciones, sin importar dónde o cómo se llevaran a cabo, se enrutaban a través de una sola rutina. Obviamente, eso era parte del problema con el sistema—había un obstáculo. Esas misteriosas líneas de código no se mencionaban en ninguna documentación.

"A eso es lo que llamas una anomalía".

"Pide perdón", dijo el codificador junto a ella.

Rashmi no se dio cuenta de que estaba allí; ella no era consciente de que había hablado en voz alta. "Lo siento", dijo ella.

"Sólo murmurando para mí misma. Pensé que todos los demás se habían ido a casa".

Él se rio "¿Qué programador va a su casa al final del día cuando el proyecto está retrasado? Difícil."

Ella chasqueó su lengua sabiendo que era verdad.

"¿Así que encontraste una anomalía? ¿Qué es esta cosa? ¿Es ese otro nombre para un error?"

Ella lo miró y sonrió. "Tal vez. Podría ser un error o simplemente algo extraño. Una anomalía es simplemente algo que no sigue la forma o las reglas".

"La codificación está llena de esos", dijo el hombre. "Cuando miras el código que otras personas escriben, encuentras todo tipo de cosas extrañas".

"Si el código funciona correctamente, entonces no debería haber cosas extrañas en absoluto".

"Sin embargo, a menudo hay cosas extrañas en los programas. La mayoría del código tiene anomalías".

Se dio cuenta de que eso era cierto, pero Rashmi pensó que era negligencia. "En mi experiencia, en los programas que he escrito, eso sólo sucede cuando no me tomé el tiempo para entender completamente lo que estaba haciendo el código. Si lo veo en el código de otras personas, generalmente significa que no entendí lo que pretendía el programador".

"Lo que pretendían a menudo está en el problema", dijo el hombre. "Encuentro que lo que se pretendía era a menudo simplemente hacer el trabajo para que el programador pudiera irse a casa".

"Supongo que sí", dijo ella, con la esperanza de dejarlo pasar. Aunque tenía razón. Era problemático, pero cierto, que la mayoría de los programadores del equipo no parecían tener mucha motivación ni orgullo en su trabajo. Eran inteligentes, pero solo parecían interesados en aprender lo suficiente para hacer el trabajo. Ella no entendió la actitud. ¿Por qué no hacerlo bien?

"Creo que puedo resolverlo con algo de ayuda", dijo, insinuando. Él sólo se quedó mirando. Él iba a hacer que ella le preguntara directamente. Bien. "Dime, ¿trabajaste en el módulo de transacciones?"

Él levantó los hombros y ella vio que la tensión borraba su sonrisa. No le gustaba defender su trabajo más que a los demás. "¿Qué módulo de transacción? El sistema utiliza varios de ellos—el módulo de transacción de custodia, el módulo de cuenta bancaria, el..."

"Pero, a menos que lea esto mal, todas son versiones del mismo código. Todos han copiado el código y lo han modificado para varios propósitos específicos".

Él asintió con entusiasmo. "Sí, eso es precisamente lo que hicimos. Ayuda a mantener las cosas estandarizadas". Una excusa para ser perezoso, era lo mejor que podría esperar; la preocupación del hombre era casi divertida. "No hay nada malo con el código subyacente, ¿verdad?"

Estaba asustado de que lo culparan. Esto se debió en parte a la incertidumbre, pero el componente principal de ese miedo era la cultura del ambiente de trabajo. Todas las oficinas estaban así. Cuando un proyecto se topaba con dificultades, como éste lo estaba, el miedo se difundía rápidamente. El olor a sangre en el agua atrajo a los tiburones, sin duda, pero también puso miedo en los corazones de los peces más pequeños de la cadena alimenticia. Su miedo era tan palpable como exagerado. Él no sería despedido a menos que todos fueran despedidos. Nadie culpó a los programadores de rango y archivo, pero nunca parecieron entender eso. Entonces se les pararon los pelos y montaron la defensa.

Si ella iba a tener alguna ayuda, necesitaba tranquilizarlo. "El código está bien, que yo sepa, Haji. Mi pregunta no tiene que ver con el código, sino con la operación". Sintiendo que la pregunta no tenía nada que ver con él directamente, se relajó.

"¿Qué hay con eso?"

"Sólo tengo curiosidad por la tarifa de transacción. Esperaba que pudieras decirme de qué se trata".

Ella vio la tensión salir del hombre una vez que estuvo seguro de que no estaba siendo culpado por algo. "Eso es sólo un porcentaje que se toma de cada transacción".

Le sorprendió lo densa que podrían ser algunas personas. "Entiendo lo que es una tarifa de transacción... ¿Me preguntaba para qué es esta tarifa?"

El parpadeó. "No entiendo tu pregunta. Es una tarifa por transacciones".

"No estoy siendo clara. Pregunto quién está cobrando esta tarifa"

Sacudió la cabeza. "No lo sé. El banco tal vez. O tal vez es un impuesto del gobierno. Acabo de seguir la especificación. Se requiere una rutina que se ejecute para cada transacción... busca la tarifa actual en una tabla, calcula la tarifa, la resta del monto de la transacción y la envía a la cuenta de recaudación de tarifa". Se torció los labios. "El código que escribí hace todo eso".

"Lo hace. Como dije, el código parece estar bien. Tenía curiosidad acerca de por qué sucedió eso".

El hombre sonrió. "Sucede porque es parte de la especificación".

"Correcto."

"¿Y cuál es la cuenta de la cuota de colección? Dónde está, quiero decir. Parece ser una variable".

"Eso es correcto. Viene de la tabla de variables diarias. No sé quién escribió eso... sólo tengo la dirección del sistema ", suspiró. "Si tienes una pregunta general del sistema, Peggy es la que debe responder sobre eso".

"¿Pero nunca le preguntaste a ella? ¿No tenías curiosidad por la tarifa?"

Sacudió la cabeza. "Me quedo lo más lejos posible de ella. Ella es una mujer aterradora. La última vez que hice una pregunta, ella amenazó con cancelar mis vacaciones anuales si no me callaba y terminaba el código." Podía imaginarse a Peggy diciendo eso; la historia del hombre era probablemente cierta. Peggy no era una gran líder y prefería que la gente simplemente hiciera lo que ella decía sin cuestionarlo. El hombre miró su reloj y sonrió. "Será mejor que llegue a casa. Quiero ver a mi hija antes de que se vaya a la cama".

"¿Qué piensas hacer?"

Miró a Andwele. "Hola. ¿Qué haré? Sólo mi trabajo, por supuesto. Estaba comprobando cierta función en el código que no entiendo".

"Creo que lo entiendes todo", dijo.

Estaba tratando de ser diplomático. Desde su ruptura, él había estado distante. Ahora que ella lo entendía mejor, sabía que él era un hombre tradicional, que le quedaba bien. Sin embargo, no había ninguna razón para dejar que eso se convirtiera en sentimientos difíciles entre ellos. Tenían que trabajar juntos, y las cosas siempre serían incómodas. ¿Por qué empeorarlos? Ella le dirigió una sonrisa y negó con la cabeza. "Eres un adulador natural".

"No. Es verdad. Eres la persona más intuitiva que he conocido cuando se trata de código y sistemas complejos".

Andwele no entendía realmente la codificación a un nivel significativo, pero si iba a ser bueno, ella lo dejaría pasar. "¿Sabes cuál es la tarifa de transacción?"

Arrugó la frente. "¿Qué tarifa de transacción?"

"¿El gobierno impone una tarifa en cada transacción?"

Sacudió la cabeza. "No. Eso sería contraproducente. Queremos que los costos de las transacciones sean mínimos. El punto es que los inversionistas se entusiasmen con las transacciones de bajo costo. El ministerio incluso está hablando de seguir el ejemplo de lo que hicieron en Bielorrusia, donde las inversiones en criptomoneda están libres de impuestos sobre ganancias de capital durante cinco años. Estamos pensando en una pausa de diez años si invierten en nuestra criptomoneda".

"Eso ciertamente lo ayudaría a ganar credibilidad en un mundo enloquecido con nuevas ofertas de monedas".

"Exactamente. Se lo propuse al viceministro Dola".

Ella se rió entre dientes. "Quién lo propondrá al ministro como su propia idea".

Andwele se echó a reír, y por un momento recordó por qué se había sentido atraída por él. Fue una buena risa. "Por supuesto. Así es como funcionan las cosas en la política. Naturalmente, el ministro de finanzas, quien sabe que el viceministro no sabe casi nada de computadoras, fingirá que lo cree y le alabará".

"Y dale todo el crédito si tiene éxito", dijo. "Odio la política". Rashmi notó su disgusto. Andwele, se dio cuenta, disfrutaba de esos juegos inútiles y derrochadores. "Entonces, esta tarifa debe ser algo que los bancos están imponiendo".

"Quizás". No sonaba convencido. "No estoy seguro de los detalles del programa", dijo Andwele. "No es mi lugar para entrar en detalles".

La risa involuntaria de Rashmi lo tomó por sorpresa. "¿Qué es tan gracioso?"

Ella lo miró, preguntándose por el hecho de que una vez se había convencido a sí misma de que admiraba a este hombre. Eso parecía absurdo. A pesar de ser inteligente y bien educado, se estaba convirtiendo en el tipo de hombre que no quiere o no puede asumir la responsabilidad real. "Lo que es divertido es que nadie está seguro acerca de los detalles específicos de este proyecto. Los que escriben el código no saben lo que hace. Los que representan al gobierno, quienes tienen la tarea de asegurar que haga lo que debe, no saben lo que hace".

Se puso de pie. La referencia a él como el supuesto supervisor lo golpeó como una bofetada en la cara. "Tenemos cierto conocimiento..."

"Pero no puedo obtener ninguna respuesta real sobre cualquier cosa. Este caballo es un camello".

La confusión se mostraba en su rostro. "¿Caballo? ¿Qué caballo?

"Es una referencia al viejo dicho de que un camello es un caballo diseñado por el comité. Es verdad. Solo que aquí, es probable que sea una cebra, no un caballo".

"Eso es una vieja broma. Y apenas graciosa".

"Lo que es divertido es que pasamos todo este tiempo escribiendo un programa que salvará la infraestructura financiera del país, hará de Tanzania un centro financiero competitivo y, sin embargo, nadie parece saber cómo lo hará".

Andwele se hundió en una silla. "Por supuesto, sabemos cómo lo hará".

"Según tengo entendido, la solución es centralizar un sistema descentralizado, basarlo en algún estándar y luego dejar que los bancos nos suministren los datos que autorizan las transacciones".

Andwele sonrió. "Exactamente."

"Eso es una generalización, no una descripción del proyecto. Incluso en eso, es una muy mala. Nadie está ejecutando este asilo".

"Eso no es del todo cierto. Hay controles y balances... y sus pruebas".

"Que se basan en más generalizaciones y rumores; No puedo hacer que nadie especifique detalles ".

"Siempre has estado obsesionada con el detalle. Crees que necesitas entender cada matiz del sistema. Te frena, te impide ver la imagen más grande".

"La imagen más grande. Bueno, la imagen que veo es bastante sombría. Dado que los números no están saliendo bien para los datos ficticios que corrimos, obviamente no conozco suficientes detalles. Esto no es un problema de demasiada información, sino casi ninguna".

"¿Qué más necesitas saber?"

Ella se rió antes de ver que él hablaba en serio. "Esta tarifa de transacción podría explicar algunos de los errores que encontramos. Si me hubieran dicho sobre la tarifa, entonces en mi prueba lo habría tenido en cuenta".

"Y ahora lo sabes. Así que puedes tenerlo en cuenta".

Rashmi no podía creer que no viera el problema. "De ningún modo. Primero, necesito averiguar en qué se basa la tasa. ¿Quién genera la tarifa? ¿Cómo se introduce en el sistema?"

Andwele extendió las manos abiertas. "Como dije, no tengo ni idea".

Cogió un lápiz y escribió en un pedazo de papel: "tarifa de transacción... ¿qué es? ¿De dónde viene?" y se lo entregó. "Entonces, por favor, averigua por mí. Nadie me habla, o si lo hacen, no es para decirme nada útil. Los banqueros no me llamarán. No soy lo suficientemente importante".

Ella vio un arrebato de placer correr a través de él. El reconocimiento de su importancia levantó sus hombros e hizo que su corazón se hundiera. La autoestima del hombre dependía tanto de lo que otras personas pensaran de él. ¿Cómo pudo ella haberlo juzgado tan mal? "Ciertamente, Rashmi. Estoy seguro de que puedo descubrir de qué se trata con la suficiente facilidad".

Su falsa confianza le dejó un mal sabor de boca. El hombre no le preguntaría a nadie; no se arriesgaría a que nadie supiera que no estaba al tanto de todos los detalles. Incluso si no entendiera la importancia de un enfoque práctico, querría que lo vieran totalmente en control. Pero si hubiera incluso una pequeña posibilidad... "Gracias, Andwele. Por favor, hazme saber todo lo que descubras lo antes posible".

"Por supuesto."

Mientras se ponía de pie y se alejaba, Rashmi se preguntó en qué grieta caería esa información. Incluso si él lo preguntaba, ella no tenía ninguna razón para pensar que alguien que estuviera al tanto le dijera algo a Andwele. Ella no tenía ninguna razón para pensar que el sistema alguna vez iba a funcionar correctamente. ¿Cómo podría ser que nadie realmente se hiciera cargo?

Este fracaso podría arruinar su futuro. Su carrera ahora estaba ligada a lo que antes parecía un proyecto emocionante y prometedor. Eso no le molestó tanto como saber que podría haber funcionado, y mejor. Wyatt había tenido razón en muchas cosas, y en su mayoría tenía razón en que esto debería haber sido una tarea simple. Podrían haber utilizado las piezas existentes para crear un sistema de transacciones financieras eficiente y sin problemas, una nueva moneda basada en la confianza en la tecnología. En cambio, parecía haberse convertido en un campo de batalla donde las bases de poder en competencia luchaban por ser los nuevos agentes de confianza—los bancos que querían mantener su dominio sobre el almacenamiento y el intercambio de dinero y el gobierno reteniendo su control de la creación y definición de moneda.

Era todo sobre el poder. Una solución tecnológica a los problemas financieros del país estaba siendo obstaculizada por la política.

Rashmi todavía tenía un trabajo que hacer. Incluso si Peggy no quería que ella entrara en los aspectos internos del código, tenía una responsabilidad con su gobierno. Además, su propio sentido de orgullo estaba en juego. Ella era parte del proyecto y haría todo lo posible para que funcionara. Ella usaría los trozos de información que fue arrojada y lo que pudo desenterrar; ella resolvería los problemas subyacentes que derribaron el sistema y encontraría soluciones. Por ahora, eso significaba ignorar las brumas y las guerras territoriales, la postura de los jugadores claves. Tuvo que bajar la cabeza y concentrarse en qué demonios estaba haciendo o no haciendo con este código.

Capítulo 27

Preparando el Terreno

"No queremos el cambio. Cada cambio es una amenaza para la estabilidad".
—Mustapha Mond
Controlador Residente Mundial para Europa Occidental,
En el valiente nuevo mundo de Aldous Huxley

Hotel Golden Tulip Dar Es Salaam
City Center Plaza de la ciudad, Calle Jamhuri
Dar es Salaam, Tanzania

Peggy Anne Dory se sentó en el balcón de su suite y contempló la bruma que se elevaba desde la ciudad. Después de un día caluroso, el atardecer finalmente comenzó a dar paso a la noche; la caricia del aire más fresco en su piel la refrescó.

Se sentó allí, mirando la ciudad, durante algún tiempo. Estaba pensando y preocupándose. De alguna manera, en la comodidad de su habitación con aire acondicionado, las ideas y respuestas no llegaban. Tampoco habían florecido exactamente aquí, pero ella pasaba largos días dentro y era agradable no levantar la vista de sus pensamientos y no estar mirando un escritorio con un monitor.

Inconscientemente, tomó un sorbo del costoso vino en su copa, pero dejaba un sabor agrio en su boca. Sabía que no era malo el licor que probaba —era su problema lo que hacía que todo se amargara. El miedo al fracaso era nuevo para ella, al menos en este nivel. Sentada en el borde de su proyecto privado al ser descubierta y las consecuencias que eso conllevaría, la tuvieron casi en pánico.

Pero no del todo. Aunque su situación se había vuelto tan precaria que podía sentir el suelo temblando bajo sus pies, confiaba en sí misma. Tuvo que reagruparse, pero su capacidad para controlar las cosas se había complicado. El espectacular fallo del sistema, y su incapacidad para dirigir al equipo, habían socavado su posición con el gobierno de Tanzania. Ella sabía que Haki Dola había pedido que la reemplazaran. Childer se negó, pero eso fue por lo que ella estaba haciendo por él. Pero ella pensaba que él podría ser el responsable de que Wyatt apareciera. Sin un aliado incondicional en ninguna parte, otras personas se estaban involucrando, tratando de determinar qué había salido mal. Traer a Wyatt hizo que todo lo que ella estaba haciendo fuera más difícil.

Mirando hacia atrás en la cadena de eventos que la llevaron aquí, fue bastante fácil ver que el fracaso del sistema era inevitable. El error fundamental que había cometido fue ser una dictadora sobre todo el asunto. Parecía inteligente en ese momento hacer que todos pensaran que ella era una fanática del control. Los programadores no tardaron mucho en dejar de pedir información. Pero el secreto que hizo posible ocultar su proyecto fue lo que arruinó las posibilidades de éxito del proyecto.

El proyecto en sí no era tan difícil. Las tareas de codificación eran bastante sencillas y no requerían ninguna innovación en particular—al menos no de la forma en que el gobierno había especificado el programa. Muchos de los elementos ya existían en otros sistemas, y no había gloria en reinventar la rueda. Pero el trabajo de juntarlos y crear un sistema robusto y útil fue una tarea compleja.

Entonces, por supuesto, ella lo complicó. Agregó en los módulos de recopilación de datos del FMI, algunas rutinas para Interpol y sus propias modificaciones. Ninguno de ellos fue una tarea temblorosa desde un punto de vista técnico. Nada de eso era innovador o complicado. El verdadero desafío era la gran cantidad de cosas que sucedían simultáneamente. Ventas y transacciones bancarias, ejecución y seguimiento de contratos de préstamo, cumplimiento de contratos y recaudación de impuestos. Y todo tenía que ser coordinado.

Para hacer que el sistema funcionara lo suficientemente rápido para hacer todo esto (la propia cadena de bloques era lenta y engorrosa), Peggy hizo que los codificadores crearan múltiples cadenas laterales para cada función. Estos hicieron la mayor parte del trabajo pesado. Los utilizaron para apilar transacciones, acumular lotes y verificarlos en redes separadas antes de registrarlas en la blockchain. Eso fue lo suficientemente sencillo, pero como las cadenas laterales habían sido escritas por diferentes grupos, a pesar de que compartían una gran cantidad de código, cada programador había introducido algunos giros necesarios para cumplir con los detalles específicos de las tareas. Una transacción de bienes raíces difería de la venta de un paquete de cigarrillos en una pequeña tienda, o la liquidación de una apuesta—aunque se suponía que el mismo sistema los procesaría a todos. Y rápido. Ahí fue donde todo salió mal.

Aunque a ella le pareció conveniente mantener a cada grupo en la oscuridad sobre lo que otros estaban haciendo durante el desarrollo, eso también hacía difícil, sino imposible, coordinar las cosas. En lugar de contar con la colaboración de varios programadores, lo que dejaría al descubierto todo lo que ella estaba tratando de ocultar, ella misma hizo todo el entrelazamiento de los módulos. Ella había mapeado las variables, los parámetros y pensó que lo había entendido todo, pero claramente no lo había hecho bien.

También le dolió saber que Wyatt tenía razón—ella no había visto la solución obvia y simple. Si hubiera definido claramente las variables de sistema permitidas y hubiera asignado sus direcciones desde el principio y las hubiera publicado, entonces todos habrían estado en la misma página, como dijeron. Y, sin embargo, esa información no le habría dado a nadie una pista obvia sobre las modificaciones de su sistema. Se había excedido con su secreto y ella sabía muy bien eso. Ella subestimó la cantidad de hilos sueltos que su enfoque crearía y sobreestimó su capacidad para localizarlos y asegurarse de que funcionaran correctamente.

Asumir todo el proyecto podría haber sido una mala idea desde el principio. Y tenía un lado cómico. La idea de que Peggy Anne Dory estaba trabajando en connivencia con el FMI, el Banco Mundial y la jodida dama de Interpol era una gran broma. Si supieran algo de la mierda que había hecho en el día... Recordando, reviviendo algunas de sus hazañas, podría ver que sus habilidades eran las más adecuadas para piratear sistemas, no para hacerlas. Bueno, este sería su único sistema. Ella se retiraría de toda esa mierda porque iba a resolver sus problemas, tanto la codificación como la gente. Este concierto todavía tenía una ventana de oportunidad, una posibilidad de éxito. Y si ella pudiera salvarlo, las recompensas valdrían la pena. Ella tomaría el anillo de latón y estaría lista para la vida. No había forma de que ella lo dejara escapar sin luchar.

Ella consideró a sus oponentes. Wyatt no era realmente un oponente, pero era una amenaza. Él era inteligente y reconocería lo que ella había hecho en un abrir y cerrar de ojos si lo dejaba cerca de su código. De lo contrario, el hombre mismo era manejable. Se llevaban bien y si él fuera un tipo diferente de hombre, seducirlo resolvería su problema. En el caso de Wyatt, ella no podía contar con que la lujuria o el amor nublaran su visión una vez que él se sentara frente a su monitor. Y aunque a él le encantaba jugar al radical, él era un Boy Scout, en lo que a ella respecta. Pero ella todavía estaba a cargo y él lo aceptaba, incluso si lo odiaba. Lo mejor de todo, una vez que hiciera el trabajo que vinoa hacer, Wyatt se iría de nuevo. Él no estaría presente durante los últimos retoques al sistema. Ella hubiera preferido agregar su código después de que él se fuera; desafortunadamente, era parte integral del sistema y agregarlo más tarde requeriría una reescritura importante. No fue una simple adición.

En muchos sentidos, Rashmi Patel era la mayor amenaza. Wyatt estaba buscando una mala codificación, pero con su historial financiero, Rashmi estaría buscando exactamente el tipo de cosas que Peggy había agregado. Ella estaría examinando las acciones de los módulos, y parte del código no tenía mucho que ver con las transacciones y ella lo vería. Al parecer, ella ya había comenzado por el camino correcto.

Temprano ese día, Peggy escuchó a dos de sus programadores hablando. "Rashmi Patel me preguntaba quién escribió el módulo de transacción", dijo uno, cuyo nombre era Haji.

"Ese era tuyo, ¿verdad?", Preguntó el otro. "¿Hay algo mal? ¿Cuál es el problema con eso?"

"Nada, que yo sepa. De todos modos, no con mi código.

"Entonces, ¿por qué te lo pregunta? ¿No tiene ella su propio trabajo que hacer? "

"Ella pensó que algo no coincidía con la especificación del sistema, y estaba usando mi módulo".

"¿Así que no estás en problemas?"

"No. Al menos no lo parece. Después de mostrarle mi código fuente y explicarle cómo lo estábamos reutilizando con modificaciones en todo el sistema, ella dijo que estaba bien y que el código era correcto. No tengo idea de lo que le preocupaba. Le expliqué que era solo un módulo básico y fundamental".

Peggy se sintió aliviada al saber que Rashmi estaba satisfecha, pero dudaba que eso durara mucho. Ella estaba definitivamente trás el olor y no le tomaría mucho tiempo desentrañar lo que estaba pasando. Eso no sería bueno—no para Peggy y su plan para una jubilación anticipada y lujosa.

Cuando terminó su vino, se dio cuenta de que tenía varios cursos de acción. Ella podría, por supuesto, simplemente desaparecer. Ella podría ir a su suite, hacer una maleta e ir al aeropuerto. Todo lo que tenía que hacer era acelerar su plan. El barco ya estaba en Trinidad, ya la estaba esperando. Pero eso significaría deshacerse de todo su trabajo y no tener nada que mostrar. Ella estaría viviendo a la carrera y sin el dinero para sostenerla por mucho tiempo. No, ella necesitaba encontrar los problemas y solucionarlos antes de que lo hicieran Wyatt y Rashmi.

Desafortunadamente, ella no creía que eso fuera posible. Ella necesitaba otra idea.

La última posibilidad era hackear el sistema. Poner algo en él que explique por qué no había funcionado. Algo que se suponía que no estaba allí.

"¡Sí!", Dijo mientras las implicaciones de esa idea resonaban a través de ella.

Entró en la habitación, dirigiéndose a su monitor, su lentitud había desaparecido ahora. ¿Quién mejor para descubrir algún código que había sido enterrado en el sistema, código que comprometió el proyecto, que el hacker en jefe? Ella se aseguraría de que fuera algo que un villano había agregado que no estaba en ninguna de las especificaciones, pero tampoco en sus modificaciones. Entonces se le ocurrió una idea brillante. Ella "encontraría" la trampa en el módulo de transacción. Ella escribiría una nueva versión con fallas y reemplazaría su código. Una vez que se expusiera el hack, se esperaría que reescribiera el módulo con mayor seguridad. Y todo lo que tenía que hacer era volver a instalar el código que había escrito al tomar crédito por un esfuerzo monumental. Demonios, si iba a ejecutar una estafa, pagaría para que fuera grande.

Y ella podría señalar con el dedo al culpable de su elección.

Eso la hizo sonreír. No había dudas sobre a quién elegiría, culpar a Rashmi sería bastante simple y obvio. Se suponía que la mujer no estaría jugando con el sistema, solo estaba resolviendo problemas. Sin embargo, todos sabían que ella estaba haciendo exactamente eso, lo que significaba que Rashmi estaba en una posición indefendible. Ella ya estaba rompiendo las reglas y sería la sospechosa principal.

Peggy lamió sus labios ante la perspectiva. Elegir a Rashmi para ser la que los jodió en todos los sentidos lograría varias cosas, y lo más intrigante es que sería satisfactorio. A ella nunca le había gustado la perra. Ella se resintió con ella, con su formación en economía y experiencia en programación formal. Ella no había tenido que luchar para llegar a la vida. Entonces, por una vez, tal vez ella aprendería lo que es mirar desde abajo de un montón de mierda de perro.

La segunda cosa fue que al dejarla tomar la caída la eliminaba como una amenaza. Si Rashmi estaba bajo sospecha, incluso si no la arrestaran, ni la procesaran, al menos la sacarían del proyecto. Y luego, con alguien en el asiento caliente para ensuciar el sistema, Peggy podría detenerse por más tiempo para arreglarlo. Podría decir que si había un *hack*, necesitaba el tiempo para encontrar cualquier otro *hack* que pudiera haberse perdido. Nadie podía culparla por querer ser exhaustiva, no cuando estaba en juego todo el futuro financiero de un país.

Ella también tendría que quemar a ese otro programador. Haji podría decir que Rashmi estaba preguntando por el código, tratando de averiguar qué estaba mal. Sin que él la apoyara, ella sería una tostada.

Ella se recostó, imaginando el resultado y sintiéndose bien. Primero necesitaba hacer algo con Haji, sacarlo del camino. Entonces, ella podría "encontrar" el código y deshacerse de Rashmi. Eso significaría que Wyatt Osgood era el único que quedaba por resolver. A pesar de que su talento y entrenamiento significaba que era más probable que descubriera lo que ella había hecho en el sistema, era un programador, no un investigador. Y a él le gustaba la gente—naturalmente no sospecharía de nadie que no fuera empleado de un gobierno. Tal como otros programadores, el pobre idiota tenía un punto ciego de una milla de ancho. Manejarlo sería un juego de niños, especialmente dado que estaría devastado por saber que Rashmi estaba saboteando su trabajo. Un pequeño juego de manos sería una tarea simple. Desviarlo, tal vez incluso encontrar una manera de ayudarlo mientras se preocupa por Rashmi, aceleraría su tarea. Si pudiera convencerlo de que ayudara a rescatar a Rashmi... bueno, era posible todo tipo de cosas. Y, si se trataba de empujar, todavía era un hombre, y ella era una mujer seductora. Eso le daba opciones.

Agarró su celular y llamó a Childer. "Necesito una ayuda", dijo.

"¿Y ahora qué?" Preguntó.

"No saques tu nariz de las articulaciones. El código estará bien, pero tengo un problema con uno de los codificadores. Él está trabajando en tus pequeñas rutinas".

"¿Cómo?"

"Es inteligente y curioso. Eso lo convierte en un buen programador, pero significa que mira las cosas que son interesantes, no solo las cosas que quiero que vea".

"¿Es él importante?"

"Ya no. En la etapa en que estamos, es prescindible. Entonces, si pudieras trasladarlo o algo... "

"¿Y puedes cumplir nuestros plazos?"

"No te preocupes, Mitch." Ella trató de no reírse mientras lo imaginaba haciendo una mueca.

"Entonces se hará de inmediato".

"Entonces volveré al trabajo".

"Una excelente idea, Srta. Dory", dijo, enfatizando el uso civilizado de su apellido.

Luego vino el siguiente paso—uno que se adaptaba a Peggy. En lugar de poner su atención y sus esfuerzos en encontrar las fallas en el código, Peggy hizo lo que mejor hacía—escribió el código del hacker. La aplicación de escritorio remoto que había instalado en secreto le permitió acceder al sistema principal de la oficina; ahora lo usó para copiar su módulo de transacción y luego lo sacó del sistema, guardándolo de forma segura. Luego copió el módulo de transacción genérico que, como Haji había dicho, se usaba en todas partes. Sería la base de sus modificaciones. Habiéndolo hecho tan a menudo, no era difícil imaginar el código que la malvada Rashmi imaginaba que escribiría, el código que agregaría al módulo básico para darle una puerta trasera, una manera de evitar la seguridad y entrar al sistema. .

A continuación, se dirigió a los archivos de historial que rastreaban todos los cambios del sistema. Como única administradora del sistema, le sería fácil hacer ver que Rashmi había modificado el código. Luego, haciendo una pequeña mueca, introdujo un defecto en el código—un cambio que podría causarle problemas similares a los que habían visto en la prueba.

Cuando terminó de escribir el código del mal que quería encontrar, se sentó y dejó escapar un largo suspiro. "Jodidamente hermoso", dijo ella. Y así fue. Se las arregló para producir una solución elegante para el programador y a sus preocupaciones—era simple, ordenada, y tenía todo metido cuidadosamente en todo lo demás, como subrutinas anidadas.

Se levantó y caminó de nuevo hacia el balcón, sirviéndose otra copa de vino. Ella se permitió disfrutar el brillo del logro. Mañana iría a la oficina y, cuando Andwele estuviera alrededor de su escritorio como él lo haría, encontraría el código y rastrearía sus orígenes hasta la computadora de Rashmi. Si Andwele fuera testigo de su descubrimiento, la evidencia sería aún más convincente.

Y entonces contactarían a la señora de la Interpol y enfermaría a la perra para determinar para quién trabajaba Rashmi y por qué estaba pirateando el sistema. Obviamente, la mujer engañada era una especie de terrorista. Al final, las autoridades estarían agradecidas con Peggy Anne Dory por frustrar su ataque al sistema y admitirían con alegría que ella era demasiado inteligente para Rashmi.

"Jodidamente genial", dijo ella.

Ella miró la hora. Era medianoche. El bar del hotel estaba abierto y valdría la pena vestirse de nuevo para ver si algunos de los chicos calientes que se alojaban en el hotel permanecían allí, quizás buscando algo de diversión. Un poco de ayuda para pasar el tiempo sería algo bueno.

Capítulo 28

Programador Arrestado

"Si quieres seguridad total, ve a la cárcel. Allí estás alimentado, vestido, bajo cuidado médico y así sucesivamente. Lo único que falta... es la libertad".
—*Dwight D. Eisenhower*

Departamento de TI
Ministerio de Finanzas
Dar es Salaam, Tanzania

Wyatt se acercó al escritorio de Rashmi y se apoyó contra él. "Escuché que hay muchos misterios en nuestro código", dijo. "El código y el misterio son una mala combinación".

"Bueno, hay cosas que son misteriosas para mí... no tanto su codificación, sino la pregunta de por qué están codificadas en primer lugar". Dio golpecitos en una carpeta de manila que estaba al lado de su terminal.

Wyatt sonrió. La carpeta estaba ordenada, alineada con el escritorio y lo único que se veía, además del teclado y el monitor. Eso decía mucho sobre la mujer. Era organizada y metódica. Estar cerca de ella probablemente lo volvería loco, pero ella le gustaba. Tenía una buena actitud, una dedicación al trabajo y era aguda. En otras circunstancias, formarían un gran equipo de trabajo, pero ella no era el tipo de persona a la que pediría una cerveza después del trabajo.

Por otro lado, esos grandes ojos eran ciertamente de ensueño. Aun así, ella era una persona seria, no una coqueta, y muy probablemente no era alguien interesada en una aventura. . Y mayor era su pena. Podría disfrutar de una aventura con esta dama. Tal como estaban las cosas, él estaba feliz de tenerla cerca por sus ideas, incluso más que su encantadora sonrisa.

"Entonces ¿los misterios de los que hablas se encuentran en el ámbito de los 'por qué' y 'en qué consiste', en lugar del 'cómo' de la cosa?"

"Precisamente. La falla del sistema para ejecutarse es la cosa—la cosa que me propuse averiguar. Pero encontrar cosas que no parecen justificadas me llamó la atención. Se supone que debo garantizar que el sistema haga lo que se pretende, y sin duda todas las funciones requeridas, los módulos específicos, están ahí. El problema es esta cosa indocumentada, como la tarifa de transacción. Es parte integral del sistema y, sin embargo, no sé quién lo autorizó ni para qué es la tarifa".

"¿Más allá de recoger dinero, quieres decir?"

"Sí, más allá de eso. Pero te estás burlando de mí."

"De ningún modo. Yo también tengo curiosidad. De hecho, me encontré con ese módulo generalizado, casi omnipresente y me pregunté al respecto. Por el sonido de las cosas, no has tenido mejor suerte que yo para obtener respuestas".

"Hay un montón para señalar con los dedos", dijo. "Nadie quiere dar respuestas reales. Los bancos dicen hablar con el gobierno, y las únicas personas que saben algo dicen que necesito hablar con el programador, que es Peggy. Pero Peggy no me habla. Al menos, ella no ofrece voluntariamente ninguna información útil".

"Bienvenida al emocionante mundo de la política de programas del sistema", se rió Wyatt. "La mayoría de ellos probablemente están asustados porque no tienen ni idea de lo que estás preguntando".

"Entonces, ¿cómo resolvemos esto? ¿Cómo averiguo qué es?

Wyatt consideró la pregunta, frotándose la barbilla. "Oye, ¿ese idiota maltratador con traje caro del FMI todavía anda por ahí? Es probable que él sepa la respuesta. Aparece como un tipo duro, pero apuesto a que podría acosarlo para que nos cuente de qué se trata. Tal vez pueda hacerle comprender que su precioso sistema depende de que obtengamos algo de información".

"Él está dentro y fuera. Creo que lo vi ayer. Parece que hay una reunión importante que está empezando. El señor Hoenig voló anoche.

"¿De Verdad? ¿Claude está aquí? Bueno, eso es bueno. Eso significa que está tomando en serio los problemas del sistema".

"Esta mañana traté de hablar con Andwele y ver si él ayudaba, pero él se apresuraba a una reunión con Hoenig, la mujer de Interpol y el viceministro Dola. Supongo que Childer estaría allí también. Aparece en todas las reuniones.

Wyatt resopló. "Pero no estamos invitados. "Quieren analizar los problemas y proponer soluciones sin ningún contacto real con el sistema o cualquiera que tenga una idea remota de lo que podría estar pasando".

Ella arqueó las cejas. "¿No te gusta ninguno de ellos?"

"Todos son parásitos. Ellos pronuncian las cosas y luego obligan a las personas como nosotros a hacerlas realidad".

"¿Nos obligan? Fui contratada pero no forzada. ¿No estás siendo dramático? "

"No, no lo soy. En esta granja, no todos los animales son creados iguales", dijo Wyatt. "Y no todos los animales son tratados igualmente".

"¿Estás citando de *Animal Farm*?", Se rió.

"Absolutamente. Siempre robar a los mejores; ese es uno de mis lemas No es el más importante, pero aun así. Así que ayúdame a entender, explícame esto—¿por qué siempre son los cerdos los que dirigen el espectáculo en estos juegos de moralidad, así como en la vida?

"Es icónico".

"Tonterías. Eso no es una explicación. Es icónico porque la gente lo usa, no al revés. ¿Alguna vez alguien ha explicado por qué eligen los cerdos? ¿Por qué no jirafas? ¿O cebras?"

Rashmi tomó un lápiz y le dio un golpecito en la mano. "En el caso de Orwell, la historia es sobre animales de granja. No se permiten jirafas. No hay que aplicar jirafas. Ella le guiñó un ojo. "No es una cosa africana".

"Así que la evidencia de otro prejuicio sórdido. Aun así, ¿por qué no darles a las vacas la oportunidad de estar en la cima?

"Las vacas son estúpidas y no ambiciosas. Es por eso que ser 'bovino' es un insulto. Los cerdos son realmente inteligentes".

Wyatt levantó un dedo. "Así que los cerdos nos lo dicen. Cualesquiera sean las razones, los cerdos están en su pequeña pocilga en la próxima visión del mundo, y pronto descenderán sobre nosotros y nos dirán cómo debemos salvar al mundo, sin importar si se puede hacer, de la manera que ellos quieran, o cualquier otra forma."

"Nunca antes te había escuchado hablar tan políticamente, excepto sobre la política del abuso de tecnología en Zurich".

"Lo siento. Mis antiguas creencias finalmente están saliendo a la superficie. Estoy harto de tal postura, de la basura de autoservicio que sirven mientras nos impiden usar la tecnología para siempre. Toda esta mierda sobre un criptográfico nacional... no se trata de suavizar las transacciones financieras o incluso de hacer que el país sea atractivo para los inversionistas".

"¿Entonces de qué se trata?"

"Temen a la naturaleza descentralizada de la cripto. Quieren cooptarla antes de que la idea de una moneda nacional de cualquier tipo se muestre como la mierda que es. Las monedas nacionales obligan a la gente a confiar en un gobierno—éste en otro, y en otro, pueden elegir y elegir, pero en última instancia, tienen que confiar en alguien. La tecnología promete eliminar la necesidad de la bendición de los políticos. Puede elegir una moneda en función de lo que piense de la tecnología que la sustenta. Eso también significaría que se vuelve imposible controlar a la población. ¿Cómo recauda los impuestos sobre la renta sin controles de moneda que obligan a los bancos a ser policías? ¿Cómo se cobra el impuesto a las ventas cuando las transacciones no se procesan físicamente dentro de un país o incluso se registran necesariamente en el país? Y eso es sólo la punta del iceberg. Si la propiedad se registra en blockchains, de forma segura e intocable, el gobierno no puede aprobar leyes sobre esa propiedad. A medida que las personas están facultadas para intercambiar bienes y servicios, y no hay instituciones en el camino, no hay instituciones sujetas a la regulación nacional, los gobiernos se vuelven irrelevantes, excepto en un contexto más libertario".

"¿Cómo cuál?"

"Como ser contratado para proporcionar tribunales y fuerzas policiales e incluso militares, no poder forzar el dinero de las personas y luego proporcionar el tipo de servicios que desean brindar".

Ella sacudió su cabeza. "Eso es un gran salto".

"Está llegando. Tú y yo estamos, desafortunadamente, en las trincheras del lado equivocado del futuro".

"¿Por qué estás aquí si te sientes así?"

"Porque estoy obligado a estar".

"Una vez más, esa palabra".

Wyatt la miró. Vio su sinceridad, su deseo de entender. "¿De verdad quieres escuchar mi triste historia?"

Ella asintió. "Realmente quiero".

Con un largo suspiro, explicó, comenzando con las revelaciones sobre su propio malestar, sus decisiones de dejar de fumar, su esperanza de poder mejorar este proyecto y luego la amenaza contra su hermana.

Rashmi se sentó en silencio por un tiempo. Creyó verla temblar. "¿Ellos harían eso?"

"En un abrir y cerrar de ojos". Recordó la nota que le habían dado y se la mostró. "En caso de que olvidara por qué dejé la playa y vine aquí, me dieron esto".

"¿Sabes quién hizo esto?"

"Tristemente no. Y eso lo hace peor. No creo que sea mi jefe, pero él tiene las conexiones. Peggy lo haría sin mucho escrúpulo, ella es tan fría. Pero no creo que ella tenga conexiones con asesinos fríos. Eso deja a tu novio y su jefe y la maravillosa gente del Banco Mundial y el FMI, representados por el encantador Sr. Childer. Son mi primera opción como los cielos. Y eso es una pena porque no sé cómo luchar contra ellos. Afortunadamente, tengo amigos".

"Amigos."

"Amigos Bitpat".

"Ese es un término que nunca he escuchado".

"Personas que viajan por el mundo libremente, trabajando y viviendo a través de la tecnología".

"¿Nómadas digitales?"

"Lanza una fuerte vena libertaria a la anarquía y eso es una comparación justa", dijo. "Al menos por lo que he visto hasta ahora".

"Siempre he creído en la necesidad de un gobierno", dijo.

"Eso es natural. Nos criamos de esa manera, enseñamos que los necesitamos. Hace años, la revolución industrial produjo cambios masivos en el mundo, desencadenando fuerzas disruptivas de la producción en masa. El tiempo de ocio en sí era inquietante para la sociedad. ¿Qué hacer con ello? Los encargados nos empujaron al consumismo. Eso absorbió la energía y los nuevos recursos y nos dejó poco tiempo para considerar que éramos esclavos. La deuda es una forma de esclavitud y nos enseñaron a abrazarla".

"Eso es cierto".

"Se fueron por la borda, pero funcionó. Ahora la tecnología está emancipando a la gente—al menos a los que ven ese potencial. Si no están obligados a vivir su vida trabajando para una empresa, porque la tecnología le permite trabajar donde quiere estar, el gobierno pierde el control, por lo que responden de manera inmediata, con más países siguiendo el ejemplo de EE. UU. de cobrarle impuestos incluso si está fuera del país. Es una medida desesperada que sólo funciona si hay un esfuerzo global para controlarlo. Y ahí está. Es por eso que el FMI está involucrado en este proyecto—no porque su país sea una nación deudora que necesita ayuda. Creo que este es un banco de pruebas para más controles. Eso es lo que veo en el código".

"¿El impuesto a las transacciones?"

"Exactamente". Wyatt señaló su carpeta. "¿Qué pasa si alguien quiere rastrear cada transacción? La forma de hacerlo es hacer que todos pasen a través de algún agente de confianza. Si no los bancos, entonces un programa de computadora—el mismo programa que pretendía descentralizar el proceso para que fuera rápido y mantener la confianza independiente de los seres humanos entrometidos, que no tienden a ser tan confiables. ¿Pero quién vigila a los vigilantes? Es una vieja pregunta, sin respuesta. No satisfactoriamente de todos modos. Los controles y balances son lentos y poco confiables cuando se implementan en instituciones. La prueba de trabajo o la prueba de participación en blockchains es, en comparación, una forma elegante, automática y rápida de hacer las cosas".

"¿Así que alguien deliberadamente ha saboteado este sistema?"

"Lo contrario. Quieren que tenga éxito, pero varias entidades han agregado sus propios pequeños ajustes, controles, sistemas de confianza que lo bloquean, y Peggy recibió la orden de mantener en secreto estos componentes. Puede haber varias fuerzas diferentes en el trabajo aquí. El fracaso será inevitable".

"Un camello", dijo ella.

Wyatt asintió. "Exactamente, sólo sin el beneficio de algún comité inteligente. Las cosas se agregaron sin tener en cuenta lo que hará con el rendimiento general del sistema".

"El medicamento recetado sin pensar en los efectos secundarios u otros medicamentos que el paciente podría estar tomando", dijo Rashmi.

Wyatt se echó a reír. "Una analogía perfecta".

"¿Y ahora qué? ¿Está la guerra de clases en el horizonte?"

Él sacudió la cabeza. "Ya está aquí, pero es una acción de guerrilla de bajo nivel, no una guerra abierta. Hasta ahora, al menos".

"Así que volvamos a la cuestión de arreglar este sistema. Cuando la gente de arriba no nos dé la información que necesitamos, ¿qué hacemos? "

Ella deslizó su silla hacia atrás. "Francamente, estaba a punto de rendirme".

"Mentira", dijo Wyatt. "No te rindes. Admiro eso de ti. Incluso si no estoy de acuerdo con la validez del proyecto, he trabajado duro para que funcione. Eres de la misma manera. Diste tu palabra de que lo verías. Sentí lo mismo hasta que alguien decidió cambiar las reglas del juego. Rompieron el contrato; ahora habrá un infierno que pagar".

"¿Un infierno que pagar? ¿De qué manera?"

"Todavía quiero que el proyecto tenga éxito, pero no necesariamente de la forma en que lo quieren... tú entiendes".

Ella asintió. "Ahora lo hago."

"Pero como decías, no podemos hacer eso sin saber qué es lo que están tratando de hacer ahora. Entonces, tomé una iniciativa. Puse un código auxiliar que rastreará las direcciones a las que se envían las tarifas de transacción. Eso nos dirá si se trata de una tarifa única, y nos permitirá saber en qué parte del código buscaremos lo qué sucede después de eso".

"¿Estás autorizado para hacer eso?"

Eso lo divirtió. "En este proyecto, no creo que esté realmente autorizado para hacer nada en absoluto. No tengo ningún estatus aquí que yo sepa. Ni siquiera tengo un permiso de trabajo, que yo sepa. Soy una medida de emergencia, y nosotros, las medidas de emergencia, tenemos que tomar medidas extraordinarias para hacer nuestro trabajo a veces. Además, soy un tipo de persona "toma medidas, pide permiso más tarde".

"¿Tú, Wyatt? Nunca lo hubiera adivinado." La amabilidad que llenó su sonrisa sacó el aguijón del sarcasmo en su voz.

"Y más concretamente, ya no me importa lo que está permitido, autorizado o lo que sea. Tengo que hacer que el sistema funcione, como sea, para mantener a mi hermana a salvo".

"¿Cómo puedo ayudar?"

Él se detuvo. La mujer era sincera. "¿Tú quieres?"

Ella se llevó la mano a la cara. Le pareció un gesto curioso y muy femenino. Encantador. "Me involucré en ésto para hacer algo bueno. Al igual que otros proyectos en los que he participado, parece que las personas que lo iniciaron son los mayores obstáculos para el éxito. No quiero ser uno de los arquitectos de una nueva forma de opresión, Wyatt. Eso no es de lo que se supone que se trata. Y si bien no comparto tu ideología política; si bien creo que puede haber un buen gobierno, admito que en esta escaramuza solo hay dos lados—son los dueños del medio y el terreno confuso porque eso funciona para ellos".

"Exactamente."

"Así que dime lo que podemos hacer".

Él giró la silla para mirarla. "Este es un paso grande y peligroso".

"Entiendo."

Durante un tiempo ninguno de los dos habló. Wyatt sopesó lo que podía y debía decirle. Pero por mucho que ya se había escapado de su boca, nada más que la verdad completa lo haría. Ella merecía oírlo. "Hay un grupo", comenzó, "una colección de inadaptados como nosotros, personas que desean libertad y dignidad, y se llaman bitpats".

Rashmi escuchó mientras le contaba sobre el sitio, sobre Rebecca, sobre la misteriosa Boone. Ella lo tomó todo. "Y aparte de Rebecca, ¿no has conocido a ninguno de ellos?"

"No."

"¿Pero confías en ellos?"

"Implícitamente. Le he contado a Boone lo que pasó, sobre Ellen y mi regreso. Ella ha estado en contacto. Le conté sobre el código.

"¿A pesar de su no divulgación? Has dado tu palabra".

"Y eso salió por la ventana cuando lanzaron una amenaza".

Ella asintió. "Lo suficientemente justo."

"Boone tiene recursos, pero me necesitaba para ver qué podía descubrir".

"¿Puedo ayudar?"

Él le entregó un pedazo de papel. "Los resultados de mi código serán enviados a esta URL. Si me pasa algo, contacta a Boone." "

¿Por qué te pasaría algo?"

"Porque saqué un código esencial cuando puse el mío. Peggy está haciendo muchas pruebas, tratando de salvar su lindo trasero, y ella o uno de los otros podría encontrar lo que hice. Me sorprendería si no lo hicieran, pero espero obtener los resultados y poder tener una idea de lo que realmente está sucediendo antes de que se note. Entonces, puedo llevárselo y mostrarles quién hizo qué y para quién. Por eso me trajeron aquí, después de todo. Obviamente, hay personas interesadas en asegurarse de que yo solo arregle el sistema, no que descubra todas sus ramificaciones".

"Y¿Boone puede ayudar?"

"Ella tiene analistas, poder computacional, disponibles para ella. Ella puede ayudar, pero necesitará manos aquí para hacer algo del trabajo".

"¿Y cuál es el objetivo de ese trabajo?"

Wyatt giró su cabeza hacia atrás y miró las perforaciones en las baldosas acústicas que cubrían el techo. "No estoy seguro. En parte, es para evitar que este sistema funcione de la forma que creemos que quieren que funcione. Pero para hacer eso, necesitamos información. Y más allá de eso... depende de cuánto tiempo tengamos".

"¿Cómo me pondría en contacto con esta Boone?" Él le entregó una tarjeta de presentación. "Esto es de tu hotel", dijo ella.

"Lee el otro lado", dijo.

Ella miró. "Bitpats.com?"

"Boone en bitpats.com. Dile que eres mi aliada.

"Está bien. Eso es en caso de una emergencia. Mientras tanto, ¿qué podemos hacer?"

El sonido de pasos que se acercaban apresuradamente los interrumpió. "Creo que simplemente nos quedamos sin tiempo", dijo.

Al volverse, vio que Childer y Osk Barstad se dirigían hacia ellos flanqueados por seis guardias de seguridad armados. Las caras severas de los guardias y Osk Barstad, y la expresión de suficiencia en la cara de Childer, contaron toda la historia, o al menos lo suficiente. Estaban en una misión seria.

"Mi conjetura es que tú eres su objetivo", susurró Wyatt. "Pero lo tengo. Sólo sigue mi ejemplo".

El vio su confusión y confió en la estimación de su inteligencia innata y su fuerte estándar ético, aunque equivocado.

Childer se les acercó. "¿Qué estás haciendo aquí, Osgood?"

"Discutir los problemas del sistema con una experta... alguien que se preocupa por el proyecto".

"Has cometido un error", dijo Childer. "Ella se preocupa por otras cosas".

"Rashmi Patel", dijo Barstad, dando un paso adelante, "Te estoy arrestando".

Wyatt saltó de su asiento. "¿Arrestada? ¿Por qué?" Esperaba haber sonado suficientemente sorprendido.

"Por sabotaje", dijo Childer. "Ella es la razón por la que el sistema está retrasado; le estamos acusando de eso y de las posibles actividades terroristas".

"Además del fraude", dijo Barstad. "Todavía no hemos terminado de analizar sus pequeñas adiciones al código".

"¿Ella qué?"

"Su código. Ella reemplazó un código del sistema."

"¿Qué parte?"

"Ella insertó un código en el sistema que recopila datos y redirige las transacciones, y probablemente hace mucho más que eso".

Wyatt se mantuvo cara a cara con Childer y lo miró fijamente. "¿Te refieres a la rutina de transacción que se modificó?"

"¿Cómo supiste sobre eso?"

"Bueno, sucede que la rutina de transacción era exactamente de lo que estábamos hablando".

"¿Qué hay con eso?" De repente, Childer parecía inseguro de sí mismo.

"El hecho es que ella no reemplazó ese código", dijo Wyatt con firmeza.

Childer sonrió. "Sí, Wyatt. Me temo que ella lo hizo".

"Ella no."

Su calma parecía perturbar la confianza renovada de Childer. "¿Cómo puedes estar tan seguro?"

Wyatt sonrió. "De la forma más fácil, más obvia. Sé que ella no lo hizo porque yo puse ese código allí".

"El sistema registra..."

"Son inútiles. Utilicé su monitor. Peggy no tenía una configuración para mí que accediera a las secciones del sistema al que necesitaba acceder, así que lo utilicé. Ya sabes lo impaciente que soy. Y no tengo ningún respeto por el protocolo en absoluto. Rashmi tenía una contraseña simple, y la seguridad del sistema apesta a lo grande. Aquí hay un aviso de '*gratis*'. Podría parecer que alguien escribió ese código". Extendió las manos. "Pero la verdad es que es mío. Entonces, si necesitas arrestar al autor de ese código, llévame. Quiero decir, el cielo prohíbe que la persona que debe arreglar el sistema debe reescribir un código falso".

Una mirada de furia cruzó el rostro de Childer. "No la encubras".

"No lo hago." Miró al hombre. "Escribí ese código por mis propias razones. Nadie quiere decirnos qué se supone que debe hacer esa maldita pieza de software. Quiero saber. Entré y Rashmi estaba en la misma pista, pero ella vió mi código. Creo que ella se lo iba a llevar a Peggy."

"Ese código no es sólo el análisis".

"Quería averiguar todo", dijo Wyatt. "Decidí que averiguaría exactamente qué está haciendo el sistema. Entonces podría hacer que hiciera lo que tenía que hacer".

"Ese no es tu llamado", dijo Childer.

La mirada en la cara del hombre era una mezcla de ira y confusión. De repente, Wyatt se dio cuenta de que lo último que quería Childer era encerrarlo, pero había cometido esta estúpida jugada. Ahora a Wyatt se le había entregado una forma en que podía proteger a Ellen. En la cárcel, no valía para Childer ni para quien estaba detrás de la amenaza. Estaría indefenso, pero esa sería su fortaleza. Él sería incapaz de hacer su oferta.

"Bueno, nadie dijo lo que se suponía que debía hacer y lo que no, así que decidí hacer que el sistema funcionara como quiero".

"Y robas dinero mientras estás en eso", dijo Barstad.

Wyatt consideró esta revelación, ese dinero estaba siendo robado. Aparentemente, había más de un código involucrado en ésto que él había puesto. Eso fue interesante, pero al menos ahora estaban hablando con él. "¿Por qué trabajar gratis?", Dijo con ligereza.

"¿Entonces lo admites?"

"Admito todo y nada", dijo.

"Admito que hay un código de mierda en este sistema y que gran parte es culpa mía. Admito haber reemplazado el módulo de transacciones con algo que me permita saber qué está pasando. Todo lo demás son conjeturas. Y con Peggy en lo suyo, me interesará ver cómo sale al final".

"Entonces tú eres el que va a la cárcel", dijo Barstad, mirándolo.

Detrás de ella, Childer no estaba tan contento como él. Las cosas no iban de acuerdo a su plan. "No lo sé..."

"Lo arrestaremos y llegaremos al fondo de este lío", dijo Barstad. "Este es mi caso, Childer".

"Muy bien", dijo el hombre. Wyatt no creía que la cárcel fuera tan agradable como un paseo por una playa de México, pero en este momento se sentía esa maldita visión mejor que acurrucarse frente a una terminal sin espinas. Fue un alivio tener mucho de eso a la vista. Tal vez eso haría estallar la infección, explotar todo.

"Espósenlo", dijo ella. "Vamos a resolver esto en el interrogatorio".

Un guardia de seguridad dudoso se adelantó sobre sus puños. Wyatt le sonrió. "Haz tu trabajo o prepárate para tomar las armas contra un mar de problemas", dijo alegremente. Luego miró a Rashmi. "Me disculpo por implicarte en mis infames planes", dijo. "Me ha ayudado a hablar contigo. Podrías decir que puede ser una bendición sacar las cosas de tu pecho".

"¿Qué te dijo?" Childer exigió de Rashmi.

Ella se sonrojo "Hablamos sobre el código misterioso y luego él se centró en algunas extrañas divergencias políticas", dijo. "Los derechos del pueblo y el poder coercitivo del gobierno. Piensa que una moneda nacional es algo malo. Te lo iba a decir mañana."

"Maldita sea, la moneda nacional correcta es una mala broma", dijo Wyatt. "La libertad es una bendición, Rashmi", dijo. "Recuérdalo."

"Oh, ciertamente lo haré", dijo ella. "Sin embargo, hay un poco sobre tu despotricación que es demasiado para mi gusto, Wyatt".

Wyatt sonrió. La mujer usó la inflexión para enfatizar las palabras "bit" y "palmadita" para hacerle saber que había recibido el mensaje. Maldita sea, como le gustaban las mujeres inteligentes. Ahora, si ella fuera solo un poco menos convencional, él podría ver...

"Llévatelo", dijo Barstad.Se volvió hacia Rashmi. "Debe mantenerse alejada del proyecto hasta que yo solucione esto. Todavía estás bajo sospecha".

"¿Y hacer qué?" Preguntó ella. "Tengo un trabajo que hacer".

"Ese no es mi problema. Informaré a sus superiores de su estado y, si la encuentro incluso mirando el código antes de darle permiso, también la arrestaré".

Wyatt se rió entre dientes y se volvió para mirarla. "Mira, Rashmi. Los cerdos no quieren nuestra ayuda cuando se trata de eso".

El guardia lo empujó a través de la puerta y lo llevó a un ascensor. "Y ahora voy por otro agujero de conejo", pensó. Al menos esta vez fue a propósito.

Capítulo 29

Una Llamada para Actuar

"El futuro ya ha llegado. Simplemente no está distribuido uniforme-
mente todavía."
— *William Gibson*
Pionero Del Subgénero De Ciencia Ficción Cyberpunk

Departamento de TI
Ministerio de Finanzas
Dar es Salaam, Tanzania

El arresto de Wyatt conmocionó a Rashmi hasta el fondo. A pesar de que él sonrió cuando lo esposaron, casi como si no le importara, su piel estaba húmeda y sus manos temblaban. Una vez que se lo llevaron, se sintió sola en el mundo— aislada. No se había sentido fuera del sistema desde sus perturbadores y locos primeros días en Londres. Entonces estaba desorientada, segura de que era la única que no sabía qué hacer, o dónde ir. Era angustioso sentirse de esa manera, ser una extraña, pero naturalmente, a medida que aprendía a moverse, tales sentimientos pasaron. Lo desconocido se volvió cómodo, inclusive como en casa.

Esto era diferente. Ahora se suponía que éste era su hogar, el terreno era familiar, pero el mundo se había vuelto del revés. Sucedían cosas inefables y a nadie le importaba. En el caos de culpar a alguien, parecía que cualquiera lo sería, y la verdad era irrelevante. Consigue encerrar a alguien de forma segura, y todos podrán descansar en paz.

Siempre había sido consciente de que la gente y los gobiernos abusaban de sus poderes, pero antes de este momento, antes de que casi le pasara, antes del noble rescate de Wyatt, siempre había sido distante, teórico. Ahora se había entrometido en su mundo de una manera cruel.

Ninguno, pensaba ella, realmente creyó que Wyatt fuera culpable de algo más que ver a través de la farsa de lo que, en conjunto, estaban haciendo. Sin embargo, ese crimen los asustó más que los crímenes reales. Alguien que no era Wyatt había socavado deliberadamente el proyecto, pero fingir que Wyatt trabajaría para derribar el sistema, usando sus opiniones políticas para justificar que lo culparían, resolvió las cosas muy bien.

Era la mañana después de la detención y ella quería orientarse. Tenía que actuar, pero el camino a seguir no estaba claro. Una confrontación directa sería noble y estúpida, pero cualquier cosa menos la consideraría cobarde. La verdad era que la salida, el resultado de sus acciones, era más importantes que la forma en que la hacía ver o sentir sobre ella misma. Necesitaba poner las cosas tan bien como se podían poner.

Mientras reflexionaba sobre los eventos recientes y consideraba sus opciones, Andwele entró. Era temprano, mucho antes de lo que solía aparecer. Claramente, él había venido a verla mientras la oficina todavía estaba casi vacía.

"¿Cómo estás?", Preguntó, sonando alegre.

Ella lo fulminó con la mirada. "Entonces, ¿qué pasará ahora?" Preguntó.No es que ella confiara en él para hablar honestamente, pero tenía pocas opciones. Sabía lo que estaba sucediendo y podría darle a ella una idea de lo que la gente que dirigía este circo quería que sucediera. Eso podría ser útil.

"Con el culpable bajo arresto, el sistema puede avanzar", dijo Andwele. Su suficiencia la sorprendió.

"Él no saboteó el sistema", le dijo ella. "Creo que ya sabes eso. El problema que tuvimos fue simplemente una mala programación, no un sabotaje".

"Pero él confesó. Y el código que Peggy encontró... reemplazó las cosas que estaban en el sistema y agregó funciones que no deberían estar allí".

Rashmi casi se ahoga. "Por supuesto. Y no es tan conveniente para Peggy".

"Él no tenía autoridad para reescribir el código".

"En primer lugar, es una práctica común poner un código ficticio para averiguar qué funciona y qué no. No importa lo que creas que estaba autorizado a hacer, todos los presentes insistieron en que viniera a Tanzania y corrigiera el código. Así que sí, ese fue el código que encontramos. Pero el código que reemplazó fue el problema, Andwele. El código que encontramos no fue escrito hasta después de que llegó aquí, y el otro código fue el que hizo que el sistema no funcionara".

"Eso es lo que él dice".

"Y yo le creo".

"Es un anarquista", dijo Andwele, como si eso en sí mismo fuera una condena.

No tenía mucho sentido negarlo. Intentarlo solo minaría cualquier influencia que le quedara. "Tal vez, pero no se puede negar que es un brillante programador".

Andwele se encogió de hombros. "Pero qué puede hacer un brillante programador en la cárcel".

Los argumentos no tenían sentido. "Andwele, este proyecto lo necesita y él estaba trabajando para arreglar las cosas. Este criptosistema iba a ser maravilloso y emocionante".

"Nadie quiere eso, Rashmi. Queremos algo funcional, no excepcional. El punto es establecer nuestra base financiera, no innovar".

"Y él y yo estábamos trabajando juntos para descubrir qué estaba pasando. Estábamos tratando de hacerlo más que simplemente funcional".

Andwele la agarró del brazo con fuerza. "No digas eso, Rashmi", dijo. "Nunca le digas a nadie más que estabas trabajando con él. Di que estabas conversando sobre el trabajo y déjalos que decidan que te estaba utilizando para obtener información. O está bien decir que te hizo muchas preguntas, que hablaste sobre la forma en que debería funcionar el sistema, pero nunca le digas a nadie que trabajaron juntos".

"¿Y por qué no? Somos colegas".

"Porque él no es un colega. Es un terrorista que intentaba destruir el sistema o hackearlo. Él va a pagar el precio por sus acciones. Si te asocias con él, también serás procesada".

"No hice nada malo".

El resopló. "¿Y crees que se trata de inocencia o culpa? Niña tonta."

"Entonces estás de acuerdo en que haya sido inculpado. ¿Quién haría eso?

"Esto es sobre el éxito y el fracaso. Ahora que tenemos un culpable, Peggy tiene algo de tiempo para hacer que el sistema funcione. Si ella tiene éxito, entonces nadie se preguntará si Wyatt es declarado culpable por su crimen. Será obvio. Así que no quieres ser una de sus socios".

"¿Por qué necesitas un culpable?", Preguntó Rashmi.

Andwele se rió. "Chica, esto es todo acerca de las apariencias. Si podemos demostrar que fracasamos en un intento por parte de terroristas, anarquistas, de subvertir nuestra moneda nacional, entonces el mundo verá cuán diligentes y efectivos somos. Cualquier pequeña falla en el inicio se pasará por alto, o se considerará intrascendente en comparación con lo que podría haber sucedido si hubieran tenido éxito".

"¿Y no importa que Wyatt sea inocente?"

"No tiene aliados, aparte de Hoenig, y no está en una posición de fuerza. Ha trabajado en ausencia, después de todo. A Childer le gusta la idea de culpar a Wyatt Osgood por el crimen; lanzar a un anarquista admitido a los lobos por una buena causa es un pequeño precio que pagar".

"¿Así que debe ser encontrado culpable por lo que cree y no por lo que hizo?"

Andwele le soltó el brazo. "Naturalmente. ¿Y cuándo te convertiste en una niña tan idealista? Pensé que la London School of Economics te habría enseñado algunas cosas del mundo real, pero supongo que no." Suspiró. "Alguien debe ser la causa de los retrasos del sistema y es mejor tener un villano a que la incompetencia sea la causa. Mirando alrededor las posibilidades, ¿quién mejor para ese rol que un inadaptado? Es prescindible".

"¿Así que esta fue tu idea?"

"De ningún modo. Peggy Dory encontró el código modificado y dio la alarma—alguien estaba manipulando el sistema. Ella estaba segura de que eras tú. Childer y Osk Barstad no estaban tan seguros, pero una vez que tuvimos evidencia de una fuerza malévola en el trabajo, nuestro camino estaba claro. Afortunadamente, Wyatt confirmó públicamente sus sospechas."

"Pero si tuviéramos a Wyatt trabajando con nosotros, terminar el trabajo sería más rápido. Peggy es inteligente, pero creo que Wyatt lo tiene todo en su cabeza de una manera que nunca pudo manejar. Déjalo suelto y el sistema funcionará a la perfección." Ella tomó sus manos. "Andwele, el hombre es inocente".

Andwele suspiró. "Rashmi, esas cosas ya no son importantes. Mientras el sistema se junte y haga lo que debe, todos estamos cubiertos. Cuando iniciemos el sistema, el gobierno se complacerá en decirle al mundo que tuvimos éxito a pesar de los intentos de fuerzas externas para detenernos. El mundo nos dará tiempo para solucionar cualquier error y perdonará el hecho de que el sistema no es el más elegante. Después de todo, será una de las primeras criptomonedas nacionales, y una que se creó a pesar de los esfuerzos de un oponente físico que trató de frustrarla. Si el sistema no es muy bueno, eso no importa, podemos reescribirlo más tarde. Mientras tanto, el gobierno disfruta de la gloria y el dinero se invierte en el país. Todos en Tanzania se beneficiarán de eso".

Rashmi lo dudaba. Había poca evidencia de que alguien, excepto el gobierno y los bancos se beneficiarían, pero claramente, el gobierno, su gobierno, estaba feliz de aceptar a Wyatt como el villano. Un extranjero evitó que todo sucediera antes y en su totalidad. Interpol, en la forma de Osk Barstad, estaba convencida de que tenía a la persona adecuada bajo custodia, y ciertamente haría un gran anuncio de prensa.

Ella ya sabía que Childer estaba complacido de que Wyatt Osgood hubiera sido expuesto como el agente antiglobalista que él sospechaba que era. "No se puede confiar en las personas que no ven la necesidad de una autoridad global", dijo cuando se llevaron al hombre. "Alguien tiene que liderar para que el resto pueda seguir hacia la prosperidad y la seguridad".

Esa fue una proposición que el gobierno, casi cualquier gobierno, estaría encantado de apoyar, haciendo evidente para ella porque el desagrado y la desconfianza de Wyatt hacia el gobierno. Ahora veía como incluso los codificadores de Wyatt lo abandonaron. En su caso, ella sospechaba que su entusiasmo por su papel como chivo expiatorio estaba más enraizado en el alivio que en pensar realmente que él era malvado. Con alguien en el anzuelo por el código incorrecto, se explicaron muchas fallas, omisiones y jodidos errores. Cualquier cosa que no fuera perfecta era parte del infame plan de Wyatt Osgood. Era una oportunidad demasiado buena para dejarla pasar.

Privada de trabajar en el proyecto, Rashmi trató de averiguar cuál era su condición. Nadie quería decir que ella estaba fuera del proyecto por la sencilla razón de que sus deberes y responsabilidades recaerían sobre otros hombres. "Solo haz tu trabajo", le dijo Andwele. "Mantén tu nariz limpia y no menciones a Wyatt Osgood".

"¿Cómo hago mi trabajo cuando no puedo ver el código, y mucho menos los módulos de prueba?"

"No lo sé", dijo Andwele. "Pero tú eres quien dice que depende de ti hacer las cosas a pesar de los obstáculos".

"No permitirme hacer el trabajo y aún hacerme responsable por los resultados no es un obstáculo, Andwele. Puedes superar los obstáculos. Esta es una tarea imposible, digna de Sísifo".

"¿Quien?"

"Un antiguo rey de Corinto que fue castigado por traicionar los secretos de Zeus. Tuvo que rodar cuesta arriba una enorme roca en una colina empinada. Pero la roca estaba encantada para que se apartara de él. Volvería a bajar antes de llegar a la cima y tendría que empezar de nuevo. Así que nunca logró su objetivo y enfrentó una eternidad de esfuerzo inútil y frustración infinita".

"Esto no es una eternidad... el sistema se hará pronto".

"Y yo seré la responsable de todos sus errores, aunque no tengo permitido probarlo. Ves la frustración sin fin que enfrento. Mi carrera ha terminado efectivamente".

"Tal vez sea así, pero sin el hecho de la culpa de Wyatt, todas nuestras carreras habrían terminado. Y hablaré con Childer. Le diré que puedes ser de ayuda. Pero tendrás que asegurarle que crees que Wyatt es un terrorista y que todo lo que quieres hacer es encontrar cualquier hack que haya puesto en el sistema".

Ella lo miró, sin creer lo que le estaba pidiendo. "Eso sería una mentira, Andwele. Sé que no es un terrorista. Ya sabes, una vez pensé que eras un hombre honesto."

"Un hombre primero debe sobrevivir. Podemos hacer cosas buenas, pero necesitas unirte al coro y lanzar a este americano a los lobos. Él marcó su destino. No tengas lástima de él. Usa su caída de la gracia para salvarte. No tienes muchas oportunidades como esa".

"¿Y empobrecerse prosperando con el castigo injusto de un inocente?"

"¿Es realmente inocente? Odia nuestro sistema".

"Odia la forma en que usas una tecnología de forma indebida, aplicándola para controlar a las personas cuando podría estar liberándolos".

"Ah, mujeres, siempre hablan de su libertad como si fuera algo grandioso. Riqueza, éxito, esas cosas importan. La libertad es una ilusión. No estamos libres de la muerte o el envejecimiento, ¿por qué debería importar el hecho de que somos controlados por personas con más riqueza y éxito? "

Rashmi no podía creer lo que escuchaba. "Entonces, ¿crees que los hombres deberían controlar a las mujeres, y otros hombres deberían controlarlas, simplemente porque pueden?"

"Es el orden natural de las cosas. Así como no podemos garantizar que este proyecto sea perfecto, todo lo que podemos hacer es probar y complacer a los que lo pagan. Entonces las cosas se moverán como deberían".

"¿Independientemente de las consecuencias?"

"Las consecuencias de cooperar son que prosperemos". Él negó con la cabeza. "Eres tan infantil. Piensa en lo que he dicho. Todo lo que tienes que hacer es denunciar a Wyatt Osgood para que vuelva a estar en el buen camino de todos. Y ya está condenado".

"¿Sin un juicio?"

"Nunca será juzgado. Hablaremos de uno, pero él es un terrorista y, desafortunadamente, también es un anarquista".

"¿Desafortunadamente?"

"Si él perteneciera a ISIS o algún otro grupo radical, un juicio público tranquilizaría a la gente y demostraría que somos capaces de combatirlos. Admitir que permitimos que un hombre solitario se infiltrara en el proyecto, que lo estábamos colocando en una elegante suite en un hotel de cinco estrellas... avergonzaría al gobierno. Sin un juicio, podemos divulgar información sobre un terrorista y un ataque frustrado. Podemos decir quién era y que la investigación está en curso. Eventualmente, será olvidado." Se puso de pie. "Te dejaré para que consideres tus opciones, ya sea para ser responsable de un proyecto que no puede controlar o denunciar al criminal y nos ayudes a lograrlo. Puede que no tengamos un futuro juntos, Rashmi, pero tienes un futuro brillante en el gobierno. Toma la decisión correcta y te encontrarás encabezando proyectos más grandes y grandiosos que éste".

"¿Por qué dices eso?"

"Porque cuando esto tenga éxito, el ministro de finanzas, sin duda, se retirará. Su adjunto, Haki Dola, será asignado para ocupar su lugar y yo me convertiré en viceministro. Cuando eso suceda, te quiero a mi lado—si no puedo tenerte como mi obediente esposa, al menos puedo tenerte como mi mano derecha para crear una política económica efectiva".

Ella lo vio, evaluó su mirada y entendió. El hombre estaba dispuesto a dejar escapar a una esposa trofeo, especialmente cuando ella amenazaba con tener tantos problemas. Pero en ese caso, tenía la intención de aferrarse a la economista y a programadora que podría hacerlo ver bien.Oculta dentro de esa promesa estaba la amenaza implícita de lo que sucedería si ella no denunciaba a Wyatt. Necesitaba eso para demostrar a los jefes que estaba en control y asegurar su lugar en sus planes.

Lamentablemente, Andwele tenía razón en eso y en muchas cosas. Lo único sobre lo que Rashmi estaba segura era que estaba equivocado, el punto con el que contaba que no era cierto en absoluto era que Wyatt había sido olvidado. Eso no iba a suceder.

"Voy a pensar en lo que has dicho", le dijo ella. "Nunca antes has argumentado tu caso con tanta claridad y merece ser pensado". Y desprecio. Pero eso esperaría.

"Por favor, hazlo."

Entonces ella se detuvo. "Sabes... Haji confirmaría mucho de lo que Wyatt y yo estamos diciendo. Te diría que hablé con él sobre el módulo, no con Wyatt. Fui yo quien exploró las cosas extrañas que estaba haciendo".

Andwele negó con la cabeza. "¿No escuchaste?"

"¿Escuchar qué?"

"Hubo un accidente. Esta mañana, cuando Haji estacionó su auto... parecía haber salido a la calle. Fue atropellado por un automóvil y asesinado. Me temo que no puede confirmar nada".

Un escalofrío atravesó a Rashmi. "Estuvo hablando con él..."

"¿Y el conductor? ¿Qué dijo él?"

"Lo golpeó y huyó. No hubo testigos".

Rashmi apenas podía respirar. "Es decir..."

Andwele le puso las manos en los brazos. "Rashmi, escúchame. Fue un desafortunado accidente".

"Justo cuando Wyatt fue arrestado por desgracia", dijo ella, disfrutando de la forma en que frunció el ceño ante el sarcasmo en su voz.

"Eso es totalmente diferente".

Tenía que creer que él deliberadamente mantenía los ojos cerrados. "Andwele, la verdad es que alguien está detrás de esto. Debe haberlo. Es absurdo pensar que Haji fue arrollado repentinamente por un automóvil, y quien lo golpeó huyó, justo cuando podía proporcionar información importante".

"No seas una mujer histérica", dijo Andwele. Luego se detuvo, tal vez dándose cuenta de cómo ella tomaría eso. "Piensa en esto, Rashmi... Supongamos que tienes razón. Entonces, si alguien está dispuesto a matar por el destino de un sistema informático financiero, mirar demasiado de cerca lo que está pasando también lo pondrá en peligro. Si eso es cierto, entonces necesitas protegerte. Peggy trató de distinguirte como quien saboteó el sistema. La confesión de Wyatt te salvó. Él no puede salvarte por segunda vez, y si persistes, quien esté haciendo esto podría decidir que debe detenerte. Si Haji fue asesinado deliberadamente—y no puedo creer que así fuera—pero si lo fuera, entonces no tendrían reparos en matarte."

Ella lo miró fijamente, tratando de determinar si él la estaba amenazando. Pero lo que vio fue una mezcla de preocupación y miedo. A su manera, misógina, le importaba. Y, como el buen cobarde que era, también temía por sí mismo. Si hubo un complot contra Haji, Wyatt y ella, afortunadamente, Andwele no estaba involucrado.

"Tal vez eso es cierto", dijo ella. "Voy a pensar en lo que eso significa".

"Excelente", dijo, con una presunción que la hizo pensar que estaba seguro de que vería la razón. "Ahora debo informar al viceministro".

Se fue, dejándola preguntándose cómo había confundido a un perro faldero con un hombre de verdad. Por mucho que no le gustaran las actitudes e irreverencia de Wyatt, al menos él era un hombre de ética.

Rashmi cerró su terminal, cerró el cajón de su escritorio y se fue a casa. Si no la dejaban trabajar, no podían quejarse si ella no estaba en la oficina. De hecho, hasta que ella se retractara de su creencia de la inocencia de Wyatt, su ausencia haría que el resto de la tripulación se sintiera más cómodo. A nadie le gusta tener un incrédulo en el grupo. Es una espina en el costado, un recordatorio de que tu universo estaba siendo cuestionado.

Además, tenía un trabajo importante que hacer que no podía hacer en la oficina, un trabajo que importaba mucho más que asegurarse de que Tanzania tuviera una criptomoneda funcional.

Condujo a su casa, se puso unos jeans y una sudadera, tomó una cerveza y se sentó en su propia computadora. Ella no necesitaba herramientas de codificación en este momento. La mejor herramienta para el trabajo actual era su procesador de textos. Cuando se mostró la pantalla de bienvenida, comenzó un nuevo documento. Se quedó mirando la pantalla por un momento, recogiendo sus pensamientos, tratando de poner las cosas en orden. Luego comenzó a escribir una historia de todo lo que sabía sobre el proyecto desde el primer momento en que se enteró. Puso todos los detalles en orden cronológico, incluidos los nombres de las personas y sus roles, tal como los conoció.

Cuando iba a escribir sobre la reunión en Zurich, donde conoció a los estadounidenses, se estaba muriendo de hambre. Cocinó unos cuantos espaguetis sobrantes, los devoró, tomó otra cerveza y volvió al trabajo. Escribió sobre la evolución del equipo, la forma en que Peggy había mantenido separados a los programadores, dándoles la información mínima. Escribió sobre cómo la mujer había encubierto la falla del sistema, agregando sus propias observaciones, así como las confusas, aunque escasas, explicaciones que ofrecieron Childer y Peggy Anne Dory.

Hizo una pausa y luego miró a su alrededor. Estaba oscuro. Salió al balcón, al aire cálido de la noche. Su mente se aclaró y se concentró en recordar. Con los recuerdos vívidos, regresó a la terminal y escribió sobre la llegada de Wyatt. Escribió una sección sobre lo que él le había contado sobre la amenaza a su hermana—la razón por la que había venido a Tanzania—y sus suposiciones, temores y conclusiones. A todo eso, ella agregó sus propias observaciones. Y luego, finalmente, escribió sobre su conversación, la aparente intención de implicarla y arrestarla, la confesión de Wyatt y su arresto. Incluyó lo poco que sabía sobre la muerte de Haji como una barra lateral.

Incluso mencionó el consejo de Andwele, cómo él la había alentado a abandonar la verdad y a Wyatt por su propio futuro, su propia vida.

"No sé qué hacer a continuación", escribió.

Estaba cansada y hambrienta de nuevo. Encendiendo la impresora, ella le envió el documento. Cuando escuchó el familiar zumbido de la impresora láser que llenaba las páginas, fue a la cocina e hizo un sándwich de atún y un vaso de té. Para entonces, la impresora había terminado y ella recogió el documento. Tenía treinta páginas. Levantó las páginas y las llevó a una silla cómoda donde leyó cada palabra con cuidado mientras comía el sándwich. Marcó el texto, recordando nuevos detalles o haciendo correcciones. Esta edición la emocionó, le dio algo de claridad a lo que estaba haciendo. Tomando su té, volvió a la computadora para hacer los cambios y se encontró expandiendo secciones, elaborando, haciendo que las cosas fueran cristalinas, tanto en el documento como en su propia mente.

Finalmente, ella lo hizo. El documento contenía todo lo que sabía y pensaba sobre el proyecto. Una vez más, ella comenzó a imprimir una copia. Por la mañana, ella enviaría esta copia impresa a su compañera de cuarto de la universidad. Ella todavía estaba en Londres y Rashmi le pediría que la sostuviera, sellada, en caso de que algo le pasara.

Mientras lo imprimía, ella hizo una copia en PDF del documento, luego escribió un correo electrónico, dirigiéndolo a Boone@bitpats.com. "Wyatt Osgood está en problemas", escribió. "El documento adjunto te dice todo lo que sé". Cuando se adjuntó, ella respiró hondo y pulsó Enviar.

"Y así comienza", se dijo a sí misma. "Rashmi Patel, la revolucionaria improbable, se ha unido a la guerra de clases".

En su cabeza, Wyatt la corrigió: "No se trata de una guerra de clase, sino de libertad".

Aun así, Rashmi no podía imaginar un luchador por la libertad más improbable que la mitad de una economista tanzana y mitad india. Sin embargo, ahí estaba.

Estaba cansada y todo lo que podía hacer era esperar una respuesta y esperar. Desafortunadamente, esperar era un infierno al pedir a un luchador por la libertad. Incluso uno recién nacido.

Capítulo 30

Haciendo que Funcione

"Bitcoin es una herramienta para liberar a la humanidad de oligarcas y tiranos, disfrazada de un esquema para hacerse rico rápidamente".
—Ravikant Naval
CEO y co-fundador de AngelList

Departamento de TI
Ministerio de Finanzas
Dar es Salaam, Tanzania

Cuando dejó de pensar en la urgencia de la situación, en su precariedad, Peggy pudo calmar su respiración y ver las cosas con claridad. La respuesta a su problema no era más que una falta de información. Un programa funcionaba cuando lo entendías. Encontrar un problema siempre fue cuestión de moverse metódicamente por el código. Desafortunadamente, ese proceso tomó tiempo, que era lo único que ella no tenía.

Había esperado tener a Wyatt como un recurso. Él era rápido y captó cosas de un vistazo que otras personas tenían que estudiar. Dándole componentes poco a poco le permitiría escoger de su cerebro sin inclinar su mano. Con el intento fallido de sacar a Rashmi, lo había maldecido bien. Nadie estaría hablando con él.

Pero él ya habría estado trabajando en ello y probablemente había llegado mucho más lejos de lo que ella había imaginado. Y ella había notado que él a menudo tomaba notas en las reuniones y mientras trabajaba. Constantemente escribía ideas, pensamientos, lo que sea, en un pequeño cuaderno de cuero. Si hubiera encontrado algo útil, el cuaderno podría ser una mina de oro de información.

Pensó en la última vez que había visto ese cuaderno. Habían estado hablando en su cubículo, y justo antes de que ella se fuera, él lo puso en el cajón de su escritorio. Probablemente todavía estaba allí.

Ella entró en el cubículo. Naturalmente, ninguno de los programadores le prestó la menor atención—ella siempre iba a los cubículos. Y fueron intimidados. No querían saber qué estaba haciendo ella. No querían que ella centrara su atención en ellos.

Contuvo el aliento mientras abría el cajón y lo miraba. "¡Sí!", Dijo ella. Allí estaba tendido a plena vista. Ella suspiró. Las únicas cosas que vio en el cajón la hicieron sonreír. El elemento más importante era su cuaderno—un cuaderno espiral para todo clima 'Rite in the Rain'. Junto a él había un bolígrafo negro, que reconoció como un bolígrafo táctil, una herramienta de supervivencia que se duplicaba como un arma. Lo recogió y lo pesó en su mano, divertido que Wyatt, el anarquista, también fuera un emergente individuo precavido que llevaba una de estas herramientas de defensa personal. La pluma táctil era una pluma real y funcional, pero tenía una punta y un cuerpo de metal. Ella había visto los anuncios para ellos—podrías romper cristales con la maldita cosa. Presionó un botón cerca de la parte superior y se encendió una luz LED de alta intensidad. Este imbécil era la navaja suiza de autodefensa.

Se lo metió en el bolsillo de sus vaqueros. Wyatt ya no lo necesitaría, y podría serle útil.

Regresó a su escritorio, se sentó en su silla y abrió el cuaderno. Muchas de las notas apenas legibles eran incoherentes... cosas que anotó después de sus discusiones. Hojeó las páginas y encontró las notas más recientes. Ella jadeó. Esto era maná del cielo. Incluso a simple vista, podía ver la gran cantidad de ideas que le había dejado—esta era su herencia.

Mientras Peggy repasaba las notas, las leía y las ponía en contexto, su corazón latía de emoción. Estaba todo allí—cada matiz de ello. El hombre había trazado algunos de los conflictos del sistema y sus pensamientos sobre sus causas. Había visto problemas en el sistema que las pruebas de Rashmi ni siquiera habían señalado y cosas en las que ella no había pensado en absoluto.

Dejó caer el cuaderno en el escritorio y fue a llenar su taza de café. Era hora de ir a trabajar. Con estas notas mostrando el camino, ella comenzó a comprender algunos de los problemas, problemas que tenía que admitir que había creado. Lo mejor de todo, ella vio las soluciones. Se dio cuenta de que fue significativo que Wyatt hubiera sido el arrestado. Según lo que ella vio en su cuaderno, si él no hubiera sido arrestado y hubiera logrado hablar con Childer sobre lo que había encontrado, ella misma habría estado en la cárcel.

Algunas de las notas más divagantes esbozaron posibles soluciones. Una cosa que hizo a Wyatt un buen programador fue que sus soluciones tendían a ser simples. No le gustaba el código complejo. "Un problema complejo merece una solución simple", le dijo una vez. Bueno, él fue consistente.

Las cosas en las que había especulado habrían sido fáciles de implementar para cualquiera de los otros programadores. Naturalmente, había algunas ideas equivocadas, pero la mayoría de ellas solo estaban equivocadas porque tenía que hacer suposiciones sobre partes del sistema que Peggy mantenía ocultas. Wyatt era consciente de la diferencia entre lo que asumía y lo que sabía.

"Habla con la perra y revisa tus premisas", se había escrito a sí mismo.

Sí, se había equivocado en algunas cosas, pero eso no fue un problema para Peggy. Ella sabía exactamente cómo encajaban todas las piezas del sistema—o cómo se suponía que debían hacerlo. Y ahora, leyendo las notas de Wyatt, supo exactamente por qué algunas cosas no funcionaron de la manera que ella pretendía. Podía visualizar las reescrituras, los cambios que debían hacerse, y se lamió los labios con anticipación.

Ella hizo sus propias notas mientras leía, anotando los puntos más destacados, corrigiendo sus ideas erróneas a medida que avanzaba. Ella dividiría parte del trabajo en módulos y se lo daría a sus programadores. Eso le ahorraría mucho trabajo y tiempo. Ella haría las partes críticas ella misma. Esta vez, sin embargo, revisó cuidadosamente el código que escribieron los payasos que trabajaban para ella. No es que le importara lo bien que funcionaba el sistema en última instancia, pero creía en Childer cuando dijo que el fracaso no era una opción. Quería que funcionara perfectamente y ella no tenía ningún interés en descubrir qué tenía en mente para ella si no lo hacía.

Mientras tanto, ella pudo darle algunas buenas noticias para un cambio. La idea de entregar un informe alegre sonaba bien.

Sacó un teléfono celular que Childer le había regalado en su última visita. "Para sus informes a mí", había dicho. El teléfono estaba encriptado y programado para llamar a un solo número—el suyo. Ella asumió que estaba encriptada.

"Puedo arreglarlo", dijo ella cuando él respondió. Odiaba la falta de aliento, el alivio que escuchaba en su propia voz.

"¿Estás segura?"

Ella se calmó, queriendo sonar confiada, no emocionada o voluble. "Absolutamente. Wyatt estaba en el camino correcto, pero yo también. He recibido sus notas. Puedo hacer los cambios yo misma. Puedo asignar un par de los trabajos de codificación más grandes al equipo".

"Y Rashmi?"

"No la necesito. De hecho, quiero que la mantengan alejada del proyecto hasta que esté terminado".

"Sus pruebas..."

"Es una mierda. Lo tengo resuelto—la maldita cosa funcionará, te lo digo".

"Excelente. ¿Y puedes hacerlo antes de la fecha límite?"

Peggy hizo una pausa. Eso solo le daba dos días. Tendría que pasar algunos días largos, pero luego se haría. Ese era un pequeño sacrificio. "Sí. No hay problema."

"Tú entiendes..."

"Sí, lo has dicho antes, que no hay excusa para el fracaso. Quieren que el sistema esté en funcionamiento. Bueno, la verdad es que quiero que se haga también. Estaré jodidamente contenta de ver el final de este proyecto, de toda esta ciudad." Ella casi se rió. Podía sentir que el hombre se estremecía ante su lenguaje.

"Muy bien. Haré que así sea.".

"Por supuesto, lo harás", dijo ella.

Cuando colgó, todavía sentía una agitación en sus entrañas. Ella no confiaba en ese hombre en absoluto. Si ella no necesitaba a Childer... bueno, no había mucho que pudiera hacer al respecto, sin importar lo que ella quisiera hacer. Él era un hecho de la vida. Fue bueno que estuviera trabajando en su programa de jubilación anticipada.

Su propio teléfono sonó. La voz de un hombre entonó su nombre: "¿Peggy?"

Sonaba familiar. Eso no era necesariamente algo bueno. "¿Quién es?" Espetó ella.

"Es Franz. ¿Me recuerdas de Zurich? ¿Tu camarero?"

Lo recordaba y se relajaba. No le gustaban las sorpresas, especialmente en estas circunstancias, pero Franz le había dado ratos maravillosos. Habían tenido una relación sin complicaciones que no era más que sexo increíble. Había sido fantástico y totalmente enfocado en ella. En ambas ocasiones, ella había estado en Zúrich y había hecho que un momento por lo demás triste cobrara vida. Así que, por supuesto, ella había pensado en él; ella extrañaba la diversión y los juegos. Aún así, el momento de su llamada la molestó. ¿Por qué de repente estaba llamando ahora? ¿Y cómo consiguió su número?

"Te recuerdo bien", dijo ella. "Pero, ¿cómo en el mundo obtuviste este número?"

Él rió. "¿Te olvidaste?" Dijo él. "Tengo el corazón roto". Sonaba divertido. "Tú me lo diste."

"No. No recuerdo haber hecho eso".

"Antes de que te fueras de Zurich la segunda vez, me lo diste. Dijiste que ibas a África, a Tanzania."

Ella no recordaba eso en absoluto, pero entonces había sido un momento emocionante y ella había estado en la cúspide de este proyecto. Todo era posible. Ella no le había prestado atención a la historia de la vida del hombre—lo poco que podía haberle dicho. Era su cuerpo lo que le había interesado.

"Por supuesto. Pero por qué..."

"Estoy en el país —Tanzania. Como te dije, mi primo es el jefe de camareros del Hotel Serena y dijo que si venía aquí podría conseguirme un trabajo, así que decidí intentarlo".

"Todo el mundo debería ver el mundo", dijo ella.

"Estaba pensando más en verte," dijo. "Después de todo, ya que me diste tu número por si llegaba antes de que te fueras, tengo que pensar que fue una invitación. Es una que me encantaría aceptar".

Ella dejó el asiento por un momento antes de responderle. Algo acerca de toda esta conversación no sonaba bien. Ella podría haber hecho eso, decirle a dónde iba y cómo ponerse en contacto con ella, pero pensó que recordaría haberlo hecho. Olvidar esas cosas no era costumbre de ella en absoluto. "Eso podría ser bueno. Estoy muy ocupada, pero..."

"Y yo no estoy ocupado en absoluto", se rió. "El trabajo no tuvo éxito, así que estoy libre como un pájaro. Mientras decido lo que haré a continuación, puedo disfrutar de unas pequeñas vacaciones. Eso me da la oportunidad de verte cuando estés disponible y quieras jugar algunos juegos".

Pensó en los juegos que habían disfrutado en Zurich. Franz era una persona creativa y los recuerdos la hicieron estremecerse de alegría. Para eso valía la pena tomarse un tiempo libre.

Mañana tendría que trabajar duro, pero trabajaría mejor si no estuviera tan tensa, y Franz tenía formas mágicas de deshacerse de su tensión. "¿Estas libre esta noche?"

"Como dije, para ti, soy libre siempre".

Ella le dio el número de su habitación. "Llamaré al escritorio y les diré que te den una llave. Te veré allí en dos horas. Todavía necesito resolver algunas cosas aquí".

"Tu deseo..." logró decir antes de que ella le colgara. Antes de que ella se entregara a sí misma, quería trazar las tareas necesarias para que el sistema funcionara. Ella escribiría correos electrónicos, asignaría el código que podría descargar a los drones. Sus correos electrónicos tendrían todos los detalles y les haría saber que ella esperaba que se quedaran toda la noche, si fuera necesario, para hacerlo. Podrían llamarla perra, pero sabían que el proyecto estaba llegando a su fin. Pronto podrían tener tiempo libre si lo querían. Si el sistema funcionaba bien, ella esperaba que la mayoría de ellos serían despedidos. El gobierno mantendría un pequeño equipo para hacer mantenimiento y actualizaciones. A menos que tuvieran otras necesidades de TI, el resto sería redundante.

Ella dio prioridad a los correos electrónicos para que los destinatarios tuvieran que reconocerlos cuando los leyeran. Ella esperó, asegurándose de que los tres líderes del grupo leyeran los correos electrónicos. Uno respondió con una pregunta sobre el tiempo extra, que era una pregunta bastante natural. Ella respondió a todos ellos, autorizando cualquier tiempo extra necesario e incluso dijo que el gobierno pagaría si ellos requerían servicio de comidas. Cualquier cosa para mantenerlos trabajando.

Una vez hecho esto, con su equipo en el trabajo implementando las correcciones de su sistema y la solución a los aspectos más cruciales en su cabeza, podría ponerse feliz en las increíbles manos de Franz y dejar que él le hiciera las cosas que él hacía tan bien. Era una noche prometedora.

Mañana, refrescada y relajada, llegaría temprano, escribiría su parte del código y luego vería cómo se unía el sistema. Ella estaba segura de que funcionaría ahora. Y cuando sucediera... bueno, eso le daría otro tipo de orgasmo, sabiendo que el sistema pronto estaría en línea y haría de Peggy Anne Dory una anticipada rica jubilada.

Capítulo 31

Un Buen Lanzamiento

"El impulso del poder es convertir cada variable en una constante, y otorgar a los comandos lo inexorable e implacable de las leyes de la naturaleza. Por lo tanto, el poder absoluto corrompe incluso cuando se ejerce con propósitos humanos. El déspota benévolo que se ve a sí mismo como un pastor del pueblo todavía exige a los demás la sumisión de las ovejas. La mancha inherente al poder absoluto no es su inhumanidad sino que es antihumana".
—Eric Hoffer
La Ordalía Del Cambio

Hotel Dar es Salaam Serena
Dar es Salaam, Tanzania

A Mitch Childer le desagradaba intensamente el hecho de que las personas con las que trabajaba nunca usaron ningún nombre. Parecía una pequeña queja, pero a su manera de pensar, no se le dio un nombre, una forma de dirigirse a una persona, era incivilizado, un fin social, casi grosero. Después de todo, podrían usar fácilmente alias. No le molestaría en lo más mínimo si los nombres que daban fueran falsos. Después de todo, no se trataba de identificarlos, sino de cortesía y amabilidad. Los nombres eran un convenio y, en el mundo de Childer,aceptó que los convenios surgieran por una razón. Por lo general, los contratos tenían algo que ver con la cortesía o la conveniencia y, por lo tanto, eran tranquilizadoras y útiles. Los convenios eran importantes porque iban de la mano con el protocolo, y eso no era más que una forma comúnmente aceptada de tratar las cosas.

Con estas personas, no había protocolos, excepto deferencia a ellos. El hombre de ojos verdes, la dama de pelo oscuro, el anciano... los tres que realmente manejaron las cosas nunca le ofrecieron una sugerencia sobre cómo debía dirigirse a ellos. Tenía que asumir que se llamaban algo... ¿No lo hacía la gente? No tenía ni idea de lo que esperaban.

Que rechazaran matices menores, pero importantes en la interacción social, era otro recordatorio, como si lo necesitara, de que, a pesar de su status y sus conocimientos sobre el funcionamiento interno de eventos importantes, Mitch Childer seguía siendo un extraño. Bueno, no exactamente un forastero, pero era nuevo en el círculo interno, una adición reciente al grupo que tomó las decisiones importantes sobre el futuro, las decisiones y los juicios que, en su opinión, deberían establecer el camino para el mundo a seguir.

Contribuyó al proceso de toma de decisiones. Él estaba en las reuniones y sus opiniones normalmente eran solicitadas. Debido a que compartía su visión del mundo, sus opiniones generalmente eran simples confirmaciones de sus opiniones—sus adiciones no constituían una influencia significativa. A veces parecían estar probándolo—parecía que le preguntaban lo qué pensaba él solo para asegurarse de que él era realmente uno de ellos, o quizás para recordarle que todavía tenía mucho que demostrar en esa línea.

Le sorprendió saber que ser parte de la élite no confiere automáticamente mucho poder real. No era un verdadero motor y agitador en la forma en que se veía a sí mismo en el futuro. Un verdadero motor y un agitador dominaron a otras elites, y él estaba lejos de ese pináculo. Esa era la verdad del asunto. Aunque Mitch Childer podría cenar con jefes de estado, de bancos nacionales, de corporaciones globales, y dirigirlos en una dirección y convencerlos de hacer esto o aquello, en el curso de los acontecimientos que dieron forma al mundo, tales cosas fueron triviales. Eso no era poder. No es poder real. El poder real no solo influencia—éste decide y lidera.

Y la realidad era que si bien Childer podría cenar con jefes de estado y jefes de bancos nacionales, mientras que podría engatusar a líderes mundiales conocidos y guiarlos en cierta dirección, convencerlos de que hicieran lo que él quería, esas no fueron las cosas que dieron forma al mundo—estas cosas eran triviales. Para aquellos líderes, las personas que comandaban ejércitos, también enfrentaban enormes limitaciones. Detrás de ellos había otros hombres y mujeres, menos visibles, agentes de poder que se aseguraban de que los líderes visibles estuvieran conscientes de los límites de su poder. El primero entre ellos fue el trío sin nombre con el que trabajaba, o porque, según cómo lo sintió ese día, fueron los que tuvieron el poder real.

Le irritaba no saber nada de esas personas importantes en lo personal. Sus nombres desconocidos eran la punta del iceberg social al que no tenía acceso. Aceptó sin lugar a dudas que tenían el poder de la vida y la muerte sobre individuos e incluso estados nacionales. Lo había visto por sí mismo—se lo habían demostrado en ocasiones—no por su educación o porque tenía algo que ver con él. El poder simplemente había sido ejercido en su presencia. Recordó cuando el hombre de ojos verdes se enfureció por las decisiones tomadas por el gobernante de un pequeño país y lo declaró inútil para servir. Su ataque al corazón ocurrió después de un día.

Ese ataque al corazón, Childer estaba seguro, no era un asunto de coincidencia, sino una manifestación del deseo del hombre de ojos verdes, su propio poder personal. Un estudio rápido, la lección no se perdió en Mitch Childer; tomó nota y subrepticiamente comenzó a construir su propia base de poder. No ascendiste a las filas y no conseguiste poder—creaste una base de poder que te hizo subir, hiciste sufrir a tus enemigos y te mantuviste a salvo.

"Usted no es un verdadero líder a menos que pueda controlar a su gente", le dijo el anciano cuando le había informado de los problemas a él y al hombre de ojos verdes. "Como mínimo, esperamos que lo hagas de manera efectiva. En última instancia, usted es tan responsable de las acciones de ellos como de las suyas".

La carga había sido desconcertante al principio, pero comenzó a aprender lo que eso significaba, descubriendo las diversas formas de controlar a las personas. El poder llegó en muchos sabores, todos ellos deliciosos al paladar de Childer. A partir de entonces, las cosas comenzaron a fluir, y su capacidad para hacer valer su voluntad había tomado una forma significativa. Y el sentido de ese poder era deliciosamente sensual. Era un sentimiento adictivo, glorioso.

Sin embargo, sabía que su poder todavía era limitado. Podía aplicar poderosas zanahorias y palos para que cumplieran sus órdenes, pero incluso entonces, controlar a su gente no era lo mismo que controlar a otras personas, y mucho menos controlar los eventos de los que se había hecho responsable. "Mi gente está haciendo lo que debe".

"¿Es así?" El hombre de ojos verdes parecía estar considerando esa idea. "Entonces, ¿qué es lo que pasa? ¿Qué va mal? Verás, esperábamos un resultado determinado y no veo ese resultado. Si esto es lo que le dijiste a tu gente que hiciera, entonces estoy preocupado".

Entonces, Mitch Childer estaba inquieto por mucho más que el hecho de que no sabía el nombre del hombre o el simple hecho de que era poderoso. Lo que lo ponía nervioso ahora era la aparición del hombre de ojos verdes, completamente sin previo aviso, en su suite del hotel Serena. Cuando Mitch Childer hubo regresado de su cena con Haki Dola y su lacayo esa noche, encontró al hombre de ojos verdes allí, sentado en una lujosa silla de cuero. Cuando Childer entró, levantó la vista como si la llegada fuera inesperada. El hombre de ojos verdes se veía relajado y justo en casa, bebiendo casualmente un buen vaso de lo que parecía whisky.

Él tampoco estaba solo. Childer se preguntaba si el hombre alguna vez estaría solo. Siempre había gente merodeando a su alrededor, ahora que lo pensaba. Por lo general, los acechadores eran exactamente como éstos, los hombres en la habitación de Mitch Childer. Era una afrenta. Deliberada. Los hombres eran grandes, musculosos y sin rostro. Llevaban trajes oscuros, trajes a la medida, camisas blancas y corbatas rojas; permanecieron en silencio, inmóviles, de espaldas a la pared. Cada uno llevaba un auricular yparados con sus manos cruzadas casualmente sobre sus entrepiernas. Como estatuas, parecían no escuchar, ser ajenos a su presencia.

Estas cosas eran desconcertantes. Que el hombre se hubiera entrometido en el espacio privado de Mitch Childer, que estuviera hablando, hablando con él en un tono de voz bastante crítico, y que estuviera flanqueado por esos dos autómatas—esas eran las cosas que hacían que Childer transpirara de manera inusitada. Incluso cuando el hombre le indicó que debería tomar asiento en una silla de respaldo recto frente a él, la incomodidad de Childer lo puso inquieto. Mitch Childer nunca se inquietó, no desde que tenía diez años.

Todas estas cosas, pero sobre todo su propio malestar, lo ponían a la defensiva. Sabía que esa era la intención del hombre y le molestaba aún más que funcionara. Normalmente, Mitch Childer manipulaba a otras personas. Estar en este extremo de las cosas no era natural. "Mi gente está haciendo lo que se supone que deben hacer. Están haciendo funcionar el sistema".

"Sus esfuerzos han sido, en el mejor de los casos, crudos e inadecuados", dijo el hombre de ojos verdes. "Te elevamos para hacer mucho más que poner a tus títeres en movimiento. No me importa lo que le dijiste a tu gente, o incluso lo que hicieron o no hicieron. Quiero que el sistema esté operativo".

"Así será."

El hombre de ojos verdes lo ignoró. "Usted está aquí, lo autorizamos, para obtener resultados muy específicos. Su valor total para nosotros se basa en su capacidad para proporcionar el resultado que hemos indicado y que deseamos lograr. Lo que suceda, qué tan bien controle a su gente, es irrelevante y carece de importancia a menos que obtengamos lo que queremos". El hombre miró a Childer de arriba abajo como si no lo hubiera visto antes. Entonces él resopló.

"Se está armando. Acabo de hablar con Peggy Dory..."

El hombre agitó una mano. "El desempeño de tus secuaces, sus intentos de aplacarte, es menos importante para mí que lo bien que te vistas". Él frunció el ceño. "Y la verdad es que no me importa una mierda eso. Lo que han hecho no es un problema que debas plantearme. Es un camino peligroso, Childer".

"¿Entonces qué? Me dijiste que el sistema necesitaba hacer ciertas cosas. El código que escribí, el código que hará eso, está funcionando. El resto se está arreglando ahora".

El hombre se echó a reír, luego sorbió su whisky. Mitch Childer tenía sed, pero sería condenado si pidiera una bebida en su propia habitación. Lanzó una mirada anhelante a la barra y la botella estaba allí y se quedó sin aliento. Era un *Glenfarclas* de 1955—una malta de cincuenta años de edad—embotellada en 2005. Childer solo había leído sobre eso, y soñaba con algo así. Solo se fabricaron cien botellas y se vendieron de inmediato a más de $ 10,000 dólares por botella. El hombre de ojos verdes lo vio mirando la botella. Levantó el vaso y se tragó el contenido de un trago, frotándolo. Inmediatamente, el guardia se acercó para quitarle el vaso, caminó hasta el bar, lo rellenó y lo trajo de vuelta. El hombre lo tomó sin agradecer al guardia.

Mitch Childer sopesó momentáneamente el efecto de ponerse de pie, caminar hacia la barra y verterse despreocupadamente un vaso. Pensarlo lo hizo temblar. No tenía idea de cómo reaccionaría el hombre y no estaba seguro de querer averiguarlo.

"Pero el sistema no funciona, Childer", dijo el hombre de ojos verdes. "Todo se reduce a eso. Se suponía que debía estar en funcionamiento, un faro de verdad y luz para los que no estaban entendidos—una convocatoria para unirse al mundo criptográfico de la manera que lo imaginamos".

"Está funcionando."

El hombre de ojos verdes hizo un puño, un puño amenazador. "Childer, el sistema falló la maldita prueba. Todo lo que ha sucedido desde entonces, por lo que puedo decir, es que su gente comenzó a señalarse con los dedos, y ahora tiene uno en la cárcel—el más inteligente, dice Hoenig, y otro inició el proyecto. ¿Cómo llamas a eso trabajar? ¿Cómo podemos venir aquí con confianza mañana y esperar estar junto a los funcionarios del gobierno y ver cómo funciona el sistema?"

"Hemos hecho incursiones desde entonces. Además, en el corto período de tiempo de la prueba, recopilamos una cantidad asombrosa de datos de los bancos sobre sus clientes. Y los clientes que iniciaron sesión y usaron las redes sociales para crear una cuenta... bueno, también tenemos toda su información. Para usar el sistema, nos dieron permiso y ni siquiera se dieron cuenta. Incluso si se dan cuenta de eso, los beneficios para ellos son imposibles de ignorar—felizmente sacrificarán su privacidad para poder usar la moneda directamente desde sus teléfonos, para hacer todo de esa manera. Y una vez que la puerta está abierta, no se puede volver a cerrar. Usaremos el mismo código en cada sistema en cada país. El potencial—"

"A menos que el sistema funcione, no hay potencial, hombre. Eso sólo es útil si nuestro prototipo es el que adoptan, y hay competencia. Hay docenas de firmas de *fintech* que claman por crear sistemas como éste que no tiene nuestro código. Y algunos de ellos saben qué demonios están haciendo". Tomó un sorbo de whisky de nuevo.

"Se supone que mañana será el lanzamiento, y has arrestado al desarrollador clave".

"Él iba a descubrir lo que estaba pasando. La gente que tenemos lo hará funcionar".

"Estarían mejor ". El hombre de ojos verdes se puso de pie. "Estaremos viendo el lanzamiento y quiero que entiendas lo importante que es esto para nosotros, para quienes te controlan".

"La nueva tecnología siempre tiene problemas de dentición", dijo Childer. "No espere que sea una implementación perfecta".

"Nos subestimas, Childer, o al menos a mí. Soy lo suficientemente inteligente como para darme cuenta de que es un sistema complejo y podría haber algunos fallos. Está bien. Pero le diré esto mucho—para el final del día será mejor que vea sonrisas en los rostros de los banqueros y la gente del ministerio de finanzas. Mejor escucho un consenso de que el sistema hace lo que queremos, que es lo suficientemente robusto. Se quejarán sobre esto y aquello, la forma en que hace algo, y eso está bien. Joderlos. Necesitan encontrar algo de lo que quejarse para justificar sus existencias, pero en última instancia, no quiero que nadie sugiera que no es el momento de cambiar por completo al nuevo sistema".

Childer asintió. "Eso pasará."

"Otra cosa..."

"Sí."

"Supongo que ha hecho lo necesario para garantizar que no haya cabos sueltos".

"¿Cabos sueltos? ¿Qué clase de cabos sueltos?

"Una vez que sepamos que el sistema funciona, no deseamos que nadie sepa sobre las otras... características que proporciona el sistema. Es otra forma en la que eres responsable de tu gente. Cualquier cosa de la que no esté seguro o que necesite usar de nuevo es prescindible".

Esta vez, Childer pudo hacer una sonrisa confiada. "Sí, tengo el plan de limpieza en su lugar. El programador, Osgood, será útil políticamente para el gobierno durante un tiempo. Por supuesto, nadie escuchará su lado de la historia".

"Supongo que no habrá juicio".

"No. Veremos cómo podemos usarlo. Al hablar con Haki Dola, esperamos que con el tiempo sea mejor si intenta escapar y ser asesinado".

El hombre de ojos verdes miró hacia la ventana. "Es una pena. Por lo que he visto, sacrificarlo es un desperdicio de talento".

"Es un anarquista".

"Todavía. Pero tenga en cuenta que lo único que nunca nos preocupa son las tendencias políticas. No le doy el culo a una rata por eso. Si alguien está dispuesto a trabajar para alcanzar nuestros objetivos, podemos usarlo".

"Estoy de acuerdo, pero está fuera de nuestras manos ahora".

El asintió. "Demasiado tarde para cambiar esa situación, supongo. ¿Y qué hay de esa chica?

"¿La chica?"

"¿La que tu personal pensó que se estaba acercando con lo que estaba haciendo?"

"Rashmi Patel". Childer humedeció sus labios pensativamente. En su opinión, matarla sería mucho más que un desperdicio. Él la encontró una cosa encantadora. Ella era demasiado independiente y obstinada, pero una mujer podía ser desprendida de tales cosas si un hombre era paciente y consistente. Desafortunadamente, el grupo no lo dejaría arriesgarse a eso. Probablemente ni siquiera entenderían el placer que él podría obtener al doblegarla. "Ella tendrá un accidente".

"No abuses del golpe y corre un poco. Sé creativo."

"Ella quiere visitar Londres", dijo. "Ya hemos introducido la idea de que los terroristas están tratando de detener la implementación de sistemas financieros basados en *blockchain*. ¿Y qué tal si el ministerio de finanzas la envía a Londres como recompensa?

Ellos le dan su tiempo de vacaciones, la ponen en el avión privado de Haki Dola, y luego ¿se derriba?"

"Perfil demasiado alto", dijo el hombre de ojos verdes. "Atraería la atención. Quiero algo mundano, apenas perceptible en el ciclo de las noticias".

Childer se encogió de hombros. Había estado esperando algo dramático. "Entonces ella puede tener un ataque al corazón".

"Bien. O una sobredosis de pastillas para dormir funciona igual de bien. Haz lo que quieras, pero asegúrate de que no sea de interés periodístico. Demasiadas muertes inexplicables no serían deseables".

"Por supuesto."

"¿Y qué hay de esta persona clave tuya, esta Peggy Dory?"

"Totalmente prescindible y poco fiable. Pero no tema, yo me encargaré de esa asquerosa puta codiciosa. "

"¿Tú?" El hombre parecía honestamente sorprendido.

Childer se corrigió a sí mismo. "Quise decir que daré instrucciones específicas sobre su fallecimiento, por supuesto".

El hombre se burló. "Como yo pensaba. No tienes ningún coraje real, ¿verdad? Tienes miedo de ensuciarte las manos".

"Ese no es mi trabajo, no mi papel".

El hombre de ojos verdes consideró la declaración. "No, no lo es. Mejor que ni siquiera pienses en eso. "Asintió a los hombres silenciosos que estaban de pie junto a la pared. "Ese tipo de trabajo es bastante fácil una vez que superas tu aprensión. Afortunadamente para ti, necesitamos tus habilidades en otras áreas, en política, diplomacia y política".

Childer dejó escapar el aliento, aliviado de escuchar al hombre de ojos verdes reconocer su utilidad.

El hombre de ojos verdes se dirigió hacia la puerta, luego se detuvo y se dio la vuelta. "Solo tenga en cuenta que una falla del sistema, o una falla para ejecutar este programa de limpieza a fondo, no es una opción. Tienes habilidades y contactos importantes, pero no eres insustituible".

Entonces, como si su partida fuera coreografiada, uno de sus hombres se dirigió a la puerta de la suite y la abrió; Salió al pasillo, miró en ambas direcciones y luego dio un paso atrás en la puerta.

"Todo despejado". El hombre de ojos verdes asintió y siguió a su guardaespaldas hacia la puerta. El otro hombre agarró la botella de whisky y los siguió, cerrando la puerta detrás de él.

Solo en su suite, saboreando el vacío que corría sobre él, Childer reconoció que había muchas anomalías en ese hombre y una de ellas era sus guardaespaldas. Él impactó a Childer como el último hombre en el mundo que esperaría querer o necesitar guardaespaldas. Él mismo era formidable, mortal. Las oscuras amenazas que emitió resonaron en un nivel mucho más personal—no sonaban como cosas que haría que sus secuaces hicieran por él. Los guardaespaldas eran musculosos, pero el hombre de ojos verdes era aterrador.

Después de la sensación de intimidación que el malvado trajo a la habitación finalmente se evaporó, Childer fue a su bar y sacó el mejor whisky que tenía, una simple malta de 18 años. Vertió uno alto y lo bebió.

Había tenido razón al asegurarle al hombre de ojos verdes que todo estaba en su lugar. Ahora tenía que asegurarse de que realmente iba por buen camino. Llamaría a su gente, hablaría con esa perra Peggy Dory y se aseguraría, absolutamente seguro, de que ella haría su parte, de que ella podría hacerlo.

La peor parte de su trabajo, al tratar de llevar a cabo una política decente y hacer que las cosas sucedieran correctamente en este mundo técnico, decidió Childer, fue que la sofisticación y el conocimiento especializado que requería el trabajo lo obligaron a confiar en personas como Peggy. Él no confiaba en ella como persona. Ella había sido una criminal y él sabía de primera mano que ella era corruptible. Si él no la necesitara, no habría ido a ninguna parte cerca de ella, pero parece que no pudo encontrar a una persona que fuera técnicamente competente a ese nivel y confiable. Era molesto que no tuviera una manera independiente de verificar lo que ella decía, que ella pudiera cumplir sus promesas. Ella podría mentirle o engañarse hasta el momento final. Entonces, por supuesto, sería demasiado tarde para arreglar las cosas.

¿Cómo diablos manejaste a gente así? Todo lo que había podido hacer hacia ese fin era ofrecer zanahorias grandes y jugosas y amenazar con un palo grande. Luego tuvo que esperar que funcionara. A largo plazo, eso necesitaba ser arreglado. Cuando esto termine, necesitaba encontrar a las personas técnicas adecuadas, los técnicos que serían leales a él. Tenía que aumentar su equipo personal—eran su verdadera base de poder. Si iba a demostrar su valía ante esas personas anónimas, si alguna vez esperaba llevar al mundo a la visión globalista que sabía que necesitaba alcanzar, entonces tendría que encontrar a alguien como Wyatt Osgood, pero una versión de él que no haya sido corrompida por ideas arcaicas y extrañas de libertad personal. Necesitaba a alguien con esas habilidades que entendiera que dar su lealtad a un hombre de visión era mejor que lanzarse con las fuerzas perturbadoras del caos.

Incluso la idea de esta tecnología de cadena de bloques, que podría operar sin agentes de confianza como el FMI... por qué vieron eso como algo bueno, se le escapó por completo. Destruyó toda esperanza de sistemas confiables, de previsibilidad—las cosas de las que dependía el futuro del mundo. Incluso los gobiernos individuales fueron una fuente de fragmentación y, desde el punto de vista de Childer, no pudieron eliminarse lo suficientemente pronto.

Eventualmente, la gente lo entendería. Pero para estos tecnólogos locos en este proyecto, era demasiado tarde. Cuando el proyecto terminara, ellos también. Independientemente de cómo surgieron otras cosas, eso, al menos, sería satisfactorio.

Capítulo 32

Una aventura de vela

"No hay nada más atractivo, desencantador y esclavizante que la vida en el mar".
—Joseph Conrad

Puerto España
Trinidad y Tobago

La embarcación de 45 pies, *La Última Risa*, se disparó a través de las Bocas del Dragón en dirección norte, dejando el Golfo Paria y luego girando hacia el oeste mientras navegaba hacia el Mar Caribe. Ella estaba volando, con la genoa completamente desplegada en el mástil fueron impulsados sobre el agua a 6 nudos. La fuerte corriente ecuatorial significaba que ella estaba aún mejor sobre la superficie.

Tan cerca de la costa de Venezuela, los vientos tendían a ser un poco inestables, por lo que Peggy trabajó con Frieda, las dos recortaron las sábanas para adaptarse a los cambios en la velocidad y la dirección del viento mientras Billy se quedó en el timón.

Mientras rodeaban el promontorio y se establecieron en un rumbo del oeste, Billy puso el piloto automático. "Es hora de un *sunriser*", bromeó. "Si esperamos hasta el atardecer, tendremos un día largo y seco".

"Voy a exprimir algunas naranjas", dijo Frieda, agachándose a través de la escotilla y bajando a la cocina.

"Estaré allí en un minuto", dijo Peggy. Se puso de pie, con una mano en el mástil delantero, y miró hacia el mar, amando la sensación de poder cuando el viento empujaba el arco a través de las olas. El agua siseó mientras corría a lo largo del elegante casco, y el bote subió y cayó en el oleaje. El sol tropical brillaba y Peggy se sentía bien. Había pasado demasiado tiempo desde la última vez que había estado navegando, desde la última vez que había estado entre sus viejos amigos.

Y ahora, antes de unirse a ellos en una bebida, quería un momento para reflexionar sobre el camino que había tomado, la forma en que había vuelto a esto, aunque solo sea brevemente.

De vuelta en Tanzania, cuando el proyecto se acercaba a su fin, Peggy había empacado dos bolsas pequeñas y las había escondido en el armario. No siendo muy confiada, no estaba segura de lo que la pandilla de delincuentes que dirigía el espectáculo tenía reservado para ninguno de ellos una vez que el proyecto estaba en marcha, y no tenía intención de quedarse para averiguarlo.

Peggy tenía planes. Grandes planes. Incluso un pequeño retraso en el inicio no era aceptable.

Pero primero, necesitaba asegurarse de que el sistema iba a funcionar. En el aura de éxito de celebración, ella tendría muchas oportunidades de pasar inadvertida. Si fallaba, los dedos la estarían buscando para señalarla—y serían dedos siniestros.

La mañana del lanzamiento, se despertó temprano de una noche de sueño inestable. Franz roncó suavemente a su lado cuando se levantó de la cama, intentando ser la primera en la oficina esa mañana. Se vistió en la oscuridad, bajó al vestíbulo y tomó un taxi para ir a la oficina. Había café en la sala de descanso, lo que era una buena señal. Llenó su taza y se dirigió a mirar el monitor que había estado ejecutando diagnósticos toda la noche.

"¿Cómo está eso?"

Se giró para ver a Mitch Childer allí de pie, cambiando su peso de un pie al otro. Parecía tan incómodo como ella y se dio cuenta de que tanto su destino como el de ella dependía de que ese sistema funcionara, y no podía hacer nada para asegurarse de que funcionaba. Por un breve momento, sintió una punzada de simpatía por el imbécil elitista, pero no duró.

"Pasó todas las pruebas durante la carrera nocturna", le dijo. Al ver los resultados que se muestran en la pantalla, sintió una oleada de orgullo. Ella había hecho ésto. El código que había escrito, basado en las notas de Wyatt, era tan suave como la seda. "Hemos estado ejecutando transacciones por todos los caminos posibles sin parar; introduje algunos totalmente falsos para ver si arruinarían las cosas, pero el sistema los atrapó y los rechazó como debería. Los datos se devuelven al remitente para que sean corregidos. Y los tokens, su pequeño e-shilingi, están listos para enviar a las direcciones que los inversionistas nos dieron en el momento del lanzamiento".

"¿Así que estamos bien?"

"Estamos bien". Estoy bien, estúpido hijo de puta. Ella se mordió la lengua. Déjalo estar aliviado. Déjalo disfrutar el momento de la fama y la gloria que el día le daría.

"Deberías estar cobrando un poco en e-Shilingis", dijo. "Valdrán mucho más pronto".

"Estoy bien", dijo ella. "No me importa tomar riesgos, pero esa no es mi taza de sopa".

"¿Te refieres al té?"

Ella arrugó la nariz. "No me gusta el té".

Childer la miró como si todavía no pudiera decidirse por lo que pensaba de ella. Probablemente pensó varias cosas y ninguna de ellas era buena. "Bueno, mejor me preparo. Tengo que hacer un discurso."

"Oh mierda, ¿habrá discursos?"

"El presidente de Tanzania estará aquí. Él dará una, el ministro de finanzas la dará, y luego los felicitaré por su valiente incursión en el futuro".

"Qué puta broma", dijo Peggy.

Una delgada sonrisa la sorprendió. "Sí. Lo es. Y una broma bastante tonta sobre esto, ¿no es así? " Luego se alejó, dejando a Peggy preguntándose si veía la misma broma que ella hizo. En última instancia, no importaba lo más mínimo. Lo que importaba era asegurarse de que ella pudiera salir. Llamó a Franz.

"Escapaste de mí", dijo. "Me desperté con las intenciones más perversas sólo para descubrir que no estabas aquí. Eso fue muy frustrante".

"Lo siento. Necesitaba llegar temprano a la oficina y no veía la necesidad de despertarte. Es un gran día aquí".

"Oh, correcto. Este es el día de ese gran lanzamiento de aquello en lo que estás trabajando, ¿verdad? "

"Así es. Y una vez que el sistema muestre su contenido a los funcionarios que se han reunido para fingir ante las cámaras que entienden que realmente está haciendo algo, voy a querer celebrar ", le dijo a Franz.

"¿Qué tienes en mente?", Preguntó él.

Ella no tenía ningún deseo de decirle lo que pretendía. De hecho, ella no quería perder tiempo en ninguna explicación. Franz era un pasatiempo, no un engranaje importante en las cosas. Una ruptura limpia, una simple deserción, parecía su mejor apuesta. Ella dudaba que él estuviera desconsolado al descubrir que ella se separaría. Decepcionado por un tiempo, en el mejor de los casos. "No sé qué tan pronto me iré, pero la mierda oficial, donde el presidente presiona un botón falso, está programada para el mediodía. Entonces, ¿qué tal reunirte conmigo para un almuerzo tardío en algún lugar agradable?"

"Un buen lugar. ¿Muy lujoso?

"¿Hay algo pervertido y loco en esta ciudad? Siento que he sido enclaustrada y necesito salir".

Él rió. "Hay un club, un lugar bastante exótico del que he oído hablar. Se llama el Savannah Lounge. Cuando terminemos de comer, el baile debería estar calentando. Sin embargo, he oído que es caro".

"No hay problema, mi dulzura. Si este sistema funciona y habla como debería, entonces obtendré una hermosa bonificación ", dijo. La cantidad significaba que, dados sus planes, no valía la pena juntarse para recolectar, pero ella estaba más o menos aferrada a la verdad al hablar con Franz. "Así que haz una reservación, vístete bien, y luego puedes recogerme en el vestíbulo del Ministerio de Finanzas".

"Eso haré."

Así que Franz tenía su misión, yendo a una caza de ganso salvaje. Ella estaba segura de que él haría lo que él dijo. Ella no estaba segura de si él sólo estaba disfrutando el follarse a una mujer estadounidense, viviendo de ella, o si tenía otros motivos, pero él estaba fingiendo que quería complacerla, y ella iba a usar eso. Peggy no estaba dispuesta a dejar nada al azar que pudiera controlar, y ella no quería que él se paseara por la habitación del hotel cuando regresara para agarrar sus cosas.

Cuando se desconectó de la llamada, volvió a comprobar la conexión remota en su computadora portátil. Ella le había dado una serie de puntos de referencia difíciles para ejecutar, y todo estaba funcionando como un reloj. Dejó escapar un suspiro de alivio y detuvo el programa; luego ella reinició el sistema. Eso eliminaría todos los datos de prueba y restablecería los registros a sus valores iniciales. Cargó manualmente la dirección de su billetera en el módulo de transacción, y luego guardó el programa nuevamente.

Estaba lista para irse. Su máquina de dinero estaba preparada.

Mientras la gente entraba y comenzaba a llenar la sala de conferencias para el show, ella conversaba con los programadores, siendo más amables de lo habitual. Ellos lo escribieron para el alivio de que el trabajo estuviera hecho y en la fecha prevista. Sabía que todos planeaban una fiesta para más tarde y no fue invitada. Eso le beneficiaba perfectamente.

Cuando empezaron las cosas, una pequeña lucha por el poder simplificó sus planes de manera inconmensurable. Ella pensó que tendría que estar en la sala en caso de que los reporteros tuvieran preguntas, pero parecía que ser vista por la prensa estaba por encima de su nivel de pago. "No necesitas estar ahí, Peggy", fue la manera en que lo dijo Childer, diciéndolo como si le estuviera haciendo un favor a ella. Lo era, pero no lo sabía.

Cuando las cosas se pusieron en marcha, Peggy tomó un taxi para ir a su hotel, tomó la bolsa de viaje que había empacado antes con solo su ropa informal, el resto la dejaría colgada en los armarios. Las camareras podrían quedárselos. Ella no tenía ningún uso para ellos y quería viajar ligera.

Mientras llevaba la bolsa de lona abajo, se fue sin cerrar la cuenta del hotel y tomó un taxi para ir al aeropuerto. Caminó hacia una tabla de estado y buscó el primer vuelo que salía a una ciudad importante donde pudiera hacer conexiones y descubrió que estaba a tiempo de tomar uno para ir a Barcelona, a través de Dubái.

En Barcelona, compró un boleto en un vuelo que la llevó a Bridgetown, Barbados. Se quedó allí el tiempo suficiente para recuperar el aliento y necesitaba dormir antes de comprar un boleto en *Liat,* una aerolínea del Caribe que la llevaría a Puerto España, a Trinidad y Tobago.

Sentada en el avión en la última etapa, mirando el azul caribeño, Peggy pensó en el viaje que aún tenía por delante. Ella estaba esperando este segmento, la parte donde desaparecería. Si les importara, Mitch Childer u Osk Barstad, o cualquiera de ellos, podrían rastrear fácilmente sus movimientos hacia Trinidad. Hasta ahora, durante su escape, había usado sus propias tarjetas de crédito, su propio pasaporte. Una vez que estuviera en Trinidad, sería cuando realmente desaparecería.

Se dirigía a encontrarse con Billy y Freida; Ella los había conocido hace años. De hecho, Billy fue su primer amante. Cuando ella siguió adelante, Frieda lo tomó y se mantuvieron unidos. Todos navegaron juntos en la escuela secundaria, pero después de graduarse, se separaron. Mientras ella había entrado en el mundo de la tecnología, Billy y Frieda se casaron y se hicieron cargo de la empresa de construcción de su padre. Lo sostuvieron durante algunos años, pero estaban hartos de todas las regulaciones y la forma en que cambiaron rápidamente. Así que vendieron la compañía y se trasladaron a un velero. Lo llamaron *La Última Risa.*

Mantener el barco en marcha, y el no tener ingresos, se estaba comiendo seriamente sus ahorros. Navegar no era exactamente un estilo de vida sostenible a menos que tuvieras una manera de ganar dinero a flote.

En la época en que Hoenig comenzó a hablar sobre el trabajo en Tanzania, cuando comenzó a hacer sus planes iniciales, recibió una llamada de Frieda. "Tenemos que reemplazar el motor en la maldita cosa", dijo Frieda. "Lo nuestro está tostado—es irreparable. No sé de dónde vendrá el dinero para hacerlo. Hemos estado preocupados por el costo de solo sacar pintura antiincrustante".

Eso le dio a Peggy su idea—su angustia era una oportunidad para ella. Había una manera de resolver su problema y el de ella también. "Puedo ayudar", dijo ella.

"¿A quién tenemos que matar?" Preguntó Frieda, riendo. "Los motores son caros, Peggy".

"Si yo resuelvo lo del dinero, ¿sería posible que se quedaran en Trinidad un poco mientras preparan la salida?"

"Más o menos indefinidamente", se rió Frieda. "Es un gran lugar, y el bar en el club de yates es muy divertido. El fondeadero en Chaguaramas, Trinidad, es genial".

"Entonces te enviaré el dinero. Envíame la información... la cantidad, la información de enrutamiento del banco y todo eso. Entonces ustedes dos consiguen su barco en plena forma. Cuando termines, sólo pasen el rato y vayan a las fiestas hasta que te llame", le dijo Peggy. "¿De acuerdo?"

"¿Comprarás un motor nuevo?"

"Pagaré todo el recorrido y para reabastecer la cocina".

"¿Qué sacas de esto?"

"Te necesito de pie, colgando, y lista para zarpar cuando llame".

"Alguna idea..."

"En unos cuantos meses."

"Podemos estar listos en dos".

"Entonces, cuando llame, puedes pagarme devolviéndome el transporte".

"¿Es un paseo?"

"Quiero resguardarme en tu barco".

"¿Cómo un polizón?"

"Necesito ser un pasajero indocumentado. Subiré a Trinidad y me bajaré donde te lo diga".

"Ya veo. ¿Y necesitas ir a algún lugar en particular?

Peggy debatió si decirle una mentira, pero optó por la verdad. Ella necesitaba que estuvieran listos para el viaje correcto. "Quiero ir a Cartagena, Colombia".

Frieda se echó a reír. "He escuchado que es agradable navegar desde aquí en esta época del año. Tienes un trato, Peg. Sabes que tomará más de una semana hacer ese viaje, ¿verdad? "

Ella lo sabía. Y estaría bien; el viaje significaría una semana que ella estaría completamente fuera de la red.A lo largo del trayecto español, no había sistemas de reconocimiento facial para detectar a una persona de interés. Podrían ver un bote o dos, tal vez un cortador de guardacostas, pero nada más.

Así que hicieron el trato, y cuando el proyecto se acercó a su fin, los llamó desde Tanzania para avisarles. El barco estaba listo y Billy estaría en el aeropuerto para reunirse con ella.

Fue bueno volver a ver viejos amigos. Billy había tomado prestado un gran camión de remolque y la había llevado al club de yates, que era mucho menos elegante de lo que parecía. Era un club de yates, pero principalmente un astillero con un bar/restaurante que salía sobre el agua, cerca de un muelle de combustible.

El muelle estaba lleno de veleros, en su mayoría barcos de fibra de vidrio de color blanco que iban desde 30 pies hasta 45 pies de largo. Los barcos más grandes necesitaban anclar en otra parte.

Frieda estaba esperando en el bar, y se abrazaron. Billy llevará tus maletas al bote. Tú y yo podemos charlar y tomar una copa. Vamos a comer en tierra esta noche. Quiero ponerme al día con lo que has estado haciendo, nada de cocina".

Eso estaba bien para Peggy. "¿Pero podemos irnos por la mañana?" Preguntó Peggy.

"Como lo pediste. Mientras Billy te recogía, fui a inmigración y al Capitán del Puerto y conseguimos que nos retiráramos del país. Tenemos que irnos por la mañana temprano, pero son amables al dejarte ir un poco antes y evitar las tarifas de *check-in* y *check out* fuera del horario habitual. Así que nos vamos a la primera luz".

Recordó que Frieda era la capitana de *La Última Risa*. Billy era un compañero útil. "¿La marea está bien, entonces?"

Ella sonrió. "Tú lo sabes. Al amanecer, la corriente de la Guayana dominará y nos arrastrará hacia el norte, a través de la Boca y el norte de Venezuela".

"¿Y haremos una carrera directa a Colombia?"

"Tan directo como el viento y la marea lo permitan", dijo Frieda. "Y deberíamos tener un viento y un mar favorable. Eso también es algo bueno. No estaremos en Colombia hasta que hayan pasado unas 950 millas náuticas por debajo de la quilla".

"No tengo prisa, pero me encanta una buena vela", dijo Peggy.

Después de una comida mejor de lo que ella esperaba en el bar al aire libre en el puerto deportivo, regresaron al bote para tomar una copa y continuar para ponerse al día, lo que terminó, como a veces sucedía en el día, con los tres juntos en la cama grande de la cabina principal.

Cuando soltaron el amarre justo antes del amanecer y salieron del muelle, Peggy se dio cuenta de que no se había sentido tan relajada en mucho tiempo.

Y luego estaban en el mar, donde las cosas eran pacíficas. Con el motor apagado, haciendo sus 6 nudos hacia el oeste, el cálido sol la acarició. Peggy se quitó los pantalones cortos y la camiseta sin mangas que llevaba puesta y se estiró en la escotilla.

"Disfrútalo", dijo Billy. Él estaba allí de pie mirándola, sus ojos brillaban. "Estaremos aquí por casi nueve días".

"Tengo esa intención, Billy. Realmente tengo la intención de hacerlo". Compartieron los relojes, con una persona siempre a la cabeza, aunque en condiciones tan favorables, el autotimón hizo la mayor parte del trabajo. Eso significaba que los otros dos tenían la libertad de cocinar, dormir, ocuparse de las tareas y divertirse en la cabina principal. Los días se desdibujaron y pasaron volando. "Ahí está", dijo Billy.

Peggy miró los edificios en la orilla. "¿Dónde estamos?"

"Estamos a 10.23.386N, 075.34.244W—el mismo lugarque solicitaste que nos dirigiéramos", señaló. "Eso es Boca Grande adelante, justo al lado de la proa del puerto. Si aún deseas que lo hagamos, dejaremos caer las velas y encenderemos el hedor en unos cinco minutos".

Ella se quedó mirando la costa. Todo estaba sucediendo Las cosas nunca fueron lo que imaginabas, pero esto estaba increíblemente cerca. "Entonces iré a tierra".

"Frieda está desprendiendo el bote extra que nos hiciste conseguir". Se frotó la mandíbula. "¿Estas segura de esto? Eres bienvenida de quedarte con nosotros".

"Eso no sería una buena idea, Billy. Ha sido genial, pero ahora voy a remar y abandonar el barco. He hecho algunos arreglos en tierra".

"Eso no necesitamos saberlo ", dijo Billy.

"Sí es mejor que no lo sepan".

"Billy, Peggy dejó un fajo de dinero en el mostrador de la cocina", dijo Frieda mientras desenrollaba el bote y encendía la bomba para inflarlo. "¿De qué se trata, Peggy?"

"Lo necesitarán."

"¿Por qué?"

"Ustedes querían circunnavegar, pero no podían darse el lujo de hacerlo, ¿verdad?"

"Correcto."

"Así que se quedan en Cartagena por unos días y aprovisionan la mierda de su barco. Ya la tienes en la condición de Bristol, así que vayan—por todo el mundo con ustedes".

Frieda se rió. "Y luego seremos algo difíciles de alcanzar si alguien tuviera curiosidad acerca de alguien que desapareció de Trinidad sobre el momento en que nos fuimos".

"Mujer inteligente", dijo Billy, con admiración. "Sexy como el demonioe inteligente también".

"Me gusta pensar que sí", dijo Frieda mientras tomaba un lado del bote y ayudaba a Peggy a tirarlo por el costado. Arrastraron al pintor hasta la popa cuando Billy encendió el diésel del barco.

"Iré a tierra y ustedes dos llegarán a Cartagena". Peggy los besó a ambos. Ella puso sus dos bolsas en bolsas plásticas de basura, las arrojó en el bote de goma y saltó detrás de ellas. Dos remos de plástico estaban conectados a los lados.

"Esos remos no son mucho para trabajar", dijo Billy.

"Es cierto, pero el viento y la corriente prevalecen hacia tierra. Ellos harán el trabajo, ¿verdad, patrona?"

Frieda se echó a reír. "Casi todo".

Agarró al pintor y lo deshizo, luego lo arrojó al bote. Los dos barcos se separaron rápidamente. Billy y Frieda se quedaron en la popa y saludaron con la mano, luego Billy fue al timón, puso el motor en marcha y se alejaron a motor, dirigiéndose por el canal de balsas que entraba al puerto en Cartagena, Colombia.

Capítulo 33

Vista Desde El Viento

"Debes vivir en el presente, lanzarte en cada ola, encontrar tu eternidad en cada momento. Los tontos se paran en las oportunidades de su isla y miran hacia otra tierra. No hay otra tierra; No hay otra vida sino ésta".
—Henry David Thoreau

San Jorge
Granada, Indias Occidentales
Antillas Menores

San Jorge es la capital de Granada, una nación caribeña que consta de seis islas. Se encuentra al noroeste de Trinidad y Tobago, al noreste de Venezuela y al suroeste de San Vicente y Las Granadinas. Granada, que también es el nombre de la isla principal, también se conoce como la Isla de las Especias, ya que es uno de los mayores exportadores mundiales de nuez moscada y maza.

La capital es el puerto más grande del país y su pintoresca bahía en forma de herradura, llamada *Carenage*, fue una vez donde los balleneros sacaban sus botes. Hoy en día, es el lugar de aterrizaje para los turistas desembarcados por cruceros.

El *Carenage* está rodeado por *Wharf Road*, que alberga una gran variedad de restaurantes y tiendas. En el lado oeste, hacia la boca, *Young Street* se eleva rápidamente desde *Wharf Road* y alberga numerosas tiendas. Al Subir la colina a unas cuantas cuadras hasta la calle *Granby* encontrará que la calle *Young* se transforma en *Halifax*. Allí hallará la Plaza del Mercado. Como su nombre lo indica, aquí es donde los locales venden especias, verduras y recuerdos. Naturalmente, muchos proveedores ofrecen nuez moscada, algunos empacados con una trituradora pequeña. "Especias de la Isla de las Especias", es el grito de los vendedores ambulantes cuando los turistas pasan. "Llévate algo a casa con tus amigos".

Una pequeña mujer negra que llevaba una gran bolsa de mano caminaba por la Plaza del Mercado, hablando con los vendedores, preguntando por las especias, las verduras desconocidas y la vida en la isla. Era una mujer atractiva con una sonrisa brillante, y su interés por las cosas que la rodeaban la hicieron sentir bienvenida. Ella era el centro de las cosas, la estrella obvia. La siguió otra mujer, una filipina, que llevaba una cámara de video. La camarógrafa recorrió el mercado, pero siempre regresó a la brillante sonrisa de la mujer negra y luego volvió a moverse para capturar las vistas, el ambiente ruidoso del mercado y las conversaciones. Ocasionalmente, cuando se acercaban, un vendedor negaba con la cabeza (eran en su mayoría mujeres, con pañuelos de colores brillantes) y el dúo respetaba eso, pasándola por alto, pero la mayoría estaba ansiosa por ser filmada y posiblemente realizar una venta.

La mujer que hablaba se llamaba Sindi, y la mujer detrás de la cámara, se llamaba Anchara.

"¿Qué colores de chile son los más picantes?", Le preguntó a la mujer robusta que estaba sentada al lado de una gran mesa de madera de aspecto bastante destartalado cubierta con chiles en rojo, amarillo y verde. "Me gustan los chiles picantes".

La mujer se rió. "Bueno, querida, algunos de ellos son chiles saborizantes y otros son los que le dan calor. No te vayas sin colorearte".

Una buena vendedora, ella ya estaba poniendo una variedad de chiles en una bolsa roja de plástico. "Tomas uno de cada uno y los pruebas, cariño. Entonces sabrás de lo que estoy hablando 'acábalos".

Sindi levantó la bolsa hacia la cámara. "Mi primera compra en la isla", dijo, luego pagó a la mujer. "Un poco de nuez moscada y tendremos todo lo que necesitamos".

Otra vendedora se acercó a ella, extendiendo una pequeña bolsa de tela. "Aquí tienes, cariño".

Sindi se rió y le pagó a ella también, luego abrió la bolsa y dejó a Anchara acercarse a la nuez moscada y al pequeño rallador. "Ahora puedo comer nuez moscada recién molida", dijo alegremente. Luego asintió a Anchara, que apagó la cámara.

"Puedo hacer algunas cosas encantadoras con nuez moscada fresca", dijo.

"Apuesto a que puedes. Creo que tenemos suficientes imágenes del mercado ", dijo, alejándola del tumulto.

Anchara asintió. "Si realizo una foto de los turistas que llegan al Carenage, será suficiente color local. Después de todo, el enfoque de este segmento es el *True Blue Boutique Resort* de cualquier modo".

"Sí lo es."

"Vamos a querer poner un par de videos muy buenos sobre ese lugar. Quiero decir, te dieron ese chalet increíble para la semana".

Eso era cierto, Sindi lo sabía. El chalet era lujoso y el complejo espectacular. Estaba situado en el lado sur de la isla, que realmente era un lugar que gritaba paraíso tropical. Los *Fieldens* habían hecho cosas mágicas con el resort. "Les conseguiremos algunos videos geniales", dijo Sindi. "Es increíblemente fotogénico, y después de la terrible temporada de huracanes que han tenido, cualquier impulso que les demos será bienvenido".

"También serán efectivos. Nuestros números de espectadores han aumentado mucho últimamente ", dijo Anchara. Uno de sus trabajos era promocionar el video blog, y ella estaba satisfecha de sí misma. "Recogimos muchos nuevos suscriptores después de que aparecieras en ese video de rap".

"Eso funcionó bien, creo".

Anchara hizo una mueca. "El sitio tuvo un gran golpe, pero ese video fue una mierda totalmente sexista. Me avergonzó. Te hizo parecer un buen pedazo de carne. Eres un buen pedazo de carne, pero eres mucho más que eso".

"¿Y qué estamos vendiendo en los videos, Anchara? Sindi es una hermosa chica fiestera de alta influencia. Ella va a lugares de alta gama y los promueve. Tienes que perdonar a cualquiera que piense que soy una fanática frívola. Además, el imbécil pensó que me estaba halagando con sus insinuaciones lascivas. Tengo que tomar eso como un cumplido bien intencionado".

"Supongo."

"Y aunque estoy encantada de que aumenten los números, ¿cuál es la noticia de Tanzania? Sé que has estado monitoreando la situación mientras me he estado portando bien con la gente y he hecho videos explotadores".

Anchara se echó a reír. "Bueno, su gobierno, en la forma del ministro de finanzas y planificación, está proclamando en voz alta la victoria y disfrutando de lo que su alter-ego siempre llama éxito subjetivo. Hicieron el lanzamiento, y cuando el sistema no se sobrecalentó ni les explotó en la cara en diez minutos, rápidamente lo declararon un éxito estelar inigualable en los anales de la historia africana".

Mientras caminaban, continuaron cuesta arriba, llegando a un lugar donde podían mirar hacia la bahía. Un catamarán entraba a vela. Sindi miraba ociosamente. "Como también lo dice mi alter ego, cada vez que las cosas parecen funcionar, los delirantes son presa de creer que han logrado sus objetivos. Se apresuran a celebrar porque los de segunda mano saben en sus corazones que su momento en el centro de atención no es merecido y no durará".

"Y si no lo saben, tú o Boone en realidad, hacen lo que pueden para ayudarlos a ver la luz y comprender sus copiosas fallas".

Sindi miró a su amiga. "Me gusta hacer eso. Lo admito. ¿Qué hay de la ayuda que nos pidió Rashmi? ¿Podremos lograr eso? ¿Están las cosas en su lugar?"

"¿Necesitas preguntar?"

"No, y no debería, pero siempre lo haré".

"Lo sé. Puedes estar segura de que todo está en marcha". Anchara volvió a encender la cámara y tomó algunas fotos mientras el catamarán se desaceleraba y dejaba caer sus velas. En la desembocadura de la bahía giró hacia el este, dirigiéndose a la laguna, donde estaba el puerto deportivo. "Hermoso", dijo ella. "Cómprame uno."

"¿El barco o la bahía?"

"Ambos. ¿Qué tal la isla?

"Quizás lo haga. En primer lugar, dime lo que has configurado".

"Aguafiestas. Contacté con algunos bitpats locales al problema —tenemos una red increíble allí. Una mujer trabaja con el sistema de control aéreo, y hay un tipo que consultó sobre el trabajo original de TI en Dar es Salaam. Me aseguran que todo lo que pedimos es factible y están felices de, en palabras de la mujer, 'joder las cosas muy bien'. Y justo antes de salir de la villa, recibí un informe de que todo está en su lugar. Le envié a Rashmi todos los detalles e instrucciones muy específicas sobre qué debe hacer y cuándo. Así que hemos hecho nuestra parte. El resto depende de ella. Si se muda según lo previsto, no debería haber ningún problema".

"Lo has hecho bien", dijo Sindi.

"Hice lo que me pediste. Siempre sabes qué hacer".

"¿Estás enojada conmigo?" Preguntó Sindi.

Anchara dejó de filmar. "¿Por qué estaría enojada?"

"No estoy segura, pero suenas preocupada. Pensé que no parecías contenta cuando te dije lo que había planeado para Rashmi".

Anchara se encogió de hombros. "Tal vez no. Pero la forma en que veo las cosas en estos días... esa fue la decisión de Boone. La opinión de Boone es que Rashmi no haría bien flotando libremente. Aún no. Ella decidió que podía usar la ayuda de la mujer".

"¿No estás de acuerdo conmigo?"

"Eso es todo Boone, no tú. No tiene nada que ver con Sindi y conmigo.

"Sin embargo... soy ambas Boone y Sindi. ¿Puedes estar enojada sólo con una de nosotras?

Anchara se dio la vuelta. "Eso es difícil para mí a veces. Y no estoy enojada, en realidad no. Mira, Boone hace muchas cosas que no me importan. Boone puede ser una persona despiadada, pero por las razones correctas. Boone me salvó la vida." Se volvió para mirarla. "Le debo todo a ella, pero a veces me incomoda. Haré lo que ella pida y la ayudaré como pueda. Pero te quiero, Sindi. Me encanta trabajar contigo, estar contigo. Rashmi trabajará para Boone y eso no tiene nada que ver con Sindi, ¿verdad?"

La mujer se rió. "Eso es tan incorrecto, tan esquizofrénico, que ni siquiera puedo tomarlo en serio. ¿Qué clase de objetivista eres, mi querida amiga, mi amante?"

"Una objetivista de buen tiempo, tal vez. Una novicia objetivista."

Sindi tomó su mano. "Muy bien entonces. También eres una asistente muy eficiente, afortunadamente, y en esa capacidad vale tu peso en oro—tanto para Sindi como para Boone".

"Nunca te confundes, ¿verdad?"

Sindi le besó la mejilla. "Sindi es un producto de la imaginación fértil de Boone. Sindi es una razón y una excusa para viajar y ganar dinero. Eventualmente, entenderás cómo funciona eso para mí, para nosotras".

"¿Y hasta entonces?"

"Bueno, eres muy real, y hasta que pase lo que pase a continuación... hay una cama grande y muy cómoda esperándonos en el chalet".

Anchara se rió. "Puede que quieras hacer el amor, pero sé que también quieres estar cerca de la computadora encriptada para que puedas monitorear los eventos en Tanzania".

"Ambas me ponen caliente", dijo.

Anchara se sonrojó. "En ese caso, será mejor que nos vayamos".

"Así decimos todo."

"Puse una alerta general a todos los bitpats. Podría haber un número de personas que acorten la nueva moneda de Tanzania".

"Será muy divertido ver cómo se desarrolla eso", dijo Sindi, ahora pensando como Boone.

"Boone tiene una extraña idea de diversión", dijo Anchara. Boone metió su brazo en el de Anchara y apoyó la cabeza en su brazo desnudo, disfrutando del toque de la cálida piel de la mujer. "Sabes muy bien que disfrutas trastornando el carrito de manzanas tanto como yo, Anchara. Admítelo."

La mujer le dirigió una mirada severa que se convirtió en una sonrisa. "Está bien, lo admito. Es divertido verte patear traseros".

"Te gusta ser parte de eso. Te hace cosquillas que hayas hecho que algo de eso suceda."

Ella se rió. "Está bien, tal vez yo también soy malvada".

"Estupendo. Vayamos a la villa y seamos absolutamente malas".

"Oh, sí", dijo Anchara, radiante.

Capítulo 34

Hackeador de la cárcel

"Las personas deben ser acariciadas o aplastadas. Si les haces un daño menor ellos obtendrán su venganza; Pero si los paralizas no hay nada que puedan hacer. Si necesitas lastimar a alguien, hazlo de tal manera que no tengas que temer su venganza".
—Niccolò Maquiavelo

Apartamento de Rashmi
Dar es Salaam, Tanzania

Rashmi se despertó sintiéndose enferma. Enferma de corazón por Wyatt pudriéndose en una celda y enferma por la forma en que varias personas y fuerzas parecían estar secuestrando el sistema de transacciones financieras del gobierno. Un sistema que podría haber hecho tanto bien fue comprometido, y ella ni siquiera tenía una manera de determinar quién lo estaba haciendo realmente, o cuál era el objetivo final.

Ella sospechaba que Peggy estaba involucrada, tal vez la principal culpable, pero el Fondo Monetario Internacional, en la forma de Mitch Childer, era ciertamente cómplice. E incluso la Interpol no tenía interés en aprender la verdad. Intentó que Osk Barstad la escuchara, pero no había sido productivo.

"No tiene todos los hechos, Srta. Patel", le dijo la mujer. "Su visión es parcial".

"Tengo más datos que usted", dijo ella rotundamente, evitando la emoción.

"El hombre es un terroristaconfeso".

"Es un anarquista declarado con un gran interés en hacer que el sistema funcione correctamente. Puedo mostrarte los registros. A diferencia de algunos..."

"Es el responsable del *hackeo*. Tenemos otra evidencia que muestra que él es el motor principal en esto. Por favor, deje la investigación a profesionales".

Ese había sido su único intento de alterar el curso de los acontecimientos. El rechazo fue más que un despido, fue una advertencia. Mantente alejada. Childer, Barstad, incluso Andwele, se decidieron... no es que pensaran que Wyatt era culpable, sino que debía pagar el precio.

Entonces, gran parte de la enfermedad que sentía era del tipo que llena a una persona competente que de repente se encuentra indefensa ante la injusticia y la incompetencia. Hacía que su estómago se revolviera, le dolía el cuerpo. Ella no tenía otras incursiones en el poder. Sin Andwele dispuesta a respaldarla, Haki Dola no la escucharía. Incluso si lo hiciera, incluso si quisiera ayudar, Wyatt estaba en manos del sistema judicial, tal como era, y su influencia allí era cuestionable.

Se arrastró a la cocina, preparó el desayuno y dejó que el café de la mañana la ayudara a empezar a pensar con claridad. Ella necesitaba un plan. Hacer nada no era una opción para ella. Si los dejara en el ferrocarril de Wyatt, lo enterrara en el sistema judicial, entonces nunca podría perdonarse. Había muchas cosas que ella no sabía, pero sabía que él era inocente. Eso significaba que tenía que actuar.

Para Rashmi, una acción de ese tipo era algo que sucedería en línea. Se contactó con personas, envió alertas y llamadas a la acción. Pero primero necesitaba investigar cosas, descubrir quién podría ser un aliado contra tales enemigos formidables.

Se sonrió a sí misma por la forma en que estaba pensando en la situación, expresándola en términos tan grandiosos. ¿Pero de qué otra manera podría ser enmarcada? Mucho del caos que se arremolinaba alrededor de ellos era probablemente político. Ella sabía poco o nada sobre política y la había evitado desde su primer contacto con los efectos contaminantes de las agendas políticas. Eso era algo en lo que Wyatt tenía razón... otra cosa sobre la que tenía razón. La manera en que el gobierno, el FMI y el Banco Mundial estaban tan ansiosos por tomar algo maravillosamente distribuido, centralizarlo y llamarlo una mejora, afirmando que lo habían salvaguardado, era alucinante.

Sobre el tema de los aliados, Rashmi dibujó un espacio en blanco. Ella sabía de una sola posibilidad. Wyatt le dijo que enviara ese mensaje a esta Boone en un sitio llamado bitpats. Volvió a llenar su café y se dirigió a su computadora, encendiéndola y yendo al sitio.

"Bienvenido a bitpats.com", decía una llamativa pancarta de bienvenida. Debajo había un cuadro de inicio de sesión y debajo una cita: *"En el sistema de la deuda, una de las dos partes es siempre la esclava"*. —Andreas Antonopoulos." El resto de la página era negro. No había pestañas, ninguna otra información.

Se preguntaba quién era el griego que citaban. Parecía un contemporáneo de Arquímedes, pero ¿por qué lo citaría un grupo radical?

Incapaz de iniciar sesión, abandonó el sitio e ingresó "bitpats" en el motor de búsqueda. Momentos después, ella tenía una página de referencias, pero no eran lo que estaba buscando. Un mensaje en la parte superior decía: "Incluyendo resultados para partes de bits. ¿Buscar solo 'bitpats'? "Mirando los resultados, ella se rió. Casi todos los resultados se referían a "partes de bits" o "pagos de bits", pero había un sitio llamado *Nomadic Giant*, que parecía pertenecer a algún tipo de editor de ficción gitana de alta tecnología. Nada útil en absoluto.

Tomó aire y decidió revisar su correo electrónico. Tal vez Boone había respondido al correo electrónico que había enviado justo después de que Wyatt fuera arrestado. No tenía muchas esperanzas de recibir ayuda de alguna entidad que no conocía, cuyo sitio era casi un sitio oculto. Wyatt pensó que un grito de asistencia en su dirección produciría resultados, pero era un optimista tan incurable. Ella recordó la incongruencia de la sonrisa en su rostro cuando lo sacaron con las esposas. Sonrió con orgullo como si hubiera logrado algo bueno simplemente admitiendo el ataque. Ella todavía no entendía nada de eso.

Su bandeja de entrada estaba vacía, excepto por un mensaje único, completamente extraño. Se marcó como de alta prioridad, lo que significaba que cuando se abría, el remitente recibiría un mensaje informándole que se había leído. Esto le intrigó como técnico incondicional, sobre todo porque el correo electrónico no tenía información del remitente—¿Cómo podía alguien enviar un mensaje de alta prioridad, uno que le informara al remitente que se había recibido, y lograr suprimir la información del remitente? No era tanto lo que habían hecho, sino el misterio de cómo.

Intrigada, ella lo abrió. Desde el mensaje y el contexto, le quedó claro de inmediato que era de Boone. Por razones de secreto, la información del remitente no estaba disponible. Por supuesto, eso no explica cómo estos bitpats lograron eso.

La apertura fue clara: "Esto es lo que necesitas saber y lo que debes hacer", dijo. Todo el mensaje fue conciso, claro y preciso. "Sus vidas, la suya y las de Wyatt Osgood, están en peligro y deben seguir estas instrucciones sin desviarse. Se está creando una pequeña ventana de oportunidad para usted, pero cualquier duda resultará en un fracaso".

Su corazón latía con fuerza. Esto no era una oferta para ayudar; fue una ayuda puesta en acción. Lo leyó despacio y con cuidado. Entonces ella lo leyó de nuevo. Finalmente, pulsó responder y escribió "gracias", y pulsó enviar, sin tener idea si el mensaje iría a alguna parte. Después de todo, ella no estaba respondiendo a nadie.

"Mensaje enviado", dijo la cuenta de correo electrónico, y ella suspiró de nuevo. Las cosas, por extrañas que pudieran ser, estaban sucediendo. Se estaban tomando medidas. El mensaje dejó en claro que las cosas estaban en movimiento—el escape, el rescate que habían planeado, consistía en una cinta transportadora de actividades en movimiento. Este complejo plan le dejó solo dos opciones: o se apretaba el cinturón y optaba por lo que prometía ser un viaje salvaje, confiando en que todo lo que había en el correo electrónico era cierto, que estas cosas pasarían, o lo ignoraba por completo. No había espacio entre esas opciones, ni pasos alternativos.

El resultado final, aunque funcionara, salvaría a Wyatt, pero también acabaría con su carrera. El correo electrónico no hacía ningún comentario al respecto. Si tomaba el garrote, independientemente del resultado, la persona Rashmi Patel tendría que dejar de existir. Unos desconocidos, sin rostro, los salvadores le harían provisiones, pero por ahora... Rashmi tendría que confiar en fuerzas que no podía examinar. Tendría que renunciar a su juicio sobre ellos a favor de la evaluación de Wyatt.

No se le había ocurrido que cuando el proyecto estuviera completo, se la consideraría una amenaza, pero cuando lo leyó, supo que era cierto. La evaluación fue acertada—los riesgos eran demasiado altos para dejar atrás a los que dudan, a los investigadores. Incluso si ella no conocía el plan, la trama, cualquiera que fuera, conocía partes de ella, piezas que podrían estar pegadas para crear una imagen que los plotters no quisieran que se mostrara.

Sin embargo, quedarse no era una opción. La vida no continuaría. Ella no sería transferida a un trabajo de mantenimiento aburrido. No, ella desaparecería. Tenían que hacerla desaparecer.

Y Wyatt desaparecería también. Lo que no sabía sobre lo que habían hecho, lo pudo averiguar. No querrían que él hablara en audiencia pública. No podían permitirse que el presunto terrorista denuncie al FMI y al gobierno por delitos contra las personas a las que se suponía que estaban ayudando. Ella sonrió. No le cabía la menor duda de que, dada la oportunidad, Wyatt sacrificaría la posibilidad de un veredicto de no culpable por la oportunidad de defender su caso sobre los males de la autoridad centralizadora, de usurpar la libertad, sin ninguna razón más que para controlar el problema, la gente.

Era un habitual don Quijote que no se inclinaba ante los gobiernos.

Por eso, sería silenciado tarde o temprano.

Eso significaba que Rashmi no tenía más remedio que confiar en la misteriosa Boone. Fue contra el grano confiar en lo desconocido, lo que no se puede demostrar, lo misterioso. Ella era una mujer de ciencia, no una persona de fe.

Y sin embargo... En algún momento, tienes que confiar en otras cosas, incluso si es posible que un acto de desesperación parezca lógico y necesario en retrospectiva. En la universidad, leyó un libro de Nathaniel Branden, quien escribió que tus instintos evolucionaron y se desarrollaron; una persona actuó sobre ellos y evaluó los resultados y este proceso refinó esos instintos. Esta fue una técnica de supervivencia—actuar por instinto te permite moverte más rápido que cuando confiaste en la lógica. Tuvo tiempo, pero no los recursos, para actuar de manera lógica, por lo que, lógicamente, tuvo que actuar por instinto y tener la esperanza de que ella entrenara bien sus instintos. Y tenía que esperar muchísimo que Branden supiera de qué estaba hablando.

Miró el calendario de eventos que Boone había incluido en el correo electrónico. "10 am de hoy: un automóvil te recogerá en frente de tu apartamento", dijo. Se preguntó cómo obtuvieron su dirección. ¿Cómo obtuvieron la mayor parte de la información que parecía tener? "Prepárate con una bolsa llena de cualquier cosa importante para ti. El auto te llevará a recoger a Wyatt en la cárcel; sigue las instrucciones. No volverás".

¿Recoger a Wyatt? Si las instrucciones eran correctas, sucedería algo que le permitiría salir de la cárcel. Pero había trampa. "Debes moverte rápido. Este truco se descubrirá y no hay garantía de que el intento tenga éxito".

Eso no fue tranquilizador, pero ahora que se había comprometido a seguir este camino donde sea que los llevara, descubrió que eso no le importaba. Si la atrapaban, su humillación se haría pública, eso no era importante. Lo importante era frustrar esto... sea lo que sea.

Miró alrededor de su apartamento y se echó a reír. Había poco allí que ella echaría de menos. Había dejado pocas huellas en su apartamento amueblado; ella sólo se mudó y vivió a la ligera. Cualquier pensamiento de anidar, de hacer suyo un lugar, había sido reservado después de que se casara con Andwele. Cuando eso se derrumbó, su interés en esas cosas también murió.

Ella tomaría su computadora portátil, algo de ropa y sus notas sobre el proyecto, y nada más.

Al revisar las instrucciones y el margen de tiempo, vio que había tiempo para bañarse y luego comer algo antes de que llegara el auto. Ella acababa de desayunar, pero el mensaje no decía nada sobre las comidas o cuánto tiempo estarían viajando. Esa información vendría después. Mejor viajar con el estómago lleno por si acaso.

Cuando se bañó y se vistió, Rashmi se sintió bien. Ese sentimiento era vertiginoso; Se dio cuenta de que había pasado mucho, mucho tiempo desde que realmente se sintió bien—con ella misma y con lo que estaba haciendo. No se había entusiasmado así desde la universidad, pero ahora que estaba tomando un riesgo por una razón, estaba viva y llena de energía. Era el hecho de actuar, de hacer algo importante. Podría fallar terriblemente, pero al menos no perecería por la inacción. Nunca entendió cómo las personas podían dejar que las cosas les sucedieran sin tratar de defenderse. No tenía sentido.

Se miró en el espejo y la sonrisa en su rostro la sobresaltó. Era la misma que había visto en la cara de Wyatt cuando lo arrestaron. Ahora tenía sentido. Dio un paso adelante—él se declaró a sí mismo por la causa en la que creía. Rompió sucompromiso con aquellos que los rodearon y se quedó allí, alto y orgulloso, haciéndoles saber que, mientras estaba libre, deberían tener mucho miedo. Incluso cuando lo esposaron, era más alto y recto que cualquiera de ellos.

Y ahora, solo tal vez, si las cosas salieran bien, volvería a ser libre. Y si no, bien se irían peleando.

Mientras limpiaba los platos y los guardaba, decidió llevarse un sándwich para Wyatt. No se sabía cuándo había sido su última comida.

Capítulo 35

Compra Alto, Vende Más Alto

"La gente de todos los países está de acuerdo en que el estado actual de los asuntos monetarios no es satisfactorio y que un cambio es altamente deseable... La destrucción del orden monetario fue el resultado de acciones deliberadas por parte de varios gobiernos. "Los bancos centrales controlados por el gobierno y, en los Estados Unidos, el Sistema de Reserva Federal controlado por el gobierno, fueron los instrumentos aplicados en este proceso de desorganización y demolición".
—Ludwig von Mises
La teoría del dinero y el crédito

Bob & Edith's Diner
539 S 23rd St
Crystal City, Arlington, VA

Los dos hombres se sentaron uno frente al otro en los asientos de plástico azul de la cabina para comensales. A su alrededor, los clientes y las camareras se apresuraban en un enjambre de actividades a la hora del almuerzo. Recluidos en su stand, con sus comidas servidas, Claude Hoenig sonrió mientras observaba al otro hombre comerse su club sándwich. "Entonces, ¿este restaurante no es un lugar demasiado comercial para ti, supongo?"

El hombre masticó por un momento, luego tomó una servilleta para limpiar la mayonesa de la comisura de su boca antes de responder. Luego señaló a su plato. "Esto es lo que siempre he imaginado que sería la comida estadounidense. Me encanta."

"¿Nunca has probado este tipo de comida antes?", Preguntó Hoenig. "Sé que has estado aquí muchas veces".

El hombre sacudió su cabeza. "Cada vez que visito los Estados Unidos, los imbéciles con los que me encuentro parecen pensar que pueden impresionarme llevándome a los restaurantes franceses o italianos. Dado que como en París y en Milán varias veces al mes, eso es un poco estúpido. No quiero decir que la comida sea mala—esos lugares suelen ser de primera categoría y tienen excelentes chefs, pero todo el ejercicio es un desperdicio costoso y sin sentido. Pero tú... me agradas. Me gusta que me hayas traído a un lugar normal de Estados Unidos".

"El almuerzo es para comer. Las cenas de lujo son para causar una gran impresión ". "¿Así que si esto era la cena...?"

Hoenig se echó a reír. "Lo siento. Te llevaría a una pizzería que conozco. Y déjame decirte que los italianos no saben nada de pizza. Una vez que hayas comido uno de éstos..."

El hombre se rió. "Bueno, me has dado una buena impresión. No duele que este sándwich sea excelente".

"No estaba tratando de impresionarte", dijo Claude en voz baja.

"Lo sé." El hombre sonrió. "Y eso, amigo mío, me impresiona".

Con eso, volvieron la atención a su comida. Cuando terminaron y el otro hombre hubo probado un verdadero pastel de manzana y café americano (que le impresionó menos que el resto de la comida), Claude le hizo la pregunta que había estado esperando para hacerle: "ya que has venido todo este camino, te importaría decirme ¿por qué?

"La cripto", dijo. "La estamos asignando ahora. Como se sabe, ya se está minando y el Ministerio de Finanzas controlará la asignación a través de los bancos nacionales".

"Un suministro limitado, entonces."

El hombre arqueó una ceja. "En teoría. En la práctica, arreglado, pero todo depende de que el gobierno muestre cierta moderación".

"No es una apuesta segura, en mi experiencia", dijo Hoenig hoscamente. "Gobiernos..."

"Cierto. Así que aquellos de nosotros que compramos en el proyecto, los inversionistas iniciales, deberíamos estar buscando un aumento. El primero grande será un anuncio de venta en espadas".

Eso le pareció obvio a Claude Hoenig. Su compañía estaba en línea para algunos de los criptográficos como pago parcial por sus servicios. Había planeado hacer exactamente eso, aunque más debido al flujo de efectivo. Le debía una bonificación a Peggy por su trabajo. Incluso si ella hubiera hecho el trabajo más difícil de lo que tenía que ser, él había prometido un bono de finalización. Y había otros gastos también. "El precio inicial se estableció bastante alto".

"Los especuladores lo harán mucho más alto tan pronto como el Ministerio de Finanzas libere la criptografía de reserva, que estará en el momento del lanzamiento. Quieren que los inversores ingresen de inmediato, y será el momento para que lo hagan".

"Así que lo usamos como una compra alta, venta alta, una propuesta".

El hombre sonrió. "Esa es una manera de mirarlo. No se sabe qué hará en el futuro, como lo indican los fondos de cobertura, pero querrá retirar su dinero en efectivo o, al menos, venderlo en su mayor parte antes de que se haga evidentes las realidades de administrar una moneda nacional".

"¿Las realidades?"

"Habrá costos que no son evidentes, y si el gobierno no se atiene a sus objetivos de inflación anunciados, todas las apuestas estarán cerradas".

"Tengo curiosidad... por qué me estás diciendo esto... tus preocupaciones son casi información confidencial", dijo. Había más que decir, pero quería ver cómo respondía el hombre a esa observación tan amable. Vio un parpadeo en los ojos verdes. Este hombre captó todos los matices.

"Porque me agradas. Porque creo que deberíamos seguir trabajando juntos".

"Si el proyecto tiene éxito, ¿por qué no continuaríamos haciendo eso?"

El hombre cruzó las manos. Un joven camarero se acercó a recoger sus platos. "¿Más café?" Preguntó. Negaron con la cabeza y esperaron hasta que él se retirara con la apresurada comida del almuerzo.

"No quiero seguir utilizando tu empresa como un recurso externo", dijo. "Y algunas cosas sucederán cuando se complete el proyecto que, si no lo sabes, si no estás advertido, podría asustarte. Espero cimentar nuestra relación haciéndote saber cómo irán las cosas y luego ver hasta dónde llevamos esto".

"Ciertamente sabes cómo llamar mi atención", dijo Hoenig. "Supuse que el final del proyecto sería un anticlímax".

"Se te perdonará por verlo de esa manera", dijo el hombre. "Pero este no es realmente el proyecto. Este es un precursor del proyecto real—una prueba de las ideas y de las personas que lo implementan".

Hoenig dejó que una sonrisa delgada y complacida se deslizara por su rostro. "La prueba de fuego."

"Exactamente. Y habrá una variedad de ganadores y perdedores".

"Y daños colaterales".

"Estás pensando en tu programador, Osgood. Cometió el error de alienar a Childer y se esforzó demasiado por entender las cosas por encima de su nivel de pago. Fue, desafortunadamente, un error fatal".

"Sin embargo, podría ser invaluable para el trabajo futuro".

"Él es ciertamente reemplazable. Hay otros programadores buenos, incluso excelentes, y ya los han reclutado. Creo que ibas a perder a Osgood con el tiempo de todos modos."

Hoenig asintió. "Suficientemente cierto. Sin embargo, se merece algo mejor que esto".

El hombre suspiró. "No podemos corregir todos los males de la vida. Las hordas de refugiados de Somalia, Libia y Siria merecen algo mejor de lo que reciben. Los judíos en el holocausto merecían algo mejor. La vida no es justa. Y, como esos pobres demonios, el destino de Osgood está sellado, me temo".

"Podrías rescatarlo."

Los ojos verdes se centraron en él. "Si, podría. El precio, sin embargo, es demasiado alto".

"No eres alguien que engañe a la gente, ¿verdad?"

"No tengo necesidad de eso, ni tiempo para ello. Tampoco tú."

"Entonces dime, ¿qué más no sé?"

"Hay cosas en el sistema que Childer puso allí—para nosotros. Tenía algunas ideas excelentes que promoverán nuestro objetivo".

"¿Cuál es?"

El hombre sonrió. "¿No puedes adivinar? Me he preguntado quién crees que soy o a quién represento".

"No creo que representes a nadie; y ¿este grupo? Tú lo llamas globalistas", dijo.

"¿Y qué significa eso para ti? ¿Es bueno o malo?"

"No estoy seguro de qué forma toma tu grupo, pero así es como huele. Utiliza el FMI y el Banco Mundial para disminuir el poder de las naciones, reemplazándolas con iniciativas globales. Ustedes fortalecen a la ONU, por ejemplo, pero toman el poder de las naciones".

"Hacemos eso y más. Pero no tiene razón al pensar que usamos el FMI y el Banco Mundial o la ONU".

"¿No? Parece que sí."

"No. No los usamos. Nosotros somos esos grupos. Son nuestras creaciones y las hemos nutrido. Son la forma en que implementamos la política".

"¿Y quién, puedo preguntar, somos nosotros?"

"La Retinger Oculística".

"¿Retinger? ¿El que convocó lo que se convirtiera en la conferencia de Bilderberg durante los años cincuenta?"

"Una evolución, una destilación, por así decirlo, donde la élite del grupo que surgió durante la conferencia en 1954 creó una rama más efectiva. Siguen siendo parte de la entidad visible pero se mueven más allá de ella. Un súper grupo de sigilo."

A Hoenig no le importó el sonido de eso. "Fascinante, cosas auto-importantes".

"Has hablado como un verdadero creyente en la democracia".

"He luchado por ello toda mi vida".

"Y se está marchitando. Su democracia está cegada por el nacionalismo y paralizada por su propia burocracia. Ya no funciona sin problemas. Era un medio para proteger los derechos de las personas, pero oprime a su propia gente para lograr eso, haciéndolo oximorónico, si no realmente traidor. Pero creo que sabes esas cosas. Creo que lamentas la pérdida de tu democracia mucho más de lo que apoyas lo que la ha reemplazado. Nuestros objetivos son los mismos, pero sin tales regulaciones y restricciones alucinantes. Las nuevas tecnologías tienen una promesa asombrosa—que nosotros, un grupo global de las mejores mentes, podemos dar a las personas lo que desean, en términos de un estado garantizado de bienestar y seguridad, sin la necesidad de reunirlas en torno a alguna bandera o dios falso".

"¿Eso crees?"

El hombre sonrió. "Y tú también."

"¿Lo hago?"

"Te mudaste a esta tecnología porque ves sus fortalezas y peligros. La tecnología es disruptiva. Eso suena mal, pero solo significa que agita las cosas, tira lo viejo simplemente por ser viejo e ineficiente. Antes, la información era la clave del oro—ahora son las herramientas".

"Y quieres estar allí, usando tus herramientas para mover las cosas en la dirección que quieras".

"Sí. Las oportunidades que ofrece el futuro y los peligros inherentes a él se encuentran en lo que se reemplaza. La selección aleatoria, un país haciendo una cosa y otro haciendo lo contrario, producirá un caos. El mundo va a ser global, ha estado yendo así por algún tiempo, y la tecnología de cadena de bloques lo está acelerando. En un mundo tecnológico, con el dinero digital, las naciones no son más válidas que las tribus, y sus políticas son derrochadoras y deshumanizadoras".

"No te voy a dar ningún argumento sobre el último punto. El partidismo apesta".

"Exactamente. Queremos cosas que funcionen, y los sistemas políticos diseñados en el siglo XIX, o incluso antes, no están equipados para proporcionar eso".

"¿Pero tú lo estás?"

"Aún no. Estamos acumulando a la gente, construyendo las herramientas, para crear ese mundo".

"¿Y la cripto es parte de eso?"

"Una criptomoneda que controlamos puede ser la base de todo esto. Sostendrá todo lo demás, y las redes de blockchain y *lightning networks* que implementamos simplificarán la economía".

Hoenig consideró lo que el hombre le estaba diciendo. Había mucho en lo que decía. Comenzó esta compañía con la idea de que lo alinearía con el futuro. Siempre había asumido que el futuro significaría trabajar con los gobiernos, pero el hombre tenía razón. Tenían la agilidad de los *supertankers*—tomaban millas para detenerse o girar. La actual serie de cambios requirió alteraciones rápidas, modificaciones e incluso nuevas formas de pensar.

Alguna vez, un Ludita era alguien que odiaba la maquinaria. Ahora, en una era de la tecnología, cualquiera que no aceptara la tecnología emergente lo suficiente como para entenderla era uno—incluso si tenían conocimientos de computación. La dinámica había cambiado.

Hoenig se consideraba un patriota, pero también era un pragmático. Los países estaban controlados por los luditas. Defender sus valores ya no significaba saludar a una identidad nacional confusa y turbia; significaba alinearte con los nuevos superpoderes para asegurarte de que las cosas que valorabas estaban protegidas.

"¿Y qué esperas de mí?"

"Alternativas, opciones, y tu apoyo".

Hoenig vio lo que quería decir. "Uno espera que el sistema falle".

"La moneda, no el sistema. No queremos que el país se dañe, y podemos usar su ayuda para hacerlo".

Hoenig se volvió y miró por la ventana al tráfico. Se parecía a Estados Unidos, pero ¿qué significaba eso? Con las cadenas más grandes del mundo, con compañías como *Amazon* y *Alphabet* ganando más dinero que el PIB de la mayoría de los países, el mundo se había vuelto complejo. Alguien tenía que estar en el asiento del conductor. "Wyatt dijo que va a fallar, pero él estaba hablando sobre el sistema en sí".

"¿Qué?"

"Las golosinas que tu amigo Childer puso en él lo harán más lento, dice él. Además, al parecer, Peggy hizo algunos cambios que pueden o no tener nada que ver con esas cosas, y él cree que van a destruirlo todo." Miró de nuevo al hombre. "Wyatt esperaba tener la oportunidad de arreglar las cosas".

"Si él tiene razón... ¿qué podemos hacer? El país habrá invertido todo en ese sistema. No hay manera de retroceder".

Hoenig lo miró fijamente. "Ya lo hice. Mi gente está reescribiendo todo el sistema para hacer exactamente lo que se suponía que debía hacer inicialmente—y nada más. Si el sistema falla, podemos reiniciar con el nuevo código. Desde el exterior, parecerá que hicimos un par de correcciones, reiniciamos y listo, está funcionando".

"¿Pero sin la cripto?"

"Eso es totalmente tuyo. El sistema sigue siendo una cadena de bloques—no estamos cambiando eso. Eso significa que habrá fichas, pero no tienen que intercambiarse a menos que quieras que lo hagan. El sistema es solo una red financiera distribuida".

"Así que podríamos decir que estábamos congelando las ventas para determinar por qué falló la moneda".

"La moneda no fallará, solo el sistema".

"Lo sé, lo sé, pero el público no ve las cosas con claridad".

Hoenig negó con la cabeza. "Y aquí pensé que estarías en contra de la mierda".

El hombre se recostó. "Tienes razón. Y lo que es más importante, eres lo suficientemente hombre como para llamarme a eso."

"Incluso si estafabas al público, la gente del negocio te llamaría por eso".

"¿Asi que qué hacemos?"

"¿Qué tan crítico es este problema de éxito o fracaso?"

"Queremos que el sistema funcione, pero si el cifrado tiene éxito, ralentizará nuestro progreso y será más difícil convencer a los países para que trabajen con nosotros hacia algo más grande".

Hoenig consideró el problema. "Ellos querrán probar la suya independientemente. Ellos ven la moneda como su territorio. Se darán por vencidos, pero darte el control sobre su moneda es tirar la toalla. En lugar de intentar disuadirlos de intentarlo, ayúdalos, pero asegúrate de que sólo funcionen. Entonces necesitas construir una criptomoneda universal increíblemente efectiva y convertirla en un faro brillante".

"Atraerlos".

"Con un sistema sólido, en lugar de promesas o amenazas".

"¿Y puedes ayudarnos a hacer eso?"

"Sí. En lugar de luchar contra ellos, lo hacemos bien y lo hacemos de una manera que satisfaga los objetivos y necesidades de este grupo. Al construirlo desde cero, podemos ofrecer todo tipo de incentivos para que las personas de todo el mundo lo adopten, lo reclamen. Entonces, no importa cuán buenas sean las monedas nacionales, ¿por qué alguien las usaría? Tendrían que pagar una tarifa para convertir a otras monedas.No importa cuán pequeña sea esa tarifa, una moneda universal será atractiva, especialmente cuando sea sustentada y respaldada por el FMI y el Banco Mundial".

"Esa es la dirección correcta".

"Así que, mientras tanto, deja que esta moneda haga lo que hace".

"¿Pero tu hombre Wyatt cree que el sistema se bloqueará?"

"Y estoy de acuerdo, en base a lo poco que realmente sé. Demasiadas personas le han metido demasiada basura. Al parecer, según Wyatt, incluso la Interpol tiene sus manos allí"."

El hombre parecía avergonzado. "Necesitamos tu cooperación por el momento".

"Bien. Así que déjalo chocar y quemarse. Luego lo reiniciamos después de reemplazar el código con nuestro nuevo sistema".

"El FMI y la Interpol estarán enojados".

"Es su propia culpa por acercarse a ésto de una manera tan torpe". Él se rió entre dientes.

"¿Eso es gracioso?"

"Estaba pensando que Mitch Childer odiaría esa expresión".

"Él lo haría. Tendré que usarla en la próxima oportunidad".

"Así que eso vuelve a poner el sistema en línea y al país en funcionamiento. Y si, como piensas, el gobierno se equivoca con la moneda, bueno, ese es un problema aparte. Esto significa que no tendrán que defender que una moneda nacional sea una cosa estúpida e inútil—lo harán por ustedes".

El hombre asintió. "Lo suficientemente justo. En realidad, ese es un plan mejor, ya que no implica que tengamos que trabajar en algún plan tortuoso. Los esquemas tortuosos pueden fallar y dejarte públicamente avergonzado. Cuanto más pienso en esto, más me gusta. Si alguien alguna vez mira el código, verá un sistema elegante y bien escrito, y puede decirle por qué se arruinó después del lanzamiento". Tomó un sorbo de agua. "El fluoruro", dijo. "Puedo sentirlo".

"Es por eso que no bebo agua del grifo", estuvo de acuerdo Hoenig.

"Todavía tenemos la cuestión de poner el orden después del lanzamiento. El código estará limpio, pero habrá demasiada gente alrededor que sabrá lo que realmente sucedió. Un ejemplo de ello: tu Peggy Dory ha sido un dolor gigante en el culo".

"Lo ha sido. Para todos nosotros. Y, como dije, Wyatt cree que está haciendo más cosas que no están en los libros".

"Por lo tanto, no estará disponible para tareas futuras". Claude Hoenig escuchó la corriente oculta en la voz del hombre; era una que había escuchado demasiadas veces como para no entender exactamente lo que quería decir. El hombre quería que estas personas fueran despedidas.

"Daños colaterales", dijo. "Realmente necesito..."

"No, ya he tomado medidas para tratar con ella y con esa mujer Patel una vez que no sean necesarias. Podría encargarme de la mujer Patel ahora, pero no hay prisa y no tiene sentido arriesgar la posibilidad de alertar a alguien".

"Bien". A Hoenig no le importó mucho esa parte de su trabajo.

"Usted puede ser de ayuda después de que se reinicie el sistema. Hay otro extremo suelto del que preferiría mantener mi distancia".

Hoenig sintió la oportunidad. El hombre quería un favor. Hacerlo aseguraría su posición. No podía estar seguro de quién realmente manejaba las cosas dentro del grupo y tenía que ser cauteloso al ofender a otras personas poderosas, pero entrar en el grupo significaba tomar algunos riesgos, y la firmeza de este hombre, su actitud prudente y mesurada, le dio a Hoenig confianza. "¿Cómo puedo ayudar?"

Cuando el hombre le dijo lo que quería, Hoenig tuvo que sonreír. Podía ver por qué el hombre no quería hacer eso él mismo. Tales cosas siempre eran desagradables, pero en este caso, estaba seguro de que no perdería el sueño por el trabajo que le había pedido que hiciera. "Has venido a la persona adecuada para eso", dijo.

El hombre asintió. "Lo sé." Él sonrió. "Bueno, ya que terminamos nuestro negocio con este delicioso almuerzo, ¿hay algún bar local donde pueda invitarte una bebida?"

"Creo que podemos encontrar uno", dijo Hoenig. "Después de todo, nos enorgullecemos de ser hombres ingeniosos".

"Así lo hacemos. Despiadadamente a veces".

Despiadada era la palabra adecuada, pensó Claude Hoenig. Estaba triste por Wyatt. Le simpatizaba Wyatt, pero el hombre era víctima de su propia mierda idealista. Si sólo hubiera mostrado una racha pragmática, entonces tal vez Claude hubiera tratado un poco más de salvarlo. Pero el hombre de ojos verdes tenía razón en que, a pesar de su brillantez, Wyatt era una responsabilidad.

"Dios, perdónanos por lo que vamos a hacer", murmuró para sí mismo. Sin embargo, estaba seguro de que Dios lo entendería. Claude Hoenig no estaba lanzando su suerte con el diablo. Es posible que este grupo no eran unos ángeles, pero tendrían una mejor oportunidad de salvar a los desgraciados de la humanidad que la gente de su gobierno—y tenían el deseo de hacerlo.

Podía ir por el paseo, al menos, por un tiempo, y ver cómo se desarrollaba todo.

Capítulo 36

El Cielo Se Está Cayendo

"Hasta 2008, la soberanía creó la moneda. Ahora vivimos en un mundo donde la moneda crea soberanía".
—Andreas Antonopoulos

Ministerio de Finanzas
Dar es Salaam, Tanzania

El cielo despejado de la mañana prometió un día brillante en Tanzania cuando Andwele Kassain condujo a su oficina. Se sentía ligero, optimista. La prisa del éxito impregnaba todo lo que lo rodeaba. Su té de la mañana sabía mejor; Su vida entera fue más brillante.

Incluso las miradas que recibió de la gente en la oficina, de los guardias de seguridad en el vestíbulo, al personal de la secretaría, fueron mejores ahora que las noticias del lanzamiento exitoso habían repercutido en las oficinas gubernamentales. Las personas que ni siquiera sabían que iba a haber una nueva moneda, un nuevo sistema financiero, sabían que su equipo había hecho algo increíble recientemente.

Y él tenía dinero. Pronto tendría más, mucho más. Con la persuasión de Haki Dola, Andwele había invertido sus ahorros en la nueva moneda. Dicha inversión fue probablemente técnicamente ilegal, pero a todos los involucrados se les había dado la oportunidad de comprar e-Shilingi antes del lanzamiento. El valor de sus ahorros se había duplicado y parecía ir mucho más alto. El mercado de valores estaba en auge. Todo el sector financiero estaba en alza, y Andwele era conocido como uno de los arquitectos de ese auge.

Su futuro era muy diferente de lo que él había imaginado que sería. En vez de un ascenso lento a través de las filas, había sido catapultado a un papel protagonista. Por supuesto, no había hecho el trabajo; él realmente no entendía mucho lo que el sistema hacía. Pero él había estado allí al principio, y ayudó a defender el caso para adoptarlo. En los círculos gubernamentales, sacar el cuello así significaba más que realmente hacer el trabajo. Después de todo, los técnicos, gente como Rashmi Patel y Peggy Dory y Wyatt Osgood, eran simplemente empleados. Andwele era un administrador, y fueron los administradores quienes hicieron que las cosas sucedieran, que engatusaran, hicieran presupuestos, pidieran favores ... ese era el verdadero trabajo.

Cuando se instaló en su escritorio, su nueva secretaria, una mujer curvilínea y recatada, le trajo té y una sonrisa. Había una cualidad intoxicante en su sonrisa. No era una mujer hermosa, pero era respetuosa y podía ser una buena esposa—una obediente. Estuvo cerca de comprometerse con Rashmi. Debería haberse dado cuenta de que una mujer educada no sería el tipo de esposa que esperaba que fuera. Ese fue uno de los peligros de estos tiempos cambiantes—Rashmi, con su educación y su experiencia de vivir en el extranjero, lo había intrigado. Ella era mundana, y salir con ella había sido una experiencia embriagadora. Ella era como ninguna otra mujer con la que alguna vez había salido—moderna y viva. Aunque había sido emocionante, afortunadamente se dio cuenta a tiempo que ella no era adecuada para ser su esposa. Todavía estaba arraigado a los valores más tradicionales. Para que el mundo funcione como debe, para funcionar correctamente, las mujeres necesitan conocer su lugar.

Ahora que tenía influencia y posición, Andwele podía y debía insistir en una esposa que cumpliera ese papel. Para la emoción y la aventura, un hombre moderno siempre podría tener una amante, lo cual era un papel que Rashmi nunca jugaría de buena gana.

Y ahora ella era una paria. Ella no tenía futuro con el gobierno, o probablemente con la industria tampoco. Estaba bien liberado de ella, y mientras pasaba los ojos por las piernas de su secretaria, estaba feliz de ser libre.

"Recibió una llamada del Banco Nacional", le dijo ella. "Justo antes de que entrara". Le entregó una nota de un Vaun Krueger, que era el asistente del jefe del banco. Le pidió a Andwele que devolviera su llamada tan pronto como entrara. "Este es un asunto urgente", dijo.

Que lo llamaran era halagador pero también molesto. Ahora que su nombre estaba asociado con el sistema, recibió muchas consultas "urgentes" de personas que eran lo suficientemente inteligentes como para saber que Haki Dola no sabría nada útil y no estaría dispuesto a averiguar lo que necesitaban saber. Eso le dio a Andwele una mayor influencia, pero también dificultó su trabajo.

Con sentimientos encontrados, hizo que su secretaria le devolviera la llamada.

Desde el principio, sabía que algo estaba mal, muy mal. "¿Qué demonios está pasando?", Dijo Krueger.

"¿Qué quiere decir?"

"Las transacciones se están desacelerando".

"Hay momentos pico en los que toman más tiempo, y si la cadena de bloques no puede confirmar una transacción..."

"Sé cómo funciona el sistema, Kassain", dijo. "Me refiero a que las transacciones de ventas simples que tardaron unos segundos en procesarse ahora demoran varios minutos y más tiempo todo el tiempo. Y el procesamiento criptográfico, la conversión de las monedas fiduciarias cuando los inversores tratan de comprarlo, tiene serios problemas. No solo las conversiones se están demorando para siempre, sino que también recibimos quejas de que la tarifa de transacción está creciendo. Es lo suficientemente grande como para hacer una broma del tipo de cambio oficial".

"¿Qué tarifa de transacción?"

"Eso es lo que le estoy preguntando. Usted fue el que creó el sistema—usted ha sido el supervisor del proyecto. Dígame por qué se cobra una tarifa de transacción. Necesitamos saber para qué es y por qué está creciendo".

Andwele luchó para recordar cualquier mención de tal cosa y quedó vacío. "No sé nada acerca de una tarifa de transacción. No debería haber una." Luchó para mantener el pánico fuera de su voz.

"Entonces las facturas que he visto están todas mal". Krueger negó con la cabeza. "Eso, me temo, es un pensamiento más aterrador que un error en la tarifa, porque significa que tendremos que comenzar a auditar manualmente todo lo que el sistema ha hecho. Todo lo que el sistema hace es incurrir en una tarifa, y los comerciantes se quejan de eso. Estaba allí desde el principio, pero era tan pequeño que a nadie le importaba. Pero ha pasado de una fracción de un punto porcentual a más del 6 por ciento". Él tosió. "Perdóneme; Acabo de darme cuenta de que es del 8 por ciento ahora. Y, probablemente más significativo, las transacciones son aún más lentas. Señor Kassain, tiene que hacer algo de inmediato."

Mientras Andwele escuchaba, su secretaria comenzó a traer una serie de notas que le informaban sobre una variedad de personas que querían saber de él.El jefe de la bolsa de valores, el presidente de la junta de regulación de bienes raíces y Haki Dola. Gotas de sudor salpicaban su frente. "Investigaré este asunto de inmediato", dijo.

Tomó el mensaje para llamar a su jefe con una mano húmeda y temblorosa. "Llame a la oficina del viceministro Dola y deje el mensaje de que estoy al tanto de la situación y lo estoy investigando", dijo mientras colgaba el teléfono. Agarró su teléfono celular cuando se levantó de su silla, se dirigió hacia la puerta y llamó a la oficina de programación. El teléfono sonó. Nadie parecía estar recogiendo. Dio grandes pasos por el pasillo, preguntándose qué podría estar yendo mal. Nada debería haber cambiado desde el día anterior cuando el sistema estaba funcionando maravillosamente.

Si el sistema realmente fallaba, él tenía una pregunta aún más seria: ¿A quién preguntar? Peggy Dory se había ido... desapareció. Childer estaba molesto por eso por alguna razón, pero, por su parte, Andwele se alegró de ver que la abrasiva mujer se había ido. El programador principal después de ella fue Haji, pero murió en ese terrible accidente. Así quedó... bueno, la mayoría de los que quedaron eran drones, trabajadores sin visión. Si él supiera qué hacer con ellos, lo harían lo suficientemente bien, pero necesitarían dirección. Ahora no había ninguno.

Cuando entró en el centro de Telecomunicación e Informática, vio al personal sentado alrededor. Todos lo miraron, preguntándose. "¿Qué está mal con el sistema?" Exigió.

"¿Qué quieres decir?", Preguntó uno de ellos, parpadeando a través de unas gafas gruesas.

"El sistema se está desacelerando. Las transacciones están retrocediendo".

"Posiblemente", dijo el hombre. "Pero no hay una especificación de qué tan rápido debe ejecutarse".

"¿Qué?"

"Nadie escribió una especificación sobre el tiempo que debe durar una transacción, por lo que el sistema realmente funciona dentro de las especificaciones".

"Pero es demasiado lento. Las cosas están retrocediendo".

El hombre sacó una pluma. "Si me dice dónde se está desacelerando y autoriza una orden de cambio, podemos comenzar a escribir el código".

"Todo el sistema se está ralentizando. No debería hacer eso".

"Pero no hay nada en la especificación del sistema que diga que no debería. Sólo podemos escribir las especificaciones."

Andwele quería golpear al hombre, pero sabía que no serviría de nada. "Entonces sólo dime cuál es la tarifa de transacción", dijo.

El hombre sacudió su cabeza. "No lo sabemos".

"¿Cómo pueden no saberlo? Ustedes escribieron el sistema".

"Nunca nos dijeron. La Srta. Dory dijo que no necesitábamos saber su propósito, solo que se debía recopilar".

"Tampoco creo que se hayan enterado", dijo una mujer joven con delineador de ojos blanco.

Andwele hizo un doble parpadeo mirándola. "¿Quién? ¿De qué no se enteraron? "

"Rashmi Patel y Haji. Ella también quería saber sobre la tarifa de transacción".

"¿Por qué?"

"Porque ella no sabía por qué estaba allí. Ella no podía probar el sistema a fondo sin saber a dónde iba ese dinero. Haji escribió el módulo original, pero no sabía la respuesta. Él también sintió curiosidad, luego lo mataron".

"¿Lo mataron?"

Ella arrugó la nariz. "Por eso fue golpeado y huyeron del accidente. Antes que se enterara..."

"Y a la Srta. Patel la sacaron del sistema debido a su participación con el terrorista", dijo el hombre con gafas. "Ella nunca tuvo la oportunidad de aprender más". Tocó el monitor. "Tiene razón sobre que el sistema se está ralentizando más. Algo divertido está pasando".

"¿Pueden arreglarlo?"

"Por supuesto", dijo alegremente. "Eso es lo que hacemos."

"Entonces háganlo."

"¿Qué, exactamente?"

"Arréglalo."

Él sonrió. "Si me muestra lo que quiere que se arregle, lo haré lo más rápido posible. Sin embargo, pronto será un receso".

La frustración de Andwele aumentó. "Después de que Rashmi fue suspendida, ¿quién hizo las pruebas de validación en el sistema?"

"La Srta. Dory," dijeron los dos. "Ella dijo que todo estaba perfecto".

"Pero no creo que ella tuviera razón", dijo la joven.

"Las fichas no están funcionando correctamente. Es por eso que el sistema se está desacelerando".

"¿Puedes decir lo que está mal?", Preguntó.

Ella sacudió su cabeza. "No soy una analista, solo una programadora".

"Ustedes son unos tontos", gritó.

A ninguno parecía importarle. El hombre le entregó un formulario. "Si desea que hagamos algo, complete una orden de cambio. Hay un lugar donde puede referirse a las líneas de código que son incorrectas".

Andwele sacó su teléfono. Su número todavía estaba en sus contactos, pero Rashmi no respondió.

Se dirigió a la puerta y casi se topó con Haki Dola. "¡Arréglalo ahora!" Gritó el hombre, con la cara enrojecida.

"No sabemos qué está mal", dijo Andwele. "Ninguno de estos idiotas sabe nada".

"Entonces lo arreglas tú."

"No soy programador y no diseñé el sistema, excepto en teoría".

Dola se burló. "Dices eso ahora. Hasta que esto sucedió, has estado muy contento de haberte dado crédito por ello".

"Bueno, nunca dije que lo diseñara, y las personas que saben algo se han ido, a excepción del que está en la cárcel".

"Dudo que se incline a ayudarnos", dijo el viceministro. "Childer lo preparó".

Andwele se sorprendió al ver que su jefe sabía que era un encuadre. Estaba prestando un poco más de atención de lo que había pensado. "Tal vez si acordamos retirar los cargos a cambio de..."

"¿Qué hay de tu novia? Ella es inteligente. Ella estaba probando el sistema para tí."

"Hasta que la suspendieron. No la he visto desde entonces y ahora no contesta su teléfono".

"Bueno, si ella es tu única esperanza, entonces te sugiero que la encuentres y lo hagas rápidamente. El ministro de finanzas quiere respuestas—las necesita. Se siente abrumado por las preguntas de la prensa, de todas las secciones de la comunidad financiera y del propio presidente. Si no tenemos respuestas rápidamente, las cabezas rodarán, y la suya estará entre las primeras, Kassain".

De alguna manera, ver el susto en los ojos de Dola calmó a Andwele, lo hizo pensar más claramente. "No esté tan molesto, señor. Las cosas se están desacelerando, y sí, hay un misterio sobre una tarifa, viceministro, pero esas son simplemente fallas técnicas".

"Fallos que han provocado que el precio de e-Shilingis caiga en picada, Kassain".

Y ahí estaba el meollo del asunto. Dola obviamente había seguido sus propios consejos e invertido en la criptografía. Incluso podría haber pedido dinero prestado para invertir, y también podría haber conseguido que sus amigos invirtieran. Todos estarían detrás de él si la moneda se estrellara. Aunque definitivamente afectaría a Andwele, él había sido precavido y sólo invirtió el dinero que había obtenido en otras inversiones, por lo que podría ser paciente.

El viceministro Dola fue amenazado en varios frentes, al parecer, y Andwele sintió un destello, un ligero cosquilleo de compasión por él. Para un hombre que no sabía nada de tecnología, tenía que parecer que el cielo estaba cayendo. Estaba entrando en pánico. Rodeado por el caos, no tenía idea de qué hacer para asegurar su propia supervivencia—sus finanzas y su carrera estaban en juego. Todo lo que podía hacer era gritar para que alguien tomara medidas. Y, sin tener una idea clara de que hubiera una solución, comenzó a sentar las bases para sacrificar felizmente a Andwele, o a cualquier otra persona, cuando llegara el momento de echar la culpa. El hombre estaba aterrado y haría cualquier cosa que le impidiera perder su propia cabeza.

Andwele estaba seguro de que el cielo no se estaba cayendo. Ciertamente, esto era definitivamente un desastre, pero era solo un programa—podría ser arreglado. No es que fuera algo que pudiera comenzar a arreglar—no sin ayuda. Pero Rashmi ayudaría. Él estaba seguro de eso. No dejaría que el país sufriera sólo porque estaba enojada con él, o con la gente que había encarcelado a Wyatt Osgood. Mientras bajaba las escaleras, dirigiéndose al vestíbulo donde tomaría un taxi hasta su apartamento, sopesó sus opciones. Ella tenía que ayudar. Entonces él sonrió. Si ella intentara negarse, él siempre podría amenazar con hacer sufrir a Wyatt Osgood. Rashmi tendría la esperanza de que lo liberaran, y él podría decirle que los carceleros le harían daño antes de su juicio, a menos que ella los ayudara, por supuesto.

Una vez que la tuviera en el trabajo descubriendo lo que había salido mal, podía comenzar a buscar una manera de hacer que las cosas giraran más favorablemente. Sus instintos políticos le dijeron que, si mantenía la cabeza, había una oportunidad de ganar mucho con este desastre. En ese momento, él era uno de los villanos, pero si él era el que arreglaba el sistema, quien arreglaba las cosas, podría salir ileso de esto. Y si pudiera señalar a otro villano, uno sin ninguna influencia política, mucho mejor.

Sonrió al darse cuenta de que la repentina partida de Peggy Dory se ajustaba perfectamente a ella para ese papel. Le había hecho algo al sistema y se había ido, sin siquiera recoger su bono, le dijo Hoenig. Ella desapareció sin dejar rastro. Pero si le pedía a la

Interpol que la encontrara, no tenía ninguna duda de que tendrían éxito. Podrían encontrarla y llevarla de vuelta a juicio.

Suspiró ante la magia, el brillo, de sus propias ideas. Fue un plan maravilloso y cuando le dio la dirección de Rashmi a un taxista, Andwele comenzó a trazar su estrategia. Mantendría al Viceministro Haki Dola fuera del circuito tanto como fuera posible para asegurarse de obtener el máximo crédito. Eso no sería difícil mientras ese tonto pensara que el cielo se estaba cayendo. Solo había estado pensando en evitar la culpa. Pero el cielo no estaba cayendo en absoluto. Era solo un hipo en el sistema. Rashmi encontraría el problema y lo arreglaría, y Andwele sería de quien hablarían cuando se contaran las historias.

"El brillante liderazgo de Andwele Kassain, hasta entonces un diputado poco conocido en el Ministerio de Finanzas, salvó a todo nuestro país del colapso financiero", le dirían los maestros a los estudiantes un día. "No mucho después de eso, fue elegido presidente abrumadoramente y tuvo una carrera ilustre". Sí, todo estaba al alcance, si se atrevía. Si jugaba bien, esta terrible situación sería su boleto a la cima.

Parte Cuatro

Todo Se Viene Aparte

"¡Vaya! 'Pensó Alice, 'iDespués de una caída como ésta, rodar por las escaleras meparecerá algo sin importancia! ¡Qué valiente me encontrarán todos en casa! ¡Ni siquiera lloraría si me cayera del tejado! '(Lo cual es muy probable que sea cierto)".
—*Lewis Carroll*
Las aventuras de Alicia en el País de las Maravillas

Capítulo 37

El Escape

*"El partidario quiere cambiar la ley, el criminal la rompe; el anarco
no quiere ninguna. Él no está a favor ni en contra de la ley.Aunque
no reconoce la ley, trata de reconocerla como las leyes de la naturaleza, y se ajusta en consecuencia".*
— Ernst Jünger Eumeswil
(La Biblioteca Eridanos)

Una celda oscura y lúgubre.
Dar es Salaam, Tanzania

Wyatt estaba sentado en la pequeña celda oscura, preguntándose, más bien ocioso, dadas las circunstancias, si
su arresto había sido noticia. El pensamiento surgió de
la simple curiosidad; no fue la vanidad lo que le hizo preguntarse.
La respuesta le diría algo sobre su futuro—como si tuviera uno o
no.

Claramente, los que lo prepararon, quienquiera que fuera realmente, podrían jugar de dos maneras diferentes, dependiendo de
lo que quisieran—asumiendo que los tontos realmente supieran lo
que querían. O bien él sería excoriado en la prensa, pues se demostró que era el mismo demonio, que había descendido en el proyecto para causar un daño indescriptible, o que simplemente podían
negar que alguna vez existió, mucho menos que había llegado a
Tanzania. Poco, pero la entrada de un turista conectado a una
computadora alguna vez sugeriría que estuvo allí. En el peor de los
casos, sería alguien que se quedó por más tiempo con su visa—no
es un hecho inusual del todo.

Esperaba la primera opción—necesitaban a alguien para desfi-
lar frente a las cámaras como la fuente de todos los problemas, la

persona responsable de arruinar un proyecto gubernamental que de otra manera sería brillante. Su mejor conjetura era que esto es lo que estaban haciendo. Los guardias no le dijeron mucho, pero uno le había empujado una bandeja de comida, diciéndole que un terrorista debería estar agradecido de que estaba siendo alimentado.

Si bien a Wyatt no le importaba especialmente la forma en que sus captores lo representaban, dentro de lo razonable, reconoció que se sentía un poco incómodo al ser visto como un terrorista. Estar asociado con los aspectos violentos del terrorismo no se ajustaba fácilmente a él. Se las arregló para llegar a este punto de su vida sin estar involucrado en algo como una pelea real. Pero incluso él estaba dispuesto a admitir que, después de todo, era solo un pequeño paso desde despreciar un sistema oenojarsehasta el punto de decidir derrocarlo. Y no hizo ningún comentario sobre su intenso disgusto por las autoridades que se cernían sobre él. Fue otro pequeño paso desde atacar a las instituciones hasta atacar físicamente a los líderes que perpetuaron—y ahora la idea, la posibilidad de defender el uso de la violencia física, había entrado en su cabeza por primera vez. Para ser justos con los que lo pintaron como un villano, él era al menos un subversivo. Y aunque tenía una historia de ser un subversivo bastante cobarde, ideológicamente, no estaban tan equivocados al lanzarlo como si esperaran que su pequeña cadena de bloques bastarda fuera totalmente torpe.

Lo que sea que hicieran estaba fuera de su control ahora, y le sorprendió que de alguna manera se sintiera cómodo con eso, o al menos en paz con eso. Se preguntó cómo le iba a Rashmi. Ella no era más que una rebelde emergente. Vivía en un terreno intermedio en el que aún trataba de reconciliar una fuerte creencia en la bondad de la naturaleza humana, de las intenciones de los funcionarios gubernamentales, con la realidad a la que se enfrentaba a diario. Si bien esa etapa de transición era importante, no fue un buen lugar para estar cuando la amenazaron. Cortejó la indecisión y la inacción, lo que podría ser fatal.

Para él, sin embargo, ahora que se había enfrentado a su demonio, en realidad se sentía más libre en esta celda de la prisión que en la playa. Aquí, al menos, no podía ser obligado a hacer algo que estaba empezando a ver, no sólo como un agravante, sino moralmente equivocado.

Le había llevado mucho tiempo llegar a ese punto, y vio que era parte de lo que Rebecca había tratado de decirle. Era una forma extraña e inoportuna de ver las cosas y, sin embargo, la única manera sensata de mirar el mundo. La idea de hacer que algo funcione bien, que creara empleos e hiciera cosas buenas y fuera en sí errónea cuando se ponía en las manos equivocadas, no era algo fácil de asimilar, pero era cierto. *Blockchain*, por ejemplo, podría hacer tanto posible; corrompida, podría convertirse en un arma de destrucción masiva—al menos de autonomía y libertad.

"Osgood", gritó un carcelero y Wyatt levantó la cabeza.

"Ése sigo siendo yo", dijo. "Nadie se ofreció a cambiar de lugar conmigo".

"Levántate", dijo el hombre mientras abría la puerta. Anteriormente lo habían trasladado de una celda a otra y notó que esta vez el carcelero no tenía ningún apoyo de seguridad. Las veces anteriores, siempre había habido un hombre con una escopeta al acecho, por si acaso, suponía, Wyatt tenía que tomarse un respiro, tal vez estrangular al otro oficial o abofetearlo con un protector de bolsillo. "¿Qué está pasando?", Preguntó.

"No lo sé", dijo el hombre. "La orden es liberarte".

"¿Qué pasó? ¿Qué cambió sus mentes?"

"Te lo dije, no lo sé". El hombre estaba impaciente ahora. "Recibimos una orden para mantenerte aislado y no permitirte hablar con nadie".

Ni siquiera un abogado, pensó Wyatt. "Ajá."

"Y ahora tenemos una orden para dejarte ir".

"¿No supongo que una disculpa viene con eso?"

El hombre mantuvo la puerta abierta y sonrió. "Si yo fuera tú, solo estaría agradecido por la parte sobre dejarte ir".

"Buen punto". Salió de la celda preguntándose si podría haber alguna trampa elaborada. ¿Fue una pretensión? ¿Le decían que lo dejaban en libertad para que lo mataran en un intento de escape falso? Sólo había una forma de averiguarlo, y quedarse en su celda no lo protegería si hubieran decidido matarlo. De esta manera podría ver el sol y respirar aire fresco por un rato.

En la recepción, firmó un documento que afirmaba que sus pertenencias le habían sido devueltas. Todo lo que había llevado con él cuando lo arrestaron fue su billetera, el cinturón, un cuaderno y algunas monedas. Todo estaba allí, escrupulosamente registrado y ahora contado. Se los guardó en los bolsillos y señaló la puerta principal. "Esa es la salida", dijo el hombre.

"¿Así como así?", Preguntó.

El hombre frunció el ceño. "¿Esperabas un desfile?"

No era eso en absoluto. Esperaba una citación a alguna oficina por lo menos. Esperaba que le dieran conferencias, advertencias, algo. En vez de eso, mientras pasaba por la oficina y caminaba hacia la puerta principal, fue ignorado cuidadosamente. Parecía como si nadie quisiera poder decir que lo habían visto irse.

Sin molestarse, sin mirar, cruzó la pesada puerta principal y salió a la calle. La gente caminaba sin prestarle atención. Los coches iban y venían. Y Wyatt se dio cuenta de que no tenía idea de dónde estaba. No tenía idea de si su habitación en el hotel todavía estaba disponible para él.

Se le ocurrió pensar que ir al aeropuerto sería una buena idea, pero su pasaporte y algo de dinero todavía estaban en la caja fuerte del hotel—esperaba que así fuera. Los necesitaría para conseguir un boleto. Había visto cómo le devolvían su tarjeta de crédito entre las cosas, así que podía comprar un boleto y largarse de la ciudad antes de que alguien decidiera revertir cualquier decisión tomada que le permitiera escapar de ser el chico del póster por la falla del sistema.

Lo que generó otras preguntas... ¿Habían encontrado un nuevo chivo expiatorio? ¿El sistema realmente se arregló? ¿Qué estaba pasando?

Se detuvo una limusina, de aspecto oficial, negro, con ventanas oscuras y teñidas. El conductor uniformado salió y dio la vuelta para abrir la puerta trasera y sostenerla. Era una mujer negra, alta y esbelta, de elegantes modales. "Wyatt, entra", dijo una voz desde el interior del auto.

Al oír su nombre, se inclinó y miró hacia el interior oscuro. Ahí estaba sentada Rashmi. "¿Qué está pasando?"

"Entra. Te lo explicaré en el camino", dijo. "No tenemos mucho tiempo. Boone dijo que es una ventana estrecha de oportunidades".

Al escuchar el nombre de Boone se aclararon algunas cosas. El mensaje de ayuda había sido enviado y recibido y, como Rebecca había sugerido que lo harían, los bitpats habían entrado en acción. Se dirigió hacia la puerta. "Mierda está pasando", dijo él.

La conductora cerró la puerta detrás de él y se dirigió a su propio asiento. "Ciertamente así es", dijo Rashmi. "Ésto está sucediendo, y no tengo idea del gran plan".

La conductora se alejó del bordillo. "El gran plan, la parte importante en este momento, es sacarlos a los dos del infierno", dijo ella. "Tenemos que llegar al aeropuerto".

"Mi pasaporte..."

La conductora pasó un gran sobre por la ventana que separaba el frente del asiento trasero. "Todo está aquí".

"¿Mi pasaporte?" Preguntó cuando Rashmi tomó el sobre y lo abrió.

"El tuyo nuevo. Wyatt Osgood tiene que desaparecer. Ya no necesitarás tu pasaporte nunca más".

"Vaya", dijo Rashmi mientras dejaba caer el contenido en su regazo. Había dos pasaportes desde San Cristóbal (St. Kitts) con sus fotos en ellos, pero con nombres diferentes. El sobre también contenía una pila de dólares estadounidenses y tarjetas de crédito con los mismos nombres.

"Los pasaportes son legítimos", dijo la conductora mientras pasaba con habilidad a través del tráfico. "Boone hizo inversiones en esos nombres para obtener su ciudadanía. Logró acelerar lo que puede ser un proceso largo y complicado, pero fue hecho por el libro".

"¿Quién eres?" Preguntó Rashmi.

"Soy su conductora de limusina, por supuesto. Solo una conductora anónima contratada para que los recoja y los lleve al aeropuerto".

"No veo boletos para los vuelos", dijo Wyatt. "No tendremos mucho tiempo para tomar un vuelo. Quiero decir, aprecio todo este excelente servicio, pero tengo la sensación de que Boone aceleró mi libertad, al igual que los pasaportes. Cuando mi liberación llamela atención de la gente de arriba, nos buscarán".

"Sí, lo harán, pero no necesitan boletos. Un jet privado los está esperando."

"¿Ir a dónde?"

"Kenia, primero. Cuando aterrice, se le entregarán boletos en un vuelo comercial".

"¿A dónde?"

"Eso es todo lo que sé", dijo. "Por razones de seguridad, no necesito saber más que eso. Sabrás más una vez que estés fuera del espacio aéreo de Tanzania".

Y así fue como sucedió. Nadie le prestó atención al abordar el pequeño jet. Una encantadora azafata les sirvió bebidas. "Por favor tomen asiento. Nos iremos pronto".

"¿Podemos llegar a Kenia en un salto?", Preguntó Rashmi.

La mujer sonrió con indulgencia. "Este es un *Bombardier Learjet* 35 y tiene un alcance de casi 3,000 millas. La distancia desde el Aeropuerto Internacional Julius Nyerere al Aeropuerto Internacional Jomo Kenyatta es de solo 413 millas, por lo que no es necesario hacer una parada".

El suspiro de Rashmi fue de alivio. "Gracias."

"Me pidieron que le diera esto", dijo la mujer, entregándole una pequeña caja. "No se supone que lo abra hasta que el capitán haga el anuncio".

"¿Un anuncio?"

Ella sonrió. "Todo es bastante misterioso, ¿no? Lo estoy disfrutando. Por lo general, estos paseos son tan aburridos".

"¿Por qué esto va tan bien?", Preguntó Wyatt.

Rashmi se rió. "¿No viste el emblema en la cola?"

Él no lo hizo "Estaba ocupado observando si habría gente enojada con armas".

La mujer les dirigió una mirada extraña. "¿Por qué habría armas? Este es el avión del Ministerio de Finanzas".

"¿El Ministerio de Finanzas tiene un avión?" Preguntó Wyatt. "Quiero decir, un país tan endeudado...".

"Lo arriendan para mantener las apariencias", dijo. "Hacemos muchos negocios con gobiernos más pequeños. A todos les gusta tener aviones, incluso si sólo los usan para volar a otros países para pedir dinero. Pagan mi salario". Luego se dio la vuelta y avanzó, dejándolos solos.

"¿Así que hackeaste la computadora de la agencia de arrendamiento? Inteligente. El hecho de que fuese arrendado facilita el trabajo".

"Boone lo hizo", dijo. "Desearía haberlo pensado. Es demasiado atrevido a mi juicio".

"Boone", se rió. "Necesito conocer a esta persona".

"Paladín", dijo Rashmi. "El caballero errante".

"¿Y por qué estás aquí?"

"Me han dicho que también necesitaba ser rescatada".

"Pensé que te darían una bofetada y te harían sentar en el fondo de la habitación durante una semana".

"Eso es lo que hubiera pensado, pero según Boone, las cosas son mucho más siniestras. Soy un cabo suelto que debe ser eliminado cuidadosamente a la mayor brevedad posible. El mensaje sugería que podría disfrutar de una alternativa. Estuve de acuerdo. Incluso si me quedaba, mi carrera, tal como iba, ha terminado".

"¿Y ahora?"

"Será interesante ver lo que esta persona Boone tiene en mente para nosotros".

"Eso será."

Se sentaron y Wyatt trató de asimilarlo todo, algo que encontró mucho más fácil de hacer en el lujoso asiento de un jet privado. Ociosamente, miró por la ventana, sin ver nada hasta que el anuncio se hizo. "Soy el capitán. Se me ha pedido que le comunique que estamos en un punto en el que debe abrir la caja que recibió. Por favor, use la llave en el bolsillo del asiento frente a usted".

Rashmi miró la caja y sonrió. "Tenemos la oportunidad de desentrañar otro misterio".

Encontró la llave y abrió la caja. Dentro había un teléfono de aspecto extraño. Sonó mientras ella lo miraba.

"Mejor responde", dijo Wyatt. "Podría ser para ti".

"Hola, Rashmi", dijo una mujer. El teléfono estaba en el altavoz. "Soy Boone. Estamos en un enlace satelital para que pueda hablarles sobre lo que está pasando. ¿Supongo que todo va bien?"

"Hasta donde sé," dijo ella. "Dado que no sabemos el plan, es difícil decirlo, pero estamos cómodos por el momento".

"Bien. En el bolsillo frente al asiento de Wyatt, debería haber otro sobre misterioso. Perdónenme, pero disfruto un pequeño teatro, y a mi asistente le gusta incluso más que a mí… me gusta complacerla."Wyatt escuchó atentamente la voz, dándose cuenta de que la había escuchado antes. "Dentro encontrará dos boletos para Roma con los mismos nombres de los pasaportes que hemos proporcionado. Pido disculpas por no haberles consultado sobre los nombres, pero hubo un poco de prisa en conseguir el papeleo. Espero que los nombres sean aceptables".

Wyatt se echó a reír. "Estoy ambivalente acerca de 'Roger", dijo."

"Ni siquiera había mirado el mío", dijo Rashmi. "Espero que no sea Trudy. Odié a la única Trudy que he conocido. ¿Pero qué pasará en Roma?"

"Usas tus nuevas tarjetas de crédito para comprar boletos. Rashmi, quiero que vueles directamente a Singapur. Obtén una visa de turista a tu llegada y serás recibida en el aeropuerto. Un conductor tendrá una placa con tu nuevo nombre. Tengo algo que hacer para tí… ¿Supongo que quieres trabajar? "

"Por supuesto. Si es un trabajo interesante, así es".

"Creo que encontrarás que es eso y más. Y buena paga. Puedes instalarte aquí por un momento y ver si te gusta. Si no, bueno, tienes un pasaporte y tendrás dinero".

"Eso es maravilloso".

"¿Qué hay de mí, me quedo en Roma?", Preguntó Wyatt.

Boone se rió entre dientes y, de repente, Wyatt sabía dónde había oído la voz. "Wyatt, puedes ir a donde quieras, por favor. Lo harás de todos modos, o por lo que estoy informada de forma fiable. Sin embargo, me gustaría saber dónde te gustaría probar a continuación. Necesitamos mantenernos en contacto por muchas razones".

Eso sonaba prometedor e interesante. Y, de repente, Wyatt supo por qué la voz era familiar. "¿Sindi?"

"Boone", dijo con firmeza.

"Conozco esa voz".

"Sindi es una frívola fiestera, no es el tipo de persona que organiza escapes internacionales para fugitivos buscados".

Estaba siendo castigado. "Está bien, Boone... No estoy seguro. Progreso fue agradable, pero ese lugar está quemado para mí ahora".

"Eso es bastante cierto. Y mudarse a otra playa en México no engañaría a nadie por mucho tiempo. Debes asumir que te estarán buscando siempre y más cuando representas una amenaza. La cosa es que creo que siempre representarás una amenaza".

"¿Yo?"

Ella se rió de nuevo. "Tú. Tu propia existencia es una amenaza para ellos porque no puedes dejar de entrometerte y eres más inteligente que ellos. Mala combinación".

"He oído que las Islas Célebes son agradables", dijo.

"Lo son, sólo la llaman Sulawesi en estos días. Así que empieza allí. Cuando llegues a Roma, te dejaré un paquete con el mostrador de FedEx en la terminal de llegadas. Tendrás información sobre los vuelos. Creo que lo mejor será que Etihad Airways vaya a Yakarta a través de Abu Dhabi en adelante, pero lo verificaré. Tendré una cuenta bancaria allí con tu nuevo nombre y veré que también tengas una habitación de hotel para tu primera noche en Makassar".

"Guao. Pero ¿dónde está Makassar?"

"Es la capital de Sulawesi, Wyatt".

"Oh."

"Creo que esto será toda una aventura para ti. No sabes nada sobre el lugar".

"Eso es lo que lo convierte en una aventura", dijo alegremente.

"Y eso es lo que te hace ser tan peligroso para los que te persiguen, amigo".

"¿Cómo podemos agradecerte?" Preguntó Rashmi.

"Bueno, vas a trabajar duro para mí. Eso y verte deslizarse entre sus dedos es lo suficientemente gratificante. Y Wyatt, necesitaremos tu ayuda de vez en cuando".

"¿Escribiendo códigos?"

"Es lo que haces mejor, ¿verdad? El rescate de ustedes dos fue una empresa conjunta, el trabajo de muchas personas que no están dispuestas a dejarte morir porque querías pensar por tí mismo. Éste no es el primer trabajo que hemos hecho, y no será el último. Y hay muchos otros trabajos importantes que deben realizarse—intervenciones de alta tecnología que son esenciales. Nos hemos propuesto el objetivo de hacer lo que podamos para detener a quienes intentan quitarnos la libertad de disfrutar de las playas de México o Sulawesi. Pensé que querrías saber eso ahora que has probado la sangre".

"¿Hemos detenido este grupo?", Preguntó él. "Parece que hemos dejado las cosas medio terminadas".

"Realmente no. Rashmi agregó un código para nosotros según el trabajo que hizo y la información que proporcionó. No hará que el sistema sea lo que queremos que sea, pero les hemos puesto una espina y nos hemos asegurado de que sepan que hay un partido de la oposición que es competente. El sistema no será lo que ellos querían. Funcionará de la manera que Rashmi quería, en primer lugar; será un pequeño sistema de transacciones financieras limpio que carece de las campanas y silbidos que el FMI y otras personas le agregaron".

"¿Cómo va a llegar allí?"

"El que tienen se estrellará. Y luego tu amigo Hoenig proporcionará el sistema que queremos".

¿Claude hará eso? No lo entiendo ¿Está trabajando contigo también?

"Es por el momento, pero no lo sabe. Nosotros, todos nosotros, logramos empujar las cosas en una dirección donde un hombre inteligente como ese va a ver que puede ser un héroe haciendo lo que queremos. Por supuesto, no sabe que lo queremos, pero poner un sistema limpio fortalecerá su mano".

"No estoy seguro de dónde se encuentra en todo esto", dijo Wyatt.

"Ni yo tampoco. Pero esa es la forma más fácil de resolver la situación de Tanzania, deshacer el plan de Retinger Oculística sin derribar al gobierno en el proceso. Esa parte se adapta a todos los lados".

"¿Quién?"

"Olvidé que no lo sabrías. Józef Retinger era un político polaco que fue exiliado por los comunistas después de la Segunda Guerra Mundial. Fue fundador del Movimiento Europeo y del Consejo de Europa. Inició reuniones que llevaron a la fundación del Grupo Bilderberg en 1954. Retinger Oculística es un grupo secreto dentro del Grupo Bilderberg—personas peligrosas y poderosas que están empeñadas en ver cómo se desarrolla su visión globalista".

"¿Es secreto?"

"Esa es la parte Oculística. Son desconocidos para la mayoría de los gobiernos. Cada persona pertenece a varias agencias internacionales, tanto de manera abierta como encubierta, y poseen un poder asombroso. Utilizan las agencias existentes para empujar al mundo en la dirección que quieren".

"¿Y estamos luchando contra ellos?"

"Eso hacemos. Queda ver cómo se desarrolla esta pequeña escaramuza a largo plazo. Habrá una lucha de poder dentro del grupo a medida que se desenrede. Los perdedores no prosperan allí. Hoenig sólo puede beneficiarse".

"Es un buen tipo", dijo Wyatt.

"Pero un verdadero creyente. Puedo imaginar que, con sus antecedentes, Hoenig es un enemigo formidable cuando quiere serlo, y los dejó arrojar a Wyatt a los lobos, aunque no tenía nada que decir".

"Hablando de ser arrojado a los lobos, estoy preocupado por mi hermana", dijo Wyatt.

"Ella está bien. Rebecca explicó la situación y la hemos hecho vigilar. Puedes llamarla por este teléfono cuando llegues a Roma. Utiliza la aplicación Paladín. Es nuestro pequeño esquema de encriptación. Puedes descargarlo en tu teléfono desde bitpats.com; el sitio reconocerá su teléfono y el tuyo".

"Que dulce", dijo Wyatt.

"Y ahora, necesito ir a la cámara y decirle al mundo que el *Sandals Resort* aquí, dondequiera que esté, es el mejor lugar en la faz de la tierra para unas vacaciones".

"Voy a querer ver eso".

"Tú sabes dónde encontrarlo", dijo.

"Voy a ir a Sulawesi", dijo, dejando que ella colgara.

"Tengo un trabajo en Singapur", dijo Rashmi.

Wyatt le dio una amplia sonrisa. "Míranos a los dos... un par de terroristas que viajan en el avión del ministro de finanzas, incluso si está arrendado, y se dirige a los confines de la tierra. ¿Quién lo diría? "

Rashmi cerró la caja. "Boone, al parecer." Ella tembló ligeramente.

"¿Dónde está esa azafata?" Dijo Wyatt. "Necesitamos un trago fuerte para brindar por la pelea que está por venir y los chinches en todas partes".

"Sí", dijo ella, cerrando los ojos y dejando a Wyatt preguntándose qué estaba pasando dentro de esa hermosa cabeza. Incluso en otras circunstancias, Rashmi no era el tipo de mujer que le atraía. Eran demasiado diferentes. Pero si como amigo o alguien de su equipo, él pensó que era increíble.

Y Boone también parecía ser así.

Rashmi volvió a abrir los ojos y le sonrió. "Estar asociado con estas personas es una experiencia embriagadora", dijo.

Ella tenía razón. De repente, Wyatt estaba recibiendo nuevas perspectivas. "¿Es bueno eso?"

"Significa que la vida es extraña y buena, y de repente, promete otra vez. Me recuerda a mis primeros días en Londres cuando las cosas estaban claras".

"Claro es bueno", estuvo de acuerdo. Así que fue extraño.

Capítulo 38

El Precio Del Éxito

"Para los poderosos, los crímenes son aquellos que otros cometen".
—Noam Chomsky
Ambiciones Imperiales: Conversaciones Sobre El Mundo Posterior
Al 11 De Septiembre (Proyecto American Empire)

Apartamentos Cartagena
Boca Grande
Cartagena, Colombia

Mucho antes de ir a Dar es Salaam con los centavos de Claude Hoenig, tan pronto como llegó a un acuerdo con Mitch Childer y estaba segura de que la compañía de Hoenig tenía el trabajo, Peggy comenzó a organizar su escape. Incluso si ella no era capaz de realizar su truco perfectamente, eventualmente lo resolvería. Luego vendrían tras ella. Entonces, tan pronto como se lanzó el sistema, ella necesitaba salir de allí, estar en un lugar donde no pudieran encontrarla. Naturalmente, el acto de desaparecer los haría sospechar que ella había hecho algo, pero valió la pena ponerlos sobre aviso para asegurarse de que estaba bien bajo tierra antes de que decidieran cazarla.

No estarían contentos. Ninguno de ellos.

La encantadora temporada de navegar de Trinidad a Cartagena con Billy y Frieda no sólo había ayudado a sacudir la cola que pudo recoger, sino que había hecho mucho para ayudarla a relajarse. Como beneficio adicional, ella había podido monitorear la situación en Tanzania escuchando las noticias de negocios de la BBC en la radio de onda corta. Todo parecía ir bien. Por suerte, ni siquiera la habían echado de menos.

Como parte de sus preparativos, ella había alquilado este hermoso apartamento en Cartagena. Estaba en un edificio de gran altura en Boca Grande, situado al sur de la antigua ciudad amurallada, lejos de las encantadoras calles sinuosas y de la multitud de fiesteros. Boca Grande era una península famosa por sus playas, y el apartamento tenía una gran vista del Caribe. Era propiedad de un hombre que había conocido en sus días de piratería. El hombre poseía muchos lugares como éste y los mantenía como inversiones que también tenían otros usos. Los compró con dinero que había malversado de la corporación para la que trabajaba. Cuando lo descubrieron, tenía grandes lugares para esconderse, y ahora estaba encantado de dejar que la Srta. X, como la conocía, alquilara el lugar durante unos meses. Después de eso, bueno, parte de lo que tenía que hacer en Colombia era lograr algunos contactos oscuros en la web que la establecerían en otro lugar, como otra persona.

El plan había sido puesto en espera. No había prisa por moverse, ni peligros al hacerlo. La estarían buscando—ella lo sabía porque pocos días después de llegar, las noticias de los problemas con el sistema financiero de Tanzania habían comenzado a aparecer.

Al principio, había sido puro melocotones y crema. La gente se estaba inscribiendo para usar el sistema en masa; los bancos estaban invirtiendo más recursos y agregando servicios a través del sistema; el precio de la criptomoneda, el e-Shilingi, se disparó desde su precio de lanzamiento, que estaba en paridad con el shilingi tanzano. El gobierno declaró oficialmente su sistema un éxito.

Como la billetera electrónica de Peggy e-Shilingi se llenó con el dinero recaudado en las tarifas de transacción, ella convirtió gran parte de él en euros. La velocidad a la que la criptomoneda fluía en su billetera era pequeña al principio, pero pronto se sorprendió de lo rápido que llegó. Tenía la intención de mantener gran parte de eso, pero ahora, sintiendo que algo estaba mal, se apresuró a convertir más. No estaba funcionando como ella planeó. El porcentaje que ella había programado para robarle al sistema era muy pequeño, por lo que el volumen de transacciones tenía que ser enorme, y no podía ser tan grande. Ella no tenía manera de comprobar eso. No había pensado en crear ninguna herramienta que le permitiera monitorear el sistema—no le había importado el sistema más allá de querer que durara lo suficiente como para darle una cantidad sustancial de dinero.

Había hecho eso y más—lo suficiente como para ponerla nerviosa. Y luego, esta mañana soleada y húmeda, cuando conectó su billetera de hardware a su computadora portátil y la revisó, descubrió que su peor escenario había ocurrido—el dinero había dejado de fluir por completo. La habían descubierto, o al menos el dinero había sido redirigido por alguna razón.

Había pensado que su enfoque, haciendo que el porcentaje fuera pequeño, la mantendría bajo el radar. La idea surgió al leer sobre la legendaria "técnica de salami", una técnica que fue utilizada por contadores torcidos cuando la contabilidad se puso en línea por primera vez. Las computadoras de esa época estaban programadas para manejar solo cantidades hasta el último centavo. Cualquier cosa menos fue ignorada—la entrada de datos "redondeada" al centavo más cercano. Algunos contadores se dieron cuenta de que esta era una oportunidad de oro. Si capturaban esas milésimas de centavo perdidas en la entrada de datos y las depositaban en una cuenta para una empresa grande con un alto volumen de transacciones, el dinero se acumularía rápidamente en cantidades sustanciales que, por suerte, nunca se perderían. Robaron el dinero en pequeñas y finas rebanadas, como salami en una charcutería.

El salami de Peggy, sin embargo, se había convertido rápidamente en un enorme monstruo de salchichas y, aunque no tenía idea de cómo ni por qué, estaba segura de que su módulo de transacciones era lo que estaba ralentizando el sistema y aumentando el tiempo de procesamiento. Se había equivocado y algo no funcionaba bien—un pequeño error aumentaba con el tiempo y consumía grandes cantidades de tiempo y recursos de procesamiento.

Mientras paseaba por su apartamento, bebiendo un buen *chardonnay*, reflexionó sobre los riesgos, las posibilidades, sus opciones. Lo que la protegía era que nadie podía rastrear la ubicación a la que se estaba enviando el dinero—una billetera de hardware que ella poseía. Ellos pueden adivinar, pero no pueden probar un vínculo entre ella y esa billetera. No sin tener el hardware en sus manos, junto con su clave privada, eso es.

La forma en que había estructurado las cosas, en el peor de los casos o en lo que parecía haber ocurrido, era que alguien había descubierto qué estaba pasando y había cambiado la dirección a la que se enviaba el dinero—ahora estaban robando el dinero. Eso era algo simple si sabías qué buscar, pero, por supuesto, eso no habría solucionado el problema. Según los informes, el sistema tenía serios problemas. Los medios de comunicación informaron, más bien alegremente al parecer, reportando desaceleraciones masivas en los tiempos de procesamiento de transacciones. Esta fue una noticia internacional porque el fallo del sistema amenazaba la posición del país dentro de la Sociedad para la Cooperativa de Telecomunicaciones Financieras Interbancarias Mundiales (SWIFT)— esencial para poder realizar negocios en todo el mundo. El precio del e-Shilingi caía rápidamente y se llevaba consigo la moneda fiduciaria del país. Todo estaba colapsando.

Hambrienta de saber más, ella encendió su televisor en un canal de negocios que estaba monitoreando la situación como en vivo, noticias de última hora. "El Ministro de Finanzas de Tanzania anunció que el sistema fue comprometido por un terrorista que logró infiltrarse en el equipo de codificación. Lo habían capturado y estaba esperando el juicio".

"Pobre Wyatt", pensó. Ellos retuvieron la noticia de su arresto para un momento como éste. Eso fue inteligente de ellos y malo para Wyatt. Ella se sentía mal porque él había caído, pero era mejor que fuese él. Habría preferido que fuera Rashmi Patel, pero no siempre se controlaba el resultado de los planes que se ponían en marcha.

Mientras lo observaba, el propio ministro, no sólo ese estúpido y flaco Haki Dola, apareció en la pantalla. "Con esta revelación", dijo, "que alguien comprometió el sistema en un débil intento de paralizar al gobierno, hemos determinado el mejor curso de acción. Esta tarde, el sistema será retirado por una hora; más tarde, se reiniciará utilizando un programa completamente nuevo que nuestros consultores escribieron independientemente del que está actualmente en uso. Este programa de copia de seguridad ha sido probado a fondo. Sin embargo, debido al intento de manipulación de nuestra economía, estoy suspendiendo el comercio en el e-Shilingi hasta nuevo aviso. El precio fluctuante de nuestra novedosa criptomoneda está agregando un caos innecesario cuando el enfoque debe estar en obtener las transacciones financieras suaves, rápidas, estables y económicas que se prometieron a las personas e instituciones de Tanzania".

"Jesús", ella juró sombríamente mientras comenzaba a entender lo que estaba pasando. "Los bastardos ya han reiniciado el sistema con un nuevo código". Eso fue lo que terminó con su flujo de ingresos. No querían anunciar el evento y tener al mundo mirando si el reinicio no funcionaba. Así que lo hicieron en secreto y ahora podrían llevar a cabo un relanzamiento exitoso. "Tal vez obtener el pago temprano más grande fuera el camino a seguir después de todo", le dijo al ministro de finanzas, que luego fue reemplazado abruptamente por una rubia esbelta que hablaba acerca de su nuevo libro sobre el pensamiento positivo para los inversores.

A pesar de toda la locura en Tanzania, y los giros y vueltas que su código había creado, Peggy estaba contenta. Las cosas habían funcionado bien para ella. Ella ya tenía suficiente dinero guardado en un banco de las Islas Caimán para cuidarla a través de varias vidas autoindulgentes. Y ahora ella estaba completamente fuera de esto. Mantendría la criptografía sin valor que todavía estaba en su billetera de hardware en caso de que regresara, pero eliminaría todas las demás referencias a su trabajo en el sistema de su computadora portátil.

Esa tarde, el gobierno de Tanzania hizo el anuncio anticlimático de que el sistema se reinició y funcionó con éxito. El precio de la criptomoneda ya comprada de e-Shilingi ahora se ubicaba en una fracción de un centavo estadounidense, pero eso no importaba. De todos modos, no al gobierno, aunque Peggy estaba al tanto de una serie de partes interesadas que no estarían complacidas, incluido Hoenig. Mencionó que estaban recibiendo parte de su pago en la nueva criptografía como incentivo para que funcionara. Si alguno de ellos la encontrara, la culparían y habría un infierno que pagar.

Durante los siguientes días, Peggy ocupó su tiempo lo mejor que pudo. Fue a la playa varias veces, bebió demasiado y observó cómo la historia se desvanecía de las noticias. Algo que había sido roto pero que ahora estaba arreglado no valía la pena cubrirlo. El éxito del sistema se había visto empañado, pero eso tampoco era una noticia. La verdadera noticia fue que el fracaso se debió a un ataque terrorista, y el gobierno respondió rápidamente con transparencia. El dinero perdido por los inversionistas en la criptomoneda no fue un problema que calificó solo como una mención al de un nuevo mercado bajista en los bonos del gobierno de los Estados Unidos.

Durante esos días, Peggy estuvo cada vez más aburrida e inquieta. A pesar de planear permanecer escondida, la ociosidad de la vida, especialmente cuando tenía todo el dinero que siempre había necesitado en el banco, era algo con lo que no había contado. La realidad era que esconderse como una mujer rica no era para nada emocionante. La verdad era que se había imaginado rodeada y festejando con jóvenes apresurados. Se imaginó que con su dinero, tendría a su elección entre hombres y mujeres encantadoras y sexys. Desafortunadamente, no era una buena idea estar en público, especialmente en lugares de alto perfil, antes de que ella organizara una cirugía plástica para alterar su apariencia—no estaría segura.

Para su consternación, todos los mejores cirujanos plásticos resultaron tener largas listas de espera. Ella no había contado con una estúpida lista de espera. A regañadientes, incapaz de pensar en alternativas, ahora estaba en varias listas de espera. Y esperando. E inquieta. El riesgo era enorme. Esos asquerosos internacionales irían tras el olor de su sangre, y en todas partes se usaba un software de reconocimiento facial y monitoreo de circuito cerrado. Incluso si la Interpol no tuviera una orden de arresto, muchas de las personas molestas con ella tendrían acceso a sus recursos. Demonios, Hoenig probablemente tenía acceso a los recursos de la Agencia de Seguridad Nacional, NSA.

Ella necesitaba recostarse.

Pero ella también tenía que evitar volverse loca.

Es difícil conocer gente cuando tienes miedo de salir. Sin una identidad hermética, tenía que limitar los lugares a los que iba y las personas que conocía. Se preguntó si debería haberse quedado en el bote y haber dado la vuelta al mundo con Billy y Frieda. Al menos ella se acostaría de esa manera. Pero ahora ella no tenía idea de dónde estaban.

Una perra situación, se escondía sin saber si era necesario, siendo cautelosa y mirando por encima delhombro cuando ni siquiera sabía con seguridad si alguien la estaba buscando. Por lo que sabía, ni siquiera la habían echado de menos.

Eso, pensó, sería bueno.

En algún momento, un poco borracha y sola, llamó a Franz. Fue un capricho, un impulso loco arraigado en la frustración y la desesperación. Parecía contento de saber de ella. Cuando ella llamó, fue para escuchar el sonido de su voz, pero mientras hablaban, ella descubrió que se dolía por él. "Ven a verme", dijo ella.

¿Y por qué no? Nadie conocía a Franz. Algunas personas lo habían conocido, pero él era un jodido camarero de Zurich. Nadie más para una buena cogida sin sentido, pensó, y luego se rió de sí misma. Estaba tan sola, tan cachonda, que quería importar al jodido camarero.

"Yo podría hacer eso", dijo. "Sin embargo, no tengo dinero".

Su respuesta la sobresaltó. Ella no había esperado eso. Se recordó a sí misma que el chico pensaba que tenía dinero. Él había pensado que todo el tiempo, basado en las elegantes habitaciones que tenía, y ella le había dejado pensarlo. Ahora era verdad. "Te compraré un boleto", dijo ella. Se sentía imprudente al hacer eso, y se sentía tan bien por estar haciendo algo que se permitió disfrutar de la sensación. Ella era una proscrita, después de todo, una ladrona, no un monje enclaustrado. Todos los forajidos hicieron alguna mierda salvaje.

Entonces, después de colgar, ella le compró un boleto para ese día y le envió el boleto electrónico. Luego ella organizó un viaje en Uber para él desde el aeropuerto a su llegada.

Tomó otro trago y se echó a reír, feliz. Después de todo, este es el tipo de locura por la que quería el dinero, para poder hacer cosas como ésta.

Qué mejor uso del dinero que volar con un semental alrededor de medio mundo para que él pueda tirarla sin sentido. Eso era lo que ella necesitaba y quería.

El día que llegó, ella organizó una comida preparada, le pidió a la licorería que le entregara una caja de vino y varias botellas de bourbon que sabía que le gustaban a Franz, y luego, justo antes de que él llegara, se bañó y se puso un camisón de encaje, con ganas de establecer el tono para su reunión.

Entonces ella esperó con impaciencia. El golpe que finalmente llegó hizo que su corazón latiera con fuerza. Lo abrió y lo vio allí, sonriendo, tan ansioso como ella.

Su saludo fue sin palabras y apasionado. Dejó caer su bolsa dentro de la puerta, la abrazó y la besó; luego él la levantó y la llevó a su habitación. La puso en la cama, arrancándole el camisón, la desnudó y la tomó con una violencia apasionante. Su toque, esas caricias mágicas, la forma en que su amor se centraba en ella, la envolvió en un delirio de placer que la dejó cojeando. Ella siempre se había preguntado qué significaba ser violada... ahora lo sabía.

Después de un corto tiempo, se levantó y sirvió a cada uno una bebida. Devolviéndolos, se sentó a su lado y se miraron a los ojos, bebiendo sorbos de bourbon, y ella sintió que la excitación volvía a brotar. "Ahora algo especial", dijo.

Ella yacía allí, hormigueando, preguntándose mientras él salía de la habitación y regresaba con su bolso. Lo abrió y sacó unas cuerdas suaves. Ella observó, sin resistencia mientras él ataba sus muñecas a la cabecera, luego ataba sus tobillos a sus muñecas. Esto, pensó, sería emocionante. Ella nunca había estado atada antes.

Y así. Él la tomó de esa manera con ella sintiéndose una impotente no acostumbrada. A ella no le gustaría que fuera así todo el tiempo—pero su novedad, especialmente después del largo período de aburrimiento, lo hizo erótico.

Cuando él se vino, la dejó así. Ella tiró de las ataduras. "Desátame".

"Necesito que me digas dónde está", dijo.

"¿Qué?"

"La cartera. El lugar al que enviaste todo ese crypto. Y la ubicación de la moneda fiduciaria a la que la convertiste".

Su corazón latió de nuevo, pero esta vez de miedo. Franz el camarero no debería saber nada de esto. "¿De qué estás hablando?"

"Childer me habló de tu pequeño plan", dijo.

"¿Conoces a Mitch Childer?"

"Yo trabajo para él".

Sabiendo que había jugado, Peggy comenzó a sentir miedo. "¿Qué deseas?"

"Osk Barstad confirmó que tenías que ser tú quien robó la criptomoneda, y la desvió a una billetera. Quieren la billetera.

"Esa cripto no vale nada. Lo vi en las noticias."

"Sí. Yo sé eso. Pero estoy seguro de que no lo dejaste en criptografía. No confías lo suficiente para hacer eso, y sabías que el sistema finalmente fallaría. Después de todo, Peggy cuida de Peggy, ¿verdad? "

"No sé de qué estás hablando", dijo, pero le dolía el amarre. Él lo sabía todo.

"Vas a renunciar a la billetera criptográfica y al dinero. Tomaré parte del efectivo, por supuesto, y pasaré el resto a ellos".

"No. Es mío."

Él suspiró. "Peggy, soy profesional y tengo algunas herramientas en mi bolsa que te ayudarán a entender que, tarde o temprano, me dirás lo que quiero saber", dijo. "El único problema con usarlos es que te mutilarán y ciertamente destruirán tu apariencia, ningún hombre te querrá. Por supuesto, Childer te quiere muerta, así que no puedes hablar".

"Por favor, Franz. Podemos..."

"No me importa si vives o mueres, para ser honesto. Pero sí quiero el dinero que has guardado. Por eso estoy aquí, no importa lo que piense Childer. Tú me dirás dónde está la billetera y me ayudarás a transferir ese dinero a mi cuenta. Lo harás. Es solo una cuestión de cuánto dolor tienes que soportar antes de dármelo".

"Pero Franz..."

Metió la mano en la bolsa y sacó una computadora portátil. "Incluso traje mi propia computadora para no tener que depender de que tengas una. No eres la persona más confiable".

Peggy pensó que ella iba a desmayarse. Franz era un bruto—eso había sido parte de su atractivo. Ahora él la aterrorizaba. "Si te doy el dinero, ¿me dejarás en paz?"

"Por supuesto", dijo. "Si hay suficiente dinero, te dejaré comprar tu libertad. Por suficiente dinero, linda Peggy, te mantendré aquí por un tiempo mientras me aseguro de que la transferencia de dinero esté completa. Usaré el tiempo para hacer arreglos para mi propia desaparición. Entonces te dejaré en paz".

Parecía tan tranquilo, tan sincero, que estaba segura de que estaba mintiendo. "Me vas a matar". Ella lo dijo rotundamente.

Suspiró de nuevo. "Es verdad. Me temo que debo hacerlo. Las personas a cargo vendrán a buscarme si te dejo vivir. Si te matan y les envío la billetera de hardware, junto con una cantidad considerable de dinero, no les importará que desaparezca. Pero considera esto, aún tienes una opción: puedes morir tranquila o dolorosamente. Pero tienes que elegir. En un momento o dos, y hasta que obtenga lo que quiero, comenzarás a experimentar un gran dolor. Si resistes con toda la terquedad que sé que hay en ti, estarás sufriendo por mucho tiempo. Vas a sufrir. ¿Y para qué? Al final, todavía morirás".

"Pensé que te preocupabas por mí". La súplica sonaba débil, incluso para ella.

Él rió. "Te equivocaste. Eras un trabajo. Childer me envió a ti en Zurich. Fuiste como una perra a la cama y luego mantente al tanto de eso."

"Franz, déjame vivir. Tendremos dinero y haré lo que quieras".

Sacudió la cabeza."Pareces fuera del personaje rogando así, Peggy. Además, voy a tener el dinero; serás reemplazada fácilmente por alguien de mi elección. "Metió la mano en la bolsa y sacó un cuchillo largo. "Podría comenzar por despellejarte, pero es posible que no sobrevivas al impacto de eso, y además, hay muchas otras opciones interesantes para explorar que son igual de dolorosas".

Escuchó un sonido, luego se dio cuenta de que era su propio grito de terror.

"Estos nuevos apartamentos de gran altura están maravillosamente insonorizados", dijo. "Y traje sales de olor, en caso de que te desmayes. No quiero que te pierdas nada".

La mirada en su rostro hizo que todo su cuerpo se volviera helado. El bastardo disfrutaría cada momento de torturar la información de ella. Peggy no quería morir, pero ella ya había hecho su parte del sufrimiento. "Tú, hijo de puta, desátame y dame la puta computadora", dijo ella. "La billetera de hardware está en el cajón del escritorio".

Él entró en la sala de estar y volvió con la cartera. "¿Ésta?" Ella asintió.

Cuando la desató, ella sopesó sus opciones, buscó una oportunidad, algún tipo de apertura, pero pudo sentir su conciencia. El hombre era experto en este tipo de cosas.

"¿Para quién trabajas realmente?", Preguntó. "Si me vas a matar..."

"Al final del día, trabajo para mí mismo", dijo. "Childer me pagó para hacer ciertos trabajos. Me hizo seducirte, intimidar a tu amigo Wyatt... y ahora necesita mi ayuda para limpiar su desastre, lo que te incluye a ti y a tus colegas".

Y eso contaba la historia de todo este proyecto, pensó Peggy cuando tomó la computadora portátil y fue al sitio web de su banco. Todos los involucrados estaban trabajando para ellos mismos. No era de extrañar que todo se estuviera convirtiendo en una mierda, incluido su sueño, su maldito plan. No era justo

Capítulo 39

Resolviendo las Cosas

"Si pierdes una gran pelea, te preocupará toda tu vida. Te plagará, hasta que consigas tu venganza".
—Muhammad Ali

Goethe
Sechseläutenplatz 10
Zurich, Suiza

Claude Hoenig estaba sentado en la lujosa silla de Goethe, un elegante bar situado en la planta baja de las oficinas del periódico *Neue Zürcher Zeitung*. Observó a Mitch Childer tomar un sorbo de su bebida, notando cómo se desviaban los ojos de Childer y cómo su mirada parecía vagar por la barra. La falta de enfoque del hombre hizo que Hoenig se sintiera incómodo. Normalmente, el hombre enfocaba su atención en él como un láser. Esto debería haber sido un alivio, pero fue espeluznante. Se preguntó si ese era el propósito.

Era hora de regresar. "¿Por qué estamos aquí, Mitch?"

Ver a Childer encogerse fue su recompensa. La familiaridad de usar su primer nombre lo desconcertó. Era casi demasiado fácil.

"¿Por qué? Para discutir este desastre—de su creación."

"¿Mi creación? ¿Cómo puede ser eso, Mitch? Entendí que el desastre fue causado por un ataque terrorista. Quiero decir, eso es lo que está en las noticias en cada canal. Debe ser verdad."

El sarcasmo hizo que Childer frunciera el ceño. "El gobierno de Tanzania no estaba dispuesto a decir la verdad sobre lo que sucedió, eso es todo. Se ufanaron de tener a Wyatt bajo custodia como una explicación conveniente que los exoneraba por completo. Pero tenemos que hablar de lo que realmente sucedió".

"¿Cuál es?"

"Su empleada, la Srta. Dory, agregó un código al sistema... una función que no trabajó correctamente y desarmó el sistema".

"Caramba, estoy confundido, Mitch. Pensé que se suponía que Wyatt Osgood era el que manipulaba el código. Ahora es Peggy? Qué conveniente que no estuviéramos obligados a usar a uno de los lugareños".

"Fue ella. El Sr. Osgood no tuvo nada que ver con eso. Peggy Dory rehízo completamente el código después de su arresto. Ella nos dijo que descubrió lo que él hizo y lo despojó. Ella dijo que el sistema era funcional. Al principio, parecía ser exactamente lo que se suponía que debía ser, pero o bien lo arruinó o deliberadamente atrapó el sistema. Por supuesto, ya sabe todo sobre el fallo del sistema. Y sabe lo que pasó después. Usted proporcionó el código limpio para el reinicio. Estuvo increíblemente bien preparado".

Él sonrió. "Hice lo que me dijeron que hiciera. Escribí un nuevo sistema a partir de las especificaciones originales y eliminé las ventas especulativas de la criptomoneda".

"¿Le dijeron que hiciera esto? ¿Por quién? ¿Por qué no me hablaron de estos preparativos? "

"Me dio la impresión de que se había convertido en parte del problema". Claude no tenía intención de decirle a Childer quién le había dicho que lo hiciera. "Esa podría ser la razón por la que no se lo dijeran".

"Estaba ejecutando el proyecto y no di tales instrucciones".

"Y ahora, me ordena que venga aquí para que poderse quejar y ponerlas en mi cara. Esta es una de esas actuaciones de mando en las que me arrastra por el océano para recordarme quién está a cargo. Supongo que también cree que eso le da una hermosa oportunidad de echar toda la culpa sobre mí, sobre mi equipo y seguir adelante como si nada hubiera pasado".

"La administración siempre involucra elementos que simplemente están ahí para recordar a las personas el orden jerárquico", dijo Childer. "Otros elementos son para la formación. Cuando le enseñas un truco a un perro, es importante que tenga claro lo que se espera. Eso puede requerir que haga cosas que no son necesariamente relevantes para el resultado deseado".

Hoenig sonrió ante el intento de insultarlo comparándolo con un perro. Childer no podía saber la ventaja que tenía Hoenig—no le importaba una mierda lo que el hombre pensaba de él. Además, le gustaban los perros. "El perro usualmente hace cosas para complacer al amo y porque se le da un gusto después. ¿Dónde está mi regalo? "

"Si él sigue las instrucciones, recibe un premio. Pero no si le muerde la mano que lo alimenta. Verás, esta historia terrorista hubiera estado bien para el consumo público. Lanzar a Osgood a los lobos para que lo destrocen serviría para ese propósito. Pero no queríamos que lo vieran públicamente. No queríamos que él hablara".

"Puede que le cuente al mundo algunas cosas que prefiere que no se muevan".

"Y él no sería el único. Me ha llamado la atención que usted ha estado pasando información sobre nuestras actividades a sus amigos de su gobierno".

Hoenig tuvo que sonreír ante este ingenioso giro que lo pintó como poco comprometido con el proyecto y, posiblemente, como un espía. "¿Mis amigos en el gobierno? No, no se lo dije a mis amigos, pero sí, hablé con gente en el gobierno. Presenté los formularios que debo enviar porque estaba empleado como agente del gobierno de Tanzania. Esa es la ley de los Estados Unidos y lo sabes. Usted lo sabía cuando contrató mi firma. No me arriesgaré a que mi gobierno me persiga por ocultar algo. Así que llené los formularios, y cuando llegaron preguntando, le dije a la CIA lo que estaba haciendo... porque preguntaron. Sabían que nos conocíamos... eres una persona influyente, y querían saber por qué un ex espía pasaba tanto tiempo charlando con usted. Les conté sobre el proyecto porque tenía que hacerlo".

"Les dijo lo que estábamos haciendo a pesar de una veta de divulgación. Muy perturbador."

"Les di un resumen de lo que estábamos haciendo. No les dije nada que no pudieran obtener de los documentos públicos del FMI, su gente y el Banco Mundial. Como resultado, ni siquiera tenía la imagen completa para darles. No sabía sobre las pequeñas tareas que le pidió a Peggy que realizara. En ese momento, no me di cuenta de que la tenía trabajando directamente para usted".

Los ojos de Childer se contrajeron. "Ella solo estaba agregando algunas características".

"Que mantuvo en secreto."

"Y supongo que le dijo a su gobierno sobre eso".

Él rió. "No, pero sólo porque no sabía nada de ellos en ese momento".

"Su lealtad a su gobierno es conmovedora pero fuera de lugar".

"No es solo mi gobierno; también son un gran cliente".

"Por el momento. Necesita ver lo que está pasando, Hoenig. Este es el comienzo de un gran cambio. Los gobiernos nacionales, y el propio nacionalismo, han tenido su día. Son anacronismos en este mundo global. La corporación multinacional fue el principio del fin de su reinado. A medida que han crecido en importancia, han luchado contra la corriente de regulaciones conflictivas, a menudo contradictorias. Han llegado a ver que no puedes tener naciones que se pelean por sus propios intereses. Están interfiriendo con el progreso internacional, como los niños mimados que luchan por los juguetes".

"Esa es una de las razones por las que las corporaciones contratan cabilderos—para tratar de obtener las normas y leyes estándar de un país a otro. Ese enfoque probablemente sea ineficiente, pero incluso las empresas todavía están típicamente arraigadas en un país, tanto cultural como legalmente. Las nuevas regulaciones, las nuevas actitudes por consenso, necesitan evolucionar".

"Solo juegan ese juego porque están obligados a ser arraigados de esa manera. Es otro toque estúpido del nacionalismo que, al igual que las personas, las corporaciones que se extienden por todo el mundo y están íntimamente involucradas en muchos países, deben declarar bajo qué jurisdicción principal estarán. Necesitan esa apariencia de nacionalidad, incluso si es falsa, pero las naciones en disputa interfieren con el comercio y el crecimiento. Destruyen lo que podrían ser programas efectivos para asegurar la paz y la prosperidad. Son impedimentos para la salud pública. Piense en las ocasiones en que los gobiernos han rechazado la ayuda externa porque sus enemigos podrían recibir ayuda, o simplemente porque podría hacer que parezcan débiles".

"Puede que tengas razón", dijo Claude. La conversación lo cansó. La política lo cansó. El noventa por ciento de la retórica política nunca fue más allá del aire caliente. "Eso podría ser lo suficientemente cierto, pero todavía tengo que operar bajo la ley de los Estados Unidos. Mi negocio, mi vida, mi libertad están protegidos de esa manera. Sin el gobierno, no tengo futuro".

Childer chasqueó. "Una perspectiva tan estrecha y limitada cuando el futuro es tan prometedor. O era prometedor. En lo que a usted respecta, no hay mucho futuro trabajando conmigo. Este proyecto no fue bien ejecutado".

"La restricción, al exigir que sólo uno de mi gente podría estar en el sitio, ciertamente me ató las manos".

"Es cierto, pero luego está lo que Peggy Dory estaba haciendo... sus alteraciones no autorizadas al sistema. Eso no se refleja bien en usted".

"No, no lo hace. No debería haber confiado en ella, pero toma en cuentaque tuve que dirigirla a ella ya todo el proyecto de forma remota debido a tus reglas... así que no sabría lo que pretendía usted, bueno, el punto es que no sabía que ella estaba cambiando las especificaciones. Ciertamente no lo hice, y todavía no creo que ella fuera lo suficientemente estúpida como para hacer algo que deliberadamente pudiera acabar con el sistema. Si ella era la causa, entonces la cagó. ¿Y dónde estaba su gente durante el lanzamiento?"

"¿Mi gente?"

"Cuando establecimos el protocolo de trabajo, había personas que se esperaba que lo probaran antes de su lanzamiento. Ese fue todo su trabajo, según recuerdo. El sistema pareció haber pasado las pruebas. Entonces, ¿por qué no culparlos?"

Childer se frotó la barbilla. "Sí, eso es verdad. Sin embargo, como ocurrió, Rashmi Patel tuvo que ser suspendida del proyecto cuando Wyatt fue arrestado. Había una sospecha de que ella estaba involucrada en lo que él estaba haciendo. Peggy se hizo las pruebas ella misma."

"Y luego desapareció antes de que incluso le diera un bono. Sospechoso, asumiendo que está viva."

"El problema es... bueno, esto no está en la prensa, pero Rashmi ha desaparecido. Como lo ha hecho Wyatt Osgood." Le dio a Hoenig una mirada significativa.

"¿Wyatt escapó de la cárcel?" Eso era una sorpresa.

"Así parece. Aparentemente, tenía ayuda de alta tecnología para hacerlo. Mientras estaba en su celda, alguien hackeó las computadoras del sistema de la cárcel y emitió una orden de liberación falsa. Alguien también hackeó el sistema que programa el avión del ministro de finanzas. Una limusina alquilada llevó a dos personas al aeropuerto y el avión del ministro de finanzas los llevó a Kenia. La tripulación identificó al Sr. Osgood y a la Sra. Patel como los pasajero".

"¿Así que cree que Rashmi Patel hackeó los sistemas y sacó a Wyatt?"

Childer arqueó las cejas. "No tenemos idea de quién lo hizo. Supongo que lo hizo, pero en realidad no importa ahora. Los encontraremos a ambos, y la verdad saldrá a la luz".

De repente, el ángulo de Childer cayó sobre él. "¿Cree que lo hice?"

"Usted tiene la experiencia y los medios".

"¿Y mi motivo?"

"¿El apego sentimental a su empleado? "

"Lo suficientemente justo. A decir verdad, no se me ocurrió o podría haberlo hecho. Bajo la mayoría de las circunstancias, soy demasiado respetuoso de la ley para mi propio bien".

"Entonces podría ayudarnos a atraparlos. Luego descubriríamos quién estaba detrás de esto".

"¿Los verdaderos terroristas, quiere decir?" Hoenig empezaba a preguntarse qué estaba pasando.

El día se estaba convirtiendo en una de las pocas revelaciones. Sospechaba que había más fuerzas en el trabajo de las que él sabía, más de lo que Childer sabía.

Peggy tirando una doble cruz no fue una gran sorpresa, pero no creía que Rashmi y Wyatt fueran capaces de tan buena nave espía. Y si él no los había ayudado, alguien muy ingenioso, y que no era amigo del proyecto, había intervenido. "Podría buscarlos si lo desea. Todavía tengo contactos en el mundo que tratan con la identidad".

"No. Eso no es necesario. Tengo mi propia gente y recursos. Lo llamé aquí para decirle que está despedido. No estoy del todo contento con su empresa, y no trabajará en futuros proyectos con nosotros. Nosotros, usted y yo, hemos terminado." Childer tosió. "Debo decirle que no estoy totalmente convencido de que lo que la Srta. Dory estaba haciendo era algo desconocido para usted. Ella no me pareció una persona particularmente inventiva".

"Entonces no lee bien a la gente, Childer. Su creatividad es su mejor calidad. Pero veo que ha decidido culpar a Peggy por todo esto. Ella es la villana de la conveniencia".

"No ella sola. Ella no podría y no habría hecho esto sola. Como dije, la desaparición de la Sra. Patel y el Sr. Osgood los convierten en candidatos adecuados como cómplices".

"Si los alcanza y si alguno de ellos habla..."

Childer lo miró con calma. "No van a tener la oportunidad de hablar. Ya he hablado con Interpol y otros funcionarios que entienden el problema de permitirles tener acceso a cualquier persona. No, una vez que sean capturados, todo será arreglado muy bien". Se humedeció los labios. "De hecho, y esto es algo que debe considerar, Sr. Hoenig, tengo una pista sobre su paradero. En breve, sabré con quién estaba trabajando. Si hay algo que le gustaría decirme...."

"Ese pequeño chisme no me intimida, Mitch. Ya ve, estoy diciendo la verdad. No estaba involucrado en su plan. Me estaban pagando bien por el trabajo que estábamos haciendo y contentos con el acuerdo, al menos financieramente. El potencial para ganar más era todo lo que quería. No tuve necesidad de hacer nada para dañar el sistema. Tal como está, todos tenemos huevos en la cara de lo que sucedió. Fue un fracaso de alto perfil".

Childer torció los labios. "No es agradable sentirse avergonzado por el fracaso de algo como esto, pero podemos recuperarnos de eso y hemos obtenido cierta información crítica. Nos hemos acercado un paso más".

"¿Hacia qué?" Preguntó Hoenig. "Esto fue una broma".

Childer se atrapó a sí mismo. "Un plan para construir un sistema que funcione. Éste, incluso el sistema que finalmente activó, fue una prueba útil de un sistema bastante mínimo. Los bancos están contentos; aunque la pérdida de la criptomoneda es una vergüenza, este software puede ser la base para la siguiente".

"Y siempre tiene que haber una próxima, y siempre tiene que ser más grande, ¿eh?"

"Sí. No nos quedamos quietos. En mi mundo, siempre hay un plan más completo y global. Así es como avanzan las cosas, y el FMI y el Banco Mundial tienen metas elevadas. Con ese fin, espero que me envíe el código tanto de esta versión del sistema como del que no funcionó. Tengo la intención de que sea analizado y luego fijado por contratistas competentes. No usted."

Hoenig sabía que estaba sonriendo sin intención de hacerlo. Una sonrisa sería lo último que Childer esperaba y poder sorprenderlo se sumó a su placer. "Está bien. Tiene algunas cosas valiosas de este proyecto y yo también."

¿Lo tiene?"

"Actualmente, sí. He visto suficiente, he aprendido lo suficiente sobre este tipo de proyecto. Como dice, habrá otros, incluso si no están con usted".

"Cualquier gobierno que quiera tener a la industria bancaria de su lado querrá que mi gente participe".

"Oh bien, entonces."

"No parece enojado en absoluto. Eso me sorprende".

"Incluso los estadounidenses a veces pueden entender estar en algo a largo plazo, Sr. Childer. Y eso significa que no golpeas un jonrón cada vez que juegas en el plato, o anotas un gol cada vez que pateas la pelota, para usar una metáfora europea. Nosotros fallamos. He perdido algunas personas. Ahora es el momento de lamer mis heridas y seguir adelante. Créame, habrá otras oportunidades".

"Bueno, no puedo ver cómo, pero quizás sí". Childer se puso de pie y se ajustó el abrigo. "Y ahora debo seguir adelante también".

"¿A Washington o Zurich?" Él sonrió. "A Ucrania, en realidad. Otro gobierno piensa que con nuestra ayuda puede reducir sus costos de transacción y posicionarse a la vanguardia de este movimiento de cadena de bloques." Hoenig estaba seguro de que el hombre no sabía que estaba burlándose.

Cuando Childer se dio la vuelta y salió, Hoenig suspiró. Luego tomó su teléfono y escribió "de camino" en whatsapp y presionó enviar.

"Listo", fue el mensaje que regresó.

Claude Hoenig no podía decir honestamente que alguna vez le gustó Peggy, aunque a veces era divertido trabajar con ella. Él entendió que ella estaba marcada ahora. Se había puesto en una lista de mierda internacional—si la atrapaban, estaba condenada. Él fue simpático, pero ella había puesto su propio cuello en la soga al pensar que podría lograr una estafa a nivel internacional. Era fácil ver que subestimaba a los políticos y burócratas que estaba engañando y no entendía lo que estaba en juego. Tan estúpida como algunas de las personas eran, debió de parecerle un paseo.

Dudaba que Rashmi Patel o Wyatt Osgood hubieran sido algo más que peones, si acaso. Después de todo, no tenía idea qué peones habrían sido. Claramente, Wyatt se creó porque aprendió algo sobre las funciones del sistema que se suponía que no debía saber. Lo había aprendido en el momento específico que necesitaba a alguien a quien culpar por el revés actual. El escenario más probable fue que descubrió lo que Peggy estaba haciendo y a Childer le preocupaba que le dijera al mundo lo que el FMI estaba tramando. Y Rashmi... hacía un cifrado. Él realmente no la conocía. Si ella había ayudado a Wyatt a escapar, ¿quién sabía cuáles eran sus razones?

A Hoenig le gustaba Wyatt. El codiciado y anarquista codificador era una buena gente, incluso si sus ideas eran desagradables. Y si Rashmi había ayudado a Wyatt a salir, entonces Hoenig le debía por eso, incluso si él no la conocía. Childer rechazó su oferta para ayudarlos a buscarlos a gran escala—no quería que vivieran y fueran a juicio. Eso sería un desperdicio innecesario de buenas personas.

Pensó en su mejor amigo, Turner, que todavía estaba en la CIA. Podía contactar a Turner y contarle la historia. Podría pedirle que publique la noticia de que cualquier información engañosa sobre el paradero de Rashmi Patel y Wyatt Osgood que se transmitiera a Interpol se consideraría un favor. Tal vez él estaría dispuesto a hacer un pequeño saludo con la mano que les daría una ventaja. Era sorprendente que hubieran llegado tan lejos y que una pequeña y sutil ayuda podría ser suficiente para que estuvieran en un lugar seguro. Incluso si el gobierno de Tanzania persistiera en afirmar que el sistema fue derribado por terroristas, Interpol no estaría gastando demasiados recursos o mucho tiempo, persiguiendo lo que, en el peor de los casos, era esencialmente un crimen de cuello blanco.

Era irónico que Childer, al igual que Peggy, no hubiera considerado las apuestas con suficiente cuidado antes de entrar en el juego. Pensó que estaba protegido debido a su posición. Claude Hoenig lo había visto antes con tipos así—eran como cometas que se disparan a través de los cielos y se ven como algo especial en el firmamento. Al final, descubrieron que todavía estaban sujetos a la gravedad, como el resto de la manada. Childer era ciertamente un jugador, pero estaba a punto de enterarse de que era completamente reemplazable.

Descolgó el teléfono e hizo una llamada. Respondió un hombre. Hoenig se lo imaginó, esos penetrantes ojos verdes se posaban en el rostro oscuro. Sonrió, pensando en el equipo que había puesto en la tarea de encontrar un nombre para ir con ese rostro feroz. "Está en movimiento ahora", dijo.

"Déjame saber cómo va."

"Estará en las noticias esta noche. Míralo tú mismo."

"Todo bien. ¿Estás preparado para continuar con las otras cosas que discutimos?

"Sí. He contratado a las personas adecuadas para la tarea. Ucrania, ¿correcto?"

"¿Cómo lo supiste?" El hombre parecía disgustado.

"Un pajarito del FMI simplemente me cantó esa melodía".

"No es un pájaro cantando", dijo el hombre. "Simplemente un último suspiro de esa fuga antes de que se conecte".

"Completamente."

Cuando colgó, Hoenig hizo un gesto con la mano para llamar al camarero y pidió un whisky doble. Su nuevo personal necesitaba ponerse al día rápido. Estarían haciendo muchos proyectos para la nueva administración. Y todos los trabajos en los que estaría trabajando serían cosas que a Turner le encantaría conocer. La información era mejor que el oro—era su cripto personal. Era igual de volátil, y tenía la intención de invertirlo sabiamente.

Miró su teléfono. Una alerta de noticias había cumplido sus criterios de búsqueda. Una mujer estadounidense se había suicidado en Cartagena. Ella había saltado desde el techo de un edificio de apartamentos de gran altura. Ella había sido identificada como Peggy Anne Dory. El motivo de su suicidio era desconocido y ella no dejó ninguna nota atrás; el gobierno no tenía constancia de su entrada en el país. El gobierno local estaba iniciando una investigación para ver si el edificio cumplía con todos los códigos relevantes de construcción y seguridad.

Sacudió la cabeza y pidió otro whisky doble y levantó su vaso. "Aquí está, Peggy, pobre perra".

Capítulo 40

Daños Colaterales

"Si tu enemigo está seguro en todos los puntos, prepárate para él. Si él está en fuerza superior, evádelo. Si tu oponente es temperamental, busca irritarlo. Pretende ser débil, para que se vuelva arrogante. Si se está relajando, no le des descanso. Si sus fuerzas están unidas, sepáralas. Si soberano y sujeto están de acuerdo, pon división entre ellos. Atácalo donde no esté preparado, aparece donde no te esperan. "
—Sun Tzu
El arte de la guerra

Oficina de Andwele
Ministerio de Finanzas
Dar es Salaam, Tanzania

Quedaba poco por hacer, pensó Andwele. No había nada en absoluto que pudiera hacer para salvar su propia situación, y allí no podía contribuir en nada útil que pudiera resolver los problemas más grandes. Estaba indefenso.

Ese sentimiento de impotencia comenzó en el momento en que descubrió que el sistema estaba fallando. Se había incrementado cuando fue al apartamento de Rashmi y descubrió que ella se había ido. Desde entonces, había seguido creciendo.

Al enterarse de que ella y Wyatt se habían ido, que alguien había diseñado la liberación del programador de la cárcel, lo había hecho sentirse mareado y totalmente desconectado.

Este no era el curso correcto de las cosas. Se suponía que el mundo no era un lugar donde hacer tu trabajo te pusiera en una situación tan imposible. No era un lugar donde una chica como Rashmi pudiera enfrentarse al gobierno y marcharse con lo que quisiera. Personas mejores que Rashmi, personas más poderosas, habían decidido que Wyatt sería castigado por los errores cometidos. Sin embargo, ella los había desafiado. Ella había sacado su chivo expiatorio de debajo de sus narices.

Eso dejó un vacío—una necesidad insatisfecha de que la gente asuma la culpa y algunos candidatos que estaban lo suficientemente indefensos. Después de todo, un chivo expiatorio no podía ser alguien con los medios para defenderse, alguien que pudiera defenderse públicamente. Eso nunca pasaría. Así que Andwele sospechaba que estaría en lo alto de la lista.

Por supuesto, mucho dependía de quién tenía el oído del ministro de finanzas. Para ser justos, ninguna de las culpas era suya. Se le había presentado una idea que había sido examinada por su propia gente, así como por el FMI y el Banco Mundial. Y la idea, Andwele estaba convencido, había sido buena. Fue la implementación la que destrozó las cosas. Si simplemente lo hubieran hecho ellos mismos, sin fanfarria, el sistema habría sido casi exactamente lo que era ahora.

Hoenig le dijo que el sistema minimalista salvaría el día y así fue. La idea de una criptomoneda estaba muerta, pero el resto de los beneficios del nuevo sistema eran reales. Incluso los bancos, que habían perdido dinero debido a invertir en la criptografía, estaban admitiendo eso. Las cosas eran básicamente buenas.

"¿Qué salió mal?", Le preguntó el ministro de finanzas en privado, con solo Haki Dola en la asistencia.

"No podríamos haberlo sabido", dijo lastimosamente Haki Dola. "El sistema no era lo que queríamos. Debería haber funcionado".

"¿Qué salió mal?", Preguntó nuevamente el ministro de finanzas, mirando más allá de Haki Dola y directamente a Andwele. Curiosamente, la mirada era tranquilizadora.

"Demasiada complejidad en el sistema", dijo. "Después de examinar lo que había sucedido, esa es la conclusión ineludible. Y los sistemas complejos tienden a fallar".

"¿Por qué era tan complejo? No entiendo eso ¿Subestimaste la tarea?"

Andwele negó con la cabeza. "Incluso si la tarea era más compleja de lo que imaginábamos, no era nada nuevo ni innovador. El problema fue que todos los involucrados en la implementación agregaron cosas".

"¿Sin permiso?"

"Sin nuestro conocimiento. No teníamos idea de que se estaban agregando funciones. Ahora sabemos que el Sr. Childer aparentemente le pidió a la Sra. Dory que agregara características que no tenían nada que ver con las transacciones. Ella tomó notas y las dejó atrás. Ellos comprometieron el sistema. Ella agregó algunas cosas que aún no entendemos".

El ministro de finanzas lo miró, asegurándose de que estaba claro que todavía se estaba dirigiendo a Andwele y no a Haki Dola. "¿Qué tipo de cosas agregó el Sr. Childer?"

"Recolectó cada bit de información disponible, sobre la naturaleza de las transacciones, las historias de las personas involucradas... resulta que cuando se combinan los registros de compras de la población con su información bancaria, se puede aprender mucho sobre cualquier persona."

El ministro de finanzas sonrió. "Creo que Amazon ha demostrado la validez de eso como un modelo de negocio".

"Sí, ministro, eso es cierto. No estamos completamente seguros de para qué se usaba, pero parece que gran parte de esa información se ha canalizado a algunas computadoras que utilizan el Banco Mundial y la Interpol".

"¿Y ninguno de ustedes sabía algo sobre esto?"

"Confiamos en los contratistas que fueron investigados por el FMI", dijo Haki Dola, sudando profusamente.

"¿El mismo FMI que causó parte del problema? No cuestionó por qué querían participar activamente en la implementación del sistema, ¿verdad? "

"No, señor", dijo Andwele. "Creo que nos sentimos halagados de que asumieran un papel tan activo, seleccionando contratistas, etc. Parecía validar todo el programa".

"Y qué pasa con el programador que arrestaste. El que escapó con la ayuda de otra programadora... ¿tu prometida, creo?"

Andwele se movió incómodamente. "La historia sobre el programador, Wyatt Osgood, saboteando los sistemas parece haber sido un truco del FMI usado para evitar que se descubriera lo que estaban haciendo. Cómo se perpetró la fuga y el papel de la Sra. Patel en ella, son un misterio. La Interpol lo garantiza, pero dudo que haya alguna evidencia en su contra por algún crimen".

"Ya veo", dijo el ministro de finanzas. Miró a Haki Dola por primera vez. "¿Y fue esto realmente el FMI, o simplemente este Sr. Childer, quien estaba haciendo todo esto?"

Haki Dola se estremeció por un momento. "No estoy del todo seguro".

"¿Estamos presentando cargos contra él? Un juicio sería complicado, pero podría ser esclarecedor".

Dola miró a Andwele, quien suspiró ante la angustia de su jefe. "No creo que se haya violado ninguna ley, ministro. Si Childer acusó falsamente al programador, podría demandarlo personalmente... los cambios en el código fueron infracciones del protocolo y el procedimiento, pero no parece haber un motivo de lucro. Y no existe ningún delito contra la contaminación de un sistema informático a menos que pueda demostrar una intención maliciosa".

El ministro de finanzas resopló. "Entonces estamos al final de esto".

"Y tenemos un sistema de trabajo", dijo Haki Dola.

"A expensas del gran capital político. Lo más amable que te puedo decir, Haki, es que fuiste un tonto negligente e ingenuo. Tengo que acusarme de lo mismo, por supuesto, porque no miré por encima de tu hombro. Cometí el error de pensar que entendías la importancia del proyecto y que lo mantendrías al tanto. Eso me hace el tonto. Así que ahora voy a pedir tu renuncia".

"Pero ministro..."

"Y voy a pensar seriamente en presentar mi propio concurso, asumiendo que el presidente no lo pida de manera directa". Miró a Andwele. "Eso te deja a ti".

Andwele se enderezó. "Señor, yo..."

"Continuará monitoreando el sistema, Sr. Kassain. Necesitaré que se ponga en contacto con el viceministro Dola hasta que yo, en colaboración con el presidente y su gabinete, decida qué acciones tomar".

"Pero tenemos a los terroristas a quienes culpar", dijo Haki Dola. "¿Por qué debemos sufrir cuando decimos al mundo que fue un sabotaje?"

La sonrisa del ministro de finanzas era débil. "Olvidemos, por el momento, que la afirmación es una tontería total y consideremos las implicaciones prácticas. Primero, tu hacker se ha ido. No tienes a nadie que desfile delante de la prensa. Además, si admitimos que fuimos pirateados, ¿cómo lograremos que la comunidad financiera mundial crea que el sistema es seguro ahora? No, abogaremos por la incompetencia y el error humano y dejaremos rodar algunas cabezas. Ya estamos anunciando que, a través de la brillantez de nuestros técnicos, los problemas se corrigieron y el sistema ahora está en buen estado. Diremos que le pedimos demasiado al sistema".

"¿Pero la criptomoneda? El mundo dirá que Tanzania no produjo una criptomoneda nacional".

El ministro de finanzas sonrió. "Si la gente pregunta sobre eso, les diremos que intentamos hacer demasiado al mismo tiempo. Explicaremos que hay límites a lo que una criptomoneda puede hacer con la tecnología existente ... frente a las tareas que el sistema financiero requería, más las que las agencias internacionales querían imponer..." sonrió, "la cripto se rebeló ".

Haki Dola se atragantó. "¿Se rebeló?"

"Sí. Se tambaleó y no pudo llevar la carga que le habíamos impuesto. Así que la eliminamos como fuente de especulación, reducimos su carga de trabajo a la de ser fichas eficaces, libres de las distracciones del comercio, y descubrimos que funciona de maravilla".

"¿Y ahora?" Preguntó Andwele, sin estar seguro de que quisiera escuchar más.

"Ve por tus tareas. Viceministro Dola, cuidará de las suyas inmediatamente.

"Gracias, ministro", dijo, al ver que habían sido despedidos. Cuando salieron de la oficina, Andwele se echó a reír.

"¿Qué es tan divertido?", exigió Dola.

"El comunicado de prensa", le dijo Andwele. "Imagínalo. La gente de comunicaciones le dirá al mundo que construimos un sistema basado en libros de contabilidad y *blockchain* distribuidos; que se complementó con *lightning networks* y funcionó perfectamente, excepto que el criptográfico se encogió de hombros".

"Eso no es nada divertido". Dola agarró la chaqueta de Andwele por las solapas. "Esto no puede ser el final, Andwele. Necesitas hablar más con el ministro de finanzas. Parece que valora tu opinión. Vuelve e insiste en que traigan de vuelta las transacciones en la moneda. Dile que el país no debería perder la cara".

"Parece que ya ha aceptado una cierta pérdida de cara, y ahora quiere seguir adelante, reduciendo las pérdidas. Intentar de nuevo sería una apuesta".

"Pero todo lo que tenía lo invertí en ello. Estoy sin un centavo".

"Haki, sabes tan bien como yo que no tengo control sobre esa decisión. Fue hecho antes de que entráramos en esa reunión. No habrá una criptomoneda nacional en el corto plazo. Todos los intercambios se mantendrán en moneda fiduciaria, digital, pero en moneda fiduciaria. El gobierno no pondrá su nombre en un intento de resucitar el e-Shilingi. Está muerto."

"Sí", dijo Haki Dola hoscamente. Soltó la chaqueta de Andwele y se compuso. "Supongo que tienes razón, Andwele. Pero es una píldora amarga".

"También perdí dinero", dijo.

"Perdí el dinero que no tengo", dijo Dola simplemente, luego abrió la puerta de su oficina y entró.

Andwele regresó a su propia oficina, donde aceptó el té de su secretaria y consideró sus opciones. Querían que se quedara, dijo el ministro de finanzas, pero ¿por cuánto tiempo? ¿Y tenía algún tipo de futuro con el gobierno, o la corrupción del fracaso lo enterraría donde estaba? Ciertamente, si algo más saliera mal, si hubiera más culpa por la cual repartirse, con Haki Dola desaparecido, caería sobre sus hombros.

Parecía algo razonable simplemente juntar sus cosas de su escritorio y escabullirse, pero ¿y luego qué? Necesitaba manejar esto. De repente, extrañó a Rashmi. Era una mujer inteligente que entendía los matices de las cosas. Para ser una mujer, ella entendía mucho. Por supuesto, ella se había ido... a algún lugar, e incluso si estuviera aquí, no lo ayudaría. Ya no. Ese puente había sido quemado.

Una conmoción en el pasillo llamó su atención—se escucharon chillidos y gritos. "Ve a ver qué está pasando", le dijo a su secretaria. Cuando regresó, parecía casi desmayarse.

"¿Qué es?"

"Es el viceministro", dijo.

"¿Qué hay de él, niña?"

"Él se disparó a sí mismo. Está muerto en su oficina". Andwele se encontró a sí mismo mirando sus propias manos y resistiendo el impulso de salir corriendo por el pasillo, a correr a la oficina de Haki Dola y ver por sí mismo. La culpa fue una cosa terrible. Fue insensible y despiadado en su persecución de una persona. Haki Dola era un tonto, y ciertamente un jefe incompetente, pero no se merecía este terrible destino.

Andwele levantó su teléfono para llamar al ministro de finanzas. Quizás, si enfrentaba las cosas directamente, algo bueno podría salir de esto. Tal vez podría escapar de echarse la culpa de todo lo que había salido mal y evitar unirse a Haki Dola en desgracia. Puede que no todo se derrumbe si el sistema sigue funcionando. Después de todo, no eran los perpetradores, ni tampoco las víctimas intencionadas, si las hubo. No, Haki Dola fue simplemente un daño colateral, aunque eso hizo un resumen claro y bastante triste sobre el final de una vida.

Capítulo 41

Burócrata Sacrificado

"El concepto fundamental en las ciencias sociales es el poder, en el mismo sentido en el que la energía es el concepto fundamental en la física".
—Bertrand Russell
Poder: Un Nuevo Análisis Social

En Algún Lugar De Europa

Mitch Childer estaba sentado sudando en una losa de concreto frío en una habitación cálida y húmeda. Por lo que podía entender, estaba solo, pero entonces no podía decir mucho. Su cabeza estaba cubierta con algún tipo tela oscura y pesada de que estaba sujeta alrededor de su cuello. Era difícil respirar, y él no podía ver nada. Sus muñecas estaban atadas juntas detrás de su espalda y sus tobillos estaban atados juntos. Parecía que había estado atado de esta manera con la cabeza cubierta durante mucho tiempo. Se sentía como una eternidad—ni siquiera podía adivinar cuánto tiempo había pasado.

Lo habían dejado en esta habitación para esperar y preocuparse. Con las cuerdas lo suficientemente apretadas como para cortarle la circulación, al principio se sentía incómodo, luego el dolor se volvió agonizante. Ahora sus tobillos y muñecas estaban adormecidos.

Quienquiera que fueran estos hombres, lo agarraron cuando salía del Goethe, después de su reunión con Hoenig. Sin estar acostumbrado al conflicto físico, no opuso resistencia cuando los dos hombres corpulentos lo agarraron por los brazos y lo metieron en una limusina que los esperaba en el bordillo.

Fue atrapado totalmente desprevenido. Él hubiera asignado a dos hombres para vigilarlo, pero los hizo esperar afuera. Se había sentido seguro en el club. Pero luego emergió, parpadeando a la luz del sol, y fue agarrado. Los hombres, sus captores, no le habían dicho una sola palabra. Cuando el auto se alejó de la acera con él sentado entre los dos hombres, cubrieron su cabeza con esta bolsa, esta tela oscura. Luego lo ataron como un ganso navideño—pensó de forma bastante tosca y totalmente innecesaria. No tuvo oportunidad de escapar de estos hombres rudos.

Cuando estuvo atado y lo empujaron de nuevo en el asiento, les habló con calma, de manera razonable. Quería aprender algo, averiguar quiénes eran y qué querían con él. El daño estaba hecho; ahora quería acelerar las cosas, conseguir que todo lo que iba a suceder se moviera para poder superar esto y seguir adelante. Sintió que si podía hacer que hablaran, entonces podría negociar con ellos. Era un hombre poderoso, con recursos. "Les pagaré para que me dejen ir", les dijo.

No obtuvo respuestas. De haber estado tratando con sordomudos por todas sus preguntas, sus ofertas, lo conseguiría. Los hombres se recostaron, cada uno con una mano en el brazo, como si pudiera hacer una pausa.

Condujeron durante mucho tiempo, sin detenerse. Lo suficiente para que dejaran Suiza por completo. Podrían estar en Alemania, Italia o Francia por lo que él intuía. A pesar de estar familiarizado con todos ellos, no tenía forma de saber a qué dirección se habían dirigido cuando salieron de Zurich. No sabiendo en qué país se encontraba, lo ayudarían, pero Mitch Childer había pasado su vida adulta utilizando la información para obtener una ventaja. En su mundo, el conocimiento era literalmente poder. Sin saber dónde estaba, por qué se lo habían llevado, qué querían de él, todas esas incógnitas contribuían a su creciente sensación de impotencia, de estar fuera de control. Si él no sabía dónde estaba, ¿cómo lo encontraría su gente? Era un bien valioso y su desaparición se notaría tarde o temprano. Entonces lo buscarían. Estaba seguro de que el hombre de ojos verdes tenía formas de encontrarlo, al igual que Osk Barstad, pero tomaría tiempo antes de que se dieran cuenta de que había sido secuestrado. Hoenig se había quedado atrás y supondría que había ido a su reunión en Ucrania. Así el rastro se enfriaría rápidamente. Nunca sabrían cuándo desapareció, e incluso si lo hicieran, ¿quién recordaría una limusina que pasaba por las calles de Zúrich o se daría cuenta de dónde había ido?

Teniendo en cuenta todo el tiempo que tenía para pensar, para detenerse en su situación, Mitch Childer pudo encontrar algunos escenarios posibles para explicar su captura. Preguntándose por qué había sido tomado, su mente se aceleró. Era un hombre poderoso, sí, y bastante influyente en los círculos financieros y algunos círculos políticos, pero ese poder e influencia serían de poco valor para un secuestrador. Su influencia y poder lo obligaron a estar en su escritorio, en circulación. Podía entender el chantaje; con el chantaje de algo, podría obligarlo a actuar de una manera que los complaciera, pero un secuestro simplemente comprometía su capacidad para hacer cualquier cosa.

Así que tal vez el punto era sacarlo de su base de poder, para neutralizarlo. ¿Pero por qué? Nada entre sus proyectos actuales sugiere alguna razón para sacarlo del camino. Él no era un obstáculo para nadie.

Eso dejaba solo una posibilidad realista—pensaban que tenía algún valor en efectivo como objeto de rescate. Pero no era un objetivo ideal para ese tipo de cosas. Un secuestrador con los recursos que tenía este grupo elegiría un objetivo más rico, uno con una familia que recaudaría dinero para su retorno; Mitch Childer no tenía familia.

Así que tenía que ser político.

Pensar en las posibilidades hizo que su corazón comenzara a latir erráticamente. Si su desaparición fue motivada políticamente, tenían que hacerlo los matones no occidentales. El FMI fue un esfuerzo multinacional, y trabajó para la mayoría de los gobiernos occidentales, tratándolos, pensó, con una igualdad razonable. Se unirían para protestar por su secuestro. Eso dejaba solo una facción—los terroristas islámicos reales.

El grupo islámico, tuvo que admitirlo, tenía quejas tanto con el FMI como con él personalmente. Había ayudado a las potencias occidentales a congelar sus activos. Si eso era lo que eran, sabían que apoderarse de él no revertiría eso. Así que su motivo tenía que ser la venganza, o quizás querían enviar una advertencia a otros que considerarían oponerse a ellos.

Pero ¿por qué ahora? ¿Y por qué Zurich? A los suizos no les agradaría, y los islamistas disfrutaban de la libertad de poder operar en territorio suizo. Esto podría cambiar eso. El gobierno suizo no se preocupó realmente por los extremistas políticos de ningún tipo y aborreció las declaraciones políticas violentas. Esto puso en riesgo su estado.

Ahora, sentado solo, sudando, sintiendo el adormecimiento extendido a través de su cuerpo, Mitch Childer descartó todos esos pensamientos. La verdad es que no tenía idea de quién estaba detrás de esto ni por qué lo elegirían.

El tiempo era confuso en la oscuridad debajo de la capucha, y el dolor de su cuerpo adormecido era la única referencia que tenía a cualquier cosa. De lo contrario, existía en un vacío. Y así, cuando oyó pasos que bajaban por un conjunto de escaleras, lo que debería haber sido la aprensión fue más una sensación de alivio. La espera había sido intolerable y ahora al menos algo estaba sucediendo.

La gente, cuántos no podía decir, se movía a su alrededor haciendo sonidos metálicos como si estuvieran ensamblando algo. Entonces sintió calor. Era consciente de que se había encendido una luz brillante y era más consciente del calor en su piel que de la luz que emitía. Estaba enfocado en él. "¿Un video de rescate?", Preguntó, y oyó su voz croar. Había pasado mucho tiempo sin hablar, sin beber un poco de agua.

Alguien lo agarró por el cuello y lo estiró a una posición vertical. La sangre trató de correr hacia sus manos y pies y él gritó de dolor. Era consciente de que otro hombre estaba parado al otro lado de él y ese hombre comenzó a hablar, dando un discurso en árabe. Mitch Childer no sabía árabe, pero podía decir que era un discurso escrito con ira. El tono de voz hostil y exigente del hombre durante el breve e intenso discurso le dijo a Childer que su destino estaba a punto de determinarse.

Cuando el hombre terminó de hablar, alguien le arrancó la capucha de la cabeza, sacudiendo la cabeza de Mitch. Fue deslumbrado por la luz brillante y trató de concentrarse, trató de orientarse, para ver quiénes eran estas personas. Los hombres a su lado estaban enmascarados y llevaban uniformes de los que cualquier terrorista estaría orgulloso—con armas automáticas colgadas sobre los hombros y cuchillos largos en el cinturón. Otros dos, vestidos de manera similar, estaban detrás de ellos.

Cuando su visión se aclaró, mientras las caras borrosas se agudizaban, la sangre de Mitch Childer se enfrió. Vio al camarógrafo—un occidental que podría haber sido un hombre de negocios vestido con un traje era el que sostenía la cámara. Detrás de él estaba la sorpresa. Otro hombre, también en traje, se quedó mirando con las manos en los bolsillos, exudando calma. No podía ver a ese hombre claramente, pero lo conocía y estaba seguro de que si estaba más cerca estaría mirando a los ojos verdes.

Mitch Childer de repente supo que todo esto era teatro, una obra representada por políticos y por el poder. A pesar de las ilusiones que se estaban creando, su situación era real, y si el hombre detrás del camarógrafo había escrito el guión, no habría rescate.

El hombre que pronunció el discurso gritó algo, y el hombre que lo sostenía lo puso de rodillas, inclinándolo hacia adelante. Uno de los hombres le entregó al protagonista del discurso una espada larga que brillaba a la luz. Al verlo agitar la espada, Mitch sabía que en este caso iba a ser la cabra sacrificada o el burócrata sacrificado. El grupo, su grupo, Retinger Oculística, quería que el mundo supiera con certeza que cualquier falla en sus nuevos esfuerzos tecnológicos se debió a estos paganos, salvajes, retrogradas, no debido a la incompetencia.

Probablemente la mitad de estos hombres estaban en la nómina de la CIA, pero para el propósito de esta promulgación, eran terroristas enmascarados. ¿Y quién cuestionaría su identidad cuando tendrían el cadáver de Mitch Childer como prueba de que fueron sinceros en su convicción por la causa? Irónicamente, los verdaderos terroristas disfrutarían de la condena internacional por su asesinato, por su ejecución a manos de su propio pueblo.

En términos de la agenda global, mucho estaba pendiente en la balanza. Mitch Childer vio que, por alguna razón, su muerte se había vuelto inevitable; Ahora era una forma de ganar puntos políticos. Desde el punto de vista de la Oculística, cualquier cosa que pudiera contribuir a la causa a través de su trabajo fue más que compensado por la publicidad que su muerte traería y el enfoque que daría.

Luego, con la cámara capturando cada momento, otro hombre agarró el cabello de Mitch Childer, sosteniendo su cabeza contra el suelo. El hombre que pronunció el discurso levantó la espada sobre su cabeza. Desde su postura sumisa, Mitch podía ver la tensión en las piernas del hombre mientras se preparaba para el ataque, y sintió una calma repentina e incomprensible. "*Alá, hu Akbar*", gritó el hombre, y luego bajó la espada al cuello de Childer.

Por un breve momento, Mitch Childer sintió el toque fresco del metal de la espada en la parte posterior de su cuello. Estaba inquietantemente tranquilo cuando esa línea fría parecía moverse lentamente, extendiéndose alrededor de su cuello como un collar. Y luego, hubo una explosión—el dolor y la emoción se desdibujaron, y luego... Entonces no hubo nada en absoluto cuando su mundo se convirtió en oscuridad.

Capítulo 42

La Toma de Boone

"Un buen viajero no tiene planes fijos y no tiene intención de llegar".
—*Lao Tzu*

Barrio Chino
Kuala Lumpur, Malasia

L a cámara de video recorrió el caótico mercado, observando la escena a su alrededor. Los ruidosos vendedores ambulantes gritaban las virtudes de sus productos en malayo, chino y en un inglés quebrado a los turistas que tropezaban.

"Estamos en el mercado nocturno en el distrito de Chinatown de Kuala Lumpur", dijo Sindi.

Anchara se acercó a los vendedores, consiguiendo primeros planos de algunos de los puestos, y de los mercaderes tibetanos sentados con las piernas cruzadas frente a las cajas de rapé de plata, las pilas de cuchillos Kris con aristas de serpentina y unas asas de hueso ricamente decoradas y una variedad de artículos de cuero.

"Este vibrante mercado se centra alrededor de *Petaling Street* en un distrito que también se conoce como *Chee Cheong Kai* o *Starch Factory Street*. Ese no es un nombre particularmente atractivo, lo sé, pero es una referencia a la historia del lugar—que una vez fue conocido como un distrito productor de tapioca. Ahora, Chinatown es en gran parte un destino turístico, pero también es mucho más. Cobra vida al anochecer cuando se transforma en un animado y vibrante mercado nocturno repleto de cientos de puestos que ofrecen todo tipo de productos a precios muy baratos. Y si te gusta negociar, bueno, estos comerciantes esperan que regatees el precio y se decepcionarán si no intentas disuadirlos. Es lo mejor para comprar".

Cuando Anchara dio un paso atrás para un tiro más largo, Sindi le hizo un gesto para que lo apagara. "¿Qué pasa?", Preguntó Anchara mientras bajaba la cámara y la apagaba.

Sindi sonrió. "Nada está mal. Solo tengo hambre".

Anchara metió la cámara en una bolsa de cuero que colgaba sobre su hombro. "Viendo que esto es una emergencia extrema... alrededor de una cuadra atrás pasamos a un vendedor de ollas calientes cuya comida olía muy bien para mí".

Sindi le guiñó un ojo. "Te cansas de la comida del hotel, ¿verdad, Anchara?"

"Algunas veces. Sobre todo, es bueno tener algo para comer que sea más parecido al tipo de cosas que crecí comiendo. Ya sabes como soy."

"Entonces será una comida de olla caliente. Mientras tengan cerveza Singha fría.

Anchara se echó a reír. "Supongo que tienen un montón de eso, y si no lo hacen, podemos enviar a alguien a comprarnos un par de botellas grandes.Los vendedores ambulantes no te dejarán sufrir una sed terrible".

"¿Has tenido tus oídos puestos?"

Anchara negó con la cabeza. "Tú eres la principal técnico de la red. ¿Por qué hablas como si acabaras de descubrir la radio CB la semana pasada?"

"Porque acabo de escuchar la canción la semana pasada".

"¿La canción?"

"'Convoy' 'por C. W. McCall, buena amiga".

"Nunca he oído hablar de esa, y para ser honesta, no creo que necesite escuchar eso".

"Es una experiencia cultural que se puede perder sin dolor. Ahora dime las noticias.”

"Recibí mensajes de Singapur que me dicen que Rashmi se está adaptando bien. Ella está abordando un gran proyecto de ciudadanía que se utilizará en Ecuador. Wyatt llegó a una aldea en Sulawesi donde parece que está tratando de averiguar qué es lo que quiere hacer a continuación—va a superar ese lugar rápidamente, pero eso está bien. Interpol los quitó a ambos de su lista de malos, así que aunque querrá mantener un perfil bajo en caso de que quien haya conseguido a Peggy Dory todavía esté cazando, debería ser bueno".

"¿No sabemos quién hizo eso?"

"La mejor opción es que la Oculística estaba detrás de esto. Tienen ese tipo de alcance".

"¿Qué dicen sobre la decapitación del idiota del FMI?"

"El horrible video de él siendo asesinado ha estado apareciendo por todo el lugar. Un par de grupos terroristas diferentes dicen que lo hicieron para mostrar al mundo lo que sucede cuando obliga a los gobiernos a eliminar los subsidios para su gente. Eso reduce la lista a unos cinco países que Childer estaba obligando a eliminar los subsidios a cambio de promesas de dudosa asistencia financiera. Dado que él tenía tantos enemigos, las afirmaciones de los terroristas podrían incluso ser ciertas".

"¿Y Tanzania está diciendo que su muerte no tuvo nada que ver con su trabajo allí?"

"Esa es su historia. A pesar de que los terroristas son convincentes, no compro el momento. Es sospechoso Y me siento mal porque al pobre hombre le cortan la cabeza".

"Sí, ¿pero recibir un disparo o volarlo es mejor?"

"La cosa es que Childer era una gran pez gordo, así que su muerte es nuestra ganancia, ¿verdad?"

"Según lo que dijo Rashmi, no era realmente tan importante. Él estaba tratando de hacerse un nombre por sí mismo con el proyecto, pero apenas estaba en sus manos. Como con muchos de ese tipo, él era más intrigante que hacedor. Sin él, el grupo simplemente se reorganizará".

"¿Reorganizar el FMI?"

"Estaba pensando en la Retinger Oculística, en realidad. El FMI acaba de subir a un burócrata en la cadena alimentaria. Pero la Oculística se quemó los dedos al permitir que el FMI estuviera al frente y al centro. No querrán jugar ese ángulo por segunda vez. En el mejor de los casos, fue una operación inútil—mal pensada".

"¿Qué deberíamos estar buscando? ¿En términos de su reorganización, quiero decir?"

"Correr la voz para vigilar a Claude Hoenig. Él es el comodín aquí. Él tiene el código y la experiencia para hacer avanzar el proyecto. Querré saber a quién contrata, adónde va. Y él irá a muchos lugares. Él va a ser la pieza central de sus nuevos esfuerzos".

"¿Cómo es eso?"

"Creo que él acaba de llegar a lo suyo. Querrá entrar en el juego de la criptografía y ahora está en lo grande. Le gusta ser un jugador, estar al tanto, y en este mundo, esa es la manera de hacerlo. Ahora él puede reemplazar a Childer. Hoenig podría incluso haber sido responsable de su muerte—tiene los recursos y no es aprensivo acerca de matar personas".

En el restaurante de ollas calientes, había mesas redondas destartaladas sobre la acera con sillas de plástico a su alrededor. Ellas se sentaron. "Huele bien", dijo Sindi.

"Podemos hacer un video de este lugar, una de tus sorpresas— Sindi disfrutaba los tugurios".

"Sabes, eso suena como una idea brillante. Contrastas el servicio, el ambiente y la comida de ésto con el hotel. Eso sería muy divertido".

"Sin alienar el hotel, por favor", dijo Anchara. "No hagas mi trabajo más difícil".

"Aguafiestas."

Una anciana china se acercó a la mesa y encendió el fuego debajo de su olla para calentar el agua. Pidieron grandes botellas de cerveza y la bebieron con gratitud mientras la mujer viajaba a la cocina, sacando platos de plástico de colores llenos de verduras frescas, camarones, tiras de carne y tofu. Una mujer más joven les trajo pequeños platillos de salsas y dos tazones de arroz blanco pegajoso. Cuando el agua estaba caliente, usaron sus palillos para poner comida en el agua, sacándola, mojándola en las salsas y comiéndola con arroz.

"Esto es bueno", dijo Sindi. "Simple, pero fresco y bueno. Un montón de restaurantes podrían aprender de este lugar".

"Maldita sea. Desearía haber tenido la cámara en ese pequeño discurso ", dijo Anchara. "Sería una buena toma rápida o una conclusión para el mercado nocturno".

Sindi sonrió. "Bueno, si eso significa mucho para tí, no me importaría repetirlo... para la posteridad".

"Tú eres una buscadora de atención descarada".

"Sí, pero eso es solo mi exceso de compensación por ser un héroe subterráneo desconocido", se rió.

"Hablando de eso, quiero que sepas que me enoja ser quien sigue despertando a Boone en una hermosa y cálida noche como esta".

"¿No quieres que Boone lo disfrute?"

"No cuando estoy disfrutando tanto de la compañía de Sindi..."

"Siempre te ha gustado más Sindi".

"¿Cuál es nuestro objetivo ahora? El de los bitpats, quiero decir. Este pequeño ejército muestra claramente que los gobiernos nacionales intentan crear criptografías centralizadas y anticiparse a las redes distribuidas. ¿Cómo robas sus truenos?"

"Irónicamente, querer que las monedas nacionales fracasen nos pone del mismo lado que los malditos globalistas. Quieren reemplazarlos con un sistema monetario centralizado global que controlan, ya sea a través de la criptomoneda o algo más, y no queremos eso en absoluto".

"Entonces, ¿qué puedes hacer para evitar que una criptomoneda global adquiera tracción? Me explico, si va a ser centralizada, claramente un sistema global es mejor que un alboroto de sistemas locales. Quiero decir, es cierto incluso para las monedas fiduciarias. El euro funcionó mejor que las monedas nacionales y eso marca el tono para la opinión pública".

"Tal vez no podamos detenerlo. Pero podemos presionar para que las personas usen redes descentralizadas para esas cosas. Si podemos hacer avances para lograr la aceptación de contratos inteligentes, por ejemplo, demostramos que un agente de confianza centralizado es innecesario. Creo que el éxito, demostrando la utilidad de blockchain como se pretendía, es la mejor arma que tenemos. Cuanta más gente acepte y use redes descentralizadas y evite a los bancos y gobiernos, más difícil será para las instituciones absorberlas de nuevo en sistemas centralizados. Ellos también lo saben, y por eso estamos en guerra".

"¿Y eso es todo lo que podemos hacer?"

"Oye, la libertad es una fuerza seductora. Tenemos que seguir recordando a las personas las situaciones que quitan la libertad y cómo están comprometiendo su libertad al usar esos sistemas de confianza. Luego les mostramos que la centralización es menos eficiente y no tan segura".

"¿Y crees que eso es suficiente?"

"Bueno, tenemos que superar una larga historia de personas que confían en las regulaciones gubernamentales para protegerlas, por lo que ese es un problema. Además, no puedes obligar a la gente a querer o incluso a valorar la libertad, Anchara. Tu apreciación de la libertad se aprendió de la manera más difícil. Ahora lucharás con uñas y dientes para mantenerla. Algunas personas piensan que un compromiso es posible. O piensan que es una elección entre libertad y seguridad".

"Están equivocadas."

"Y es por eso que ejecutamos los bitpats. Por eso ayudamos a crear nuevos sistemas. Esto no es sólo una colección de personas que se gustan entre sí. A través de nuestros esfuerzos, queremos dejar en claro que no puede comprometerse con la tiranía y demostrar que ni siquiera es necesario. Y, mientras estamos en eso, intentamos ofrecer opciones para contraatacar, o al menos para que las personas puedan mantenerse firmes".

"Y, sin embargo, algunos piensan que los gobiernos los protegerán, que necesitan reducir o incluso eliminar la privacidad individual para hacer eso".

"Lo hacen, pero luego la gente piensa todo tipo de cosas. No somos un culto y no nos centramos en lo que las personas deberían hacer. Estamos prestando más atención a las cosas que podemos hacer, las cosas prácticas. Tenemos que aceptar la triste realidad de que no se puede hacer mucho para liberar a las personas si se les ha enseñado a aceptar su esclavitud. Mientras estén dispuestos a renunciar a la toma de decisiones de entidades que creen que son superiores a ellos mismos, lucharán para mantener sus ataduras, los harán sentir seguros. No, para esas personas, todo lo que podemos hacer es dar un ejemplo. Nos resistimos a la tiranía de un gobierno asfixiante y prestamos asistencia a aquellos que piensan que su privacidad es algo que apreciar".

"Apreciar es una palabra poderosa, señorita".

"La privacidad y la libertad son temas poderosos, dignos de palabras fuertes y archivos adjuntos fuertes".

"Sabes que eres una idealista, ¿verdad?"

"¿Yo, Boone, o yo, Sindi?"

"Ambos o uno u otro, dependiendo de cuál es el tema".

"Entonces, probablemente soy culpable de los cargos".

"Bueno. Me gustan los idealistas. " Anchara sonrió. "Confesaré que disfruto del optimismo de Sindi sobre la probabilidad de una buena comida más que la de Boone sobre el futuro del mundo".

"Es más fácil de disfrutar... lo admito. Pero nadie dijo que sería fácil, Anchara. Sé que nunca he dicho eso".

"No, nunca has dicho que fuera fácil".

"Entonces, en lugar de hacerlo más fácil, trato de hacerlo divertido".

"Haz que el desafío sea divertido", dijo Anchara, dándole la vuelta a las palabras. "Ahora hay un lema que puedo seguir".

"Y ahora, como el mundo que conocemos no se puede salvar, al menos no del todo, en esta comida, ¿por qué no sacas la cámara y me entusiasmaré con las comidas de olla caliente de KL?"

"Y cerveza Singha fría", dijo Anchara. "Nunca olvides la cerveza".

Sindi sonrió. "Me conoces mejor que eso. Nunca olvidaría la cerveza".

"No, no lo harías".

Capítulo 43

Soluciones

"El poder, como una pestilencia desoladora, contamina lo que toca".
—Percy Bysshe Shelley
"Reina Mab"

Una Villa Privada
Isla De Praslin
La República De Las Seychelles

Entonces, díganme lo que hemos aprendido de todo esto", dijo el anciano. Se dirigió al grupo sombríamente. "Después de este fiasco, ¿cómo debemos proceder y por qué nuestros esfuerzos serán más efectivos esta vez? Estas son mis preguntas." Se recostó, cruzó las manos sobre la mesa y esperó.

Estaba en su lugar habitual, el jefe de la mesa, y de alguna manera el hombre logró que Claude Hoenig se sintiera como si lo estuviera destacando con su mirada, a pesar de que en realidad estaba mirando a cada uno de ellos.

El hombre de ojos verdes se puso de pie. "Lo principal que aprendimos es lo que deberíamos haber sabido todo el tiempo. Tener al FMI a cargo del proyecto le dio un enfoque equivocado. Parecía una interferencia desde el principio. Está bien que las agencias internacionales apoyen un proyecto de este tipo, pero debería parecer que es totalmente una idea del gobierno..."señaló con la cabeza a Hoenig, "trabajando en concierto con sus contratistas".

Notó un ceño fruncido en el rostro de una mujer alta y de cabello oscuro. "Todavía no tengo claro por qué representaste una muerte tan teatral para el pobre Mitch Childer. Por supuesto, tenía que irse, jodió horriblemente y puso nuestras metas en riesgo, pero ¿por qué no un suicidio o algo que no atrajera tanta atención de los medios?"

El hombre de ojos verdes consideró la pregunta. "Ya hay suicidios asociados con el proyecto—el viceministro de Finanzas se suicidó. Y luego se encontró que la jefe del proyecto fue asesinada, o tal vez fue un suicidio en circunstancias sospechosas en Bogotá".

"Cartagena", dijo la mujer.

"Sí, Cartagena. Queremos que esto se apague; no queremos una muerte que se enrede con otras. Debido a que teníamos los recursos, parecía razonable tener un grupo terrorista que secuestró y decapitó a Childer por el delito de estar con el FMI e interferir con los gobiernos locales. El grupo opera en varios países donde el FMI ha logrado empeorar las cosas para la gente, y han ejecutado a otros burócratas para hacer su punto. Da la casualidad de que estaban encantados de aceptar el crédito por su asesinato a pesar de que no tenían nada que ver con eso. De esta manera, su muerte coincide con el final del proyecto, pero parece no tener relación, especialmente desde que se llevó a cabo en otro país".

"La idea, entonces", dijo la mujer, "es que cualquier noticia sobre el sistema de Tanzania, aparte de la que tuvo dificultades y ahora funciona bien, debería ser discreta y algo que se desvanezca".

"Por eso", dijo el hombre de ojos verdes, "hicimos que Interpol retirara las órdenes de los dos programadores desaparecidos".

"¿Pero no saben demasiado?"

"Realmente no. Ninguno de los dos parece interesado en contar la historia. Si aparecen y hacen un escándalo—podemos lidiar con eso, lo trataré en silencio. Perseguirlos públicamente mantiene viva la historia y hará que las personas pregunten qué podrían haber hecho. Después de todo, estamos afirmando que no se cometieron delitos, que todo fue razonablemente de acuerdo con el plan".

El anciano tosió. "Bueno, sean cuales sean las razones que tenga, estamos en este curso ahora y estoy satisfecho. Parece un camino razonable para tomar. Estoy a favor de mantener la atención en otro lugar tanto como sea posible. Eso me lleva a mi segunda pregunta: ¿Cómo procedemos? ¿Estamos bien posicionados para continuar o necesitamos una nueva táctica?"

"Estamos muy bien posicionados, señor. Como consecuencia, la firma del Sr. Hoenig ha sido contratada para crear sistemas similares para varios países. Tuvo la oportunidad de revisar todas las características que Childer estaba tratando de implementar con crudeza y su gente las hizo integrales al sistema. No habrá ninguna corrección de *patchwork* esta vez. El sistema será una entidad conocida".

"Eso será un cambio agradable", dijo la mujer de pelo oscuro. "¿Qué hay de seguir adelante? Ayudamos a estos países a implementar sus criptomonedas, pero en última instancia, eso no es lo que queremos".

Los ojos verdes se volvieron hacia él, y el hombre asintió. "Siguiendo las instrucciones que me dieron, mis programadores ya han incorporado la idea de un Ingreso Básico Universal, un UBI, en el sistema".

"¿Pero los países van a ir por ella? Siempre se han resistido".

"Las cosas cambian; las posiciones cambian. Pero hemos tomado previsiones para ello y hemos comenzado a discutir la idea con los diversos ministros de finanzas. Naturalmente, un ingreso universal de cualquier tipo es algo que requerirá un amplio apoyo gubernamental. Sinceramente, muchos gobiernos se oponen a la idea por una variedad de razones que van desde lo pragmático, como el costo, a uno más filosófico".

"¿Y entonces?"

"Hemos logrado algunos avances al señalarles algunos beneficios de la idea, pensamientos contemporáneos que no han sido intuitivamente obvios".

El viejo volvió a toser. "¿Qué beneficios? Queremos un UBI global para poder controlar a la población. ¿Cómo les ayuda eso?"

"Controlar a su propia gente es uno de los beneficios con los que se pueden relacionar. Poco a poco se han dado cuenta de cómo un ingreso básico universal vincula a toda la población con sus decisiones políticas. La gente tolerará mucho de quienquiera que genere sus ingresos. Además, un UBI casi garantiza la aceptación inmediata de su criptomoneda nacional. ¿Cómo puede fallar si todos reciben un pago y pueden usarlo para pagar sus impuestos y realizar compras en el país? Y, como continuación, incluso hemos abordado la idea de un *token* intermedio".

"¿Qué es eso?" Preguntó el anciano." Otra complicación?"

"Esta ficha representa el comienzo del fin de las criptomonedas nacionales", dijo el hombre de ojos verdes. "El *token* intermedio haría que las criptomonedas nacionales individuales que creamos sean intercambiables sin los problemas regulatorios de los intercambios para hacer el trabajo. Con todo bajo el control del gobierno, las personas podrán gastar su criptografía local para realizar compras en otro país en el programa sin tener que pasar por un intercambio. Del mismo modo, el FMI y el Banco Mundial pueden comprar fichas intermedias para depositar el dinero que se presta a un país directamente en un banco nacional".

"¿Y por qué queremos eso?" Preguntó la mujer. Claude Hoenig quedó impresionado por el enfoque de todas estas personas. Mitch Childer parecía estar tranquilo, pero claramente estaba fuera de su alcance.

"¿Lo explicará, señor Hoenig?"

Claude se aclaró la garganta. "Cuando demostremos la efectividad de esta coordinación financiera internacional, otros países querrán seguir su ejemplo. Rápidamente, los tokens intermedios se convertirán en el medio dominante de las divisas, lo que lo convierte en la moneda internacional de facto. Tarde o temprano, convenceremos a un gobierno para que simplemente adopte estas fichas en lugar del esfuerzo costoso de introducir una nueva moneda nacional y, en última instancia, se convertirá en una moneda mundial".

"Un gran paso hacia el control global", dijo alegremente el anciano.

"Lo que hemos buscado desde el principio", dijo la mujer.

Hoenig quedó atrapado en su emoción. "Sí, y podemos ponerlo a disposición de personas de todo el mundo, ya sea que sus gobiernos quieran cooperar o no. Ofreceremos incentivos para usar los tokens que los harán irresistibles. Y cuando tengamos suficiente impulso, puede implementar el ingreso básico universal y nadie quedará fuera del sistema."

El hombre de ojos verdes se sentó. "Con la gente que se inscriba en el sistema para usarlo y que nos brinda toda su información personal, crearemos la base de datos universal que necesitamos para rastrear a todos. Incluso si la gente quiere resistirse, si no nos quieren que recopilemos los datos, nos la darán porque, de lo contrario, estarán fuera del sistema, y éste no solo será financiero, sino que también incluirá mensajes. Redes sociales, y todas las comunicaciones. Sin utilizar nuestro sistema voluntariamente, comprarlo dándonos acceso a todo, no podrán comprar cosas, crear contratos inteligentes, que suplantarán a otros tipos por completo".

"¿Por qué va a pasar eso?", Preguntó el viejo. "Los contratos regulares funcionan bien".

"La evolución", dijo la mujer. "Están hablando de darwinismo técnico. Lo eficiente expulsará lo ineficiente. Y los contratos inteligentes eliminan el arbitraje".

"En realidad, el arbitraje está integrado", dijo Claude.

"Sí, veo lo que quieres decir", dijo ella. "El punto, mi punto, es que el arbitraje es una parte inherente del contrato, no un paso adicional. Las disputas se convierten en cosa del pasado".

"Junto con las monedas nacionales de cualquier tipo", dijo el anciano, frotándose las manos. "¿Y tu enfoque hará que esto suceda?"

El hombre de ojos verdes asintió. "Lo hará. Como dijo el gobierno de Tanzania, su criptomoneda se encogió de hombros. No podía soportar el peso que se le exigía. Cuando elijamos que suceda, todas se encogerán de hombros".

"Encantador."

"Y a nadie le importará. Nuestro nuevo enfoque, presentándolo de esta manera, hará que los gobiernos, las organizaciones y las personas pidan un cambio a una criptomoneda internacional, y estaremos allí para hacer que suceda. Una vez que comience, cualquier deseo residual de preservar las monedas nacionales, o incluso cualquier entusiasmo por los gobiernos nacionales, se desvanecerá rápidamente. Muy pronto, quedará claro que las leyes nacionales sobre comercio o finanzas son obstáculos para que las personas obtengan lo que quieren. Son peores que redundantes; están frenando el mundo".

"¿Así que simplemente demostramos nuestra visión alternativa?", Preguntó la mujer.

El hombre de ojos verdes sonrió. "Y luego tenemos que ser pacientes por un tiempo. Algunos, los entusiastas, los sentimentalmente patrióticos, tendrán que sufrir a través de intentos por mantener a las naciones vivas y relevantes".

"Un esfuerzo condenado al fracaso", dijo la mujer.

"Y estaremos allí, listos para ayudarles a hacer la transición de un estado nacional fallido a una parte próspera de un futuro global".

Hoenig sintió su alegría. Después de todo, eran visionarios y tenían buenas razones para creer que su visión se estaba haciendo realidad en un futuro cercano. Dichas visiones, según su experiencia, rara vez se desarrollaban según lo previsto, y se preguntaba si estas personas poderosas realmente compartían la misma visión o si había diferencias que socavarían el esfuerzo.

En cualquier caso, sin embargo, el resultado fue que sabían que el cambio estaba ocurriendo. El cambio era la nueva norma y resistirlo era fatal. No, tal como lo había hecho en los días de los juegos de espías, se movería con los cambios, intentaría anticipar el flujo, porque este era el juego. Y al igual que en los días en que era un agente encubierto para su gobierno, lo que estaba en juego era la vida y la muerte.

"Supongo", dijo el anciano, "que este *token*, nuestra criptomoneda global, tendrá que tener algún tipo de nombre lindo. Que nos parezca a todos".

El hombre de ojos verdes puso sus manos sobre la mesa. "Bueno, al menos un nombre apropiado. Depende de este grupo, por supuesto, pero dada la historia de nuestro proyecto, estábamos pensando en *Fenixcoin*".

Ese fue el momento en que Hoenig los vio a todos sonreír a la vez. "Sí, es hora de que el Fénix se levante de nuevo", dijo el anciano. "Bien hecho." Una delgada sonrisa cruzó su rostro. "Creo que es el momento perfecto para que el mundo vuelva a ver el Fénix".

Hubo una satisfacción en la voz del hombre que a Claude Hoenig le pareció extrañamente preocupante, pero mucho de la Oculística de Retinger era preocupante si pensaba demasiado en ellos.

Sería un paseo interesante para ver hasta dónde lo llevaba el alinearse con estas personas. Interesante para él y para el mundo.

Epílogo

"Quizás el hogar no sea un lugar, sino simplemente una condición irrevocable".
—James Baldwin
Habitación de Giovanni

Un Bungaló
Sobre Pilotes En El Agua
Tumbak, Sulawesi

No habría sido razonable decir que Sulawesi era todo lo que Wyatt había esperado que fuera, pero estaba empezando a parecer que era todo lo que quería por el momento. Había necesitado escapar a la mitad de la nada y este pueblo de Tumbak, en la costa norte de Sulawesi, parecía encajar en el proyecto de ley. Era más verde de lo que había sido su paraíso mexicano. Todavía tenía playas de agua clara, pero solían ser pequeños lugares que eran tranquilos, en lugar de grandes extensiones de playa blanca.

El pueblo era una tribu Bajau. Los Bajau son los gitanos del mar del este de Indonesia. Él sonrió. Parecía un buen ajuste para él que era un *bitpat*, y ellos*boapats*, nómadas de bote. Cada uno, a su manera, vivió tan libre como la vida lo permita.

Gran parte del pueblo se construyó sobre el agua, y alquiló una pequeña cabaña sobre pilotes que tenía un muelle y un encantador porche con vista a la laguna. Incluía una hamaca grande y suave. Con la instalación de una antena parabólica, tuvo acceso a Internet adecuado para hacer su trabajo. En resumen, tenía lo que había pedido, de modo que cuando Boone le pidió que hiciera algunas cosas, estaba feliz de complacerla. Él no podía rechazarla después de todo lo que había hecho por él y Rashmi.

Y Rashmi, al parecer, también había desaparecido con éxito, solo que ella había sido absorbida por la comunidad bitpat. De vez en cuando, le vislumbró cibernéticamente y ella le envió un mensaje cifrado que le decía que adoraba Singapur y el trabajo que estaba haciendo. Ella estaba conociendo gente y cobrando vida.

Eso le gustó. Su único descontento era que se sentía solo y consideró mudarse a un lugar más poblado. Parte de él estaba celoso de Rashmi en Singapur. Pero había hecho su elección, y la verdad era que los aldeanos eran agradables y acogedores, y de vez en cuando veía a hermosas mujeres de piel oscura, que parecían más tímidas que las que había conocido en Progreso, y tal vez más interesantes porque en eso había una promesa. Tenía que aprender las costumbres y el idioma antes de poder esperar que sucediera mucho.

El jefe de la aldea se convirtió en un visitante habitual y comenzó a enseñarle a Wyatt el *Bahasa* de Indonesia, el idioma local.

"*Selamat siang*", dijo el jefe al llegar. Así fue como dijo buenos días cuando fue más tarde. "¿Vamos a la playa?"

Wyatt sonrió y apagó su computadora. "Sí", dijo y luego agregó, "Ya", tratando de practicar su indonesio. Ir a la playa me pareció una excelente idea.

El jefe abrió el camino hacia el muelle donde esperaba un bote bastante largo. Estaba lleno de una nevera de cerveza, una variedad de comida y varios aldeanos. Parecía que tenían una fiesta en mente. Un par de chicas le miraron con curiosidad y eso lo animó.

El jefe conducía el bote a lo largo de la costa. La mayoría de las mejores playas eran remotas y esta resultó ser bastante especial. Wyatt saltó en aguas poco profundas y ayudó a tirar el bote sobre la arena. Lo descargaron y varias mujeres comenzaron a preparar la comida, mientras que algunos hombres cavaron un pozo y comenzaron una fogata.

Todo fue mucho más de lo que esperaba. En lugar de un picnic, tenían la intención de tener un pequeño banquete.

Otros barcos llegaron con más comida y más gente. Dos hombres se sentaron en esteras a la sombra de los árboles sobre la línea de flotación y comenzaron a tocar el tambor. Todos se lo estaban pasando en grande, y Wyatt bebió cerveza e hizo todo lo posible para unirse a las festividades.

Se sentía un poco fuera de lugar, incómodo. Eso podría cambiar con el tiempo, pero le inquietaba.

Al atardecer, la comida estaba servida y él comía cerdo asado y algunas verduras que no podía nombrar, acompañado con cerveza.

Luego las cosas se cargaron en los botes y se dirigieron de regreso al pueblo.

Wyatt se sentó en las sombras del atardecer, muy consciente de las mujeres jóvenes en su bote que estaban sentadas cerca de él. No estaba seguro de sí mismo. Vivía en una nueva cultura y tenían sus propias reglas y protocolos. Estaba dividido entre ser delantero y dejado atrás. No tenía forma de saber cuál era el comportamiento razonable, y aunque a veces no le importaba ser un poco irrazonable, era un pueblo pequeño y no quería molestar a sus anfitriones.

Entonces, se sentó y ansió tocar a una de las encantadoras mujeres jóvenes. Cuando el jefe finalmente lo dejó en su propio muelle, Wyatt se sintió decepcionado y aliviado al mismo tiempo. De nuevo estaba solo, dolorosamente.

Caminó por el muelle hacia su porche. Alguien estaba allí. El aire estaba quieto pero la hamaca se mecía. Una luz brillaba desde el interior de su cabaña, proyectando sombras. Se movió con cautela hacia adelante. "¿Hola?" Llamó él.

La hamaca se movió de nuevo. "Oye, marinero, ¿nuevo en la ciudad?" Era Rebecca, tendida en la hamaca. La luz melancólica que brillaba en el porche la bañó en amarillo, y él la miró fijamente; Vio que estaba deliciosamente desnuda. Ella le sonrió y le dirigió una sonrisa de bienvenida, luego levantó una botella de Jameson. "Vengo con regalos", dijo.

"Eres un regalo", dijo, pasando los ojos por encima de sus deliciosas curvas.

"Oh no", se rió ella. "No soy un regalo, nunca, Wyatt. Tienes que ganarme una y otra vez."

"Si te quedas, entonces haré lo mejor que pueda", dijo, arrancándose la ropa y caminando hacia ella.

"Tú fuiste quien se fue la última vez", dijo ella. "Y entiendo por qué. Uno u otro de nosotros deberíamos irnos de vez en cuando, pero mientras ganemos lo que tengamos, siempre volveremos el uno al otro".

Cuando se acercó, se dio cuenta de que sabía lo que ella quería decir. No se debían nada, y tuvieron la oportunidad de darse todo el uno al otro. Él la tomó en sus brazos, saboreando su calor. La deseaba Él le haría el amor y compartirían una gran pasión. Luego, más tarde, ella le diría por qué había venido. Luego tomarían decisiones sobre lo que sucedió después, porque el futuro simplemente se construía a partir de una serie de decisiones. Intentando hacer lo mejor que podían y esperaba que eso condujera a otra buena decisión.

Pero no había garantías. Él sabía que su llegada aquí solo sería en parte debido a una atracción por él como hombre. Parte de ello sería debido al resto de quién era él y lo que tenía que ofrecerle. Parte de eso sería personal y parte de trabajo; Aunque para gente como ellos, esas cosas se confunden.

Como él, Rebecca se tomaba en serio el trabajo que hacía. Actualmente, ella trabajó con Boone y, supuso, con Rashmi. Ella quería transformar el mundo, hacerlo más libre. Es una causa que vale la pena.

Ella esperaría que él se involucrara en ese esfuerzo, que se comprometiera a ser un bitpat. Y ahora sabía que se uniría felizmente. Necesitaba una salida para su creatividad antiautoritaria y compartía sus valores.

El lugar de su aventura era desconocido—era el comienzo de su aventura. Es posible que puedan lograr mucho desde esta pequeña casa de campo por un tiempo, pero en algún momento, es posible que tengan que ir a otro lugar. Sea lo que sea, sabía que querría hacerlo—con ella, sería emocionante. Y al infierno, ellos eran Bitpats después de todo. Eran nómadas, como los Bajau, pero en lugar de nómadas náuticos, eran nómadas de Internet. Y ellos también eran cruzados, a su manera. En Tanzania, Wyatt se enteró de que necesitaban iniciar la pelea o que las personas que querían robar tu individualidad y tu privacidad la barrerían. Tomó un grupo especial para ver eso y hacer algo efectivo para detenerlo.

Ahora, mientras sostenía a Rebecca en sus brazos, sentía su cálido cuerpo contra el suyo, sus cálidos labios sobre los suyos, estaba contento, encantado, de que además de ser la resistencia, también eran hedonistas. La combinación hizo que la lucha valiera la pena.

"Soy un proscrito, ya sabes", le dijo a ella. "Un hombre buscado. Estoy atrapado, escondido aquí. Eso no es mucho de un futuro".

"Ya no", dijo ella. "Llamaron a los perros".

"¿Por qué?"

Ella se encogió de hombros. "Recuerda que te dije que no quieren que el mundo sepa que las personas buenas y capaces se niegan a jugar. Ciertamente no quieren que el público en general piense que estamos formando una resistencia. Especialmente si hay un destello de verdad en ello. Así que están fingiendo que todo fue un error. El sistema funciona y todo está perdonado. Oficialmente, eso es. No iría al Ministerio de Finanzas en Dar es Salaam pronto para una charla amistosa si fuera tú".

"Maldición", dijo.

"¿Eso te molesta? Eres libre."

"Y si bien eso es algo bueno, significa que he perdido mi caché de chico malo".

Ella le mordió el lóbulo de la oreja. "Entonces solo tendrás que hacer el esfuerzo para mostrarme lo malo que puedes ser".

Wyatt sintió un cosquilleo y supo que haría todo lo posible.

EL FIN

El Manifiesto Bitpat

A medida que la tecnología libera a las personas del trabajo pesado, también las vincula con una identidad específica definida por datos biométricos, mediante documentación que se promueve como una forma de brindar seguridad y proteger nuestras libertades. Este es un engaño deliberado. La "libertad" que protege el gobierno es la libertad de vigilar cuidadosamente nuestras vidas. No somos libres, sino que vivimos al final de una atadura.

La libertad de expresión, por ejemplo, está restringida a tipos de expresión que se consideran discurso responsable. Para nuestra protección, incluso contar la broma incorrecta en un aeropuerto se convierte en un delito federal. Abogar por una insurrección, la expresión de una idea, sería un delito federal. La libertad y el secreto son incompatibles, y una sociedad libre no tiene actos secretos que puedan ser violados. (Sin embargo, la privacidad es otra cosa y está enraizada en los derechos individuales).

Un mundo de secreto y comportamiento vigilado no es gratis. Llamarlo libertad es una versión Orwelliana de la idea—el término cooptado y redefinido para describir una vida que no es gratis en absoluto. En el mundo de las noticias, eres libre de ser un buen ciudadano, de comportarte. Aunque en los EE. UU., si cruzas las líneas establecidas porla Seguridad Nacional, incluso ser un buen ciudadano no te protege de tener todos tus derechos, incluyendo aquel que pasa por un juicio justo, de ser suspendido.

En el proceso de implementación de tales medidas draconianas, los individuos se ven obstaculizados por la necesidad de licencias, pasaportes, visas, permisos y otra documentación que ayude a la supervisión. Completar los formularios, recopilar estos documentos (necesarios), se mueve a lo largo del camino para etiquetar a cada individuo sin tener en cuenta quiénes y qué son.

La tendencia se está intensificando. En nombre de la protección del bien común, los gobiernos y sus agentes utilizan la tecnología más nueva, siguen las migajas digitales que dejan, para observar y controlar a la población. Es para protegerlos—a menudo de ellos mismos. ¿Pero dónde se detiene? Claramente, el objetivo final, en palabras del compositor Phil Ochs, es "poner a la gente en campos de concentración; asegurando que son libres ".

Estos modernos campos de concentración de alta tecnología a menudo no son físicos ni tangibles. Se crean con el alambre de púas de "Conozca a su cliente" (KYC) y las regulaciones contra el lavado de dinero y están motivados por una intensa preocupación por saber quién va a dónde y qué hacen. Algunas de estas cosas evolucionan fuera de los controles para prevenir la inmigración ilegal y el exceso de estadía. Algunos evolucionan a partir de las preocupaciones sobre el terrorismo, pero todos son controles y, en última instancia, crean barreras físicas.

El movimiento para proteger la libertad al disminuirla sirve para erosionar la privacidad. Cuando todo es público, nada es personal. Cuando se recopilan todos los datos, entonces la sociedad comienza a ver esos datos como propiedad comunal, que se puede usar libremente para exponer, explotar y, de otro modo, controlar a las personas que no están interesadas en controlar a otros.

Hay un grupo que detesta y resiste esta tendencia. Se llaman bitpats. Los bitpats son, en gran parte, tecnólogos, o al menos personas que no se oponen a la tecnología, pero se oponen a que se utilice como herramienta de opresión. Los bitpats aman la libertad y son patriotas, en el sentido de que tienen una lealtad a la libertad.

Los expatriados eligen, o están obligados, a vivir fuera de su país de origen. Los bitpats ven al mundo como su país. Consideran que su lealtad a la libertad es más importante que la lealtad a algún estado nacional.

Esencialmente, los bitpats son una raza peligrosa. Son pensadores libres—interesados en el intercambio libre y sin trabas de ideas, de explorar el conocimiento y comprender lo que es posible comprender sin ninguna posibilidad de ser perseguidos por su exploración.

El secreto del gobierno es el enemigo del pensamiento libre o la libre exploración de ideas. Ese gobierno teme que la diseminación del conocimiento sea claramente evidenciada por el creciente número de documentos clasificados que no están disponibles para los no unificados. Cuando los "traidores" como Edward Snowden logran divulgar documentos secretos al público, los resultados tienden a ser vergonzosos para el gobierno y anticlimáticos para el resto de nosotros. En gran parte, los documentos prueban lo que sospechamos, que la información secreta y de alto secreto se relaciona principalmente con el hecho de que el gobierno espía a las personas, incluidos sus propios ciudadanos.

La pasión por el secreto es peligrosa para las mentes curiosas. La clasificación de la información no la hace inaccesible, pero, en una era de Internet, cavar en busca de la verdad deja un rastro que se puede interpretar y hacer girar como una traición, como si saber cosas que son verdaderas podría llegar a ser una traición en la era de la razón.

Pasar la búsqueda a una red oscura, como huir de la escena de un crimen, se considera una admisión de alguna culpa nebulosa, o el deseo de "esconder" algo. Y los lugares oscuros siempre son, eventualmente, traídos a la luz. Tales esfuerzos de ocultamiento asustan a los poderes que existen. Esto está muy mal. El deseo de ocultar algo—mantener las cosas privadas en secreto, los secretos en secreto, no necesariamente sirve para algún plan malvado o nefasto, a menos que, por supuesto, el deseo de ser un individuo libre sea considerado como malvado o nefasto. A menudo, como no, los intentos de asegurar la privacidad de uno son simplemente porque no es asunto de nadie más—es un derecho, desafortunadamente, no está asegurado adecuadamente por ninguna constitución o esfuerzo de derechos humanos.

Y ahí está el meollo del problema, la razón por la que existen los bitpats. Rechazan la idea de que la información sobre sus vidas y pensamientos es propiedad pública. En su mayor parte, los bitpats rechazan la idea de que la propiedad pública es algo bueno en primer lugar, dado que cualquiera que desee la libertad está en la base, un libertario, sino un anarquista.

Al unirse, los bitpats pueden juntar sus recursos para resistir el endurecimiento del yugo de control. Trabajar en conjunto enmascara la contribución de un individuo y le permite al grupo maximizar sus talentos.

A pesar de la intención benigna de los bitpats para lograr la libertad y la libertad (y no se equivoquen—son radicales, revolucionarios), no son una amenaza para nada más que el secreto y la opresión. Su resistencia no es violenta, pero tampoco es pasiva, ya que los bitpats son, por su naturaleza, disruptores. Emplean la naturaleza disruptiva de la tecnología; explotan sus fortalezas y debilidades para apuntalar sus fortalezas. Y, por lo tanto, amenazan los objetivos de las agencias de inteligencia y las fuerzas policiales de todo el mundo.

Los bitpats son la encarnación del término apolítico. No tomarán las armas ni se manifestarán contra los gobiernos mientras hacen declaraciones políticas sin sentido. En su lugar, se diseminan por la faz del planeta, encuentran un entorno que se adapta a ellos y trabajan juntos utilizando la tecnología para protegerse. No tienen reuniones particulares, ni cuotas, ni apretones de manos secretos. Sus contribuciones a cualquier resistencia son totalmente voluntarias y bienvenidas.

Como tales, son una amenaza para un orden mundial que ya no valora la libertad, pero son una bendición para cualquier orden mundial que lo vea como un derecho natural.

—Boone
www.bitpats.com
Boone@bitpats.com

Sobre los autores

J. LEE PORTER

J. Lee Porter es un ex especialista en TI, programador y analista de datos para agencias bancarias, de seguridad y gubernamentales. Dejó atrás el mundo de TI el 4 de julio de 2016, declarando que era su día de independencia personal para viajar por el mundo a tiempo completo en busca de inspiración para sus escritos.

ED TEJA

Ed Teja es un escritor, poeta, músico y vagabundo. Escribe sobre los lugares que conoce y las personas que viven en los márgenes del mundo. Después de ser amigo de gigantes tecnológicos, piratas, pescadores y un grupo de personas extrañas durante muchos años, encuentra al mundo como un lugar increíble lleno de personajes intrigantes, aunque a veces enloquecidos.

www.ingramcontent.com/pod-product-compliance
Lightning Source LLC
Chambersburg PA
CBHW020507260626
47156CB00006B/1908